ツリーハウス

角田光代

文藝春秋

目次

装画　OSCAR OIWA「Gardening (Red Flower)」(個人蔵)
図案　上楽 藍
装丁　大久保明子

ツリーハウス

第一章

1

その日ふたつ事件があった。ひとつは一時的にせよ世間をにぎわし、ひとつはひっそりと家のなかで起きた。そのどちらをも実時間で見ていたのは、藤代家では良嗣ただひとりだった。もちろん世のなかには、もっとたくさんの事件があったろう。発砲があり墜落があり、雪崩があり竜巻があり、玉突き事故があり火災があったろう。けれどその日、良嗣が目にしたのはふたつの事件だった。

翡翠飯店《ひすいはんてん》はその日定休日だった。定休日のつねとして、父親の慎之輔《しんのすけ》は朝から出かけていた。東口のパチンコ屋か、曙町の友人宅かどちらかだ。母親の文江《ふみえ》は十時過ぎに昼食の買いものに出て、十二時を過ぎてもまだ帰っていない。これもまたいつものことながら、道ばたで会っただれかと喫茶店かその人の家のどちらかで、話しこんでいるに違いなかった。良嗣がものごころついたころから同居している父の弟、太二郎《たいじろう》は、定休日だろうがそうではなかろうが関係なく、朝刊を持って喫茶「白馬」にいっている。祖母のヤエはどこに出かけたのか姿が見えなかった。

　良嗣が家にいたのは、テレビに釘付けになっていたからだった。太二郎と同じように、店の定休日とは関係なく九時過ぎに起き、自室の十四インチのテレビをつけ、布団を畳み、畳んだ布団の上で煙草を吹かしてぼうっとテレビを眺めるのが、三年前に仕事を辞めて以来の良嗣の習慣だった。その日もそうしてテレビの音声を聞きながら布団を畳んでいたのだが、レポーターの興奮した声の調子にテレビに目をやり、そのまま目を離せなくなった。

　新宿発飯田《いいだ》行きのバスが何ものかによってバスジャックされたという。バスジャックされたのは数時間前らしく、すでに報道へリコプターやテレビ局のバンが出ている。画面には高速道路をひた走るバスが映し出されている。双葉サービスエリアを過ぎて数分の後、乗客のひとりが突然ナイフを手に、止まらずに走れと運転手に命じた。運転手が無線で管理センターに通報したため、事件が発覚した、犯人の要求はまだ明らかになっていないと、レポーターが叫ぶように幾度もくり返している。お盆休みがあけているからか、それともほかの車はどこかへ避難したのか、高速道路を走っているのはそのバスのみ、少し離れて走る数台は警察の車だろう。

　またどっかの馬鹿が馬鹿なことしてる、と思いながらも良嗣はテレビに見入っていた。バスジャック事件に強く興味をひかれたというよりも、「今」目の前で事件が起きていることに軽く興奮していた。煙草を立て続けに三本吸い、さすがに口のなかが気持ち悪くなり、空腹も覚え、一階下の台所で続きを見ようかと迷っているところに、画面はコマーシャルに切り替わった。

良嗣は階下にいって歯を磨き、顔を洗い、いつもはいるはずの祖母の姿をさがしてみたが、見あたらない。父も母も太二郎おじもいないと確認し、台所にいってパックに口をつけて牛乳を飲み、テレビをつける。テレビにはさっきとまったく同じ構図でバスが映っている。すぐ食べられるものをさがしながらテレビをちらちら見ていたが、先ほど感じた興奮はいつのまにかすっかり消え、あまりおもしろいとも思えなかった。すぐ食べられそうなものは何もなく、ち、と舌打ちして良嗣はコンビニエンスストアに向かうため、自室に戻って着替え、財布を手にして階段を走り下りた。そのままコンビニエンスストアに走ってもよかったのだが、なぜか良嗣は、台所と廊下を挟んだ向かいにある祖父、泰造《たいぞう》の寝ている部屋を見た。

半年前に心不全で倒れた祖父はそのまま病院に運ばれ、もう諦めたほうがいいと言う医師の言葉と裏腹に快復し、家に帰ってくるまでになった。けれど春先に肺炎を起こしかけた。医師は入院を勧めたが、祖父は頑として家で死ぬと言い張った。しばらく医師と看護師が往診にきていた。祖父はほとんど寝ているが、寝たきりというわけでもなく、時間はかかるがひとりでトイレにもいけるし、月餅《げっぺい》が食べたいと言い続けるわがままさも持ち合わせていた。

祖父はいつもの通り寝ていた。自動で背もたれが動く介護ベッドの、背もたれの角度も同じ、ベッドの柵にタオルや布巾がかけられているのも同じ、窓が開いているのも同じ、まるでなかに人なんかいないかのように薄べったくタオルケットが広がっているのも同じ。良嗣は足を止めて眠る祖父を見た。窓の四角が白く発光しているようだった。窓の向こうはかんかん照りで、蟬《せみ》の声が間近で聞こえた。窓から外を見上げると隣家の銀杏の緑が鮮やかに光っていた。タオルケットから出た祖父の白い頭髪も、神々しいほど光を吸いこんでいた。

何も変わったところはないのだから、そのまま玄関に向かうつもりだったのだが、良嗣は部屋に足を踏み入れた。あとで考えて、あれがつまり、虫の知らせってやつなんだなと、良嗣は家族たちに得意げに話すことになる。

祖父は冷房をつけないが、この和室は風がよく通る。窓から入りこむ微風が、祖父の頭髪を撫《な》でるように揺らしていた。良嗣はベッドサイドに立ち、眠る祖父を見下ろした。まぶたが少し開いていて白目が見えた。鼻から白い鼻毛が数本出ていた。ほんの少し開いた口から、どろりとした痰《たん》が出ていた。良嗣はティッシュで痰を拭《ぬぐ》い、「バスジャックだってよ」と話しかけた。「まったくこのくそ暑いのに、よくやるよなあ。夏休みだから、きっとまた子どもだろうな。親に仕返ししたかったとか、また馬鹿くさい理由だろうな」言いながら乱れたタオルケットをなおし、そして、祖父の呼吸がやけにゆっくりであることに気づいた。すうううううう、はあああああ。こんなにゆっくりだったっけ。そのまま見下ろしていると、やがて、すうううううう、と、はあああああ、のあいだに間《ま》があくようになった。すううううううう。沈黙。はあああああ。沈黙。その、息を吸っても吐いてもいない間が、良嗣の気持ちをなぜかざわめかせた。何かとんでもないことが今起きていて、自分はその場に望まないのに立ち会ってしまっている、というような心持ち。吸う、吐く、のあいだの沈黙が、どんどん長くなる。蟬の声がやけに馬鹿でかく響く。木々が微風に擦《こす》れ合って笑うような音を立てている。隣家から流れるテレビの音声が、はっきりと聞こえてくる。

ああっ、今バスが、バスが辰野《たつの》パーキングエリアにゆっくりと入ろうとしています、バスは今辰野パーキングエリアです！　というレポーターの叫びを良嗣の耳がとらえたとき、すううううううううううう、と今までよりいっそう長い息を吐き、祖父はそのまま、息を吸わなかった。

何が起きているのか、いや、何が起きたのか、頭ではわかっても体が動かなかった。おい、じいさん、と言おうとしても声が出ない。

「おい、じいさん」やっと声が出た。「あの、息、してないんじゃない」言いながら、馬鹿みたいなことを言っていると頭では考えた。そして良嗣は、一目散に部屋を出、階段を駆け下り、勢い余って数段転げ落ちたが転げ落ちたことにも気づかず、そのまま店にいき、暗い店内で、ああ今日は定休日だったと今さらながら気づき、またしても階段を駆け上がった。家にだれもいないことは確認済みなのに、ばあちゃん、とうちゃん、かあちゃん、タイちゃんと、ふだんなら家にいるはずのひとりひとりの名を声にならない声で呼び、その都度、ああおやじは出かけたな、おふくろもまだ帰ってない、タイちゃんも留守だと思い至り、ばあさん、ばあさん、ばあさん、と祖母を呼びながら、トイレの戸を開け、上階へ駆け上がって父親たちの寝室の襖を開け、なぜそうしているのかと思いながら押し入れの襖を開けた。こんなことをしていても無駄だとようやく気づき、またしても階段を駆け下りようとしたそのとき、家の電話が鳴った。藤代家の電話は未だに黒いダイアル式の電話である。ちりりりりん、ちりりりりんとけたたましい音が鳴り響く。電話に出るか、家族をさがしにいくか、一瞬迷い、後者を選んで良嗣は階段を駆け下りた。背後で鳴る金切り声のような呼び出し音を無視し、かんかん照りのおもてに飛び出した。

陽射しが強く、アスファルトが不吉に白い。隣家の戸を叩き、じいさんが、じいさんがと叫び、出てきた田山《たやま》のおばさんに「ばあさんは？」と訊き、「きてないけど」と言われ、はじけるようにその場を離れ、良嗣は町内を駆けずりまわった。そうしながら、良嗣はちいさな子どもに戻ったような錯覚を味わっていた。いつかずっと昔、こんなふうに、家族を呼び求めながら走りまわったことがあった気がするが、それがいつで、なぜだったのか、まるで思い出せない。そんなことを必死に思い出そうとしている自分を、良嗣は不思議に思った。

祖母は、裏通りにある日向甘味《ひゅうがかんみ》店で、背を丸めテレビを見上げて日向のばあちゃんと話していた。すぐ家に戻ってほしいとしどろもどろに伝えてから、店を飛び出て交差点の近くにある喫茶「白馬」にいき、奥の席で新聞を広げている太二郎にも同じことを告げ、また店を出て通り沿いを走った。東口のパチンコ屋を見にいくつもりだった。道路沿いに植えられた木々が、濃い影を作っている。車が輪郭を光らせて幾台も通り過ぎていく。歩道を歩いているのは、カートに寄りかかるようにして押す老婦人と、スーツを着込んだ数人の群れ、プールの袋をふりまわしている子どもたち。パチンコ屋を目指してがむしゃらに走っていた良嗣は、ふいに、とんでもなく暑いと気づき、足を止める。吐き気がするほど喉が渇いている。立ち止まった瞬間、腕からこめかみから、背中から腹から、どっと汗が噴き出る。

なんなんだよ、こいつら。急に馬鹿らしくなって、良嗣はきびすを返し、肩で息をしながらのろくさと元きた道を歩いた。なんでいちいちおれがさがしてやんなきゃなんないんだよ、子どもじゃあるまいし。それに今あわてて呼び戻したって、じいさんはもう息をしていないんだ。

街路樹の影と日向《ひなた》を縫うように踏みながら、良嗣はふとバスジャックのことを思い出した。犯人、つかまったかな。もしかしてあのバスに、知り合いが乗っていたりして。基樹《もとき》なんかが乗ってたりして。いや、基樹がバスジャック犯だったりして。そこまで考えて、良嗣はひとりにやにやと笑った。祖父の死を見てよほど動揺しているのだと、今さらながら気づいたからだった。動揺していなければ、こんなときにバスのことなど思い出さなかったろう。ふらりと家を出たきり戻ってこない兄とバスジャックのことなど、結びつけて考えなかったろう。しかし家に向かって歩いているうち、本当に兄の基樹が犯人であるような気がしてきて、家に近づけば近づくほどそれが確信に変わっていき、良嗣は次第にどきどきしはじめた。まさか。おれ、何動揺してへんなこと考えてるんだ。必死にうち消しながらのろのろと歩く。

良嗣が家に帰り着いたのは一時過ぎで、さっき呼びにいった祖母と太二郎、良嗣の不在中に帰ってきたらしい母の三人は、惚《ほう》けたように祖父母の部屋に座っていた。なんなの、こいつら。またしても良嗣は苛立ちを覚えるが、しかし自分も何をどうすればいいのかはわからない。

「病院とか、連絡しなくていいの」おずおずと声を出すと、全員が顔を上げてすがるように良嗣を見た。

「そうよ、病院よ、安西《あんざい》先生よ」母が言い、「あんた、電話して」と言う。

「あと、連絡。早苗《さなえ》とか、八百政《やおまさ》さんとか、山川さんとか……おやじは携帯持ってないから帰ってくるのを待つしかないけど……」

「そうよ、おばあちゃん、連絡」母はぺたりと座る祖母の腕を揺すって言う。

「葬儀屋さんとかにも……」

「そうよ、葬儀屋さんよ」今度は立ち上がり、うろうろと部屋を歩きまわった。

2

三時近く、看護師を連れた医師と父親が前後してあらわれてから家のなかはいきなりあわただしくなった。母と太二郎は手分けして知り合いに連絡をし、父は電話をかける彼らにまとわりついて葬儀の日取りを声高に相談しはじめる。

祖父の遺体は病院で一時預かってもらうことになった。遺体が運び出されるまでのあいだは、家族じゅうがばたばたと、まったく意味もなく家のなかを走りまわった。階段でぶつかり、廊下でよけ合い、「あれはどこだ」「ちょっとタイちゃん、あれ知らない？」と代名詞ばかりが飛び交い、その代名詞が何を意味するかわからないまま、「あそこよ、あそこをさがしてよ」「あれはおれは知らないよ」などとせわしなく会話をし、それらを囃《はや》すように蝉がやかましく鳴いていた。

ようやく家族が祖父母の部屋に集まって、みなで服を脱がせ、タオルで体を拭いた。看護師が祖父の尻や鼻に脱脂綿を詰め、おむつをはかせたが、糞尿のにおいはすでにうっすらと部屋に漂っていた。

じいさんはやっぱりじいさんだったんだな。交代で祖父の体を拭きながら、良嗣は思った。祖父母とはずっと一緒に暮らしてきたが、ものごころついたときから祖父はじいさんで、祖母はばあさんで、その「じいさん」「ばあさん」には性別がないように良嗣は感じていたのである。「じいさん」が女で「ばあさん」が男でも驚かないような気がしていた。祖父母は、そんなふうに性別を超えて似ているところがあった。

けれど今、ベッドに横たわる裸の祖父を見ると、しなびた果物のような性器のせいばかりでなく、やはり男だと思う。全身を拭き終わると、祖母と母があうんの呼吸でじいさんに浴衣を着せた。昨年作ったばかりの浴衣だ。

祖父の遺体が救急車で病院に運ばれたのは夕方だった。祖母と母が救急車に同乗し、良嗣と父と太二郎はタクシーに乗った。

「あ、早苗」助手席に乗った良嗣は、ようやく姉のことを思い出した。「ねえちゃんに連絡したほうがいいよね」ふりかえって父に言うと、しとけ、と短く答える。

「今日子《きょうこ》おばちゃんには連絡したの」訊きながら、ジーンズの尻ポケットから携帯電話を取り出す。

「した。たぶん病院にいってる」窓の外を見ながら父が答える。

良嗣は早苗の携帯番号を表示し、発信ボタンを押す。六度呼び出し音が聞こえ、留守番電話サービスに……とアナウンスが入ったのと同時に、

「はい、何」やけに不機嫌な姉の早苗の声がした。

「じいさん、死んだよ」

そうする必要もないのに、良嗣は声をひそめて言う。

「ええー、そうなのー？　うそー」

早苗の声は、言葉とは裏腹にちっとも驚いていないように聞こえる。

「今、病院に向かってるんだ。中央病院、知ってるだろ？　すぐこいよ」

「いかなきゃだめかなあ？」まったく悪びれない早苗の問いに、「はあ？」良嗣は驚いて素《す》っ頓狂《とんきょう》な大声を出した。

「だから、私、いかなきゃだめ？」

「ったりまえだろうが。何言ってんの？　何がどうしたかわかってんの？　じいさんが死んだんだよ」なんなんだ、こいつら。昼間、家族をさがして走りまわったときの気分が蘇る。

「わかったわかった、いきますよ。でも明日になるかもしれない」

「なるべく早くこいよな」良嗣はそう言って電話を切った。ため息をつき、座席に深く腰掛ける。だれも会話せず、音量の絞られたラジオの音が急に大きく聞こえる。ディスクジョッキーとゲストが夏ばての対処法について話している。

「基樹は無理だろうな、連絡つけるのは」父が独り言のように言った。

藤代家の長男である基樹は、大学を三年で中退し、しばらく実家住まいでアルバイトをしていたが、その当時の流行にのるようにバックパックを担いで海外にいってしまい、どこにいるのか知らせることもないまま、一年ほどして帰ってきた。帰ってきたものの、友人の家を泊まり歩いたり、そのときどきの恋人と半同棲的な暮らしをしてみたり、ふらりとまた旅行にいってみたり、ほとんど家には居着かなかった。次第に、家のなかに基樹がいないことがふつうになった。たぶん家族が基樹と最後に会ったのは五年前だ。年が明けてしばらくしてから急に帰ってきて、「下北沢でアパートを借りて住んでいる」と言っていた。久しぶりに基樹が帰ってきたというのに、まったくいつも通りの一日だった。手の空《あ》いている人から食事をし、それぞれに食器を洗って風呂に入って眠る、団らんとはほど遠い一日の終わり。ごくふつうに言葉を交わしたが、何を話したのか良嗣は覚えていない。

もしかして家族のだれかが連絡先を聞いたのかもしれないが、それが今も通じるのかどうか、いや、そもそも果たしてそのだれかはそれを覚えているのだろうか、と良嗣は思う。

「バスジャック、どうなったかな」

ふと良嗣は言った。なぜそんなことを今気にかけているのだろうと思いながら。

「ああ、捕まったよ、さっき」

ずっと黙っていた運転手が急に口を開いたので、良嗣はびっくりして隣を見る。

「え、捕まったんですか」

「うん、捕まった。どっかのサービスエリアで」

「なんだ、それ」太二郎が後ろの席から訊く。

「そんな事件あったのか、今日」父もそれに声を重ねる。

「犯人ってだれだったんですか」まさか本当に基樹だと思っているわけでもないのに、なぜこんなに気になるんだろうと思いつつ、良嗣は運転手に訊く。

「だれって、知らないけど、若いやつだったよ」

「未成年とか？」

「いや、三十は過ぎてたな。死傷者なしだったから、まだましだけど、世のなか、馬鹿がいるよねえ」

運転手はのんびりした口調で言った。三十過ぎということは、基樹であってもおかしくないとまた無根拠に良嗣は思い、そんなことがあるはずないとあわててうち消す。父と太二郎おじは早くも興味を失ったらしく、もう何も言わない。

　葬儀はその週末、区のセレモニーホールで行われることになった。それまでの二日はてんてこ舞いだった。翡翠飯店は臨時休業で、父と母は家じゅうをひっくり返すようにして遺影に使う写真をさがしたり、喪服や数珠をさがしたり、今日子と太二郎を交えて戒名やお布施の相談をしたり、必要な金額をかき集めに走りまわった。葬儀屋が毎日のようにきて、香典返しや通夜ぶるまいの料理について説明をし、そのたびに父たちは額をつき合わせてああでもないこうでもないと言い合っていた。祖母だけがひっそりと、だれも眠っていない祖父のベッドのわきに座りこんでいた。

　バスジャック犯は、地方出身の無職三十三歳であることを、事件の翌日、良嗣は知った。年齢は基樹といっしょだったが、もちろんそれは基樹ではなかった。さらにその翌日、バスジャック犯が取り調べのなかで、「半年前に仕事をクビになり、次の仕事も見つからず、金もなく、むしゃくしゃして、気づいたらやってしまっていた」と語ったと新聞に書かれていた。

　その日、午後になって良嗣は太二郎と喪服を買いに出かけた。ガードをくぐり、東口に出、延々歩く。熱気という水をかき分けて進んでいるのかと思うほど暑かった。目的地である量販店にたどり着くより先に、「ちょっと涼んでいこうよ、ヨッシー」太二郎は言い、良嗣の返事も聞かず道路沿いにある喫茶店にすたすたと入っていった。

窓際の席に座り、コーヒーを注文すると、太二郎は入り口のラックから抜き取ってきたスポーツ新聞を広げる。ハンカチを持っていなかった良嗣は、おしぼりで額や首筋を拭い、まったく何ごともなかったかのように新聞を読む向かいのおじを見つめる。運ばれてきたコーヒーを一口飲み、

「うん、うまいね、ここも」良嗣に向かってにっこりと笑ってみせる。

「この先、どうなるのかなあ、うち」太二郎ののんきな態度に少々苛立ちを覚えた良嗣は、アイスコーヒーをすすって言った。

「どうなるって、何が」

「じいさんが死んで、基樹には連絡つかないし、早苗も帰ってこないし」

「だってじいさんはとうに店には出てなかったろう。モトがいないのも今にはじまったことじゃない。別に何も変わらないいんじゃないか。早苗は明日の通夜までには帰ってくるだろうよ」

良嗣は眉間にしわを寄せて向かいのおじをまじまじと眺めたが、ついと顔を逸らして窓の向こうを見た。アスファルトも信号待ちの車の列も空を覆うような建物も、夏の陽射しに白く染められ、時間が止まっているように見える。道行く人の輪郭が、大木の葉先のようにちかちかと光っている。

太二郎は良嗣がものごころつくころから何をするでもなく家にいた。かと思うと、ふらりといなくなったりすることもあったので、昔は船乗りだと思っていた。そうではないと

知るころ、太二郎は集団生活をするために家を出ていった。宗教施設に暮らす彼を、今日子おばと迎えにいった日のことを、良嗣は今でも覚えている。そこから帰ってきてから、働くということもなく家にいる。なぜ働かないのか、なぜ家にいるのか、だれも面と向かって太二郎に訊けないでいるうちに、それがふつうのことになった。太二郎が家でごろごろしていることが。

基樹と早苗が高校受験するとき、それから自分の大学受験のときも、太二郎は勉強をみてくれた。こちらがどんなに理解しなくとも、我慢強くわかるまで説明してくれた。家庭教師とか、塾の講師とか、やればいいのにと思いつつ、良嗣も太二郎に働かない理由を訊いたことはない。

良嗣が大学に通いはじめたころ、引きこもりという言葉が使われるようになり、そうしてようやく良嗣はずっと家にいる無職のおじを理解したような気になったのだった。あの宗教施設から帰ってきて以来、彼は引きこもっているのだと考えれば合点がいく。太二郎は喫茶店には出向くし、買いものにも出かける。けれど旅行をしたり、新宿以外の繁華街に出かけていく様子もない。

その後、自分も仕事を辞めて、太二郎と似たような暮らしになったわけだが、良嗣は自分たちを重ねて考えることはしなかった。おじはもしかしたら元祖引きこもりだが、自分は将来を真剣に考える過渡期にいると、漠然と思っていた。

「そういえば、お墓ってどこにあるの」

窓の外、下着姿と変わらない服を着た女の子が通り過ぎるのを目で追って、良嗣は思いついたことを口にした。これから骨になる祖父は、どこに埋葬されるのだろうとふと疑問を覚えたのだった。良嗣は今まで一度もお墓参りというものをしたことがない。今までそのことについて深く考えたことがなく、お墓とは田舎のようなものだと漠然と思っていた。田舎がある友人は夏休みにそこに帰るが、ない友人はない友人同士でつるんで遊ぶ。それと同じで、夏や秋に参るお墓がある人とない人といるのだろうとなんとなく理解していたが、しかしそうしたものなのだろうか。

「お墓、買わなきゃないだろうなあ」新聞をめくりながら、おじは変わらずのんびりと言う。

「ない？」いったことがないのだから、たしかにないのだろうが、しかしそういうものなんだろうか。祖父母の両親はいったいどこに眠っているのだろうか。そんなことを今まで考えもしなかった自分に、良嗣はひそかに驚く。「買うって、どこに」

「さあ、これから決めなきゃならんだろうなあ。でも貯金なんかさっぱりないんだし、買えるのかどうか。さーて、ヨッシー、いこうか、そろそろ」新聞を畳み、コーヒーを最後の一滴まで飲み干すと、おだやかな笑みを浮かべて太二郎は言った。

3

良嗣は自分の家と他家を比べることをしないで育った。だから長らく、自分の家が家族というものの基準だった。

　どこの家にも祖父母と両親とがいて、定職のない親族が同居しているものなんだろうと思っていた。店と家の境が薄く、年じゅうがやがや騒がしいんだろうと思っていた。

　もちろん、友だちの家に遊びにいけば、そうでもないらしいことはわかる。たいていの家の父親は留守だったし、たいていの家はしんと静まり返っていた。また父母でも祖父母でもない無職の親類が居着いていることもなかった。けれど良嗣のなかに、彼らの家のほうが変わっているのだという思いがあった。思春期にさしかかるまでの良嗣は、「ふつうではない」他家を気の毒にすら思っていた。かわいそうに、ここんちは昼間とうさんが留守なんだな。かわいそうに、ここんちはじいさんもばあさんも、親戚の人もいないんだな。かわいそうに、ここんちは毎日毎日こんなに静まり返っているんだな。そんなふうに。

　何か違うと思うようになったのは、長男の基樹が大学を中退し、海外放浪をはじめ、さらに同時期、姉の早苗がはやりの奇妙な化粧をして外泊をくり返しはじめたころだった。そのとき良嗣は中学卒業を間近に控えており、クラスメイトのなかの幾人かは、しっかりと将来展望を持った上で志望高校を決めていた。なんか、よそとうちは違うみたい、と良嗣は思った。けれど何がどう違うのか、そのときにはまだ言葉にできなかった。

　あ、うちってなんか簡易宿泊所みたいなんだと、自分の家のずれた雰囲気をうまく言葉にできたのは、卒業後の身のふりかたを真剣に考えねばならなくなった高校二年のときだった。みんながそれぞれ好きなことをやっていて、帰ってくるもよし、帰ってこないもよし、ただひとつルールがあるとするなら「自分のケツは自分で拭え」ということくらいで、あとはほぼ、それぞれに無干渉無関心。おそらく自分が大学に進学すると言っても、あえて地方で就職すると言っても、このまま家にいると言っても、祖父母も父母も、あ、そう、と言うだろうと思った。

けれどそれで、何か不満を覚えたわけでもない。よそとは違うらしいが、そもそもそのよそを知らないのだし、無関心無干渉は楽といえば楽ではあった。ただ、何か、基盤がまったくないような心許なさを覚えたのはたしかだ。地面の上に立っていると信じていたら、じつは薄氷の上に立っていたと気づいたような、ずっと下まで根が下りていると思っていたら、とうに根腐れしていたような、そんな心許なさである。しかし実際は、心許なさより楽さのほうがつねに勝った。志望校にことごとく落ち、世間的には三流呼ばわりされている大学に進学が決まったときも、両親は「学費は自分で払えよな」としか言わず、それでも自宅が新宿にあることを考えれば、下宿生よりだいぶ恵まれた環境だと思わざるを得なかった。三年前、食品輸入会社を「なんとなく違う」という理由でやめたときも、父母は「食費は入れろよな」と言っただけで、非難するでもなかったし、職さがしをしながらだらだら三年も家に居続けているのに、未だにそれについてとやかく言うことはない。家業を継げと言われ、泣く泣く実家に帰った友人や、職が見つからず未だ風呂なしアパートに住んでいる友人を思えば、自分は恵まれていると、ある素直さで良嗣は思う。

しかし今、うちは何かおかしいと、今まで感じたことのない気分でもって、良嗣は思いはじめていた。よそと比べて、つまり相対的に「へん」なのではなく、絶対的に「へん」なのだと思えた。それは以前考えたよりずっとネガティブな意味で、そう思った。

今、藤代一家は、シャッターの閉まった翡翠飯店の店内に揃って座っている。油の染みついた天井、料理名の書かれた壁の黄ばんだ短冊、合板のテーブル、赤いカウンター、割り箸の詰まった銀色のケース、油がこびりついて真っ黒の換気扇、壁に掛けられた中華鍋や寸胴鍋《ずんどうなべ》、店のありとあらゆるものを明るすぎる蛍光灯が照らしている。カウンターには今日子と母が座り、父と太二郎は壁際のテーブルに、祖母は厨房に置かれた丸椅子に、良嗣はいちばん奥のテーブルに、昨日帰ってきた早苗と向かい合って座っている。カウンターには、遺骨の納められた箱と祖父の遺影が置かれている。通夜は昨夜、告別式は今日の午後に行われた。

姉の早苗は、昨日の昼過ぎ、家族があわただしく通夜に向かう支度をしているところにひょっこり帰ってきた。どこで用意したのか、やけに体にぴったりした喪服を着ていた。そして早苗を見た全員が、その腹に目をやらずにはいられなかった。不自然に腹がでっぱっており、単に太ったのではなく妊娠していることが一目瞭然だったからだ。「どうしたの、あんた」母は言ったが、「どうしたのって、お葬式なんでしょ」と早苗は当然のように答え、「私、なんか手伝うことある？　何時に出るの？　場所はどこだっけ？」と、話をはぐらかすように質問を続け、結局、その後のせわしなさに紛れて、「どうしたの」という母の真の質問はくり返されることなく、また早苗も答えずじまいだった。

「ああ、疲れた。ビールでも飲んじゃおうよ」

今日子が言うと、太二郎が厨房に入り、店で使っているグラスを配りはじめる。今日子は立ち上がって、冷蔵庫から瓶ビールを出し、それぞれに注いでまわる。

「あ、あんた、飲まないほうがいいの？」今日子は早苗のグラスにビールを注ぎかけて手を止め、

「ちょっとならいいんじゃないのかな、一口くらいなら」早苗が言うと、グラスに半分ほどビールを注いだ。

「じゃあ、じいさんに献杯」

父親が滑稽なほど重々しい声で言い、みな頭《こうべ》を垂れてグラスを高く持ち上げた。違和感と嫌悪感の入り交じったような気分を抱きながらも、良嗣もとりあえず真似をしておいた。

「夕飯はどうするよ」

「おなか、減らないよ。お昼のお弁当、量が多かったもの」

「残ったの、もらってきたから、お弁当ならあるよ」

「やだ、もらってきたの、みっともない」

「だってもったいないだろう、料金は注文したぶん取られるんだから」

「じゃあ、おれは食うかな」

「食べる？　あっためる？」

「いい、いい、そのままで」

「それよか、店はどうする。いつ開ける」

「先週仕入れた材料はもう使えないだろうね。水曜ごろでいいんじゃないの」

「水曜？　早くないか。初七日まで閉めておくか」

祖父の死などなかったかのように進む会話を、良嗣はビールをすすりながら聞いた。こいつら、やっぱりへんだ、と思う。その「へん」の理由を、今、理解しかけたような気分になる。

流されすぎるんじゃないか。家族のひとりがふらりといなくなれば、それも受け入れる。戻ってくれば理由も訊かず迎え入れる。寛容なのではなく、面倒だからだ。良嗣は今思う。そこにいないはずのだれかがいればそれに慣れ、そこにいるはずのだれかがいなくてもすぐに慣れる。疑問を持ったり、元に戻そうとしたり、訂正したりをいっさいしない。祖父がいないことにも、どうやらこいつらはもう慣れていやがる。かなしむより先に慣れているのだ。このまま早苗がこの家に居着き赤ん坊を産んだとしても、そのことに疑問も持たずみんな慣れてしまうのだろう。それは明らかにへんだ。そんなことを良嗣が考えていると、

「店、改装しない？」と、今まで黙っていた早苗が素っ頓狂に陽気な声を出した。

「ええ、何言ってんの」母が呆れたように笑う。

「だってこの店、もうずっと前からお客なんて数えるほどでしょ。維持費のほうがかかるくらいでしょ。思いきって改装したら？　私考えたんだけど、ここを三階建てのビルにす

るの。一階を行列のできるような今ふうのラーメン屋にして、それで二階を本格中華にするの。今よりはよくなると思うよ」

「どこにそんな金があんだ」父が厨房の奥から一升瓶を取りだし、ビールの泡が内側にへばりついたグラスに注ぎ、あおるように飲む。

「土地を担保にして借金すればいいんだよ。店がはやれば返していける。少なくとも、今よりはいいと思うよ」

「それより、子ども、いつ生まれるんだよ。父親はだれなんだよ。なんでここにいないわけ」

良嗣は思いきって訊いた。みな、早苗ではなく良嗣を見る。

「父親はいるわよ、当たり前じゃない。まだ籍は入れてないから呼ぶ必要もないと思ったの。ねえ、それで私、考えたんだけど、この子の父親にちょっと修業させて、一階のラーメン屋をやらせたらどうかと思うのよ。とうさんたちは二階で今まで通り中華料理をやればいいじゃない」

「馬鹿か、おまえ。行列のできる味なんてかんたんに出せるもんか」

「それで、いつなのよ、生まれるのは」母が訊く。

「十二月」短く答え、「このまま古くて汚い店開けてたって未来ないじゃない。ちゃんと考えるいい時期だと思うけどな」と賢《さか》しらな口をきいた。

「たしかにいい機会かもしれないな、今のままじゃどうにも立ちゆかなくなるだろうし」

太二郎が、一昨日の喫茶店と変わらぬ何も考えていない口調で言う。

一瞬、みな口を閉ざし店内はしんと静まり返る。良嗣は厨房に座る祖母をちらりと見遣った。カウンター越しに見える祖母は、黙ったまま両手に包んだグラスを見つめている。気落ちしているのか、祖父が亡くなった日から極端に口数が減ったが、ただぼんやりしているだけのように見え、かなしんでいるようには思えない。祖母は泣いてもいないのだ（家族のだれも泣いていなかったが）。みんなが勝手に話している改装についても、祖母が何を思っているのか、その表情からはまるで読みとれなかった。父親が、その沈黙から逃れるように店のテレビをつける。天井近くに設置されたプラスチック枠のテレビから、にぎやかなコマーシャルの音声が流れる。

「あら？」母がふと立ち上がる。「今、玄関、開かなかった？」

「え、なんの音もしなかったぞ」

「そう？　ちょっと見てきてよ、開いたような気がする」

母に促され、父が立ち上がったとき、たしかに廊下をどすどすと乱暴に歩く足音が聞こえ、ひとりの男が家との仕切りになっている暖簾《のれん》から顔を出した。兄の基樹だった。全員ぽかんとして基樹を見つめる。

「あれっ、どうしたの、みんな葬式みたいな格好して」まさか全員揃っているとは思わなかったのだろう、照れくさいのか、単に驚いただけなのか、そう言う基樹の声は裏返った。

「葬式だったんだよ」呆れたように父親が言う。

「え、葬式って、あっ」基樹はカウンターに置かれた遺影に目をとめ、口を開けたまま見入る。「じいさん」

「じいさんの葬式だったんだよ」父親がくり返す。

「そうか、虫の知らせだったんだなあ。なんか呼ばれてる気がしたんだよ。あっ、線香あげないと。って、線香立てるものないじゃん。まあいいか。いや、でも間に合ってよかった。じいさん、呼んでくれたんだな、おれのこと」基樹はべらべらとしゃべりながら、良嗣にはずいぶんわざとらしく見える仕草で遺影の前に立ち、手を合わせ、深く頭を垂れ、そのまま動きを止めた。さほどおしゃべりではない基樹が、切れ目なく話すのはばつが悪いせいだろうと良嗣は思う。みなまじまじと拝む基樹の丸めた背を見ていたが、彼が顔を上げると目をそらした。

「何やってるのよ、まったく、あんたは」母親がため息まじりに言い、

「モッちゃん、おなか空いてるんじゃないの。お弁当の残りならあるってよ」元来のんきなおばがおだやかに話しかける。

「じゃあ遠慮なく、弁当いただきます。おれもビールもらっていい？　いや、しかし、じいさんが亡くなるとはね。大往生の部類に入るのかもしんないけど、身内の人って死ぬって思えないよな、不死身ってどっかで思ってるんだよな。しかし、そうかあ、じいさん、亡くなったか、さみしくなるよな。あれっ、早苗、おまえおなかおっきいじゃん。結婚したの？　悪かった、なんにも知らないで。いや、葬式も、手伝えなくてほんとすんません

でした」
ひとつ頭を下げると、基樹は勝手に厨房からグラスを持ってきて、良嗣の隣に座り、瓶から手酌でビールを注ぐ。一気に飲む基樹の前に、今日子が弁当を置く。基樹が弁当を勢いよく食べはじめると、久しぶりに見た長男に、すでに興味を失ったように、みなテレビを見たりビールを注ぎ足したりしはじめた。だれも何もしゃべらず、テレビの音声と、基樹が弁当を咀嚼《そしやく》する音が響く。良嗣は中腰でカウンターに手をのばし、テレビのリモコンをとる。汚れ防止のためにラップの巻かれたリモコンは、しかしラップをかえないせいでべたべたしている。良嗣は意味もなくチャンネルを変え、ニュース番組で止めた。バスジャック犯の写真が大写しになっていたからだ。

4

画面はすぐに切り替わり、犯人が小学生のころ書いたという作文が映される。人の役にたつ仕事がしたいと子どもらしい字で書かれている。詰め襟を着た犯人の写真が映る。「半年前に仕事をクビになり、それからずっと職をさがしていたのに見つからず、アパートの家賃を払うこともままならなくなり、むしゃくしゃしていた」、男が取り調べで語ったらしいことが、女性のアナウンスで流れる。「だれかを傷つけようと具体的に思ったわけではない、もう何もかもがどうでもよくなった。ただ遠くへいきたくなってバスに乗った。突発的にやってしまった」

スタジオに移る。司会者の男女と数人の見識者が、今回の事件について言葉を交わしている。計画性があったのか、言葉通り突発的な行為だったのか。ならばなぜナイフなど持っていたのか。この事件の背景には社会の問題がある、いや、そんなことは関係ない。彼らの口調はだんだん熱を帯びてくる。テレビを見上げながら、良嗣は家族をさがして走りまわったときのことを思い出す。あの暑さ、白く光るアスファルト、蝉の声、犯人は基樹だという妙な確信。良嗣は隣で弁当を掻《か》きこむ基樹をまじまじと見る。基樹ではなかった。基樹はここにいて、テレビには別の男の写真が映っている。そんなことを考えたとき、

「いや、わかるなあ」咀嚼しながら基樹が甲高い声をあげた。良嗣と同じようにテレビを見上げていた面々は、思い出したように基樹に目を移す。

「おれ、わかるよ、この犯人の気持ち。ほんと、今どうしようもないからなあ。仕事はないし、日雇いじゃ金は入るそばから出ていくし、ネットカフェ難民が増え続けるのも当たり前だよ、だれだってむしゃくしゃしてるし、どうでもいいやって思ってるし、遠くへいきたいと思ってるよ。あ、おれはちゃんとやってるよ、下北にちゃんと部屋借りてるし、仕事もないことはないけどさ、でも未来に展望がないってのは、まあおれたちの世代はみんな感じてることなんじゃないの」

ここまで基樹が饒舌《じょうぜつ》なのは、ばつの悪さばかりでなく祖父の葬式にこられなかった罪悪感も感じているからだろうか。顎に米粒をつけたままの基樹を見て良嗣がそう思ったとき、

視界の隅でじっと動かなかった祖母が立ち上がるのが見えた。

「でもさ、だれも死んでないんだからこんなふうに騒ぐほどのことでもないよな。今よっぽどニュースないんかな」

顎をさする基樹の指が米粒をさぐりあてた瞬間、ふらりと歩いてきた祖母が、思いきり基樹の頭をはたいた。みんな驚いて祖母を見る。

「いてっ、何すんだよ」

頭をおさえる基樹は、小学生のときの兄のように見えた。その手を払いのけ、もう一発叩く。手をふりあげ、もう一発。もう一発。基樹は両手で頭を抱え、背を丸める。その場にいるだれもが驚きのあまり止めることもせず、口を開いて祖母を見つめている。祖母は唇を真一文字に結んでいるが無表情で、何に対して怒っているのか良嗣にはわからない。葬式にこなかったことか、場違いにべらべらと話していることか。

「わかるんならおまえもバスジャックしてこいっ」祖母は怒鳴った。「今すぐ駅いって、乗っ取ってこいっ」

祖母は声を嗄《か》らすようにして叫ぶと、基樹に背を向け、そのまま厨房には戻らずに暖簾をめくって家へと引っ込んだ。

「なんだっつーの、まったく。意味わかんねーし」

基樹は赤い顔でつぶやいた。みんな呆然とした顔で基樹を見ていた。テレビはコマーシャルに変わっていて、やけに陽気な音楽が店じゅうに広がる。

良嗣は席を立ち、基樹の背を軽く押すようにしてテーブルを離れ、暖簾をくぐって家に上がる。厨房の奥は、藤代家の台所とつながっている。暗い台所で冷蔵庫を開け、良嗣はペットボトルのお茶を飲み、昨日の通夜を思い出す。家族以外に、十人ほどの老人が集まった。知っている顔も知らない顔もあった。知っているのは近所の老人連中だ。

祖父のために泣いたのは、その老人たちだった。祖母も、父母も、おじ、おばも、早苗も、テレビでも見ているかのようにぽかーんと座っているだけだった。読経のときにさんざん泣き、焼香のとき泣き崩れる老人までいたのだが、藤代一家は彼らのこともぽかーんと見ていた。通夜ぶるまいの席で、さっきあれだけ泣いていた老人たちが、今度は一転、安居酒屋の宴会並みに盛り上がり、隣室から注意されるほど騒ぎ出しても、その赤いしわくちゃ顔の一団を、静まらせるでもなく帰らせるでもなく、やっぱり家族はただ眺め、並んだ料理を片っ端から食べていた。だれかがちいさく歌いはじめると、数人の声がそれに重なり、あっという間に大合唱になった。荒野のはてに日は落ちて……ふるさと棄てた旅ゆえに……やさしきものは風ばかり……良嗣の聞いたことのない歌だった。彼らは次第に感極まって、絶叫に近く歌い、泣いた。その間も、藤代家は黙々と料理を食べていた。

うちっていったいなんなんだろう。冷蔵庫を閉め、濡れた口元を拭う。今まで深く考えたことはなかったが、なぜ親族がいないのだろう。あまりにも話に出ないために、藤代家は、祖父母の代から突如発生したような印象を良嗣は持っていた。母親の実家は福島で、母方の祖父母は良嗣が生まれる前後に二人とも亡くなっている。母には兄がいるらしいが、折り合いが悪いのか良嗣は会ったことがない。父の両親である祖父母にはきょうだいや、その子どもたちはいないのだろうか。祖父母の父母はどこの人間だったんだろうか。

良嗣は台所を出、廊下を挟んだ向かいにある祖父母の部屋に向かった。「ばあさん」と声をかけてから、襖を開ける。祖母は散らかった和室の真ん中に正座していた。ずっとそこにある置物のようだった。

「ばあさん、だいじょうぶ？」声をかけると、祖母は顔だけ向けて、

「帰りたいよう」と、子どものような声で言った。一瞬良嗣はぞっとする。もしかして、ばあさん、呆《ぼ》けたんじゃないのか。

「帰りたいって、どこへ」

「うちに帰りたい」祖母は良嗣から顔を逸らしてつぶやく。

「うちってどこさ。ばあさんってどこで生まれたの」

開けたままの襖から、テレビの音声が入りこんでくる。バスジャック事件ではなく、スポーツニュースのようである。

問いには答えず、「あんの、馬鹿が」と祖母は吐き捨てるようにちいさく言った。

良嗣はその場に立って祖父母の部屋を見まわす。半分ほど開いた窓からなまぬるい風が入ってくる。ついこのあいだまで祖父の寝ていたベッドには、タオルケットが四角く畳んで置いてある。

祖父母はどこで生まれたのか。どこで出会ったのか。なぜこんな都心で中華料理屋など開くことができたのか。疑問がしゃっくりみたいにあふれ出てくる。自分ちにはじめて興味を持ったなと、良嗣は思いながら、

「おやすみ」和室を出、襖を閉めた。


父、藤代慎之輔の妹である今日子は、新宿のゴールデン街で飲み屋をやっている。良嗣がまだ幼かった八〇年代は、翡翠飯店はまだかろうじて繁盛していたから、兄の基樹と姉の早苗と三人で、学校帰りによくこの飲み屋へいかされた。翡翠飯店が混み合うのは夕方から八時過ぎまでで、今日子おばの店が開くのが七時過ぎ、客がやってくるのが九時近くになってからだったから、きょうだい三人でカウンターに腰掛け、夕飯を食べさせてもらって、店内のテレビを見たり宿題をするのがほとんど平日の日課だった。迷路のような路地の一角にあるちいさな店を、良嗣はどうしても覚えることができなかったが、基樹はまるで猫のようにするすると路地から路地を抜け、ときには路地にもなっていない隙間を抜けて、ちゃんと妹と弟を店まで引率した。

子どものころの良嗣にとって、二坪ほどしかない、昼でも暗い今日子の店は、秘密基地のように興奮する場所だった。赤いカウンター、黒いスツール、壁に隙間なく貼られたポスター、四隅にごたごたと置いてある得体の知れない荷物、まるでコックピットのように必要なものが揃っているカウンターの内側、店の前をうろつく人に慣れた野良猫。今、あ

らためて見渡せば、家具は安っぽくくたびれているし、ポスターもヤニと油で汚れ、狭さは圧迫感としか思えず、みすぼらしいという形容がぴったりに思えるのだが、子どものころはカウンターが作り出す影にも胸を躍らせるほど、良嗣はここが好きだった。

「モッちゃんはまだいるの」カーラーをつけたままの今日子は、カウンター越しに水割りの入ったグラスを置き、良嗣に訊く。夕方四時過ぎ、ゴールデン街は閑散《かんさん》としている。開け放たれたドアの向こうはまだ明るく、かすかに風が入ってくる。

「いるよ」

「何してんの」

「出前とか進んでいったりしてる」

「店、継ぐ気かね。じいちゃん死んじゃって、何かこう、長男として思うところがあったのかね」

カウンターの内側で、今日子は夜の仕込みをはじめる。自宅アパートで作ってきた総菜を、タッパーから大皿に移し、下ごしらえしてきた食材を鍋に移している。

「早苗も子どもの父親に店やらせたいとかほざいてるし、今、あそこは無職人間の巣窟《そうくつ》みたいになってるよ」

「あんただって無職人間じゃないの」

「おれは働いてるよ、バイトだけど。それにすぐにまた就職するし」

小遣い賃がなくなると、友人のツテをたどって宅配の仕分け作業や警備員などのアルバイトをしている良嗣は、今具体的に就職活動をしていないにしても、ごく近い未来にはまた正規に就職するのだと自分では疑いなく思っている。

「早苗、連れてきたの、その男」

「四十九日に連れてきた。馬鹿みたいな男だった。今、ラーメン屋で修業してるらしい」

「ラーメン屋って、あそこ継ぐから？」

「まあ、狙ってはいるんだろうな。なんだかもう、嫌になる。一般的にいう遺産相続争いとはずいぶん違うんだろうけどさあ、すごい低次元の争いに突入してる感じ」

そもそも基樹は金がなくなったから戻ってきたのかもしれないと良嗣は思っている。良嗣と共同だった部屋ではなく、かつて早苗が使っていた部屋に居着いている。なんか手伝うこと、ない？　と店にいっては漫画を読んだり、テレビを見たり、思いついたように換気扇を磨いたりしている。祖父は倒れる少し前から店には出ていないし、祖母も祖父の死後めっきり店には立たなくなったが、それでも父も母もいて、太二郎も気まぐれにだが手伝っているのだから、人手は充分すぎるくらいなのだが、基樹は自分の存在を主張するかのように店内をうろついている。客がひとり二人しかいないのに、店側の人間が四人いることもある。

「まあ、たしかにずいぶんみみっちい遺産相続だわねえ」下ごしらえを終えた今日子は手を洗い、厨房の椅子に腰掛け、カーラーを巻いた頭をいじる。「それで、おばあちゃんの様子はどう」

「元気ないよ。ずーっとない。よっぽどショックだったのかな」

「お通夜の日も、四十九日の会席でも、ほとんどなんにも話さなかったもんね。まだあんな感じ？」

「まだあんな感じだよ。口を開くと帰りたいって言うし。呆《ぼ》けたのかなって心配なんだけど、おやじもおふくろも真剣に考えてないみたい。こわいんじゃないかな、病院にいって呆けたって断言されるのが」

「呆けたようには見えないけど……」今日子は手をのばし、良嗣のグラスにウイスキーと水を注ぎ足す。

「それでさあ、訊きたかったんだけど、ばあさんが帰りたいところってどこなの。ばあさんの出身地ってどこだっけ。長野だっけ」

それを訊きにきたのだと良嗣はようやく思い出す。祖母がどこに帰りたいのか、良嗣にはわからなかった。父に同じことを訊いたが、「昔にだろ」という答えが返ってきただけだった。

「長野はおじいちゃん。おばあちゃんはたしか、静岡だったと思うよ。でもそんなとこに親族なんかもういないでしょ」

「じゃあどこに帰りたいんだろう」

「過去にじゃないの。店が繁盛して繁盛して、くるくる働いてたころ」

今日子も父親と同じことを言い、煙草をくわえて火をつけた。グラスを持ち上げるとカランと音が鳴った。開かれた扉の向こうで、陽射しは橙色を帯びはじめている。

5

今日子おばは飲み屋をはじめる前は結婚していたと聞いたことがある。良嗣が生まれるころにはすでに離婚しており、このおばの口から良嗣は夫だった男のことを聞いたことがない。良嗣にとって、今日子ははじめからひとりだったし、はじめからこのちいさな飲み屋の主だった。思えば、このおばのことだってよくは知らないのだと良嗣がぼんやりと考えていたとき、

「あ」今日子が声を出した。「帰りたいとこって、満州じゃないの」

「何それ、どこ」

「満州よ、あんた授業で習ったでしょう。そこであの人たちは会って結婚してるんだから、そこにいってみたいのかもしれないよね」

祖父母が戦時中中国にいて、引き揚げてきたとは聞いたことがある。けれどそれについて考えたことが、良嗣にはいっさいなかった。祖父母は二人してその当時の話をまったく口にしなかったし、父や母がそれについて何か言うこともなかった。

「でもまあ、もう無理だわね。中国だって変わっちゃって日本人がいたころの面影もないだろうし、おばあちゃんだってあの年で飛行機なんてぜったいに無理。あの人、新幹線だ

って乗ったことないんだもんね。私、金婚式のときにハワイ旅行でもプレゼントしようかって言ったんだけど、断られたもん。店休んで旅行なんかできるかって」

今日子はそれから、ひとしきり祖母への愚痴をつぶやいた。結婚するときだっておめでとうの一言もなかった、店はじめたって見にきちゃくれないし、応援するでもない、母親として冷たいんだよね、あの人は。その声を聞きながら、良嗣はこのちいさな秘密基地を走りまわっていた幼い自分たちの姿を思い浮かべた。ソファをトランポリンに見立てては叱られ、カウンターの裏側にちいさな体をぴったり収めて隠れ、映りの悪いテレビを見上げて瓶入りジュースを飲む三人の子ども。このおばにも、おじにも、父にも母にも、同じように幼いころがあったと思うと不思議な気がした。

六時近くなって、そんな時間には珍しくスーツ姿の中年男があらわれ、「あらいらっしゃい」今日子は営業用の笑みで迎え入れた。それを機に良嗣は席を立ち、千円札を二枚、カウンターに置く。いいわよお勘定なんか、と言いながらも今日子はその二枚を拾い上げ、レジにおさめる。

「じゃあ、また」

「そのうちそっちの様子見にいくね。おばあちゃんも心配だし」

さっきは閑散としていた路地に、にぎやかなほどネオンサインが灯っている。見知った路地であるのに、まったく知らない異国の町を歩いているような気分に、良嗣は唐突に襲われる。

今まで自分から積極的に何かをしたいということが、良嗣にはなかった。何かを選ばなければならないときは、なんとなく流されるように選んできた。本気で好きだった女の子にふられたときは落ちこんだが、みずから関係修復に働きかけることはなかった。くるものは拒まず、去るものは追わず。就職活動も、同級生たちがみな揃ってはじめたからやっただけであって、マスコミにいきたい、メーカーにいきたいといった希望はいっさいなかった。すでに就職氷河期だったが、そんな姿勢のわりには運よく食品輸入会社から採用通知を受け取った。採用してくれたのがその一社だけだったから、そこに勤めはじめた。

入社して半年、各地のスーパーマーケットをまわって自社製品の試食販売をさせられた。一カ月目にはすでに「なんか違う」と思っていた。試食販売の次は、新入社員は全員営業部に配属され、先輩社員とともに各地に売りこみに歩いた。「なんか違う」はさらに強まったが、しかし正式に配属が決まればこの違和感も薄れるだろうと思っていた。一年ののち、良嗣は商品管理部に配属された。けれど「なんか違う」は肥大していくばかりだった。

そのとき良嗣は恐怖を覚えた。なんか違う、と思いながら、その違和感とともに歳を重ねていく自分がありありと見えるようだった。パソコンと向き合いどこに何を何箱卸したか、何箱返品されたか、ちまちまと数を打ちこんでいくうちに人生が終わる。その終わり間際に自分が感じることといったら、たぶん増殖し繁殖した違和感だけだろう。違和感しか与えない人生。ぞっとした。転職を考えたが、やっぱりやりたいことなど何ひとつ思い浮かばなかった。どんなふうにして別の仕事をさがせばいいのかわからず、また、転職しても別の種類の違和感を感じるだけだろうとも思えた。とりあえず恐怖から逃れるために仕事を辞め、アルバイトや店を手伝いながら真剣に将来を考えようと思い、辞表を出した。三年前、二十五歳のときである。

真剣に将来を考えようという気持ちは、しかし日に日に薄れた。手元に小遣い銭があれば働かず、なくなればアルバイトをさがす。手伝えと声をかけられれば、階下の店に降りて洗いものをしたり鍋釜を磨いたりする。学生時代から交際していた女の子にふられたあとは、合コンで知り合った女の子と幾度かデートもしたし、大久保のラブホテルで一回寝た子もいるが、それきりである。

このまま何も有意義なことをせず、社会と接点を持たず、年老いていくのかと考えると、以前と同じようにぞっとしたりもするが、一晩眠るとリセットされたように忘れてしまう。ま、いつかなんとかなるさ、と根拠のないわりに確固として良嗣は思う。いつか就職はするんだし、そうしたら違和感なんかもう感じずにがつがつ働くんだと、思っている。

うちってなんなんだ、と、かつて良嗣は思ったことがある。それはかすかな興味だった。祖父の死によって、良嗣のなかでそれは今まで感じたことのない疑問へとかたちを変えはじめている。ものごころついたときからずっと自分を覆っている、こののっぺりした無気力、流れにいともたやすくのりやすい消極的な適応力は、自分だけのものではなくて、藤代家全体を包みこんでいるのではなかろうか。血液型とか、ＤＮＡとかと同じように。

祖父と祖母が出会った異国の地を見てみたいと良嗣が思ったのは、思い返すかぎりはじめて自分からやりたいと思った何ごとかだった。そう思ったのは、謎の多い祖父の戸籍を見たからでもなく、無職無気力人間の巣窟となりつつある翡翠飯店から逃げ出したかったのでもなかった。良嗣は今、真剣に知りたかった。自分たちが、父や母や、おじや兄が、いったいどんなふうな経緯をたどって今ここにいるのか、単純に知りたかった。

このところ、藤代家は毎晩店じまい後に集まって、店の行く末を相談している。下北に部屋を借りているはずの基樹はすっかり家に居着き、新装開店案を主張し続けている。早苗は一週間に一度は顔を出し、結婚はどうするのかだの、出産はどこでするのかだのという母の質問は無視するくせに、基樹の肩を持ってラーメン屋と中華料理屋を分離させようと言い募る。父はハナから大反対で、しかし言葉数が圧倒的に足りず、金がないとしか言わない。父に同調していた母は、次第に子どもたちの意見に傾きはじめ、放っておいた祖父の死亡保険の手続きもあわただしくはじめたり、日中に銀行などに出向いては、可能な借金額などを相談したりし、その母のひとり勝手な行動が父の怒りに火をつける。太二郎はまったく彼らしく、反対でも賛成でもなく、みんなが語り合うのをあたかも美しい青春の日々か何かのようにじっと聞いている。口元に笑みさえ浮かべて。

良嗣はその家族会議に混ざる気は毛頭なかった。だれも彼も、店の安泰や藤代家の将来のことを真剣に考えているのでなく、単に自分たちの居場所をもっとも安易な手段で手に入れようとしているとしか、思えなかった。そして良嗣は、金がなくなったのか女に棄てられたのか、ふらりと帰ってきて長男面をしている基樹のように、翡翠飯店を自分のものにしようとは考えていなかった。

　祖母もまた、良嗣と同様、彼らの話し合いには頑として加わろうとしなかった。祖父亡き今、店のオーナーは祖母であるのに、どうなってもかまわないと言いたげに、たとえば夕食時、テーブルをともにしただれ彼がそんな話をはじめると、ふいと席を立ってしまう。味方をひとりでも増やそうと、基樹や母が「おばあちゃんはどう思うの」と訊きにいっても、「あんたたちの好きにしたらいい」としか答えない。

　祖父が生きていたころは、厨房にも立ち、夕食後も店に戻ってこまこまと働いていた祖母は、このごろでは夕食を終えると自室にこもってしまう。風呂を沸かしたと母が声をかけるまで、十四インチの映りの悪いテレビをぼうっと眺めている。

　また今夜もなし崩し的に家族会議になってしまった食卓を抜け、良嗣は祖母の部屋に向かう。ばあさん、と声をかけてから襖を開ける。祖母は折り畳んだ布団に寄りかかってテレビを見ている。部屋に入る良嗣をちらりと見遣って、また画面に顔を戻す。クイズ番組をやっている。

「ばあさん、あのさ、帰りたいって言ってたじゃん」

「あん？」

「帰りたいって、何度も言ってたじゃん。あれってどこに帰りたいの、もしかして満州？」

「なんだ、そら」祖母はテレビから目を移さず、つまらなさそうに言う。

「いや、今日子おばさんがもしかしてそうなんじゃないかって言うから。ばあさんとじいさんはそこで出会ったんだよね、もしかしてそこにいきたいのかなって思って」

祖母は何も言わない。窓が開いていて、すっかり涼しくなった風が入りこんでくる。

「もしそうだったらさ、おれ、いっしょにいくよ」

祖母は首をぐるりとまわし、良嗣をねめつけるように見、フンと鼻を鳴らしてちゃぶ台の急須から茶を注ぐ。片手でつかむように湯飲みを持ち、音をたててすすった。

「いや、おれ、ほら、今ひまだし、でももうじき就職しなきゃなんないし、時間あるのって今だけだから、ばあさん最近疲れてるみたいだし、なんかリフレッシュ休暇っていうの？　そういうのでいっしょに旅行とか、してみない？」

良嗣は本当は別のことを訊きたかった。祖父の保険金の手続きを手伝わされた折り、何気なく祖父の戸籍を見たのだが、そこには良嗣の知らない名前があまりにもたくさんあったのだった。本籍が長野になっている祖父の一家やきょうだいはもちろんのこと、たとえば長男だとばかり思っていた父は、三男だった。太二郎と今日子の下にもうひとつ知らない名前があった。死亡とされているが、いったいなぜ死んだのか。なぜだれも彼らのことを話題にしないのか。なぜ墓もないのか。そう直截には訊けないから、良嗣は祖母との旅を思いついたようなものだった。今日子の言うとおり、新幹線すら乗ったことのない祖母が、ひとつ返事で承諾するとは思えなかったが、しかしもしかして本当に祖母が「帰りたい」のは、その異国の地ではないのかと思ってもいた。

「おれ、なんでもするしさ。けっこう頼りがいあると思うんだよ。ねえ、いこうよ。なんだったら費用はさ、おれが出してもいいから」

「うるさいよ、あんた、がーがーがーがー。今の問題、聞きそびれたろ」

ぴしゃりと祖母に言われても良嗣は黙らなかった。ねえ、いこうよいこうよいこうよ。おれ、いきたいんだもん。ばあさん、年のわりに足腰しっかりしてるから問題ないよ、だいじょうぶだよ。駄々っ子のように言い募った。良嗣はどこかで理解していた。これが、自分が何かを本気で知りたいとかやりたいとか思ったはじめてのことであり、今この気分を逃がしたら、この先一生違和感にまとわりつかれながら過ごすのだろうと、勘のようなもので、理解していた。もう何年前か思い出せないほど昔から、吊り下げられたままになっている窓辺の風鈴が、ゆるやかな風にちろんと鳴った。

第二章

1

その話を藤代泰造が聞いたのは昭和十五年、故郷長野の公民館で、だった。進学するほど勉強ができたわけでもなく、また家に経済的なゆとりがあるわけでもなかったので、泰造は中学を卒業後、家業の養蚕《ようさん》を手伝って過ごしていたけれど、父や母が語るかつての繁盛ぶりとはほど遠く、長兄以外の子どもたちはみな、近くの農家や林業を手伝いに出なければならないような状況だった。養蚕業もいつまで続くかわからず、また万が一続いたとしても、継ぐのは長兄と決まっていたし、自分はなんらかの方法で身を立てなければならないことも泰造はわかっていた。けれど泰造は長期的思考のできる性質ではなかった。なんとかせねばならんなあ、と具体的な対策を考えてみても、そのうち頭が靄《もや》がかったようになって、まあいいや、となってしまう。まあいいや、そのうちなんとかなるだろうから。

それで片づけてしまうのである。

公民館にその日、ナントカという人がきてナントカについて説明をすると、似たような境遇の友人から聞き、泰造は「ナントカ」としか認識しないまま、つき合って出かけていった。休日、泰造が家にいると父親も母親も最近では嫌みばかりを言い、家に居づらかったからである。

国策としての満州移民募集の説明会だった。神武建国の五族協和という理想の達成のため、また経済的に行き詰まったこの村を救うため、満州開拓移民として分村計画を進めていると、壇上に立った男は自信に満ちあふれた声で話していた。

男の言葉遣いは堅苦しすぎてよくわからず、満州という地名を聞いたことはあるが自分と結びつけて考えたこともない泰造は、今日は夕飯にありつけるだろうかとばかり考えながらぼんやり聞いていたのだが、奇妙なことに、男の話に半ば耳を傾けるうち、体の芯がむずむずするような興奮を覚えはじめた。

満州は広大で、まじめに開墾《かいこん》すればひとり十町歩《ぶ》の土地が手に入ると聞いたからではない、家に負債がある場合、三年据え置きの後、年賦で返せると聞いたからでもない。また、行き詰まっていた現状の解決策になり得ると思ったからでもなかった。

泰造は見たのである。今まで目にしたこともないような果てのない大地、山に囲まれたちいさな世界ではない世界、歩いて歩いて歩き続ければ、そのぶんだけ開けていく地平。見たこともない、想像したこともない光景が、不思議なことにあふれるように思い浮かび、泰造は彼方の地平線に目を凝らした。その、どこまでも開けている世界が、自分の未来とゆっくりと重なり合う。

おれ開拓団に応募する、と泰造は早くもその日の晩に家族に告げた。反対するものはだれもいなかった。農家として独立するまでの経費はいっさいかからない上、移転者の家の借金は、向こうでの稼ぎから年賦払いで返せると知り、父と母には安堵の表情すらあった。なんの迷いもなかった。厄介払いができたことをよろこぶような父母の表情も、まったく気にならなかった。泰造はもう、突然開けた未知の大地しか見ていなかった。思えば、みずからの力で何かをやりたいだとか、どこへいきたいだとか、意志を持って願ったのは生まれてはじめてであるような気が泰造はした。

年が明けてすぐ、公民館で体格検査と口頭試問があった。小柄な泰造は合格するか不安だったが、しかし集まった男たちを数えると三十七名、定員の五十人に満たないのだから全員合格だろうと内々で思ってもいた。そして実際、泰造は両方の試験に合格したのである。

三月、ほかの合格者とともに泰造は茨城にある訓練所に出立した。朝五時に起こされる規則正しい生活と、ほとんど軍隊と変わらない連日の猛訓練、自給自足の食糧生産、食事の支度から洗濯からすべてひとりでやらねばならない暮らしに、泰造は早くも辟易《へきえき》した。脱落する者もいた。いっそ自分も脱走して故郷に帰ってしまおうかと幾度も思った。しかしそう思うたび、泰造はかつて自分をとらえた未知の光景を思い描いた。ともかくあそこにいかなくてはなんにもならん、と自分に言い聞かせた。

　五月の終わりにようやく訓練を終えた。日の丸の旗を持った人々に見送られ、東京に向かう列車に乗りこむ。宮城《きゅうじょう》を拝した後、明治神宮、靖国神社と参拝し、壮行会に参加するため日本青年館に向かった。圧巻だった。各地から集まった移民希望者は四百人以上いた。壇上では、訓練所で名前を聞かされた偉い人たちが次々に立ち、熱い調子で話した。泰造はその話もよく聞かず、ぽかんとして四百数名の男たちを眺めた。

　翌日、一行は東京を出発し、途中伊勢神宮、橿原神宮を参拝して、下関から大連《だいれん》に向かう船に乗りこんだ。泰造が海を見るのははじめてだった。泰造はぽかんと口を開けて目の前に広がる海と、これもまたはじめて見る馬鹿でかい船を眺めた。波は荒く船はだいぶ揺れた。自由時間ができると泰造は真っ先に甲板に向かい、海に見入った。激しい揺れで気分が悪くなり、幾度か吐いたが、それでも甲板にしがみついていた。揺れるたび青や緑に色を変える波、銀色に輝く遠い海面、空と溶け合うような水平線、どこまでも広がる水。泰造の思い描いた未知の世界は、もうはじまっていた。放心したように海に見入りながら、何か違うと泰造は漠然と思っていた。

　訓練所で親しく口をきくようになった数人、壮行会から合流した男たちと、自分はなんだか違う。そこにいってみたいから、見たことのない光景を見てみたいから。そんな理由で志願し満州に渡る者は、自分以外にだれもいないのではないか。だれも彼も、国のため村のため、民族協和のため満州建国のためと、泰造にすれば諳《そら》んじたような言葉を熱く語るのである。たとえば訓練所にいたとき、屯墾病《とんこんびょう》にかかる年若い青年が数人いた。泰造と同い年の堀田《ほった》という男は、荷物をまとめて故郷へ帰ったり、親に迎えにきてもらう彼らを心底軽蔑し、「赤ん坊でもあるまいに」と吐き捨てるように言っていた。「家が恋しくなるくらいなら最初からおとなしく家にいればよかったんだ。あんなやつは大和民族の恥だ、満州にわたる前にさっさと帰れ」と憎々しげにつぶやいていた。堀田は、満州移民は成功するはずだ、おれたちが新しい国を支えるのだと何かというと熱く語る男だった。その熱さが泰造にはうっとうしかったのだが、多くの男たちは堀田の言葉に真顔で頷いていた。そうしないと指導者に咎《とが》められるからだろうかと思っていたが、どうもそうではないらしい。彼らはどうやら、本気で国のため、村のためと心底思っているようなのだ。

壮行会で合流した男たちのなかに、中澤《なかざわ》という東北から参加した年長の男がいて、農家の三男坊のこの男の言う「ひとり一町歩の土地がもらえるって聞いて参加した」という言葉だけが、かろうじて泰造には納得できるものだった。吐きながらも海に見とれている男なんて、おれしかいないんじゃないのか。泰造はそんなふうに思い、淡い不安を覚える。広大な土地を見てみたかったなんて言ってはいけないのだろうと、なんとなく理解していた。

三日後、船はようやく大連の港に入った。船を下りると足がふらついた。船の揺れが体のなかに残っている。そんなことも泰造にはものめずらしく、おもしろいことだった。大連からは南満州鉄道に乗りこんだ。泰造はその列車がどこに向かうのかも、向かった先で何がはじまるのかもよくわかっていなかった。ただ右へいけと言われればいき、これに乗れと言われれば列に従って乗るだけだった。

列車の窓はすべて鎧戸《よろいど》が閉められていて、景色がまるで見えない。汗と薄く漂う糞尿のにおいと人いきれにまみれながら、どのくらいたったのかわからないほど長く列車に揺られ続けた。国境を過ぎたのか、ある駅で窓が開かれた。人の隙間からのぞきこむようにして泰造は窓の外に目を凝らした。果てしない平地が広がっているのが見えた。満人のものだろう、みすぼらしい民家がところどころ肩を寄せ合うようにして立っている。それを過ぎるとまた広野が続く。山に阻まれていない開けた土地を見るのは生まれてはじめてなのに、はじめて見る気がしなかった。幾度も幾度も思い描いた光景と、そっくり同じであることが泰造には不思議だった。

飛行機の窓から煙るような大地を見下ろし、良嗣は祖父泰造が、はじめて異国の地に降り立ったときの気持ちを想像する。そのころは異国ではなかったらしいが、しかしどう見たって異国だったろう。

「なあヨッシー、おれ、ビール飲みたいんだけどもらえるのかな」

身を乗り出して太二郎が訊く。

「もらえるよ、その人のマークがついたボタン押せば女の人がきてくれるよ」

「ヨッシーがもらってよ」目尻を下げて嘆願するように言う。

良嗣はため息をつき、呼び出しボタンを押し、やってきたキャビンアテンダントにビールがほしいと告げる。太二郎は過去に数度海外旅行をしたことがあるはずなのに、まるではじめて飛行機に乗ったみたいに何から何まで良嗣に頼む。この旅行に同行させたことを、良嗣は早くも後悔しはじめていた。

「ばあさん、だいじょうぶ」

良嗣と太二郎に挟まれて座る祖母に訊く。

「耳が痛い」

祖母はかたく目を閉じ眉間に深いしわを寄せたまま、数分前から言い続けていることを言う。

「唾を飲みこむといいよ」

「満腹になるほど飲んでるよ」忌々しそうに祖母は言う。

祖母は八十七歳にして、生まれてはじめてパスポートを取得した。パスポートがなくともいけるはずなのにと最後までぶつくさ言ってはいたが。

良嗣の旅の誘いに乗り気でなかった祖母が、やっぱりいく、と言い出したのは、年が明けてからだった。家のなかでは相変わらず、どうにも情けない財産争いが続いていた。しかも臨月の十二月になって、早苗は恋人を伴って転がりこんできた。早苗の恋人出現に家族はいち早く慣れたはいいが、家族会議はますます騒々しく、収拾がつかなくなっていた。

早苗の恋人である長谷川陽一《はせがわよういち》は、渋谷にあるラーメン屋で働いていたそうだが、店を手伝わせてほしい、厨房に立たせてほしいと父に言い、父はそれだけは譲らなかった。それでも陽一はめげずに店内をうろついている。掃除をしてみたり、古雑誌を整理してみたり、客がくれば進んで接客するのだが、良嗣から見るとずいぶん卑屈な態度に見えた。部屋を追い出された基樹は食堂の隅で寝起きし、陽一がこまこまと働くぶん暇を持て余し、日雇いのアルバイトをはじめたようだが毎日出かけるわけではない。食卓でゴロゴロしていたり、太二郎とともにパチンコにいったりしている。そして夜になれば、改装だなんだとまったく進展しない、議論にもならないただの言い合いがひとくさりある。

2

騒々しいからとにかくここを離れたい、というのが、祖母が良嗣の誘いに乗った理由だった。だから本当のところ、祖母が帰りたいといった場所が祖父と出会った場所であるのかどうか、良嗣にはわからなかった。ともあれ祖母はパスポートを取得した。良嗣が旅の日程を具体的に決めはじめると、おまえだけでは心配だからおれもいくと太二郎が言い出した。たしかに旅先で祖母に何かあったらと思うと不安だった良嗣は、そのときはふたつ返事で了承した。父は、祖母と太二郎と良嗣の三人旅について、賛成とも反対ともつかない、どちらかというと興味のなさそうな対応しかしていなかったが、旅費を全面的に出してくれた。前の年に受理された祖父の死亡保険金の一部らしかった。

そして今朝、良嗣を開店前の店に呼び出し、ばあさんをよろしく頼むと大仰に頭を下げた。

「もしばあさんがどこそこにいきたいと言ったら、旅程より優先してそこへいってやってくれ」と言う。「これが最初で最後の旅行になるだろうし、ばあさんはもしかしたらずっといきたいと思っていたかもしれないから」と、洗っても落ちないしみのついた前掛けを身につけながら、ぼそりと言った。

「そういえばとうさんもそこで生まれたんだろ」はたと気づいて良嗣が言うと、

「なんも覚えてないさ。赤ん坊だったからな」そう言って厨房に入った。

空港には母と今日子が見送りにきた。チェックインカウンターにできた列に並んでいると、今日子は封筒を押しつけるように良嗣に渡した。「おばあちゃんをよろしく。いきたいって言うところにどうかいかせてやって」と、父親と同じせりふを言いながら。母と今日子は、出国審査に向かうゲートに立ち、いつまでも手をふっていた。荷物検査を終えてふりかえっても、まだそこにいて、手をふっていた。まるで今生の別れとでもいうかのように。反対に祖母はさばさばしたもので、荷物検査を終えるとふりかえりもせずすたすたと歩き出していた。搭乗ゲートとはまったく別の方向だったが。あわてて良嗣は祖母を追いかけ、正しいゲートへと先導しなければならなかった。祖母はむっつりと不機嫌な表情で良嗣についていて歩いた。

に訊く。

「ヨッシーはビールはいいの」太二郎は受け取ったビールのプルトップを開けながら良嗣に訊く。

「いらないよ。それにもうそろそろ着くよ」

「まだ三十分はあるだろう」太二郎は目を細めてビールを飲む。

当機は着陸態勢に入りましたとアナウンスが流れる段になって、太二郎はトイレにいきたいと良嗣に言い出した。

「もういけないよ、シートベルトのサインが消えるまで待たないと」うんざりしながら良嗣は言う。

「えっ、そうなの、どうしよう、ヨッシー、おれ漏らしそう」酔ったとき特有の間延びする口調で太二郎は言い、

「耳が、耳が痛い」祖母がちいさな声で訴え、良嗣は目を閉じてうなだれた。やがてがたんと大きく揺れ、大連周水子《しゅうすいし》国際空港に着陸しましたとアナウンスが流れる。良嗣はそこで目を開け、窓の外を見た。陽射しを浴びて滑走路も木々も銀色に光っている。はじめて大陸を目にした祖父を思い描こうとするが、写真ですら見たことのない若き祖父の姿は、なかなか想像できない。またそのとき彼が抱いていたであろう思いも。

なぜ祖父が渡満したのか、祖母が口にしたのは入国審査の列に並んでいるときだった。良嗣が何も訊かないのに、

「あの人はね」と勝手に話しはじめたのだ。「あの人は、貧乏だったし次男坊だったから

移民団に申しこんだんだよ。開拓民としてきたのさ。二十歳のころだったかね。下関から船に乗ってこの町にきたんだよ」

「え、そうなの」

良嗣は祖母の話の続きを待つように相づちを打ったが、祖母はそれだけ言ったきりで、あとは黙ってなかなか進まない列の先を見つめている。

「移民団って何、開拓しにきたわけ？」良嗣は話を促すように訊くが、祖母はちいさくうなずくだけである。

「ああ、そういうのがあったんだよ、貧しい農村地域でね、満州に移住するよう勧めたんだよね、国策として。昭和恐慌で大打撃を被った村や町があってさ、戦争がはじまって景気がよくなってもなかなか立ちなおれなかったんだね。小作人なんかはちっちゃい土地で穫《と》れたものの半分を地主に納めなきゃなんないし、まあ、農地と人口のバランスの悪さに貧困の原因があるから、人口を広い満州に移せば一石二鳥って考えたんだろうね」

ビールを飲み過ぎたせいで鼻の頭を赤くした太二郎が、どこか得意げに見える顔つきで朗々と説明する。そんな太二郎の様子になぜか苛立った良嗣は、

「タイちゃん、声、おっきいよ、自分で思ってるより、ずっと」

小声で太二郎をいさめた。

「ばあさんはどうしてきたわけ？　その開拓団とやらじゃないんでしょ？」

前方とのあいだにできた隙間をのろのろと詰めながら、良嗣は祖母に訊いた。答えない

のかと思うほど長い沈黙のあとで、

「こっちなら仕事があるって聞いたから。あの人は下関からだけど、私は門司から船に乗ってこの町にきた」

ぼそりと祖母は言った。

「仕事ってどんな仕事があったのさ」

良嗣が訊いたとき、入国審査の順番がきた。まず太二郎がいき、次に祖母が、最後に良嗣がカウンターにいって入国スタンプを押してもらった。


それが良嗣の、大連の第一印象だった。タクシーでホテルを目指し、窓の外に流れる町並みを見て思ったのである。なんだ、ただの、人の多い町じゃん。

祖父と祖母がそれぞれ船に乗ってこの町にきたと聞いたからか、もっとレトロな趣と情緒にあふれた町を想像していた。たしかに、広々とした道路の両側に突如あらわれる石造りの重厚な建物や、バロックというのかロココというのか、ごてごてしい洋風建築、市街地を走る路面電車などは、良嗣の想像していた中国の町並みとは異なって、アジアでもヨーロッパでもない、不思議な場所にまぎれこんだ気分にさせるが、それはほんの一部で、それらを覆うようにデパートや高層ビルが林立し、歩道という歩道は人があふれていて、人の多い新宿のようにも、一度いったことのある香港のようにも、基樹が写真で見せてくれたバンコクのようにも見えた。とくべつな過去を持ったとくべつな町には見えなかった。

大連駅にほど近いホテルにチェックインするころには夕方になっていた。二部屋とってあり、一部屋には祖母が、向かい合ったもう一部屋には太二郎と良嗣が泊まることになった。太二郎は部屋に入るなりスーツケースを投げ出し、靴を履いたままベッドに横たわり、勢いよく放屁した。

「あーあ、酔っちゃったから寝てもいい？」言うが早いか、寝息をたてはじめる。

良嗣は太二郎をそのままに、祖母の部屋にいった。ドアをノックすると、二分ほど後にドアが開いた。

「どこか、いきたいところ、ない？」

良嗣は祖母に訊くが、

「ないよ」

祖母は即答する。

「でもせっかく着いたんだし、夕飯までまだ時間あるし」

「ないよ。少し横になるよ」

祖母はそう言って、良嗣を押しのけるようにしてドアを閉めてしまう。

あーあ。なんなんだよ。良嗣はため息をつき、自分の部屋に戻りかけ、カードキーを持ってこなかったことに思い至った。ドアは自動でロックされている。ドアを叩き、「タイちゃん、ちょっと起きろよ」と声をかけてみても、ドアが開く気配はない。ち、と舌打ちをし、しかたなく良嗣はロビーに下りた。フロントで地図をもらい、ロビーのソファに腰掛けてそれを広げる。ホテルの自動ドアの向こうを見遣ると、埃《ほこり》っぽい町が橙色に染まりはじめている。

このままロビーで太二郎が起きるのを待っていてもしかたがないと思った良嗣は、地図だけを手に橙色の町に出る。人も車も多い。バスターミナルがあり、ケンタッキーフライドチキンがあり、ピザハットがある。良嗣の思うところの、ただのふつうの都会である。地図で見ると、バスターミナルから少し南に下り、そこから東にのびる道をまっすぐにいくと有名な広場があるらしかった。地図をジーンズのポケットに入れて良嗣はぶらぶらと歩き出す。全体的に埃っぽく、橙色に染め上げられた建物も街路樹も霞んでいる。

中山路《ちゅうざんろ》、と書かれた大通りを歩きはじめた良嗣は、そういえば今、おれなんにも持っていないと唐突に気づく。ホテルの鍵は部屋のなかだし、まだ日本円しか入っていない財布は部屋の鞄のなかだ。鍵も、金も、パスポートもない。そう気づいたとき、良嗣の腹の底がちりりと熱くなった。奇妙な感覚だった。良嗣は立ち止まり、見たことはないがありふれて見える町の光景に目を凝らし、たった今腹の底をくすぐった熱の正体について考えてみる。それが何であるのか、しかし良嗣にはまるでわからない。また歩きはじめる。家族連れとすれ違う。カップルとすれ違う。両手に大きな買いもの袋を提げた中年女性が、ぶつかるようにして良嗣を追い越していく。クラクションが鳴らされる。車と車のあいだをオートバイが器用にすり抜けていく。歩いていると、さっきの熱が温度を増してせり上がってくるようだった。その熱の温度が高まるのにつれ、体が軽くなるような気がした。大声で笑い出したくなって、それでようやく、良嗣は気づいた。おれ、今、興奮しているんだと。なんにも持たずに知らない町を歩いていることに、どうやら、興奮しているらしい、と。

　今の自分より若い祖父と祖母が、それぞれ違う事情で住んでいた町を飛び出したときのことを、良嗣は想像する。若き祖父の顔も、若き祖母の顔も思い描けなかったが、しかしその気分だけは、さっきよりもくっきりと思い浮かべることができた。こんな気持ちだったのではないか。今の自分と、何も持たず、何も持たないことに興奮して笑い出したくなっている自分と、そっくり同じ気分でこの町を眺めたのではないか。もちろん、時代は違う。戦争ははじまっていたのだし、貧しさという言葉ひとつにしたって今とは意味合いがぜんぜん異なるのだろう。祖父も祖母も、こんなふうにのんきな気持ちで見知らぬ土地を目指したわけではないだろう。そもそも彼らには、旅なんて概念はなかったはずだ。やむにやまれぬ理由があって、故郷を捨てる覚悟をして、何かにしがみつくような思いで、船から見える町に目を凝らしたに違いない。でも、それでも、新しい土地に、そこにやってきた無一文の自身に、興奮した一瞬はあっただろう。笑い出したくなるような瞬間はあっただろう。やがて前方に、広大な円形の広場が見えてきて、良嗣は、自分はそれを願っているのだと思い至る。若き祖父と若き祖母、会うことのかなわない二人の若者の気分を、一瞬でも共有したいと強く願っていることに。

重厚な建物にぐるり囲まれた円形の広場には、さすがに圧倒された。たしか、ガイドブックでこの広場のことを読んだと良嗣は思い出す。古びたこれらの建築物は、日本の統治下に建てられたものだと書いてあった。放射状にのびる道路に目を凝らし、過去と現在を重ね合わせてみようとするが、しかしもちろん、過去を知らない良嗣にはそんなことはできない。ただ広い、すげえ、と思うのみである。

広場を一周し、もときた道を戻る。橙色は一掃され、空の端が淡い青に染まりはじめている。道路沿いの店々の看板に明かりが灯る。読めそうで読めない漢字が薄闇に浮かび上がり、ようやく異国にきたのだと良嗣は実感する。

3

部屋に戻ると、太二郎は起きていて、テレビに見入っていた。衛星放送のＮＨＫである。中国にいるのにわざわざＮＨＫをさがしだしていることにも苛ついて、

「夕飯、どうする？」

良嗣はぶっきらぼうに訊く。

「そういえば腹減ったなあ。どっかおいしいところ、知らないの、ヨッシー」

良嗣はそれには答えず、今度はカードキーを持って祖母の部屋をノックした。ドアが開く。

「夕飯、何食べたい？　外に食べにいこうよ」

あらわれた祖母に言うが、

「外に出るのは面倒だよ」と祖母は言う。

「じゃ、このホテルのレストランでもいく？」

「ああ、それでいいよ。そうしよう」祖母はそう言うといったん部屋に戻り、カードキーを手に部屋を出てきた。祖母がどこにもいきたがらないことに、自分でも意外なほど落胆しつつ、良嗣は部屋の鍵を開け「タイちゃん、ばあさんはホテルのレストランがいいってよ」と声をかけた。

滞在しているホテルには中華料理屋が二軒（広東料理と飲茶）、居酒屋ふう日本料理屋が一軒、喫茶店ふうのレストランが一軒入っていた。もちろん広東か飲茶だろうと良嗣は思ったが、祖母は「日本料理屋がいい」とレストランフロアで言い張った。

「えー、初日なのに日本料理でいいわけ？」良嗣は文句を言ったが、

「中華こそ飽き飽きだよ」祖母は言って、ひとり勝手に日本料理レストランに入っていってしまう。

「ま、いいんじゃないの」太二郎は興味なさげに言って祖母のあとに続き、やむなく良嗣も店に足を踏み入れた。

壁に、中国風の扇子や、色あせた法被《はっぴ》などが飾ってある中途半端な店で、しかも客は良嗣たち以外いなかった。店員に日本語の通じる人はおらず、進んで入った祖母も、太二郎

も何もしようとしないので、良嗣は写真つきのメニュウを指さしながらなんとか注文を終えた。キリンビールは冷えていたが、料理は出てくるのが異様に早く、焼鳥も煮物も、天《てん》麩羅《ぷら》もうどんも、みなレトルト食品のようで、なのになぜか一様に八角臭《しゅう》がした。祖母も太二郎もつまらなそうにビールを飲み、しぶしぶといったふうに料理を食べた。最初こそ良嗣は祖母の機嫌をとりたくて、またさっきの興奮が残っていて、明日はどこにいこうかだの、何を食べようかだのと陽気に話していたのだが、祖母はほとんど答えず黙々と料理を食べているきりで、しかも太二郎はまたしても良嗣にビールの追加注文をするよう頼み、良嗣もついに嫌気がさして黙りこみ、さしておいしいとも思えない料理を食べ続けた。

この旅行、失敗だったかなと良嗣は思いはじめていた。ばあさんはなんだかずっと不機嫌だし、太二郎は頼りにならないばかりか苛立ちの原因だし。それにしても明日帰るわけにもいかないのだ。二人がずっとこんな調子でも、でも自分だけはとりあえずたのしもうと、良嗣はさっき路上で感じた興奮を思い出すようにつとめた。

「仕事ってのは、まあ、飲食店とかバーとかだよ」

テーブルに並んだ皿がほとんど空になったとき、突然祖母が口を開いた。良嗣はなんの話かわからず、ぽかんと祖母の顔を見る。ヨッシー、ビール、いや、日本酒あったら頼んで、白酒《バイチュウ》でもいいけど、と太二郎が言い、良嗣は店員を呼んでメニュウを勝手に指さし酒らしきものを注文し、そしてようやく、祖母の言葉が入国審査の列での質問にたいする答えだと気づいた。

「ああ、接客業？　ばあさんそういう仕事してたの」

「内地にいたって仕事なんかないし、そのときいろいろあったしさ、それで海を渡ってはるばると、ってわけさ」

「飲食店やバーがあったんだ」

「そりゃあった。新京《しんきょう》には日本人街があったし、そりゃにぎやかだった。選ばなきゃ仕事はいくらでもあったよね」

「それじゃ、じいさんとそういう店で会ったわけ？　じいさんが客としてきて仲良くなったとか」

　三分の一ほどビールの残った祖母のグラスに、良嗣はあわててビールをつぎ足す。酒を飲ませてもっと話してもらおうという算段だった。しかし祖母はビールには口をつけず、法被のかかった壁のあたりをじっと見据え、

「じいさんは、あれだよ、逃げてきたんだよ」祖母はそう言って、こみあげるような笑いを漏らした。成田を出てからはじめて見る祖母の笑い顔だと良嗣は思う。「女の格好して逃げてきて、それで、新京に着いて満人に助けてもらってさ。もちろん私はそれを見たわけじゃないよ、あとから聞いた話。それにしてもまずい料理だったねえ。食べ終えたんなら帰ろうか。疲れちまったよ、耳もまだ痛いし」

　祖母は立ち上がる。

「ばあさん、おれ、酒、今頼んだばっかりなんだよ」

「じゃああんたは飲んでいればいいだろう。私は部屋に戻るよ」

「送ろうか、部屋まで」

「いい、いい」中腰になった良嗣を制し、祖母は成田でそうしたように、ふり返ることもなく店を出ていった。

「知ってた？　今の話」良嗣は太二郎に訊く。

「いやー、知らないね。あの人たち、そういう話いっさいしなかったから」

運ばれてきたのは白酒だった。ビールを飲み干したグラスに、太二郎は手酌でそれを注ぎ、あおるように飲む。「うん、うまい」

「新京ってどこ」

「日程に長春《ちょうしゅん》ってあるだろう。そこだよ。三日後にいくところ」

「逃げてきたってどういうことだろう。脱走兵ってこと？」

「まあ、そういうことかもな。でもあの人の話、本当かどうかわかんないしな。とにかくそのころの話をしなかったんだから、今だって本当のことを言ってるかはわかんないさ。飲むか、ヨッシー」

太二郎は酒瓶を差し出したが良嗣は断り、今祖母が言った言葉を幾度も反芻《はんすう》した。意味も詳細もよくはわからなかったが、若き祖父母を想像するのは思いの外《ほか》たのしかった。祖父母にも若いころがあって、何かをやりたいと思ったりやりたくないと思ったり、何かから逃げ出したりしたのだと想像することには、さっき感じた熱のような興奮があった。

田川《たがわ》ヤエが新京の日本橋通りにあるバー「バロン」に勤めるようになったのは単に成り行きだった。小学校を卒業後、その他大勢の男女とともに静岡から東京に出た。みんなそうしていたから、それについて疑問も不満も抱かなかった。ヤエの奉公先は浅草にある料理屋だった。朝は四時に起こされ、夜は十二時近くまで働かされた。似たような境遇の女子八人が一部屋で眠る。あまりに忙しすぎて喧嘩《けんか》もないかわり仲良くなることもなかった。いつも腹が減っていて、いつもくたくたに疲れていたが、こんなものだろうとヤエは思っていた。それ以外を知らないのだから比べようもなかった。働きはじめて六年目に、前に料理屋をやめた女からヤエはキャバレー勤めを勧められる。給金がずっといいと言う。それだけに惹かれてヤエは料理屋をやめ、同じ浅草にあるキャバレー勤めをはじめた。着物はその女が貸してくれた。仕事が夕方からなのがうれしかった。愛想をよくしていれば指名もされ、指名されればチップをもらえることも学んだ。ダンスはどうにも苦手だったが、その下手さを喜ぶ男もいた。

たまにくる客に画家を名乗る男がいて、ヤエは満州の話をこの男から聞いた。東京なんかよりずっと活気があり、にぎやかで、働き口はいくらでもあり、食糧事情もいいと言う。ねえ、ぼくといっしょにいこうよと、この男は酔うと必ずヤエに言うのだった。狭い日本にゃ住みあいた、海の彼方にゃ支那がある、と続けてうたいはじめる。ヤエはそんな遠いところにいく気もなかったし、男がどれほど本気でそう言っているのかも甚《はなは》だ疑問だったのだが、酔った男の低くうたう歌を聴いていると、胸をよぎる光景があった。茶畑の広がる故郷とも、にぎやかな浅草とも違う、いったいどこなのかわからない光景である。草も木も生えていない大地が果てしなく広がり、その向こうにおそろしいほど赤い太陽が沈んでいく、そんな光景だった。しかしそれはただぱっと浮かび、なつかしいともそこへいきたいとも思うひまもなくすぐに消えてしまう。いったいどこなんだろう、なぜこんな光景が浮かぶのだろうという不思議さだけが、ヤエの心に残った。

誘われるまま待合いにいき、この男に身をゆだねたのはヤエが十九のときだった。恋というものをヤエは知らなかったけれど、一度そういう関係を持ってしまうと、ふとしたときにその男のことを考えるようになる。満州とやらに男といっしょにいってしまうのもいいかもしれないと思うようになる。何より「こんなものだろう」のほかに、人生というものはあるのかもしれないと考えるようになる。ここよりいい場所が、ここよりいい未来が、あるのかもしれないと、生まれてはじめてヤエは思うようになった。

満州にいっしょにいこうと男がまたしても言ったとき、いつも聞き流していたヤエだが、いきましょうとささやき返した。男は驚いたようにヤエを見た。それから話は急に具体性を帯びた。ヤエが貯めていた給金で二人ぶんの費用を出した。すっからかんになった。故郷に仕送りもできなくなった。それでもかまわなかった。その見知らぬ土地にいけばなんとかなると男が言うのだから、なんとかなるのだろうと思った。ヤエはキャバレーを辞め、必要な書類をかき集め、ほとんどない荷物を処分したりまとめたりし、約束の日、男と落ち合うために東京駅に向かった。

ところがいくら待っても男はこない。ヤエは先に渡されていた自分のぶんの切符を見た。約束の時間をとうに過ぎて、ヤエはぼんやり考えた。土壇場《どたんば》で腰が退《ひ》けたのか。それとも、男は最初から満州へなどいくつもりはなかったのか。ヤエの渡したお金でヤエのぶんだけ切符を買って渡し、残りはポケットに入れてしまったのだろうか。そう考えてみても、怒りもかなしみも不思議と感じなかった。

さてどうしよう。ヤエはぼんやり思ったまま、人波に流されるようにして列車に乗りこんだ。さてどうしよう。列車が走り出してもそう思っていた。さてどうしよう。日が暮れたころ、故郷に近い駅を列車は通り過ぎた。さてどうしよう。暗い窓の外を眺めていると笑い出したいような気分になった。体がぐんぐん軽くなって宙に浮かんでいくようだった。そんな気分を味わったのははじめてだった。

新京の日本橋通りに料理屋やカフェが並んでいることは、船で言葉を交わした女に聞いた。彼女自身、そうした店で働いていて、母親の具合が悪いため里帰りしてきたという。彼女に連れられるようにしてヤエは大連から新京に向かう列車に乗った。窓の外に見たこともないような開けた土地が広がっていた。飴玉《あめだま》みたいな橙色の太陽が地平線に沈むのが見え、ヤエはアッと声を出しそうになった。この景色を私は見た。そうだ、私はあの男と見知らぬ場所にいきたかったんじゃない、私はただ、この景色が見たかったんだ。そんなことを思いながら子どものようにヤエは窓に額をはりつけていた。

片っ端から店に飛びこみ、働き口はないかと訊いてまわった。最初は「川松」という日本料理屋に雇われた。そこに出入りする客にカフェに誘われた。そちらのほうが給金がよかったから、ヤエは迷うことなくカフェ「バロン」に移った。店主はでっぷりと太った六十に近い男で、ママは華やかな美人だった。冷たそうに見えるがさばさばした陽気な性格で、店のほとんどを仕切っている。彼女が店主の妻なのか愛人なのか、勤めている女たちのだれも知らなかった。店の近くのこまこました路地に長屋があり、「バロン」で働く幾人かの女たちが住んでいた。店主が借り上げていて、賃料は給金から引かれるという。空《あ》き部屋があるというのでヤエもそこに住むことにした。

新京はあの男が言ったとおり、東京より断然活気のある町だった。町にも客にも兵隊はいたが、日々を暮らしていると戦時中であることを忘れそうだった。道路の道幅が広く、植えこみのポプラは陽射しを浴びて白く輝き、煉瓦造りの建物は見たこともないくらい馬鹿でかく、遠い異国にいるようで、町を歩いているだけで気持ちが華やいだ。バロンで働くふたつ年上の和子《かずこ》は、内地に住む姉としょっちゅう手紙のやりとりをして、「肉なしデーの次は節米デーだって」だの「砂糖が配給制になったって」だのと言っては、母や姉に会いたい、出征した兄はどうしただろうとため息まじりに言っていたが、ヤエは故郷をちっともなつかしく感じなかった。手紙を書き、仕送りを再開してはいたが、しまいに手紙を書くこともやめてしまった。

二度とあそこに帰ることはないだろうと、仕送りの手続きをするたびに思った。両親が嫌いなわけでもきょうだいがうとましいわけでもなかった。和子が兄の話をすれば、ひとつ下の弟にも赤紙がきただろうかと思いもする。けれど自分の意志で生きる場所を選べることをヤエははじめて知った。そのことの驚きと新鮮さと身軽さが、何よりも勝っていた。

4

泰造に会ったのは、バロンで働きはじめてから二年ほどたったころだった。常連客のひとりに満州映画協会で脚本を書いている保田《やすだ》という男がいて、その男がある日、女連れでやってきた。ヤエを指名し、にやにや笑っている。女連れなんて珍しいわね、とヤエが言うと、かたわらの女を肘《ひじ》でつついて笑い転げる。

「ビールちょうだい」女が口を開いた。ヤエはまじまじとその女を見た。声が男のものだったからだ。よくよく見ればその女の首にはぽっこりと喉仏《のどぼとけ》が出て、おかっぱにした髪型も不自然だった。

「男の人？」と訊くと、二人はなおのこと笑った。

この男、藤代泰造は移民として満州へきて、北満の移民村にいったのだが、千振《ちぶり》やジャムスと違って土地が悪く、作物を植えても植えても育たない、食糧はないわ重労働だわ信じがたい冷え込みだわに嫌気がさして、ひとり逃げ出してきたと保田はおもしろおかしく話し、しかも、女の格好で、とつけ加えた。

　村を離れて最初にたどり着いた満人の集落に泊めてもらい、そこで「この先は匪賊《ひぞく》が出る」と教えられた。匪賊にも種類があって、紅槍会匪《こうそうかいひ》に遭ったら命はないものと思え、緑《りょく》龍匪《りゅうひ》だったら女のふりをしろ、などと言う。意味がわからなかったが泰造は女の服をひとそろいもらい、翌日からそれを着て逃げ続けた、と保田はヤエに話すのだった。ヤエはその話を信じなかった。保田がよく話しているような、書こうとしている脚本のあらすじにしか聞こえなかったからだ。

「じゃ、それからずっとこの格好でいるの」ヤエは冗談にのるつもりで訊いた。

「違うんだ、この人新京に着いて、はじめは見つかるんじゃないかとびくびくして城内にいったんだ。満人相手の食堂で働いてたんだ。それで満映にスカウトされて」また笑う。

隣に座る泰造はにやにやしているだけでいっこうにしゃべろうとしない。

「じゃ、今は俳優さん？」グラスにビールを注ぎ足しながら訊くと、

「ちょい役だよ」と、はじめて泰造は口を開いた。

「この格好で出てもらうんだ、今度のはコメディだから」保田は言った。

　どこまで本当の話で、どこまでが嘘か、ヤエにはわからなかった。正直なところどうでもよかった。愛想よく笑い、客の話に調子を合わせるのがヤエの仕事だった。保田がくれるだろうチップのことしか考えていなかった。

それからも泰造はバロンに顔を出すようになった。保田とくるときもあるし、保田を含む満映の社員数人でくることもあった。ごくまれに、ひとりでもやってきた。女の格好はもうしておらず、一目で金がないんだろうとわかるよれたズボンをはいていた。泰造は不思議な人なつこさがあり、ひとりでやってきても他の客といつのまにか飲んでいたりする。そしてその客に自分のぶんのチップを払わせたりもする。けれど軍属がやってくるとあわてて席を立って勘定を済ませた。

ヤエはあるとき、城内を案内してほしいと泰造に言ってみた。夕方バロンに出勤し、夜更けまで働いて長屋に帰って眠る暮らしに不満はなかったが、ヤエはもっと違うものを見てみたかった。何を見たいのか自分でもわかってはいなかったが、この町には、いや、世界には、まだまだ自分の目にしたことのないものが広がっているという意識だけはあり、それを見てみたいのだった。列車の窓から、地平線まで続く広野と、そこに沈む太陽に見入ったときの心持ちを、もう一度味わいたいのだった。そんなふうに思う自分にヤエは驚いてもいた。それまでは、与えられるものだけが目に見えるすべてだと思っていたのだった。

満人街である城内は、危ないからいかないほうがいいと店主にもママにも言われていた。抗日の人々のアジトがあるし、質屋や宝石商をねらった匪賊もしょっちゅう出没するという。貧富の差は想像以上に激しく、スリや置き引きも無数にいる。それに何より不潔、とバロンのなかでは年長の秀子《ひでこ》は眉をしかめる。あんなところにいったら得体の知れない伝染病にかかっちゃうわ、と言うのであるが、しかしヤエは単純にいったことのないところにいってみたかった。ひとりでいく勇気がなかったので、かつて満人相手の食堂で働いていたという泰造に、頼んでみたのである。

泰造はふたつ返事で引き受けた。昼に待ち合わせをしてマーチョ《馬車》に乗りこんだ。マーチョに乗るのもヤエははじめてのことだった。

そして連れていかれた城内に、ヤエは言葉を失って見入った。なんとなく、そこには自分の知らない世界が広がっているのだろうと想像していたが、想像とはかけ離れた光景が広がっていた。整然とした日本人街と異なり、細かな路地が入り組み、どの路地にも店や屋台がひしめき、人でごった返している。雑貨屋や薬屋、肉屋や文房具屋、籠屋や馬具屋、連なる店々は看板の下に必ず赤い布がぶら下がり、店先に商品が吊り下げられている。文房具屋ならば筆が、薬屋は丸薬を数珠のようにつなげたものが。そのほかにも、道ばたで営業する床屋があり、かごに詰めこんだアヒルを売る男がおり、路面に毛皮を広げて売る女がおり、ずらり並んだ鳥かごがあり、欠けた茶碗や腕のもげた人形を売る得体の知れない屋台があり、剣術を見せる大道芸人がおり、楽器を弾く音楽師がいた。そこここに食堂と屋台と物売りがひしめき、店で売られている肉や魚の生々しいにおいと、蒸した小麦粉の甘いにおい、肉の焦げるにおい、にんにくや生姜《しょうが》のにおい、油のにおい、砂糖菓子のにおい、強烈な馬糞のにおい、雑多なにおいが混じり合ってかたまりになっているかのようだ。中国服を着た人々は店内で、店先で、歩道で、車道で、座ったりしゃがんだり、ときには立ったまま何かを食べている。その合間を縫って力車やマーチョが走り抜ける。かき鳴らされる音楽と何かの宣伝の鈴の音が、客引きの声と怒鳴るような人々の話し声が、わんわんと反響している。

ヤエが何かに目を留めて立ち止まると、先を歩いていた泰造は戻ってきて、「あれは写真屋、あの絵の前で写真を撮ってもらうんだ」だの「あれは牛の膀胱《ぼうこう》。あれに酒を入れて飲むんだ」だの「池って字が書いてあるのは銭湯」だのと、ヤエの目の先を追って教えた。ヤエがもっとも驚いたのは、天秤をかついで歩く男の姿である。天秤の両端にはかごがくくりつけられており、そのなかに入っているのは食べものでも衣類でもなく、赤ん坊である。子ども売りだと泰造は説明したが、にわかには信じられなかった。

地べたに鍋を置いた饅頭《マントウ》屋から泰造は饅頭と焼豚を買い、ヤエに渡した。饅頭なら日本橋通りの中国料理屋で食べたことがあるが、屋台で買ったそれはべつの食べものみたいにおいしく感じられた。

「すごいね、泰造さん」

路地から路地へ取り憑《つ》かれたように歩きまわったあとで、ようやくヤエは声を出した。泰造は自分が褒《ほ》められたかのように笑った。

「あそこに、占と八卦《はっけ》って文字があるけど、あれは占いをやってくれるの」

ヤエはさっきから目につく文字を指して訊いた。

「そうだ、占い屋だ」

泰造は頷く。

「私、占ってもらいたいんだけど、だめかしら」

「だめってことはないだろう」

泰造は言い、人をかき分け、路上に「必誠必占」と書かれた旗を貼り出した、机ひとつで営まれている占い屋へと向かう。ヤエもあとを追った。

白いひげを生やした弁髪《べんぱつ》の占い師に泰造が声をかけると、占い師は粗末な木の椅子をヤエに勧め、馬鹿でかい天眼鏡《てんがんきょう》でヤエの顔を見、手のひらを見た。泰造にも手招きし、同じようにまじまじと見る。そして泰造に向かって、まくしたてるように話しかけ、話し終わるとぴたりと口を閉ざし、金を払うよう仕草で催促した。ヤエはあわてて言われた金額を手渡した。

「ねえ、あの人、なんて言ってたの」

人混みのなかを歩きはじめる泰造を追ってヤエは訊いた。

「あれは偽《にせ》もんだな」泰造は前を向いたまま言った。

「どうして？　何か不吉なことを言ってたの」

「おれたちを夫婦もんと間違えたまま占ったんだ。子どもは六人、でも半分に減るってよ。賭けごとに手を出さなけりゃ、生涯安泰だとよ。そもそも間違ってるんだから、偽だよ」

ぶっきらぼうに泰造は言った。泰造に魅力を感じたことなどなかったし、どうせ客とどうにかなるのなら満銀や満鉄に勤めている、将来も経済も安定した男がもちろん望ましかった。けれどこのときヤエはちらりと予感した。この男とこの先ずっといっしょにいるのかもしれないと、自分の感情とはいっさい無縁の心の部分で。

第三章

1

ホテルの部屋から良嗣は家に電話をかけた。太二郎はホテル内のバーに飲みにいっている。夕食を早々と食べ終え、またしても良嗣と太二郎を置いて先に部屋に戻った祖母は、もう寝ているのだろうか。

電話には母が出た。「あら、どうしたの」母の声の背後は騒々しい。テレビの音声、赤ん坊の泣き声、それをあやしているらしい甲高い声。

「どうしたっていうか、べつに、電話しろって言ってたじゃん」良嗣はベッドに寝転がり、音声を消したテレビを見ながら言う。画面には、やけにのっぺりした映像のテレビドラマが映っている。

「どう、おばあちゃん、体調崩したり、してない？」

「してないけど、なんかつまんなそう。連れてきてよかったのかな」

　連れてきてよかったのか、よくなかったのかを良嗣は訊きたいのではなく、それは愚痴だった。昨日、一昨日と、どこへ連れ出しても祖母はつまらなそうだった。ガイドのいるツアーではなく、ホテルと移動のためのチケットだけとってもらったパッケージツアーなのだが、どこへいきたいというような希望を祖母は言わないし、太二郎もてんで頼りにならなかったから、良嗣が丹念にガイドブックや部屋に置いてあるパンフレットを読み、観光客がいきそうな場所を片っ端から訪ねた。大連港や中山広場、旧ロシア人街から旧日本人街、展望台から満鉄旧跡陳列館、青空市場やみやげもの屋まで。凍えるほど寒いなか、そんなふうに観光している観光客などほかにいなかった。しかし祖母はそのどこにも興味を示さないばかりか、「疲れた」「埃っぽい」「寒い」「横になりたい」とぶつくさ言うばかりだった。満鉄の博物館だけは、少しでも興味があったのか、時刻表やパンフレットが収められたガラスケースをのぞきこんでいたが、「こういうの、ばあさん実際に見たことあるの？」などと良嗣が訊こうものなら、眉間にしわを寄せその場を離れてしまう。かわりに太二郎が、遠足にきた小学生のようにはしゃいで、「やっぱりロシア人街は建物の造りが違うね」だの「ここ、夜にきたらもっと景色いいんじゃない」だの「見てよ、あの鳩、食用だよ、鳩売ってるよ食用の」だのと、いちいち目に入るものの感想を述べ、それはそれで良嗣に相変わらず軽い不快感を与えた。

「よかったも何も、もう連れてっちゃったんじゃない」あっけらかんと母は言い、「それで、おばあちゃん、どっか具合悪いとかないんでしょ？　あんまり無理させないでよ、年なんだから」と、話をまとめるように言う。

「明日移動するけど……」

言いかけたとき、部屋をノックする音が聞こえた。てっきり太二郎が帰ってきたのだと思った良嗣は無視し、「移動先でまた連絡する。そっちはかわったことはないの」会話を続けた。

「なんにもないのに連絡しなくてもいいよ、電話代がもったいないからね。それじゃ、切るよ」母には会話を続けるつもりはないようで、あっけなく電話は切られた。またノックの音がする。

「もう、タイちゃん、鍵持ってってただろう、自分で開けなよ」言いながらドアを開けると、廊下に立っているのは太二郎ではなく祖母である。「あれっ、どうしたの」

「あのね、明日飛行機に乗るだろう」祖母は部屋には入ってこず、廊下に立ったまま良嗣の胸のあたりを見て言う。

「ああ、国内線」

「列車でいくことはできないかね」

「えっ、列車」

「そう、新京まで列車で」

「えっ、ちょっと待って。入ってよ、とりあえず」良嗣は祖母を部屋に招き入れ、ベッドに投げ出してあるガイドブックをめくった。祖母は部屋の入り口、バスルームの前にちょこんと立っている。

「座んなよ、椅子に。新京って長春のことだろ？　ああ、いけるよ、いけるけど、十時間かかる。けっこうな移動だけど、何、ばあさん、列車でいきたいの？　飛行機じゃなく？でも十時間だよ、けっこうな時間だけど、疲れるんじゃない？　平気？」良嗣はガイドブックを広げたままベッドのまわりをうろついた。うれしかったのだ、祖母がはじめて自分の意思を口にしたことが。「列車もいいかもね、旅情があって。もしかしてばあさん、昔その路線乗ったことがあるとか？　今は快適なんだろうなあ、でも切符、すぐにとれるのかな。とれるのならそうしようよ、十時間だけど。ってことは明日のホテルはキャンセルしなくちゃなんないか」

しかし祖母は、良嗣の盛り上がった気分に水をかけるように素《そ》っ気《け》なく、

「じゃ、変更しとくれ」

短く言ってくるりと背を向け、部屋を出ていってしまう。なんなんだよ、と思わないでもなかったが、しかしずっと文句を言うかむっつり黙りこんでいるかだった祖母が、列車に乗りたいと言い出したのはやはりうれしかった。良嗣はガイドブックを持ったまま部屋を飛び出し、ロビー階にある旅行代理店に赴《おもむ》いた。今日の明日じゃ無理かもしれないと思いながら、閉店の支度をしている旅行代理店に良嗣は飛びこむ。

年が明けてからめでたいニュースばかりが飛び交っていた。前年の十二月、日本軍はハワイの真珠湾を攻撃し、大東亜戦争が勃発していた。年明け早々日本国はマニラを占領し、シンガポールを陥落させた。新京の町には浮かれた空気が漂っていたが、けれどヤエは、何が起きているのかはっきり把握していたわけではなかった。もちろん、保田や店の客から、日本軍の快進撃について聞かされることはあったけれど、今日明日の暮らし以外にヤエは興味を持っていなかった。

その年に入ってから客の金遣いも騒ぎかたも派手になり、チップが増えたことがヤエにはただうれしかった。開店前、お味噌もお醤油《しょうゆ》も配給ですって、だの、東京で空襲があったそうよ、だのと、和子は相変わらず実家からの手紙の内容を、ヤエやほかの女たちに話してくれたが、それもまた、ハワイやマニラといった、遠い見知らぬ場所のできごとのように思えるのだった。バロンで働くほかの多くの女たちにとっても、それは同じであるようにヤエには感じられた。新京にはなんだってあった、味噌も醤油も米もあったし、城内へいけば食べものの香りが膜のようにたちこめている。抗日部隊や匪賊がどこで暴れただの、死傷者が何人出ただのという噂《うわさ》はしょっちゅう聞くが、ヤエもほかの女たちも彼らを見たこともなく、また敵軍からの空襲があるわけでもない。酔うに従って熱弁をふるう男たちの話にも、今ひとつぴんとこないまま酌をしている。

ともに城内を歩いてから、泰造は以前にもましてよくバロンに顔を出すようになった。

泰造は、満映に社員として雇われたわけではないが、保田の口利きで、大道具の手伝いをしたり、通行人や群衆など、臨時の映画出演をしたりして日銭を稼いでいるらしかった。保田もこのころ、以前より暇を持て余していた。満人にたいする五族協和、日満友好を強調した教育的宣伝映画ばかりが優先的に作られる満映で、満人も日本人も同じようにたのしめる娯楽映画を作りたいと、酔うとぽろりと言う彼には、仕事の場が減っているようだった。

泰造がバロンにあらわれるとき、二回に一度は保田がいっしょである。泰造はひとりのときも保田といっしょのときも、ヤエを指名した。金がなくても足繁《あししげ》く通ってくる泰造を見て、バロンの女たちはみなヤエを冷やかした。あの人あんたに気があるね、あんたもまんざらでもないんじゃないの。けれどヤエは、泰造がここにやってきて自分を同席させるのは、彼女たちが言うような艶《つや》っぽい理由ではないだろうと思っていた。

ヤエは泰造といると楽だった。下手なダンスを強要されないせいもあるし、腿《もも》を触られたり肩を抱かれたりふざけて接吻《せっぷん》されないせいもある。しかしそれだけではなくて、自分が女給として働いていると忘れてしまうような安心感が、泰造にはあるのだった。ヤエは自分の家族とさほど親しいわけではなかった。悩みごとを親に相談したこともなく、きょうだいと連れだって遊んだ記憶もない。東京にいくときもさみしいとも思わなかったし、こっちにきても恋しいと思ったこともない。そういうものだろうとヤエは思っていたが、しかし、もしかして兄や弟というのはこういうふうなのではないかと泰造といるときに思う。あるいは、母や父とはこういうものではないかとも。和子は姉の手紙を読んでは姉と母を恋しがり、出征した兄の身を案じているが、和子が家族とともにいたとき、こんな心持ちだったのではないかとヤエは想像する。気楽で、繕《つくろ》わなくてよくて、大口を開けて笑えて。

そしてもうひとつ、ヤエは思うことがあった。泰造は、女を好きではないのではないか。泰造はほかの客のように、どれほど酔っぱらっても女に触れることはない。軽口を叩く程度だ。しかもバロンの女たちを見る目も、ほかの男たちとは微妙に異なるようにヤエには感じられた。だから男色《だんしょく》だと決めつけるわけではないが、けれどももし泰造が男色だと想像しても、不思議と気味悪くも珍妙だともヤエには思えなかった。

もちろんそんなちっぽけな想像を、ヤエは口にしたりはしなかった。次第に泰造があらわれるのが心待ちになり、泰造の席についているときほかの客から声がかかると、顔には出さなくとも落胆した。

ミッドウェー海戦が行われ、新聞には、日本軍は敵軍の空母を撃沈、軍事施設を爆破したという大本営からの発表が大々的に載り、ますます新京の町もバロンの夜も活気づきにぎわうころ、泰造とヤエはバロン以外でも会うようになった。昼に落ち合って城内で食事をすることもあれば、保田を訪ねて満映撮影所にいくこともあった。保田は気安く彼らを撮影所に招き入れ、広大な敷地と百坪ほどもあるスタジオを見学させ、社員食堂でコーヒーをおごってくれたりした。バロンが休みの日は「支那の夜」だの「白蘭《びゃくらん》の歌」といった映画を保田も交え連れ立って見にいった。保田の住むアパートでヤエが料理をし、三人で酒を飲み、泰造にヤエの服を着せて笑い転げたりした。故郷の町ではもちろん、東京の暮らしでも味わえなかった時間だった。遊んでばかりいるからヤエの給金はいっこうにたまらず、再開していた仕送りもいつしかやめてしまった。ときどきちらりと思い出しては淡い罪悪感を覚えたが、けれどヤエには今の暮らし、今日の時間のほうが大切だった。

そんな時間は、翌年、保田に召集令状が届くまで続いた。

日本国の快進撃、快進撃というわりには、前年の浮かれた雰囲気は萎《しぼ》みつつあった。戦況にそれほど興味のあるわけではないヤエには、どこがどう変わったか具体的にはわからなかったが、しかし何か、町がくすんだ色合いに染まりつつあるように感じられた。憲兵の姿があちこちに見られ、満人を殴りつけている姿などもよく目にするようになった。内地がそうであるように物資不足ということはなかったが、バロンのママは着物も帯も思うように買えなくなったとぼやいていた。

2

そろそろ本格的な冬支度がはじまろうかというころ、保田はひとりでバロンにあらわれた。いつものようにヤエを呼び、しかしいつもより格段の速さで次々と杯を重ね、ほかの客からヤエに指名が入ると、「金を払えばいいのか」と声を荒らげ、札をばらまいてヤエを隣に座らせ続けた。そしてまた杯を空けると、城内の色町に女を買いにいった話をはじめ、下卑《げび》た冗談をヤエに言っては椅子から転げ落ちるほど笑うのだった。そんなふうな飲みかたをする保田も、声を荒らげる保田も、ヤエははじめて見、今日は泰造はこないのだろうかと、出入り口が開閉するたび救いを求めるような目でそちらをうかがった。

「赤紙がきてね」ふいに保田は言った。おだやかないつもの笑顔に戻っていた。「タイちゃんみたいに逃げようかと考えたんだけど、無理だね」煙草をくわえた保田にマッチの火を差し出し、ヤエは淡い橙に照らされる保田の横顔を盗み見る。何か愉快なことがあったかのように笑っている。「あいつは勇気があるな、逃げたんだから」

「勇気があったら逃げないでしょう」ヤエは未だに、泰造が女装をして逃げ出してきた話を信じているわけではなかった。

「いや、逃げるほうが勇気がある。従うほうが楽だ」保田はふいにまじめくさった顔つきで言い、コップを揺らしておかわりを要求した。

「おれはねえ、ヤエちゃん、新聞の記事なんて信じてないんだ。この国だってそうだ。五族協和なんてあるか。ぜんぶ嘘っぱちじゃねえか。食堂でおれたちに出されるのは白い飯で、満人たちは高粱《コーリャン》飯だ。公園には支那人と犬は入るべからずと書いてある。泰造みたいな移民団は満人から奪った家に住み、満人から奪った土地を耕してるんだ、満人をこき使ってな。それでどうして日満友好なんて言えるんだ。日満友好をなーんにも考えず地でいってるのは泰造くらいだよ」

ヤエはぼんやりと保田の話を聞いていた。満州という自分の住む国について深く考えたことはなかったし、また自分の身近なこと以外を考えるのが苦手だった。保田の言葉はヤエにとって、軍属が飲みながら話す異国の戦線の成功や、彼らが推測する戦争の行方ほどに遠かった。相づちも打たず、淡々と飲み続ける保田をちらちらと見ながらヤエはその場に座っていた。泰造があらわれて、いつものように冗談で二人の席をにぎやかせてくれるのを待ちながら。

「だれかがどこかで決定してるんだ、それでおれたちは、なんにもわからないまま、あそこへいけと言われればいって、こっちへこいと言われればいって、死んでこいと言われたら喜んでそうするんだ、でもおれ、そんなの、なんだかわかんねえんだ、なんでそんなふうなのかわかんねえんだ。だっておれ、そんなことちっとも望んでないんだもの。おれ、ただ、映画作りたいだけなんだよ」

「保田さん、声が大きいよ」ヤエは周囲を見まわして咎めた。ほかの客が聞いたら喧嘩沙汰《ざた》になるかもしれない。軍属がきていればしょっぴかれるかもしれないのだ。保田が今、赤紙に驚いたあまり、よくないことを言っていることくらいはヤエにもわかった。

「私は難しいことはわかんないけど」ヤエは話を変えるため、そう言ってべつの話題をさがすが見つからない。

「だれだってわからないよ、難しいことは。わからないから、従ってるだけなんだ。だれか、難しいことをわかっていそうな人の言うことを鸚鵡《おうむ》みたいにくり返してるだけなんだ。

でもそいつだって本当にわかってるって、どうして言える」

ヤエはだんだん保田の話につき合っているのが面倒になってきた。保田の言っていることは実際よくわからず、わからないながら、間違ったことだと思った。駅や通りで見かける兵隊さんたちは、みなうれしそうに旅立っていくではないか。誇らしげに顔を上げていくではないか。ヤエはウイスキーの瓶を薄明かりにかざして振ってみる。残り少ないことに安堵して、立ち上がろうとした瞬間、保田に手首をつかまれた。

「ヤエちゃん、今日仕事が退《ひ》けたら会ってもらえないか」

ヤエは立ち上がりかけたまま、保田に手首をつかまれ、まじまじと彼を見た。ともに寝てくれとこの人は言っているのだと理解した。自分のことを好いてくれているのではないだろう、保田はただ、女と交わりたいのだろう。見知らぬ地にいく前に。もしかしたら死んでしまう前に。そこまで考えヤエは急にぞっとした。保田が死ぬことがあるかもしれないと、はじめて気づいたのである。


保田の出征をヤエは新京駅まで見送りにいった。澄み切った冬空の下、ちいさな鳥の大群のように旗がふられ、あちこちで万歳《ばんざい》の声があがっていた。人混みの向こうに見える保田は、見送りの人々に視線をさまよわせることもなく、また顔を上げることもしなかった。たった一度関係を持っただけの、将来の約束も交わしていない男を、好きなのかそうでないのか、帰ってきてほしいのかこのまま会えなくともかまわないのか、忘れてほしくないのか忘れられてかまわないのか、ヤエには判断がつきかねていた。あの日以来保田はバロンを訪れなかったから、彼がちゃんと千人針をしてもらったのか、ちゃんと身につけているのか、それすらもヤエは知らない。けれど保田が死ぬことがあるかもしれないと思うと、未だに凍った池に落ちたような気持ちになった。

保田は泰造にはいつどのように伝えたのか、保田がひとりでバロンにきた日以来、泰造は姿を見せず、また見送りにもきていなかった。

泰造がまたバロンにくるようになったのは、保田が出征してからしばらくたってからだった。久しぶりじゃないの、とほかの女に声をかけられ、「おれだって忙しいときくらいあるさ」と笑っていた泰造は、ヤエと隣り合っても、保田の名を決して口にしなかった。そんな知り合いはいないとでも言うかのように。

「あんたもそのうち、赤紙を受け取るの？」

バロンの定休日、吉野町の赤提灯《あかちょうちん》で泰造と向き合っているとき、ふとヤエは訊いた。この男も死ぬことがあるかもしれないだろうかと、最近ではよく考えるようになった。しかしもし、移民団を脱走してきたことが本当だとするのならば、領事館に居住登録もしていないかもしれない。詳しいことはヤエにはわからなかったが、ひょっとしたら藤代泰造は存在しないことになっているかもしれない。だとすれば、赤紙もこないのではないかとも思うし、けれどバロンで、だれそれも出征した、今度はだれそれだと聞かされていると、こんな若くて健康そうな男が徴兵されないなんてことはあり得ないとも思う。

「いやおれは」泰造は口元に薄い笑みを浮かべて、顔の前で片手を振った。「おれは兵隊に、ならない」

「ならないって言ったって」

「ああいうの、おれには無理だなあ」まるで曲芸ができないとでも言うように間延びした声で言う泰造を、ヤエは呆れて見る。

「無理、無理じゃないって話じゃないでしょうに。みんないってるじゃない、あんたよりうんと若い子だって」

「いや、無理だ、おれには」泰造は言い、コップ酒を舐める。そして出入り口のほうを眺めて続けた。「万が一いかねばならなくなったとしたら、おれは逃げる」

「逃げるってどこに」

「城内の、前に世話になった店にいって満人になる」

「そんなことできるわけないよ」

「いや、そうするんだ。だっておれ、死にたくないんだもの」

出入り口を眺めたまま、泰造は幼児のように頼りない声を出した。その声に保田の声が重なった。おれ、ただ映画作りたいだけなんだもの。ああ、そうか。ヤエは納得する。保田と泰造と連《つる》みながら、ときどき、なぜ保田は私や泰造を相手にするんだろうと不思議に思うことがあった。高校も出て東京のちゃんとした大学も出て、立派に就職している頭のいい保田が、なぜ、自分や泰造と対等に話をしてくれるのか。自分が、今日明日の暮らしのことしか考えていないように、泰造も保田も、ほかの男たちのように国やその勝利といったものが、自分のことでもあるとは思えないのだ。進め一億火の玉だと言われても、聖戦だ、己殺《おのれ》して国生かせと聞かされても、それがなんのことだか、どうしてもわからないのだろう。なぜなのかはヤエには説明できない。たいていの男は自分も火の玉だと信じている、たいていの女はそれを誇りに思っている、でも、泰造も自分もそうではない。きちんと教育を受けた保田さえも。戦争に負けたらいやだとはヤエは思う、思うが、しかし負けたらどうなるのかは想像できない。しかし勝ったらどうなるのか、国が、ではなく、自分がどうなるのかも同様にわからない。

保田にはもしかしたら、もっと高尚な考えがあったのかもしれない。けれどそれを語る人は保田の周囲にはいなかったのだろう。自分と泰造は、頭が悪いからこの戦争についてわからないだけだとヤエは思うが、だからこそ保田は自分たちといっしょに過ごしてくれたのだろうと、今気づいた。馬鹿なことばかり言ったりやったりして笑っていると、戦争なんてない時代と場所に生きているように感じられたのだ、きっと。

今考えたことを話したくて、保田さん、と言いかけると、泰造はコップ酒をあおり、もう出ようかと、頭の赤くなった鼻にしわを寄せてヤエに笑いかけた。

ヤエが妊娠していると気づいたのは、翌年、正月気分もすっかり鎮まったころだった。なんとなくそうじゃないかという予感があった。だから吉野町の裏通りにある、バロンの女たちが話しているのをいつか聞いた産科病院にいき、妊娠していると告げられたとき、ああやっぱり、とだけ、思った。画家の男とは幾度寝ても妊娠しなかったのに、保田とはただ一回で赤ん坊ができた。

産むつもりはヤエにはなかった。保田が無事に戻ってきたとしても、結婚の約束があるわけではない。生活はいつでもかつかつで、母子二人で暮らしていけるはずもない。だいたい、バロンに勤めている時間、だれが赤ん坊の面倒を見てくれるのか。子どもを堕ろすことは罪になるが、けれどこっそり処置してくれる闇医者がいることもヤエは知っていた。

今日いこう。今日いこう。朝起きるたびにヤエはそう決めるのだが、しかしなかなか闇医者のもとにいけなかった。産みたいわけではない。子どもがほしいとヤエは思ったこともなかった。いつかは結婚して子を産むのだろうが、それはそうしたくてするのではなくて、そうしなければならないからすることだと、ぼんやりと思っていた。なのに、朝起きて布団を畳んでいると、明日いけばいいやとつい先のばしにしてしまう。こわかったせいもある。堕ろすなんて、いったいどんなことをされるのかわからない。しかも罪を犯すことになる。けれど医者になかなかいけない理由はそれだけではなかった。その理由はヤエのなかでもやもやと言葉にならず、ヤエ自身にもなぜすっきりと堕ろしてしまえないのか、よくわからなかった。

バロンの女たちにも泰造にも打ち明けられないまま日は過ぎた。運のいいことに、人から聞いていたほど悪阻《つわり》はひどくはなかった。炊いたばかりのごはんのにおいが鼻について食べられなくなった程度だった。注がれた酒は飲むふりをしてこっそり吐き出した。始末するつもりなのに、そうせずにはいられないのだった。

3

厳しい寒さがじょじょにやわらぎ、黄砂が舞いはじめる初春、ヤエはバロンの客から保田が戦死したと聞かされた。出征してまだ半年もたっていない。もっとも、そんな噂はよく聞いたから、ヤエはそれをそのまま信じはしなかったけれど、気持ちはざわついた。

保田が死ぬことがあるかもしれない。もしかして本当に死んだかもしれない。そう思うと頭が靄《もや》がかったようになって、何を思っていいのかわからなくなった。それで、そんなことがあるはずがないとヤエは思うことにした。二年前に出征した常連客で、やっぱり南方で死んだと噂されていてひょっこり帰ってきた男だっている。保田だって来年あたり、何ごともなかったかのように帰ってくるに違いない。そうして、戦死の噂の話を聞いて、大声で笑い飛ばすだろう。

今日いこう、今日赤ん坊を始末しにいこう、もう間に合わなくなる。ヤエは、相変わらず目覚めるたびそう思ったが、しかしそう思った次の瞬間、保田が死んだかもしれないと続けざまに思い浮かんだ。保田が死んだかもしれない。そんなはずはないが、本当に死んだかもしれない。いや、今日、明日、一週間ののちに死ぬのかもしれない。そんなふうに思うと、医者を訪れる気持ちはますます萎んだ。本当に子どもがいるのかどうか、不安なほど平らだった腹は、少しずつふくらみはじめていた。着物の帯がきつくなり、客とともに踊るのが億劫《おっくう》になり、最近ではヤエはつねに洋装だった。

そしてほどなくして、保田の死が噂ではなく本当だとヤエは知る。以前からたまに顔を見せていた満映の社員たちが飲みにきて、人数よりひとつ多くコップを用意させ、ウイスキーを注ぎ、献杯と言って静かに頭を垂れたのだ。ヤエはそのテーブルにはつかなかったが、横目でその様子を見て何があったのか納得した。ビルマという遠い国で亡くなったのだと、彼らのテーブルについた女から聞いた。

その日の夜、深夜をまわっていたがヤエは泰造の住まいに向かった。相変わらずヤエの頭は靄がかかっていて、保田が死んだことが本当なのだと思ってみても、どう感じていいのかわからなかった。ただ、泰造には言わなければならないとそれだけははっきりとわかった。城内にほど近い路地裏に泰造の住まいはあった。ヤエが住んでいるのと似たような長屋である。幾度か戸を叩いても返事はない。明かりもついていない。寝ているのかと幾度か叩き続けたが、いっこうに開く気配がないので帰っていないかもしれないと思いなおし、ヤエは玄関先に座りこんで泰造の帰りを待った。黄砂がおさまりはじめた春先だったが、まだ肌寒かった。見上げると星が瞬《またた》いていた。闇のなか、咲きはじめたばかりのアカシアの花の香りが濃厚に漂っていた。

やっぱりもう帰ろうかとヤエが思いはじめた矢先、千鳥足で泰造が帰ってきた。座りこんでいるヤエを見て、「あらま、どうしたい」陽気な口調で言う。酒のにおいがぷんとヤエの鼻を突く。

「保田さんが死んだよ」ヤエは言った。泰造はヤエをじっと見つめ、やがて玄関先のヤエをのけるようにして戸を開け、無言のまま家のなかに入った。ヤエもなかに入って戸を閉めた。玄関からすぐ続く狭苦しい和室で、明かりもつけないまま泰造はうずくまり、声をあげて泣いた。子どものようにまっすぐな声をあげて泣いた。そんなふうに男が泣くのをヤエは見たことがなかった。暗い部屋のなか、ヤエは泰造から少し離れた場所に正座し、手をのばして彼の背中を撫でた。亀みたいに体を丸め、頭を両手で覆い隠して泰造は泣き続けた。おーんおーんと声をはりあげて。そんなに大声を出したら隣から文句を言われるのではないかとヤエは心配したが、両隣ともひっそりとしていた。

おなかの子を産もうと、ヤエは泰造の背をさすりながら思った。自分はこの日のことを知っていたのかもしれないとも思った。保田が死んだと知る日、そのことを泰造に伝える日のことを。だから赤ん坊を堕ろすことをのばしのばしにしていたのかもしれない。

「泰造さん」声も嗄れ、すすり泣きをしていた泰造がようやく泣きやんだころには、窓の外はうっすらと白んでいた。それでも泰造はまだ、亀のように丸まって頭を抱えていた。

「泰造さん」丸い泰造の背に向けてヤエは小声で続ける。「私、赤ん坊がいるんだよ。保田さんの子だよ。この子をいっしょに育てよう、ねえ、そうしよう泰造さん」

ヤエが口を閉じると部屋は静まり返った。白んできた窓の光に、薄汚れた部屋の壁が浮かび上がる。隅にすすけたような布団が丸めてある。家財などほとんどない、がらんとした部屋だった。

泰造はきちんとした勤め人ではない、しかも戸籍がどうなっているのかよくわからない、もし召集されたら逃げると宣言している男である。この男といるのは楽だが、しかし結婚したいなどと思ったことはない。自分ひとりでは子を育てるのはとても無理だが、では泰造がいっしょならばだいじょうぶだとも思えない。かえって厄介なことになるのかもしれない。

それでも、ヤエはそう言わずにはいられなかった。亀のように子どものように丸まったこの男をなんとかしてなぐさめたかった。保田はもういないが、保田がいたという証拠が、自分たちが過ごした時間がたしかにあったという目に見えるかたちが、今自分の腹のなかにあるのだとヤエは泰造に伝えたかった。

泰造は丸まったままの姿勢をかえず、ヤエの言葉に返答もしなかった。夜がすっかり明け、窓から入りこむ陽射しは部屋の隅々までを照らした。いつまでも丸まっている泰造を眺めているのに飽き、一睡もしていなかったので眠たくもあり、ヤエはそうっと立ち上がった。戸を開けると陽射しと薄青い空が目にまぶしかった。戸を閉めるときなかをのぞいたが、泰造はまだ同じ格好のままだった。みすぼらしいズボンの尻だけがこちらを向いていた。

そんなことはいやだと言われるのかもしれないと思いながらヤエは路地を出、長春大街を歩いた。泰造は保田をたしかに好きだったろうけれど、保田の子どもまで引き受けようというほどの気持ちではなかったかもしれない。返事をしなかったのは、拒否のつもりだったのかもしれない。それなら私はどうするんだろう。それでも産むんだろうか。埃っぽい道を歩きながらヤエは考える。日本橋通りとぶつかるところでヤエは顔を上げた。川べりの楊柳《ようりゅう》の緑が、目を見はるほど濃くなっていた。川に浸るように葉を茂らせた柳と、水に映る緑の葉にヤエは見入った。だいじょうぶだ、なんとかなるという気持ちが、つま先からゆっくり全身へと広がっていった。なんとかなる。だいじょうぶ。全身を満たす気分をヤエはちいさくつぶやいて歩き出した。

春だった。杏《あんず》もアカシアも迎春花《げいしゅんか》も、いっせいに花を咲かせはじめていた。ぼこぼこと腹に違和感があり、空腹で腹が鳴ったのかと思ったが、すぐそのあとで、赤ん坊が腹を蹴ったのだとヤエは気づいた。ヤエは桃色や黄色の花が咲き乱れる道を、腹を撫でさすりながら歩いた。さっき泰造の背を撫でていたように。

その日の夕方、ヤエがバロンに出勤すると、裏口に泰造が立っていた。ヤエを見つけると無愛想な顔で近づいてきて、「赤ん坊はいつ生まれるんだ」と訊く。泣きすぎたためか、目がいつもよりちいさくなっていて、象を思わせた。ヤエは勘定し、夏の盛りだと答えた。「女を産めよ、男だと兵隊にとられるから」泰造はそう言って去っていった。いっしょに育てようという言葉への、諾《だく》という答えなのだとヤエは理解した。

祖母の希望通り夜行列車に乗ったはいいものの、窓からは何も見えない。祖母は下段の寝台に腰掛けて、何も見えない窓の外をじっと眺めている。列車が発車してすぐはものめずらしげに上段に上ったり、ポットに湯を入れてきたり、三人ぶんの荷物をベッドの下に入れてみたり上に上げてみたりしていた太二郎は、やがて飽きたらしく、ねえ食堂車いこうよ、腹減ったよな、食堂車、と言いはじめた。たしかに良嗣も空腹だったので、窓の外を見たっきりの祖母も誘ってみたが、「私はなんにも食べたくない」と祖母が言い張るので、しかたなく太二郎と二人で食堂車に向かった。

弁当みたいなものしかないだろうという予想に反して、ちゃんとした料理が出された。しかもどれもなかなかにおいしい。良嗣は太二郎と向かい合い、ビールを飲み、海老と卵の炒め物や水餃子を食べた。ほとんどの席が埋まっていて、あちこちのテーブルから怒号のようなにぎやかな話し声が聞こえてくる。

「ばあさん、長春に着いたら元気になるかな」良嗣が言うと、

「元気がないわけじゃないんじゃないの」ビール瓶のラベルを眺めながら太二郎が言う。

「でもあんまりしゃべらないし」

「はじめての旅行だから緊張してるんだろうよ」

「なんか、もっといろいろ話してくれるかと思ったんだけど」

「話すって何を」

「じいさんと会ったときどんなだったのかとか、どうして結婚することになったのかとか、どんなふうに暮らしてたのかとか」

かつて過ごしたことのある場所に連れだしてきたからといって、祖母が流暢《りゅうちょう》に過去について話すとは良嗣だって思ってはいなかった。けれどもっと違う反応を期待していた。懐かしがったり、驚いたりして、つい昔の話をこぼしてしまうのではないかと思っていたのだった。だから良嗣は想像するしかなかった。バーで働いていた祖母と、「逃げてきた」祖父がどんなふうに出会い、どんなふうに家族になる決意をしたのか。

「ルーツさがしか」にやにやしながら太二郎は言う。

「そんなんじゃないけど、やっぱり不思議じゃん。じいさんとばあさんが、こんなに遠くで暮らしてたなんて不思議だよ」

「なあヨッシー、もう一本ビール買ってきてくれる？」太二郎が身をくねらせて頼み、頼まれごとに次第に慣れっこになってきた良嗣は文句も言わずに立ち上がり、食堂車の奥にあるバーカウンターでビールを二本買った。背の高い笑わない男が、二本のビールの栓を空けるのを良嗣は見つめる。

昨年暮れ近くに早苗の産んだ赤ん坊を、良嗣は唐突に思い出す。女の子で、唯香《ゆか》と名づけられた。早苗と陽一は出産の直前に籍を入れ、今は翡翠飯店に住み着いている。唯香は良嗣のはじめての姪《めい》になるわけだが、何かあまり実感がなかった。良嗣がかつてつき合った女の子が、姉の子どもが世界一かわいいと言って、赤ん坊の写真を携帯の待ち受け画面にしていたが、そんなふうな気持ちになることもなかった。あのどうしようもなかった姉が母親になったんだなあという感慨は覚えるものの、滅多《めった》に家に帰ってこないころの姉と、良嗣がいようが基樹がいようが平気で乳を赤ん坊にあげようとする早苗が、同一人物には思えないこともある。

祖母はこの土地で子どもを産んだのだと、ビールを受け取りながら良嗣はあらためて思う。母親も親戚もいない土地で。たぶん二十歳をいくつか過ぎたばかりだったろう。父の慎之輔は満州生まれだから、戸籍を見たかぎり亡くなった二人の子どもを含め、三人産んだことになる。

自分より若い祖母が、係累《けいるい》のいない土地で、どんな気持ちで子どもを産んだのかなんて、良嗣にはまったく想像もできない。祖父がそれをどう感じたのかも。

ビールを持って座席に戻ると、「やあ、ありがとう」太二郎がふにゃりとした笑顔で片手を上げた。

4

さすがに長春に到着したとき良嗣は疲れていた。寝台車で睡眠はとれたが、用を足すときも顔を洗うときも眠るときも揺られていたのだから、当然といえば当然である。六時過ぎに目覚めたとき、祖母はすでに起き出して、またしても寝台に腰掛けて窓の外を眺めていて、もしかして祖母は記憶と今の風景を結びつけるのに夢中で、疲れなど感じてはいないのかと良嗣は思ったが、祖母もまた列車を降りるときはぐったりとしていた。

「しかし寒いな」太二郎が言うと、「新京は寒いんだよ」何を今さらといった口調で祖母が言う。

「ともかくさ、まずホテルいって、風呂入って休もう。まだ朝早いから、部屋に入れてもらえるかわかんないけど。ホテル、たしか駅前だったから。すぐ着くから」

良嗣は祖母の荷物を持ってやりながら言い、荷物のひとつを眠そうにあくびをくり返す太二郎に押しつけた。

人の波にもまれるようにして改札へと向かう。切符を係員に渡し、だだっ広い駅前広場を見遣る。三月も下旬だというのにジャンパーだけでは震えるほど寒い。良嗣はロータリーを突っ切ってホテルを目指す。祖母がちゃんとついてきているかふりかえると、背後にいるのは太二郎だけで、祖母の姿がない。

「ちょっとタイちゃん、ばあさんいないよ、ちゃんと見ててよ」太二郎に荷物を押しつけ、改札付近まで戻ると、せわしなく行き交う人のなかに、ぽつんと祖母は立っていた。黒いコートにスカーフをぐるぐる首に巻き、惚《ほう》けたような表情で立っている。ばあさん、こっちだよ、と声をかけようとして、良嗣は言葉を飲みこんだ。そこに立っているのはたしかに祖母なのだが、良嗣のよく知っている祖母のようには見えなかったからだ。それで良嗣は思った。ああ今、この人過去を見ているんだな。目の前に広がる景色から時間をさっ引いているのだな。

そこに立つ、知らない老女のような祖母を良嗣はしばらく見ていた。ゆっくりと目線を動かしていた祖母は、少し離れたところに立つ良嗣を認め、ぼんやりした顔つきのまま、ゆっくりと歩いてきた。どう、昔の面影がある？　と訊こうとして、やめた。訊いてしまったら、今祖母が見ていたかもしれないものが、瞬時にして消え去るような気がしたのである。

駅前に立つこのホテルの前身は、一九一〇年にオープンしたヤマトホテルであることを、出発前、良嗣はガイドブックで読んでいた。だからあえて予約したのだが、しかし建物を前にしてがっかりせずにはいられなかった。こざっぱりとしたホテルの外観に、良嗣が想像していたような古めかしい情緒は見あたらなかったからである。荷物を抱えて入り口を目指しながら、良嗣はこっそりふりかえって祖母の様子を確認した。祖母はいつもの不機嫌な顔に戻っていた。

大連でのホテルは二部屋予約したが、長春では一部屋にエクストラベッドを入れてもらうことになっていた。受付には日本語の通じるスタッフがいて、良嗣はほっとしつつ部屋に入りたい旨《むね》伝えたのだが、まだ掃除が済んでいないという。十時にもう一度きてくれとスタッフは言った。あと三時間以上ある。とりあえず良嗣は荷物を預け、二階のレストランが開くまでロビーで待つことにした。

七時半にようやくレストランが開き、朝食を申しこんで三人でテーブルを囲む。祖母はごはんと味噌汁と納豆を、太二郎は皿にてんこ盛りにした和洋中ごたまぜの料理を、良嗣はコックがその場で作ってくれる麺《めん》を、無言のまま食べた。食事を終えてもその場に粘《ねば》って十時を待ち、ようやく部屋に入れてもらう。外観同様こざっぱりした部屋は存外広く、ツインベッドとエクストラベッドを並べてもまだスペースは充分にあった。太二郎は早々とシャワーを浴びてベッドを独占したが、祖母は風呂にも入らず、横になろうともしない。太二郎に続いてシャワーを浴びた良嗣は、ベッドの端にちょこんと座っている祖母に「寝たら？　それともお湯ためようか、風呂に」と声をかけると、祖母は良嗣を見、

「ちょっと散歩してくるよ」

と言って腰を浮かせた。

「え、疲れてないの、ずっと揺られてて疲れただろ、横になってから午後に出かけたら？　午後ならおれもいっしょにいくし」良嗣は驚いて言うが、

「あんなので疲れるほど軟弱じゃないよ」祖母はつぶやくように言って鞄を手にする。

「じゃ、待って、おれも、おれもいっしょにいくからさ」良嗣はあわてて財布とガイドブックを鞄に詰めた。

祖母はホテルを出ると、きょろきょろしながら歩き出す。どこにいきたいの、と良嗣が訊いても、

「どこってことはないけどさ」と言って、どことなくおぼつかない足取りで進む。駅から

まっすぐ延びる幅の広い大通りにはひっきりなしに車が行き交い、まるで祭りか何かがあるかのように歩道にも人がひしめいている。はぐれないよう良嗣は祖母の背にぴったりより添って歩いた。

祖母は車道に近づいたかと思うと手を挙げ、タクシーを止める。

「えっ、タクシーに乗るの、ばあさんどこいきたいの」

祖母に続いて後部座席に乗りこむ良嗣の耳に、祖母が運転手に向かって良嗣にはわからない言葉を言うのが聞こえた。

「ばあさん、中国語しゃべれるの、なんて言ったの」

良嗣は驚いて訊いた。

「ドアを閉めな」祖母に言われ、あわてて良嗣はドアを閉める。車は走り出す。

「ねえ、なんて言ったの」

「不思議だよね、なんにも覚えてないのに、口から出てきた」祖母は前を向いたまま言って、ふっと笑った。

「どこにいくのさ」

「広場だよ、広場」祖母は運転席の背にかじりつくようにして前方を見据えている。幅の広い道路の両側を木々が縁取っている。陽射しを浴びてちいさな光を放っている。良嗣はシートにもたれ祖母の横顔を盗み見ていた。そうするうち不思議な感覚が湧き上がってきた。自分が生まれたときからすでにばあさんだった祖母の、だれのばあさんでもかあさんでもなかったころの顔が、前を見据える顔にゆっくりと浮かび上がってくるような、それを間近で見ているような、そんな感覚である。

しばらくタクシーは速度四十キロほどで走っていたが、車の数が増えはじめ、止まることが多くなった。車線がちゃんとあるはずなのに、好き勝手に車線変更し、そのたびクラクションがどこかで威勢よく鳴り、車と車の隙間をオートバイが連なって駆け抜け、良嗣は祖母から目をそらし、ひやひやしながら渋滞しはじめた道路と、車体をこすり合うようにして前に割りこんでくる車を見つめていた。

「ちょっと、降りる。降りるよ」今度は祖母は日本語で言い、タクシーが止まった瞬間ドアを開けて外に出てしまった。良嗣はあわてて料金を払い、釣りを受け取り、祖母を追ってタクシーを降りた。祖母は歩道をまっすぐに歩いていく。先ほどのようにきょろきょろあたりを見まわすことなく、まるでだれかに会いにいくように、そのだれかがすでに見えているかのように、確固とした足取りで。良嗣は祖母の背中を追いかけながら、その背中が、たしかに八十数年の時間をみっちり背負った見覚えのある祖母の背中が、彼女が過ごしてきた時間や体験や老いといったものを今やどんどん剝《は》ぎ取って、良嗣には到底追いつけない速度で離れていくように感じた。往来ではクラクションが鳴り響いている。行き交う人々が喧嘩をするような調子で声高に話している。通り沿いの店から中国語のポップスが流れている。日光にさらされるそれらの音が、次第に遠ざかる。良嗣は足を速めながら、無音のなか、ただ前をいく、見ず知らずの女のような祖母の背中を見つめる。まるで場所ではなく時間を駆け抜けていくような、その背中の向かう先に目を凝らす。

黄砂がおさまると、新京は色がはじける。杏の花が咲き、アカシアの花が咲き、歩道に植えられたポプラは葉裏を白く輝かせ、頭を垂れた楊柳は緑を深く濃くする。腹が目立って大きくなる前にヤエはバロンを辞めて、バロンの店主に紹介された飲み屋で働いている。バロンとは異なり、カウンターに小上がりだけのちいさな店である。バロンが借り上げている長屋には住めなくなったので、泰造は自分の暮らす狭い家にヤエを引き取った。来月には赤ん坊が生まれるが、ヤエはまだ働いている。

保田が出征してから泰造が満映にいくこともすっかり減った。ほとんど保田のはからいで仕事をもらっていただけなのだ。けれど働く場所はまだいくらでもあった。道路工事やダム建設の手伝いといった日雇いの肉体労働で、泰造は日銭を稼いでいた。新聞でもラジオでも、伝わってくるのは日本軍の快進撃という景気のいい話ばかりだったが、けれど砂糖も乳製品もほとんど手に入らなくなり、二、三年前の活気は町じゅうからすっかり消えてしまったように感じられた。泰造はむずかしいことはわからないながら、しかし何か非常にまずいことになっている予感がしていた。建設工事の仕事にありついて一週間をハルピンで過ごし家に戻ってくると、西瓜《すいか》を抱えたような腹のヤエが、泰造の留守のあいだに警官が住人の確認をしにきたと言う。移民団から脱走してきた自分の戸籍がいったいどうなっているのか、泰造にはまるでわからなかったが、けれどもし藤代泰造がここでのうのうと暮らしていることが判明すれば、罰せられるか、即徴兵だろうということは想像できた。

泰造は、保田が酔うと話したような思想は何も持っていなかった。ただ、空腹が嫌だった。殴られるのが嫌だった。銃と弾薬を持たされるのが嫌だった。銃の手入れをするのが嫌だった。それを人に向けるのも嫌だった。そして何より、死ぬのが嫌だった。移民団として北満にやってきて、満人から取り上げた集会所での暮らしがはじまったころ、農業云々《うんぬん》より先にまず、度重《たびかさ》なる匪賊の攻撃のため治安維持を徹底しなければならなかった。ひとり歩きは禁止され、つねに数人でかたまって歩く。なんの前触れもなく銃声が聞こえ、それがじょじょに近づいてくる。仲間たちは闘う意欲に満ちており、「もし半年、一年闘わねばならないとしてもその覚悟はある、開墾はそのあとでじっくりやればいいのだ」と殊勝なことを言うのだが、泰造にはただただ不満だった。開拓にきたのになぜ死ぬような目に遭わなければならないのか。なぜ鍬《くわ》ではなく銃など持っているのか。泰造の、そのやる気のなさが伝わるからか、隊長からは理由もなく殴られる。冬の寒さは痛みを覚えるほどで、それでも当番になれば門の前に銃を持って立っていなければならない。せめて腹いっぱい食べられればここにきた甲斐はあると思うものの、満足に土地も耕せない状況下での自給自足が続き、食事といえば高粱飯と具のない塩味の汁にたくあん二切れである。いったい何をしに自分はここにきたのか。見渡せば地平線まで何もない大地は、冬が去っても荒れた枯野にしか見えず、そのことでさらに士気を鼓舞《こぶ》させられている同輩もいたが、泰造は日々気分が萎《な》えていくだけだった。逃げたい、帰りたい、とはっきりした意志は持っていなかった。ただ疑問に思うのだった。自分はなんのためにここにきたのだったか。五族協和も国家もぴんとこない自分は、なぜ日々腹を空かせて銃を抱え、聞こえてくるかもしれない銃声にびくびくとし、意味もなく殴られているのか。

第四章

1

少しばかり寒さが和らぐころ、銃声はほとんど聞こえなくなった。泰造たちは匪賊の襲撃に備えるための防壁を作らされた。土を型にはめこんで干し、煉瓦を作り、それをくる日もくる日も積み上げていく。集会所と、その付近の、満人から買い上げた幾戸かの民家をぐるり囲む防壁は果てしなく広範囲で、防壁作りは重労働だったが、泰造には匪賊との応戦よりはよほどよかった。もしやもうこの周辺から匪賊は撤退したのではないかと泰造は期待しはじめていたが、そんな折り、壮行会で知り合って親しく口をきくようになった中澤が死んだ。伐採班だった中澤は、木材を積んだ馬ぞりでこちらに向かう途中、匪賊の襲撃に遭い、命を落としたのだった。

入植から一年もたたないあいだに、脱落者は五十人を超え、戦死者は十数名になっていた。そして戦死者には中澤を含む数名があらたに加えられた。

　泰造が団を抜け出したのは、その日の深夜だった。夜更けにふと目覚め、ともに眠る男たちのいびきを聞きながら、泰造は中澤のことを考えていた。ひとり一町歩の土地がもらえるから参加したのだと言っていた、農家の三男坊。泰造が殴られると、あとでこっそり近づいてきて、もっとうまくやれよと困ったような顔で笑った年長の男。彼の死は泰造にとってむろんかなしかったが、しかしかなしいよりも恐怖がまさった。それまでも戦死者は出ていたが、中澤が死んだことによって死にぐんと近寄られた気が、泰造はした。暗闇のなか、おれが死んだら、と泰造はくり返し考えた。おれが死んだら、死ぬことになったら。何も変わらないことはわかっていた。移民団は匪賊殲滅《せんめつ》を目指して闘い続けるのだろうし、防壁作りも続くのだろう。故郷ではだれも自分の帰りを待っておらず、その日その日を暮らすのが精一杯だろう。何も変わらない。その変わらないことが泰造はおそろしかった。底のない井戸に落ちていくような気分になった。

　泰造はむっくりと起きあがり、そのまま音をたてずに外に出た。夜気はまだ冷たく、頭上にはびっしりと星があった。星の光で夜はうっすらと紫色だった。自分の影を引きずるようにして泰造は歩き、まさに今自分たちの作っている、まだ泰造の膝のあたりまでも高さのない防壁をまたぎ、そのままずっと歩き続け、あるところで走り出した。どの方角に向かえばいいのかわからなかった。それでも泰造は無我夢中で走った。追っ手もいないのに幾度もふりかえっては、宿舎からどのくらい離れたか確認した。

匪賊や山賊や狼をおそろしいとは、なぜか思わなかった。入植地から外で死ぬことがあるかもしれないとは泰造は考えもしなかった。あそこにいたら、おれは死ぬかもしれない。それだけ思って走り続けるのだった。

そうして新京にたどり着いたと言っても、最初保田は信じなかった。よくできた作り話だと思ったらしい。たしかに泰造にも、信じたことはなかったが、仏や神といったものの力が働いていたように思えた。歩いても歩いても人の気配がなく、のどの渇きと飢えで死ぬのではないかと思ったことは幾度もあった。それでも、もうだめだと頽《くずお》れそうになるたびに馬ぞりに乗った満人と会い、ここで死ぬこともあり得るのだと己の浅はかさにあきれるたびに満人の集落を見つけた。新京に着いてから、自分の無謀な行程を思い出すと、泰造は、短い夢を見ていたような気分になった。

新京は、泰造が見たこともないほど活気づいたにぎやかな町だった。あれほど身近だった匪賊の奇襲も、いや戦時ということすら、町自体が忘れているか知らないかのように思えた。泰造は脱走がばれて連れ戻されることを極度におそれ、満人たちの店が密集する城内にもぐりこみ、知り合った満人の店で働かせてもらった。しょっちゅう仕事をさぼる夫と愛想はないが面倒見のいい妻、その息子夫婦四人が働く食堂で、着の身着のままの泰造に、彼らは店の裏にある倉庫を貸してくれ、泰造はしばらくそこで寝起きしながら働いた。夜明け前から夜更けまで働かされたが、しかし団での暮らしと比べると天と地の違いだった。食べものは豊富にあり、店は客の笑い声が絶えず、銃声もびんたもなかった。

食堂では半年ほど働いた。老夫婦と若夫婦は泰造が日本人であることを客には言わず、働きはじめてからしばらくすると泰造を満人だと思う客も多くなった。保田と飲み歩くようになり、次第に食堂より給金のいい仕事も紹介してくれるようになった。食堂をやめようと思うと泰造が伝えると、老夫婦も若夫婦もなごり惜しんだ。でも遠くにいくわけじゃない、いつだって戻ってこいと無愛想なまま妻は言ってくれた。その言葉に甘えて、城外に住まうようになっても泰造は幾度か彼らの店を訪れた。

警官が住人の確認をしにきたとヤエに聞かされてから、泰造は落ち着かない気分に陥った。赤提灯に飲みにいって、酔客に警官の様子をそれとなくうかがうと、近ごろでは満州国警察が今までになく躍起になって民籍を調べているということだった。もし民籍も寄留届も出していないことがばれたら当然罰せられるというのは、泰造の想像どおりだった。ここだけの話、と酔客は泰造の耳に酒くさい口を近づけ、小声で言った。こんなに必死になって兵隊を連れてくってことは、まずいんじゃないかとおれは思うんだがね。

移民団にいたとき、泰造は瞬時の判断が苦手だった。敵の攻撃に遭ったとき、仲間たちはぱっと動けるのに泰造は必ず一拍子遅れた。その遅れる短い間、泰造の頭のなかは靄がかったようになって何をすべきかわからなくなるのだ。

このときも泰造の頭は真っ白になった。いやだ、いやだと叫ぶように思いながら走った夜道が思い出された。ほとんど整理して考えないまま、泰造は店の場所だけヤエに告げて、城内へと向かった。逃げおおせるのだといった、確固たる意志はこのときもなかった。いやだ、いやだと思いながらそうしたのだった。老夫婦と若夫婦の元で働く泰造を、赤ん坊を抱いたヤエが訪ねてきたのは、太陽が照りつけはじめた七月だった。

赤ん坊は男の子だった。光一郎《こういちろう》と名づけたとヤエは言った。白目が透き通るように白く、顔も腕もしわくちゃだった。泰造に抱かれると勢いよく泣いた。似ているところはちっともないのに、その赤ん坊は保田を思い出させた。

保田に話した女装の話は、おもしろおかしく脚色はしたが嘘ではなかった。ある集落で親切にしてくれた満人一家から、男は容赦なく殺すが女は見過ごすという匪賊団がいると泰造は聞いたのだった。一家は食料ばかりかお古の女の服までも泰造にくれ、翌日から泰造はすとんと長い中国服で逃げ続けたのである。走ると長い裾はいかにも邪魔だった。ふんどしにたくしこむようにして裾をまくり上げて泰造は走った。ある集落で、出稼ぎにいく男がいて、泰造はこの男とともに馬ぞりでハルピンまで出た。泰造はハルピンに着くまで薄汚れた中国服を身につけていた。

女ならば見過ごす匪賊団が本当にいるのかどうか泰造にはわからない。女装を勧めた一家は真顔だったが、どこでその話をしても笑い飛ばされた。けれど裾をまくり上げて走っているとき、泰造は、今まで感じたことのない気分を味わった。死ぬのは何があろうといやだ、それだけの気持ちで逃げ出してきた。匪賊はおそろしい、憲兵だっておそろしい、飢えも渇きも狼も夜も昼間の暑さもおそろしい、心細さと闘いながらひたすら町へ向かった泰造だが、裾をまくり上げた馬鹿げた格好で疾走していると、自分が逃げていることを忘れていくような、ずっと前から目指していたどこかにただ純粋に近づいているような、そんな心持ちになるのだった。自分が男でも女でもなく、脱走者でも脱落者でもなく、日本人でも満人でもなく、もはや体すらもなく、そこを目指す気持ちだけになって移動しているような、爽快ともいっていい気分に、ほんのつかの間満たされるのだった。

保田と知り合って、この話を泰造は保田にしたことがある。言葉はなめらかに出てこなかった。自分でも、何を保田に伝えたいのかわからなかった。ただそのときの「感じ」を保田ならわかってくれるような気がして、なめらかではない言葉を重ねたのだ。保田は泰造の話を聞いて、おれはおまえがうらやましい、とつぶやいた。馬鹿にされているのかと泰造は思ったが、保田は真顔だった。そしてふいにすがすがしい顔つきになり、こう言うのだった。そんな映画を作ったらおもしろいだろうなあ。逃げるんだ、ひたすら。逃げてるうちに、逃げているんじゃない、追いかけているって気づくんだ、そんな映画を書いてみたい。保田の言葉も泰造にはわからなかった。どんな映画なのかも想像することもできなかった。泰造にわかったのは、そんな映画を作ったらただちに保田は逮捕されるだろうという安直なことだけで、けれど、自分の言いたかったことはなんとなく保田には伝わったような満足感も、かすかに覚えた。

命令されたり殴られたりするのではなく、話し、笑い、ふざけるという人との関わりかたがあるのだと泰造は保田に教えられた。泰造がどんなに馬鹿げたことを言っても、学のある保田は笑わなかった。こういう映画を書きたい、主演はだれで、監督はだれでと熱心に話す保田は、いつか日本に帰るのだと口癖のように言っていた。内地の住所を泰造に渡し、向こうでも必ず会おうと約束しあった。未来というもの、「いつか」というものについて、自分も思いを巡らせていいのだということも、泰造は保田に教わったのだった。死ななければ、それは必ずやってくるのだ。

ヤエはときどき泰造の店に赤ん坊を連れてきた。老夫婦も若夫婦もヤエがやってくると、料理をしていた手を止め、注文していた客も無視して赤ん坊を取りまいた。無愛想な妻でさえも赤ん坊を抱くと笑顔を見せた。彼らの言葉がわからないだろうヤエも、取り合うように抱かれる赤ん坊を見て始終笑っている。ヤエと夫婦というわけではなく、また赤ん坊の実際の父親でもない泰造は、自分が赤ん坊の父親だという実感も、父親になるという覚悟もなかったが、それでも手も足も作り物のようにちいさい光一郎はかわいかった。何回抱いても落とすのではないかとひやひやするが、女とは違う柔らかい感触はうっとりと泰造の腕に残った。

そのうちヤエは、以前働いていた店で働くため、泰造に赤ん坊を預けるようになった。時間の都合をつけてもらい、早い時間に切り上げさせてもらえるらしい。夕方泰造に赤ん坊を預けにきて、夜、引き取りにくる。そのあいだ泰造は赤ん坊をおんぶ紐で背中にくくりつけて働くのだが、若夫婦の妻が自分に背負わさせてくれとよく頼んだ。赤ん坊を背負うと妻は表情が変わった。誇らしげに生き生きと顔を輝かせて動くのである。若夫婦に子どもがいないのは、忙しいせいでも、ほしくないせいでもないのだと、泰造はやがて薄ぼんやりと理解した。

　そうして秋になろうというころ、食堂にやってきたヤエは、次の春にもうひとり赤ん坊が生まれると泰造に告げた。うれしくないこともないが、しかし、うれしいわけでもなかった。不思議な気持ちだった。その赤ん坊も保田の子であるような気がした。むろん自分が、自分とヤエが育てるのだと、それだけはかたく思った。

　そう言うヤエはちっともうれしそうに見えなかったので、泰造がそのわけを訊くと、老夫婦と若夫婦を気にしながら「日本はもうだめなんじゃないかって、客たちが話してる」と言う。飲み屋の客も、町なかの兵隊もずいぶん減ったそうである。「ソ連が日本と戦争するかもしれないって。そうしたらこの町なんかすぐ爆弾を落とされるに決まってるって」そう言うヤエは、そんななかで子どもを産めるのかどうかが心配なようだった。「でもあれだろ、ソ連と日本は何か約束してるんだろ、戦争をしないっていうような約束をしてるって聞いたことがある。そんなのデマだ」とヤエを安心させるために泰造は聞きかじったことを言ったが、つい最近、雲のない空を爆撃機が二機飛んでいったのを見たことを思い出していた。

　十月十日より一カ月も早く、新京の花が咲き出すより先にヤエは赤ん坊を産んだ。また男の子だった。洋二郎《ようじろう》と、泰造が名づけた。けれど泰造は、この子を一度しか抱いたことがない。父親になったという実感がもてないまま、死んでしまったからだ。ヤエが食堂に連れてきた一回しか見ていないので、泣き腫らした目のヤエにその死を告げられても、かなしいという実感ももてなかった。
そのヤエが、夏の盛り、また身ごもった。夏の陽射しが、ヤエの額や口元に生えた産毛を光らせていた。またしても泰造はうれしいと感じ損ねた。この先、日本もこの町も自分たちもどうなるのかわからないと不安げにつぶやいていたヤエが、毎年盛大に葉を茂らせるアカシアのように思えた。戦況とはまったく無縁に、町の大木ほどに揺るぎなくそこに立っているように。この女のなかにはどれほどの力が詰まっているのかと、不思議な気持ちで泰造はヤエを見つめた。

2

八月に入ると、城内の雰囲気もなんとなく変わりはじめた。殺気だった活気があり、浮ついたにぎやかさがあった。毎日のようにきていたヤエもほとんど顔を出さない。店じまいのあと、五人で夕食を囲むのはいつものことだが、この日、店主の夫がまじめくさった顔で泰造に「おまえに新しい名前をやる」と言った。おかずをのせた白米の茶碗を置き、文字の書かれた紙を持ってくる。李燕軍《りえんぐん》と書かれていた。「何かあったらここにずっといていい。なんなら女房だって呼んでいい。おまえたち家族全員の面倒を見ることはとてもできないが、仕事ならいくらだって見つけられる」と言うのである。老いた妻も若夫婦も、ちらちらと泰造を盗み見ながら食事を続けている。ありがとうございますと礼を言い、泰造は名前の書かれた紙をズボンのポケットにしまった。

その日、光一郎をおんぶして店に駆けこんできたヤエは、ソ連の軍隊がとうとう満州に攻め入ってきたらしいと泰造に言った。「だからそんなはずはない」と泰造が言っても、ヤエは、ソ連の不法攻撃と新聞に書いてあるし、しかも昨日今日と大勢の兵隊姿の男たちが隊伍《たいご》を組んで大同大街《だいどうたいがい》に向かっているのを見たと言う。町の人々は至るところで万歳、万歳と声を嗄らして叫んでいるそうだ。

「それで」ヤエは胸のあわせから何か取りだして泰造に見せた。和紙の包みだった。手が震えている。「これ、店のママにもらったんだよ。ソ連が攻めてきたら女はみんな犯されるから、そんな辱《はずかし》めを受ける前に飲むようにって」

泰造は厨房で働いている老夫婦をちらりと見た。じっと二人の様子を見ていたらしい夫婦は、泰造と目が合うやいなや視線を外し、それぞれの仕事に没頭しているふりをする。何か起きている、何か起きつつあると泰造はようやく理解する。しかし「何が」なのかはわからない。ただ、それから逃げて逃げてきたものが、地響きをあげて近づいてくるという予感だけがあった。

光一郎のおむつと着替えを数枚、それと長屋に置いてあった有り金をぜんぶ持ってきていたヤエも、同じようなことを感じているのだろう。その日泰造はヤエを帰すことはせず、老夫婦の許可をもらって、自分の寝起きする、小麦や米といった備蓄品が積まれた倉庫に泊めた。「広島と長崎は町ごとなくなったんだって、みんなが話してた」ひとつの布団で光一郎を真ん中にして横たわると、ヤエはちいさな声で言った。町がなくなる、ということがどういうことなのか泰造にはさっぱり想像がつかなかった。

「もし何かあったら、どうする。満人にならないかって、おれは言われてるんだ、ここの親父に」

泰造もやはりちいさな声で言った。ヤエは答えなかった。二人の真ん中で、おさな子がすこやかな寝息をたてていた。

ついに新京の町にソ連の戦車隊が突入したと泰造は人づてに聞いた。城内の活気はいや増し、日本人の姿はまるで見られなくなった。空襲警報や爆撃の音が聞こえてきて、そのたび、泰造はおさな子を抱いたヤエの手を引き、食堂の夫婦たちとともに防空壕に逃げこんだ。

その日は晴れていた。昼を過ぎて急に往来がにぎやかになり、直後、あちこちで銃撃に似た音があり、しかしそれは銃声ではなく爆竹だった。満人たちは店から、路地から、民家から飛び出してきて口々に叫びながら抱き合い、歌い、雄叫びをあげた。日本は負けたらしいと、泰造とヤエは若夫婦の夫から聞かされた。数分前にラジオでそういう発表があったらしい。

泰造とヤエは顔を見合わせたまま動けなくなった。ほかの男たちのように、いや、ほかの日本国民のように、日本が勝つことを疑わなかったわけでも、心底願ってきたわけでもない、それなのに負けたと聞くと、そんなはずはなかろうというような気持ちが湧き上がってくる。その気持ちは自分でも得体の知れない焦りになり、「城外の様子を見てくる」と泰造は言っていた。いかないほうがいいと、老夫婦も若夫婦も言った。すぐ戻る、だからいくと泰造は言い張った。自分でもいかないほうがいいと思っているのにもかかわらず。ヤエもついていくと言い、光一郎を背中におぶおうとする。子どもだけは置いていけと四人から言われ、光一郎は彼らに預け、二人は熱狂する城内を駆け抜けた。

新京の町は、気味が悪いほど静まり返っていた。ソ連兵の姿は見あたらないのは幸運にしても、泰造が城内に移る前の活気は微塵もない。人の姿もまばらで、しかもみな、魂を抜かれたような表情でただ歩いているのだった。ところどころ人だかりができていて、近づくと、彼らは何をするでもなく集まって、泣いている。泰造とヤエは、ヤエの勤めていた飲み屋に向かった。マダムの姿はなく、見知らぬ老いた男が数人で車座になり、窓を閉め切った薄暗闇のなか、酒を飲んでいた。何か殺伐としていて、声をかけられるような雰囲気でもない。二人は飲み屋を離れ、数日前までヤエが住んでいた長屋に向かった。

鍵をかけずに出てきたらしいヤエの部屋は、荒らされているということはなかった。隣家を訪ねると、戸が開き、顔を黒く塗りたくったざんばら頭の男が出てきて、泰造はぎょっとした。隣家は菊池《きくち》さんという三十過ぎの夫婦者が住んでいたのだ。日本料理店で働いていた夫はずいぶん前に出征して、奥さんが住んでいるはずだった。早くも暴徒に押し入られたのかと思ったが、

「ああ、無事だったね」と言う声は、女のものである。どうやら菊池さんが変装している

のだとようやく理解する。菊池さんとヤエと泰造は無言で見つめ合う。訪ねてきたものの、何を言っていいかわからなかった。もうじき満人もソ連も私たちを襲いにくるよ、と、しばらくの沈黙のあとで菊池さんは言った。だから男の格好をするように言われて、髪を自分で切って、鍋墨《なべずみ》をぬったんだ、あんたもそうしたほうがいいよ、とヤエに向かって震え声で続けた。

夕方になると、爆竹や騒ぎの音がすぐ近くまで聞こえてきた。ヤエと泰造は話し合った結果、その日は城内に帰らず長屋に泊まることにした。二人とも横になることもせず、座ったまままさくれた畳の目を見つめていた。泰造は、店主の見せた紙切れに書かれていた漢字三文字を、くり返し思い出していた。

広場は巨大だった。この国はなんでもでかい、というのが、大連に着いてからの良嗣の感想だったが、人民広場と名づけられたこの円形の広場もまた、巨大さに慣れはじめた目にも、巨大だった。タクシーで走った、駅からのびる一直線の道路が円形広場を貫き、さらに四方向に広大な道路がのびている。ホテルや銀行、レストランや何かわからない会社、新しい建物と古く重厚な建物が、まったく違和感なく混じり合い、広場を縁取るように囲んでいる。ひっきりなしに車とオートバイが通る。

そこに祖母は佇《たたず》んで、もう何分も動こうとしない。その目の先を追っても、祖母が具体的に何を見ているのか良嗣にはわからない。ばあさん、と声をかけてみても、何も聞こえないかのように薄く口を開いて目の前の景色に見入っている。祖母の目に映っている光景を、そのまま見てみたいと良嗣は焦がれるように思いながら、巨大な円形広場を祖母の隣で眺める。

そこにずっと立ち尽くしていることに良嗣のほうが疲れてしまって、少しの躊躇《ちゆうちよ》のあと、祖母の肩にそっと触れた。

「ばあさん、広場を眺めたいんだったら、どこか近くの店に入ってお茶でも飲まない？」

祖母はゆっくりと視線を動かし良嗣を見た。良嗣に焦点を合わせても、すぐにはだれかわからないかのように、ぼんやりと見ている。そして隣に立つ男がだれであるのか認識したような表情が、さらにゆっくりと祖母の瞳にあらわれる。そのつかの間の瞬間に、さっき祖母が脱ぎ捨てていった過去や老いといったものが、すばやく戻るのを良嗣は見て取る。たった一、二秒のあいだに、祖母はものすごく遠いところから戻ってきた、そんなように感じる。

ふいに良嗣は思い出す。幼い日々、祖母におぶわれていたときの、体温や背の丸みや、とろりと眠たくなるような安心感を。店がひまなとき、祖母は良嗣をおぶい紐で背中にくくりつけ、尻を軽く叩きながら近所の神社まで散歩をした。神社には鳩がたくさんいた。たいてい祖母は歌をうたっていた。ぽっぽっぽ、鳩ぽっぽ、の歌が多かったが、違う歌のこともあった。良嗣には到底覚えられないような歌。祖母の背に耳をつけると、聞こえる声が変わるのがおもしろくて、良嗣は祖母の背に耳をつけたり離したりして歌を聴いていた。

アア、イトシキミ、イツマタカエル。その歌を良嗣は思い出す。そうだ、こんな歌だった。いつもその歌を聴くと、無性にかなしくなった。かなしくなるのに、同時に、うっとりと眠くもなった。その気分も良嗣は思い出す。

「なつかしい？」

広場沿いに建つホテルの、最上階の喫茶室で、飽きず外を眺めている祖母に良嗣は訊いた。祖母は驚いたような顔をして良嗣に視線を移し、たっぷりと見つめたあとで、

「もう、ぜんぜんかわっちまったよ」と言った。今までのようにぶっきらぼうにではなく、困ったように、それでいて安堵したように聞こえる言いかただった。それで、その答えとは裏腹に、祖母が見ているものが「かわった」ところではなく「かわっていない」ところなのではないかと良嗣には思えた。

「でもさ、ばあさんも、じいさんも、ここに住んでいたころのこと、あんまり話さなかったよね。おやじたちも聞いたことないって言うし。だから、おれにもあんまり想像できないな、ここにべつの町があって、じいさんやばあさんが住んでた、なんてさ」

きっといつもの通り受け流されるだろうと思っていたが、

「私だって幻だったような気がするさ。この国は何もかも嘘っぱちだって言った人がいて、そんときは何言ってんのかわからなかったけど、でも今、私らだってぜんぶ嘘っぱちだっ

たように思えてくるね」

祖母は窓の外にふたたび目を向けると、おだやかな表情でそう言った。

「でも思い出すこともあるんだろ？」

「思い出すことぜんぶが嘘っぱちだったような気がするんだよ」

祖母の言葉の意味するところは、祖母が今見ているのであろう光景と同じく、良嗣にはまったくわからなかったけれど、それでも今までむっつりと黙りこんでいた祖母が、ふつうに言葉を交わしてくれることがうれしかった。祖父が亡くなる前、翡翠飯店でそうしていたように。

「じいさんも私も、恥ずかしかったんだ」窓の外、巨大な広場を見下ろして、独り言をつぶやくように祖母は言った。「恥ずかしくて、とても言えなかったんだ、ここでの暮らしのことはね」

「恥ずかしかった、ってどういうこと？」

「私たちはほんとの戦争なんて知らないようなもんだから。逃げて逃げて、楽ばっかりしようとしたんだから。大勢の人がさ、私らよりよっぽど立派な人が、逃げずに死んでいくのにさ、私らは逃げまわってたんだから。高尚な考えがあってのことじゃない、ただこわくてそうしてたんだよ」

良嗣は黙って祖母の横顔を見た。あの家に生まれて、ものごころついてからもう何度も見てきた、最初からおばあちゃんだったばあさんの横顔。

祖母はウエイトレスがテーブルに近づいてきたのに気づき、口を閉ざす。急須に湯をつぎ足すウエイトレスの手を、珍獣を見るように眺め、彼女が去ると良嗣と自分の湯飲みに茶を注ぐ。ジャスミンのあまやかなにおいが立ちのぼる。「こんなこと、大きな声では言えないことだよ」眉毛をかすかにあげて言うと、「ねえヨシ坊、私、いきたいところがある」上目遣いに良嗣を見て、祖母は言う。

「えっ、うん、どこさ、どこだっていこう、連れていくよ」

祖母がそんなふうに言いだしたことがむやみにうれしくて、兄妹にはないしょで駄菓子をもらった幼いころのように良嗣ははしゃぎ、うわずった声をあげた。

3

町にはさんざし売りの声や、大餅《ターピン》売りの声がにぎやかに響いているが、以前百貨店や劇場に飾られていた日本の旗も満州国の旗も取り外され、かつて整然としていた町はほころびるようにすさみはじめ、至るところに自動小銃を携帯したソ連兵の姿が見られるようになった。彼らによる女狩りの噂が流れ、ヤエも菊池さんの奥さんと同じように髪を切り、顔に墨を塗り、男装をした。そんな格好の男とも女ともつかぬ人々が、亡霊のように町を歩いていた。ついこのあいだまで自分の暮らす町だと思っていた場所が、今や遠く見知らぬ異国のようにヤエには感じられた。

もともと蓄えなどないに等しかったが、日本円がまったく使えなくなると、泰造ばかりでなくおなかに子どものいるヤエもまた働かなければならなくなった。ヤエは近所の女たちとともに婦人会を作り、日本人の家をまわって着物や帯、万年筆や布地、ともかく集められるものはなんでも集めた。それを、支那語の操れる泰造が、人通りの多い百貨店の前に立ち、支那人やロシア人相手に売る。儲けの半分を品物の持ち主に渡し、残りを女たちで分けるとひとりぶんは雀の涙だったが、何もしないよりはましだった。夜になると泰造は食堂に働きにいき、ヤエは婦人会の女たちとともに瓦斯《ガス》会社の社宅の庭で、夜更けまでかかってソ連兵の軍服を洗濯した。釜で煮て消毒したものを、ドラム缶に棒を突っこんで洗う。子どもをおぶってのヤエにはつらい重労働だったが、注文はひっきりなしにあった。光一郎は背中でよく泣いたが、あやすこともできないでいると、いつのまにか泣き疲れて眠っていた。

八月も終わりに近づくと、町には日本人があふれた。奥地にいた日本人たちが続々と長春にやってきたのである。女と子どもと老人ばかりで、みな痩《や》せこけ、ずだ袋のような衣類ともいえないものを身にまとっている。かと思うと、どうしても持ち帰りたかったのか、ちいさな子どものなかには薄汚れた晴れ着を着せられた者もいる。彼らはとうに空き家になっていた官舎や満鉄の社宅、閉鎖された日本人学校に振り分けられて暮らしはじめた。

ヤエと泰造は、敗戦の日以来、光一郎とともに食堂の倉庫で寝起きしていた。ソ連兵に押し入られて武器を持っていかれたとか、宝石と有り金をすべて取られたとか、物騒な話ばかり聞き、武器も宝石も、時計すら、彼らのほしがりそうなものは何ひとつ持っていない二人も、長屋に住んでいるのがおそろしくなったのである。隣の菊池さんも、女のひとり暮らしがこわいと言って、婦人会で知り合った家族の家に泊まりこんでいる。

満州という国がなくなって、自分たちがいったいどうなるのか、ヤエには想像もつかなかった。顔を墨で真っ黒にして知らない人の家をまわって売れそうなものをかき集め、暗い庭で馬鹿でかい軍服を洗って、このまま一生を終えるような気もした。というよりも、日々の金策と労働に疲れ果て、何か考えることが面倒になってそんなふうに思うのだった。

そんなヤエが、帰る場所がなくとも日本に戻りたいと強く願うようになったのは、短い夏が過ぎ、風が冷たくなってきたころだった。日本人会から婦人会を通して、男に集合要請があった。噂されているように、集められた男たちはそのままシベリア送りになるのではないかとヤエは不安だったが、ヤエに泰造という夫らしき男がいることは知られていたし、泰造だけ集合を無視するわけにもいかない。指定された日時、食堂を休んで泰造は朝早く出かけていった。

もしかしてもう帰ってこないのではないかという不安を抱きながら食堂の倉庫に戻ると、泰造は眠っている。ズボンも指も、真っ黒に汚れている。いったい何をしてきたのか、泰造を起こして訊くと、「延々一日穴を掘らされた」と、横たわったまま目を開けて言った。

「穴？」

「うん。南新京の駅の近くに寺があるだろう。その裏で、一日じゅう。あれ、墓穴だな」

「えっ」

「土が凍るから、冬がくる前に掘らなきゃならないらしい。三十人くらいずつで、当番制らしいから、あとしばらくは墓掘りだ」泰造はそう言うと目を閉じた。

三十人の男たちが、一日じゅう掘る墓とは、いったいどのくらいの数になるのだろう。いったいどれほどの死体が、どこから出るというのだろう。ヤエは眠った子どもを泰造とのあいだに寝かし、暗闇に目を凝らして考える。唐突にぞっとした。かつて保田が言っていたことがふいに理解できたのだった。だれかがどこかで決定している、と保田は言っていた。

それでおれたちは、なんにもわからないまま、あそこへいけと言われればいって、こっちへこいと言われればいって、死んでこいと言われたら喜んでそうするんだ。

保田はそう言っていた。戦争は終わったのに、まったくおんなじじゃないか。穴を掘れと言われれば、それがなんのためだかわからないまま私たちは掘るしかないのだ。もしかして自分が横たわる穴かもしれないのに。

今住んでいる場所に留まるようにと、婦人会の人の社宅で聞いたラジオは言っていた。今いる場所に留まって、そのまま生活するように、と。でもそんなの、信用できるのだろうか。奥地からやってきた人たちが官舎や満鉄の社宅に収容されたのは、そこが空《あ》いていたからだ。なぜ空いていたのか？　役人や満鉄社員が家財をまとめて逃げ帰ったからだ。彼らは知っていたのだ、ソ連が攻めてきて、日本が負けて、満州がなくなって、支那人やロシア人が民家に押し入って女を犯し財産を強奪すると、知っていたのだ。

なのに私たちは未だに何も知らない。何も知らずに墓穴を掘らされている。自分たちの国ではない、遠い異国で。ヤエは起きあがり、もう一度泰造を揺り起こした。

「泰造さん、いっしょに帰ろう」暗闇に白く光って見える泰造の目に、ヤエは言った。

「満人にならずに日本に帰ろう」

「そんなこと言ったって、いつ帰れるのかなんてわかんねえよ」

「わかんなくてもいつか帰れるよ、帰ろう、ねえ」ヤエはくり返した。泰造は何も答えず寝返りを打ち、背中を向けてしまった。泰造とはまだ籍も入れていない、日本には帰る場所もない、でも、ここに留まれとだれかが言うならば、ぜったいに留まってはいけないのだとヤエは思った。


日本への引き揚げがはじまるという噂をヤエが聞いたのは、翌年、町からソ連兵の姿が消えはじめたころだった。赤ん坊はもう来月にも生まれようとしていた。住んでいる地区ごとに引き揚げ団を結成し、列車を乗り継いでいくという。婦人会でその噂を聞いたヤエは、その日帰るとすぐ泰造にその話をした。十日後、南長春から編成を組んで列車に乗っていくという。無蓋《むがい》列車だから、住所ごとに班を作り、その班でテントを用意するようにとも言われていた。けれどそれを聞いても泰造は喜んだ様子を見せなかった。

「あんた、ここに残るつもりなの」ヤエが問いつめると、これだけ世話になっておいて帰るわけにはいかないと、口のなかでぼそぼそと答える。たしかにそれはヤエだって感じていたことだった。お金もないのに食べるものに困らなかったのは、彼らが泰造たちの食事まで用意してくれたからだ。彼らが泰造に残ってほしいと願っていることは、言葉の半分も理解できないヤエにも、態度でわかる。もしかしたら彼らが自分たちに親切にしてくれるのは、泰造とヤエが、いや光一郎とこれから生まれてくる赤ん坊が、ここに残ることを期待しているからかもしれなかった。

でも、それとこれとは話が違う、とヤエは思った。礼の言葉だけ残して去るのは薄情だとは思うが、けれどどこに留まっているべきではないとヤエは思うのだった。

「それに」泰造は力無く言う。「日本に帰ったたって、おれには待ってる家族なんてない」

私も同じだとヤエは思った。だから、言い返した。「帰るところがなかったら作ればいいんだよ、新しく作ればいいいんだ」

泰造は、それでも首を縦にふらなかった。この男は本当にここに残るのかもしれない。だったら残ればいい、とヤエは思う。どうしても帰らないというのならば、この人を置いて私は帰る。光一郎を連れて。口には出さなかったが、ヤエはそう決意した。

十日後と聞かされていた日にちは、しかし直前に一週間延び、またさらに一週間延びた。ヤエは日中、かつて住んでいた長屋に戻り、近隣の住人とともに布団袋を縫い合わせた急ごしらえのテントを作っていたが、泰造はそれにも参加しなかった。

このままでは赤ん坊が生まれてしまうと、ヤエはじりじりして婦人会の女たちに情報を聞きまわり、日本人会の事務局にも顔を出した。ただのデマかもしれないと思いはじめた矢先、五日後に列車が出る、瀋陽《しんよう》を経由して港まで出て、そこから引き揚げ船が出ると聞かされた。そのための手続きがはじまったというので、今度ばかりは信じてもいいのだろうとヤエは思った。ヤエは泰造には何も聞かないまま、藤代泰造、ヤエ、光一郎と三人の名前で手続きをした。

どうかまだ生まれないで、と、せり出した腹をさすりながらヤエは五日を過ごし、その日の朝、

「どうするの、やっぱり残るの」泰造に訊いた。今日の今日だというのに泰造はまだ決心がつかないらしく、意固地な子どものように足元を見つめて黙りこむ。

けれど昼過ぎ、泰造は、最近はじめた偽煙草売りから戻ってきて、光一郎を抱き上げてじっと見つめていたかと思うと、何も言わないまま多くはない荷物を無言でまとめはじめた。やっぱり帰るんだね、と言ってしまったら泰造の決意が揺らぐ気がして、ヤエは光一郎をおぶったまま倉庫を掃除した。

昼を過ぎても客の切れない食堂に、二人して挨拶にいった。泰造は引き揚げるつもりであることを両夫婦には言っていなかったらしく、老夫婦も若夫婦も作業の手を止め、目を丸くして集まってきた。泰造が彼らに何か言い、しきりに頭を下げている。ヤエも真似をして頭を下げた。四人は客を放っておいて、泰造とヤエを取り囲むようにして立ち、大声で口々にまくし立てる。いつにも増して早口なのでヤエにはほとんど聞き取れなかった。

自分たちはなじられているんだろうと思った。泰造は頭を下げたきりだった。だからヤエも頭を上げられず、四方向からくる声音をただ浴びていた。

「光一郎を置いていけって。途中、列車が襲われるかもしれない、ちいさい子は危険だって」

頭を下げたまま、泰造はちいさくつぶやいた。ああ、やっぱりとヤエは思う。でもそれはできない。この子を置いていくことはできない。

「もうひとり生まれるんだからいいだろうって」

置いていったほうがいいのではないかという思いが、ちらりと頭をかすめた。奥地から避難してきた人たちのうちには、赤ん坊の泣き声で暴徒に襲われると再三責められて、泣く泣く子どもを始末してきた人もいるという噂は幾度も聞いたことがある。自分たちもこの先どうなるのかわからない。何ごともなく帰り着ける保証などない。未熟児で、生まれてすぐに死んでしまった洋二郎を思う。洋二郎という自分の名すら知らずに死んだちいさないのち。ここにいれば、少なくとも飢えることはない。あんなふうに、吸いこまれるように死んでしまうこともないだろう。毎日若妻におぶわれて、にぎやかな笑い声に包まれて成長し、母親の顔などすぐに忘れてしまうだろう。

保田の顔が浮かぶ。快活な笑い声と、顔を曇らせたときの眉間のしわを思い出す。愛していたわけではない。愛されたわけでもない。保田の家族が日本のどこに住んでいるのかも知らない。この子を会わせることはない。でも。

ヤエは頽れるようにその場にしゃがみこみ、土下座をした。ごめんなさいそれはできません。この子は置いていけません。ごめんなさい。食堂の床に額をこすりつけ、日本語でそれだけをくり返した。

4

そのとき、ふとやわらかいものがヤエを包んだ。老夫婦の妻が、床に膝をつき、背におぶった光一郎ごとヤエを抱きしめているのだった。そしてヤエの両脇に手を差し入れて立たせ、もう一度抱きしめる。彼女が離れると、今度は若妻がヤエを抱きしめた。そうしながら、背の光一郎の背といい頭といい、撫でまわしているのが、光一郎のキャッキャッという笑い声でわかる。

「たくさん子を産みます」通じないのを承知でヤエは言う。「たくさん子どもを産んでひとり預けにきます。あなたがたがしてくれたこと忘れません。ぜったいに戻ってきます」若妻が子どもを産めない女であるとヤエはなんとなく知っていた。その妻に、だから幾度もそうささやいた。八人でも十人でも産んで、ひとりをこの妻に育ててもらおうと、そのときヤエは本当にそんな気持ちになっていた。

いっこうに仕事に戻ろうとしない四人に、客が苛立った声をあげ、老夫婦はなごり惜しそうに厨房へと戻る。泰造とヤエはもう一度深く頭を下げて店を出た。少し歩いて振り向くと、若夫婦はまだ店先に立ってこちらを見ていた。

ヤエはまず長屋に戻り、そこで近隣の人々と落ち合って出発した。南長春の駅は人でごった返している。興仁大路からすでに行列ができていた。前のほうで何が行われているのか、人の姿にはばまれて皆目わからない。ただいたずらに突っ立っているだけではないのかと不安になるが、しかしゆっくりだが列は進んでいる。

駅が近づくにつれ、粗末な無蓋の貨車が見えてきた。移民団を脱走してきた泰造が、引き揚げ手続きの照合時に何か言われるのではないか、あるいは人数が多すぎて、途中で打ちきられるのではないかとびくびくしてヤエは順番を待つ。数えてみると列車は十四両である。駅に集ったすべての人が乗れるようにはとても見えない。ヤエは幾度も背伸びして、どす黒い貨物列車を見た。

やっと列車に乗りこめたのは、高かった陽が橙色を帯びて傾いてきたころだった。立ち上がることが困難なほどの混雑ぶりである。苦労してみんなでテントをはり、ヤエは光一郎をしっかりと抱き、列車が動きはじめるのを待った。足が痺《しび》れるほど待たされたあとで、ようやく列車は動き出した。駅にはまだ大勢人が残っているのが、テントと側板の隙間から見えた。

「あの人たち……」言いかけると、隣にいた女が、

「荷物の違反が見つかったらしいよ、班全員で引き揚げ延期の罰則だって」と教えてくれた。

携行品の制限は厳しかったが、ほとんど家財も財産もないヤエたちは、リュックひとつに着替え数枚、ほんの少しの日用品と当座の食料しか持っていなかった。貴金属や写真のたぐいはいっさい持ち出しが禁止されており、もしかしたら換金できずに持ち帰ろうとした人がいたのかもしれないとヤエは考える。もし彼らが携行品違反をしていなかったら、自分たちはこの列車に乗れなかったのかもしれないと思うと、ぞっとした。

列車はぐずぐずと走る。テントの隙間から赤い光が細く射しこむ。ヤエは、ひとり海を渡ってきたとき、飴玉みたいな太陽を列車から見たことを思い出す。今まで感じたことのないようなすがすがしい気持ちを抱いたことも。あのとき、手に入れられるとも思いもしなかったものを、無償で渡されたような気持ちになった。今、自分の胸にはおさな子が、隣には男がいる。私が手に入れたものはこれなのだろうかとヤエは思う。それでも、あのときのように気持ちは弾まなかった。帰るのだ、帰らなくてはいけないんだと自分にも泰造にも言ってきたが、しかし本当にこの無蓋列車が自分たちをどこかに連れていってくれるようには、なかなか思えないのだった。帰る場所がないなら作ればいいと息巻いて言ったけれど、でも、本当にそんなことができるのか。私たちがかつて見捨てるように出てきた場所は、そんなことを許してくれるのか。

けれど実際は、ヤエたちはその列車で、博多への船が出るらしい胡蘆島《ころとう》にたどり着くことはできなかった。列車に乗りこんで二日目、瀋陽で列車が長時間停車しているあいだに、ヤエが産気づいたためである。

ヤエは瀋陽の収容所で、日本人会から紹介された医師の元、赤ん坊を産んだ。やはり男の子で、慎之輔と、泰造が名づけた。お産を終えたらすぐにまた引き揚げ列車に乗れるものと、泰造もヤエも思っていた。けれど実際、二人が引き揚げ列車に乗れるのはそれから一年も後になる。

もともと少なかった持ち金はすぐになくなった。収容所には、駅から離れた場所にある学校が充てられていた。広い教室に何家族もがともに暮らす。手持ちのお金のなくなったヤエたちに都合してくれる人は当然のことながらおらず、また食料を分けてくれる人すらいなかった。みな自分たち家族でかたまって、ふかした芋や粥をすすっているのだった。男たちは全員、朝になると集められ、鍬や鋤《すき》を持たされて使役へと出かける。ヤエは生まれたばかりの慎之輔をおぶい、光一郎を抱いて、近隣の町へ物乞いに出かけた。中国人や朝鮮人の家の戸を叩き、なんでもいいから恵んでくれと頭を下げる。叩き出されることもあれば、罵倒されることもあり、かと思うと、着物や幾らかの金銭をもらうこともあった。市場で捨てられる野菜の屑《くず》も拾った。何かを考える余裕はなかった。赤ん坊たちに何か食べさせなければならなかったし、乳の出をよくするために自分も食べなければならなかった。

あとから思えば、収容所で暮らした日々はヤエにはもっともつらかった。戦争という言葉で思い出すのは、新京での日々ではなく、あの収容所である。けれどそのとき、ヤエはつらいとは思わなかった。その日その日を暮らすのが精一杯で、つらいなどと思いつきもしなかったのである。起きればその日食べるもののことだけを考え、なかば上の空で川に向かい、子どもたちのおむつを洗って水を汲み、ひとりをおぶいひとりの手を引いて物乞いに出かけた。

あのとき、やっぱり食堂に残ればよかったのではないか、ということは、幾度も考えた。もしかして戻れるのではないか、とも。泰造もそう思っているようだった。夜、赤ん坊の泣き声がうるさいと他の家族に言われ、慎之輔を抱き筵《むしろ》にくるまるようにして小声であやすときや、腕に丸い筋のつくほどまるまるとしていた光一郎が、みるみるうちに腹以外痩せていくのを見るときに。けれどヤエは、戻ろうかなどと、泰造には決して口にしなかった。泰造もまた、そういうことは何も言わない。機嫌が悪く、むっつりと野菜屑といくらかの粟《あわ》が入った粥を食べ、たがいに一言もしゃべらないときは、泰造も自分も同じことを考えているのがヤエにはわかった。

収容所で亡くなる人も多かった。昨日までおもてで遊んでいた子どもが明くる日になってころりと死んでしまうのをヤエは幾度も見た。奥地から引き揚げてきて、収容所に到着するなり死んでしまう老人もいた。自分たちもそうなるのではないかと、ヤエは最初こそおそろしさに震えもしたが、次第に何も思わなくなった。光一郎や慎之輔が明日死んでしまうかもしれないと考えるより先に、死にものぐるいで食べものを手に入れなければならなかった。

ある夜、収容所の中庭が騒がしいので、ヤエは泰造とともにおもてに出た。火がたかれ、その火のまわりで幾人かが踊ったりうたったりしていた。収容所の人々は彼らをぐるりと取り囲み、手を叩いたり歓声を上げたりしている。それをぽかんと眺めているヤエに、隣に立った女が新年なのだと教えてくれた。そう聞いても、ヤエは何も感じなかった。背中ではやせ衰えて腹だけ出っ張った慎之輔が眠り、泰造の背中では二歳になるのに未だ言葉を操れない光一郎が怯《おび》えたように火を見ていた。

ヤエたちがようやく胡蘆島に向かう貨車に乗れたのは、その年の夏だった。南長春で乗ったときよりさらに混んだ貨車だった。光一郎も慎之輔も目ばかりぎょろつかせ、細い手足はかさぶただらけだった。体じゅうにできるおできを掻きむしってできたおできである。泰造とヤエは亡霊のように列に並んで列車に乗り、熱気と湿気のなか、ほとんど身動きもとれないまま列車の揺れに身を任せた。これでようやく帰ることができると、けれどヤエは思わなくなっていた。何かを想像することができなくなっていた。こちらに食料があると言われればそちらへ駆けだし、みんなが向こうに歩きだせば黙ってついていった。そうすることがおそろしくて食堂を出てきたことも忘れていた。

だから、胡蘆島に着いた夕方、すぐ船に乗るのではなく、収容所となっている小学校に連れていかれたときも、落胆しなかった。そこでは高粱の粥が配給され、それがヤエにはありがたかった。

ああ、本当に帰れるのだとヤエが思ったのは、DDTを散布され、実際に船に乗ってからである。船倉に何人もが押しこまれ、汽笛を鳴らして船は動きはじめた。泰造は慎之輔をおぶって甲板に向かう。ヤエは甲板にいく気力もなく、確保した自分たちの空間で、光一郎を抱いて横たわっていた。本当に帰るんだ。背に船の揺れを感じながらヤエは思った。そう思ってはじめて、いったい自分たちはどこにいくのだろう、とヤエは思うのだった。引き揚げ名簿には藤代泰造、ヤエ、と書いたが、籍を入れたわけではない。これから日本に帰って、自分たちの居場所を作り、その先ずっと泰造とともにいると考えると、不思議な心持ちがした。まるで、そうと気づかぬうちに他人の人生の上を歩いているかのような。

船倉は暑く、じめじめとしており、いつも臭気が漂っていた。それでも粥が配給された。子どもたちは細い声で泣き、泣いていないときは眠っていた。船に乗っているものはみな、ヤエと似たようなぼろ布を身にまとい、子どもたちも一様に痩せこけている。子どもが泣いても、うるさいと怒鳴る人もいなかった。みなぐったりと熱気と湿気のなかに横たわっていた。

光一郎が死んだのは、船が港を離れて二回目の朝だった。浅い眠りから目覚めたヤエは、隣に眠る光一郎が冷たくなっていることに気づいた。口を薄く開いたその顔は、洋二郎とよく似ていた。胡蘆島に着く前から光一郎はぐったりしていたが、乗船前の健康診断では医師から何も言われなかった。全身かさぶたにまみれたちいさな体を抱き、ヤエは泰造を起こした。黙って光一郎を渡すと、泰造は動かない子どもを抱いてじっとのぞきこんでいる。船倉のハッチの近くで老人と男が粥の量のことで喧嘩をしていた。最初はちいさな口喧嘩だったのが、どちらかが手を出したらしく、ほかの人間も巻きこんで派手な喧嘩になった。口汚く相手を罵《のの》り合う男や女の声を、泰造の抱く光一郎の頭をさすりながらヤエは聞いていた。かなしいと感じるのはもっとずっとあとのことで、ヤエは涙も流さなかった。ただ頭皮にもおできとかさぶたのできた子どもの頭を撫で続けた。

泰造は光一郎を抱きしめたまま上半身を折り、吠えるような声で泣きだした。泰造の泣き声に喧嘩はぴたりと止まった。喧嘩をしていた男たちも、眺めていた女たちも、死んだ子どもを抱いて泣く泰造を見ていた。ヤエは正座したまま泰造の背をさすった。ああそうだった、とヤエは思い出す。そうだった、保田が死んだときも、この人はこんなふうに泣いたのだ。この人は保田を二度、失ったのだ。

大きな間違いをしでかした、とヤエは思った。食堂の若夫婦に乞われたとき、光一郎を置いていくべきだった。こんなふうに飢えさせ、泣かせ、しまいに死なせるくらいなら、置いてくるべきだった。なぜあのとき土下座などして連れてきたのか。死なせるためだけに。私はもう、二度も子どもを殺したのだ。ぜんぶ私の落ち度だ。間違いだ。ヤエは泰造の背を撫でながら唇を噛む。かなしみの、ではなく、深く苦い後悔のために、右目から一粒水滴が落ちた。

第五章

1

騒々しさにヤエは目を開ける。眠った覚えはないが、いつのまにか眠りこんでいたようである。耳をすますと、どうやら船が博多港に近づいているらしい。慎之輔をおぶったヤエは泰造とともに、甲板に上がってみた。すぐ近くに、行く手を阻むような山が見えた。山は緑の木々が生い茂っていた。泣いている男や女たちがいた。

博多は未知の土地だったが、それでも帰ってきたのだとヤエにも実感として感じられた。行く手を阻む山々は、見慣れた日本の景色だった。思えば自分は、それより先に進むことを望んだのだった。山々をなぎ倒して、はるか彼方まで続く広大な土地を目指したのだった。泣いている男や女たちとはべつの理由で、ヤエは泣きたくなった。自分は負けたのだと思った。戦争にではない、貧しさにでもない、はじめて自分の足でいこうと思った場所に、行き着けなかったのだと、そんな気がして仕方がなかった。

　ちいさな光一郎の亡骸《なきがら》を、すり切れ黒ずんだ着物でくるんで水葬したときの感触が、ヤエの手に生々しく残っていた。驚くほど軽かったのに、その感触は重くべったりと手にはりついた。目指した広大な場所、はじめて夢見たもの、子どもといっしょに、それらをみずからの手で葬ったような馬鹿でかい虚無が、その手からせりあがって自分を飲みこんだかのようにヤエには思えた。

　二日間港に碇泊《ていはく》したあとで、ようやくヤエたちは船を下りることができた。またしてもＤＤＴの白い粉を浴びせられ、言われるまま、倉庫から倉庫へと移動した。ありがたかったのは食事も毛布も子ども服も支給されたことである。しかも、所持金が百円に満たない場合、旅費としてひとり百円が支給されるとのことである。

　町を歩いていると、引き揚げ者とそうでないものの区別はすぐについた。町を歩く日本の女たちは美しく見えた。自分たちのようにぼろを身にまとっている女などいなかった。けれどヤエは恥ずかしさも感じなかった。収容所で暮らしているあいだ、ほとんどの感情が失われてしまったように思えた。

　故郷に帰るつもりはなかった。まったくの無沙汰のまま、あまりにも長く過ごしてしまった。歓迎されるとは思えなかった。しかしいつまでも博多にいるわけにもいかない。どこかにいくとしたって、どこことも思い当たらない。支給された旅費三百円だって、ぐずぐず暮らしていればすぐに底をついてしまうだろう。泰造と相談した結果、ヤエは静岡の実家に帰ることにした。そこで数日居候させてもらい、そのあいだ働くなりなんなりして生活の基盤となるべき元手を作り、それからどこへいくか決めようということになった。ともあれ、お金がなければどうすることもできないのだ。

帰ると決めると、しかしかすかにうれしくなった。四方をぐるりと取り囲む山々、茶畑と風に稲をそよがせる田んぼ、今まで思い出しもしなかった光景が次々と思い浮かんだ。もしかして、父も母も、夫と子どもを伴った娘の帰宅を、泣いて喜ぶのではないかという期待も、門司から乗り換えた汽車に揺られるうち、芽生えてきた。

ところがそうはいかなかった。父は亡くなっていた。姉は嫁ぎ、弟は南方で戦死したとのことだった。家は以前と変わらぬ場所にあったが、住んでいるのは老いた母と、兄の帰りを待つ兄嫁とその子どもたちだった。家のことを仕切っているのは母ではなく兄の妻で、転がりこんできたみすぼらしい三人家族に、明らかに迷惑そうな態度で接した。自分のことなど忘れてしまったのかと思えるほどぼんやりした顔つきでヤエを迎えた母は、兄嫁の機嫌ばかりをとり、邪険にされるヤエたちに同情する気配もなかった。孫である慎之輔を抱くこともしなかった。まるで他人だった。けれどヤエは母を責める気にはなれなかった。母が自分を捨てたのではなく、自分が捨てたのだから当然だと思うだけだった。父の死も弟の死も知らず、遠い地で好き勝手に生きていたのだ。

二晩過ごしただけでヤエは静岡の実家を出た。もう二度と帰ることはないのだろうと、ゆるい坂道でみすぼらしい家を振り向いたとき、背の丸い母がこちらに向かって歩いてくるのが見えた。母はヤエに百円札を握らせた。かあちゃん、ごめんね。ヤエはすっかりちいさくなった母に言った。母はくるりと背を向けて坂道を上がっていった。最後の思いやりなのか、それとも、もう帰ってくるなという意味のお金なのか、母は何も言わず、またヤエと目を合わせることもしなかったから、ヤエにはわかりかねた。

泰造の実家にもいってみようとヤエは言ってみたのだが、泰造は首を縦に振らなかった。「おんなじだ」と言うのだった。「おまえんとこと、おんなじだ。いくだけ無駄だ」と。そう言われればそうなのだろうと思った。この男も、家を捨てて満州に渡ったのだ。家族が空襲や食糧難に苦しんでいるあいだ、彼らに思いを馳《は》せることなどただの一度もなく逃げまわっていた男なのだとヤエは思う。

さてどこにいくか。どこにいけば食うに困らないか。どこにいけば眠る場所が確保できるか。どこにいけば、暮らしていけるのか。

どこにでもいけるはずだった。けれどヤエは、大陸を目指しひとりで船に乗りこんだときのような興奮も解放感も感じなかった。どこにでもいけるのではなく、どこかにいかねばならないと、ぼんやりと逼迫《ひっぱく》した頭で思っていた。そのどこかは、どこも新京のようではないのだろうと理解していた。これからたどり着くどこか、そこはもう、あんなふうな場所ではないのだろう。ポプラの木もアカシアの花も黄砂も、橙色の飴玉みたいな夕陽も、笑い転げた陽気な日々も、もうないのだろう。どこにも。だとしたらどこにいったって同じだ。そう思うだけだった。

かつて勤め先のあった浅草、浅草から上野、池袋、ヤエと泰造は幼い慎之輔を代わる代わる背負って移動し続けた。所持金が少なくなってくるとなんでもやった。日雇いの仕事があると泰造は出かけていき、なければ吸い殻を拾い集めて煙草を作っては売ったり、闇屋の手伝いをしたりした。ヤエは慎之輔をおぶって物乞いすらした。

角筈《つのはず》に落ち着いたのは、たまたまだった。たまたま降り立った新宿駅のホームで、ヤエたちは遠くにまたたく明かりを見た。すぐ目の前には浄水場があり、そこはまるで巨大な穴蔵のように闇に沈んでいるのだが、その彼方、赤や黄の明かりがにじむように見える。それはヤエたちに、活気があったころの新京の日本橋通りを思い出させた。

明かりは色町のネオンだった。色町をぐるりと取り囲むように長屋やバラックが並んでいて、泰造たちは傾きかけたバラック小屋を借りて住み着いた。泰造は、駅向こうに広がるマーケットの飲食店に職を得、ヤエはカフェの厨房で働きはじめた。二歳になった慎之輔は、カフェの厨房の隅に座って、捨てられた野菜屑でおとなしく遊んでいた。

角筈のバラックに住んで半年も経たないうちにヤエはまたしても子を宿した。生まれてきても食うや食わずの暮らしだろうけれど、でも早く生まれてこいとヤエは思った。早く、早くこの世に出ておいで。腹を撫でさすると、まるで自分の内にいるのが光一郎や洋二郎のように思えてくるのだった。

祖母がいきたいと言ったのは、良嗣からしてみれば、なんということのない町なかだった。駅から東にいったところに、人民広場よりはだいぶちいさな広場がある。そこからも道は放射状にのびているのだが、ヤエはその一本一本をたんねんに歩いた。ああ、かわっちまった、かわっちまった、とちいさくつぶやきながら。

翌日になると、また地図を片手に歩きまわる。祖母のどこにこんな体力があるのかと良嗣が不思議に思うほど祖母はよく歩いた。足の疲れより斬りつけてくるような寒さに、良嗣のほうが先に音《ね》を上げて、無理矢理祖母を喫茶店やファストフード店にひっぱりこむ始末だった。

「何をさがしてるのさ」うろうろと町を歩く祖母に訊くと、

「さがしてるんじゃない、見てみたいだけだ」と祖母は答えた。

数日前の素っ気なさも不機嫌もじょじょに消え、祖母は何か訊けば答え、また突然自分からとうとうと話しはじめることもあった。城内という場所がそれはにぎやかだったこと。そこで食べた饅頭が驚くほどおいしかったこと。祖父が、まるで手品みたいにだれ彼と仲良くなってしまうこと。

そうして日暮れまで歩いては、夕飯を食べに入った食堂で船を漕ぎはじめる。太二郎と二人で担ぐようにしてホテルまで帰らねばならないときもあった。

「帰りの日を延ばすことはできないもんかね」

祖母がそう言い出したのは、帰国予定日の二日前だった。ホテルの朝食の席で、太二郎がおかわりを盛るために離れたとき、祖母は良嗣に向かって遠慮がちに言った。

「え、まだ見たいところがあんの？　それともいきたいところがある？」

「違うんだ、もう少しこの町にいたいんだよ」

「でも格安航空券のパッケージだし、飛行機の変更はできないと思うよ。帰ったほうがいいよ」変更手続きが面倒だと思った良嗣は言った。

「訊いてみておくれよ」

「片道のチケットをまた新たにとることになるよ。それにおやじたちも心配するよ。今回は帰ってさ、また次、少し長い期間くるってことにすれば？」

「次なんか、ないよ。次がくる前にじいさんのお迎えがくるよ」祖母は真顔で言う。

「何言ってんの。毎日おれより速く歩いてるじゃない。あんなに体力のあるばあさん、お迎えなんかこられるはずないじゃないか」

「じゃあ、いいよ。あんたたちは帰りな。私はひとりで残るから」

「そんなの無理に決まってるよ」

言い合っていると料理で皿を山盛りにした太二郎が席に戻ってくる。

「聞いてよ、タイちゃん、ばあさんひとりでここに残るって」

「ああ？」焼きそば、焼売、ソーセージ、オムレツ、野菜炒め、フレンチトースト、炒飯、見ているだけで気分の悪くなりそうな滅茶苦茶な取り合わせを、太二郎はさっそく食べはじめる。

「帰りを延期したいって。そんなの無理だって説明してよ」

「まあ、いいんじゃないの。金ならまだあるんでしょ？　おれたちも休暇だと思ってのんびりしようや」口に入れたものを咀嚼しながら、太二郎はそんなことを言う。

「じゃ、決まりだね」祖母は言って席を立つ。「ヨシ坊、今日はもうひとりで平気。夕方には帰るよ」そう言うと、さっさと出入り口へ向かってしまう。

「ちょっとタイちゃん」呆れ果てて良嗣はため息をつく。

「ん、なあに」昼から焼きそばを数本垂らして太二郎が笑いかけ、

「話すときは口のなかのものを飲みこんでからにしなよ」良嗣はぐったりとしてそれだけ言った。

　食べ続けている太二郎を残し、部屋に戻った良嗣は家に電話をかけた。電話に出た母に、

「ばあさん、帰国を延期したいって」挨拶もせず用件を言う。「どうする？」

「ええ？　帰りたくなくなっちゃったの？」電話の向こうで、母は笑いを含んだような声で言う。

「おれたちが帰ったとしても、ひとりで残るって言い張ってる。どうしよう、帰るようおやじに説得してもらおうか」

　母からの返答はない。いきなり赤ん坊の泣き声がすぐ耳元で聞こえ、良嗣はあわてて受話器を耳から離す。おおよちよち、おおよちよち、泣かない泣かない、とあやす母の大声が聞こえ、そろそろと受話器に耳を近づけると、

「ま、いいんじゃないの。言うとおりにしてあげれば」太二郎とまったく変わらないのんきな母の声が聞こえた。

2

「だけどさあ、日程のばしてここに残ったって」良嗣は言いかけるが、母の声が遮《さえぎ》った。

「だってお義母さん、もうそれがきっと最後の旅行だよ。体調もよさそうなんでしょ？　あんたもタイちゃんも急いで帰ってくる必要はないんだし、気がすむまでいさせてあげたら」

たしかに母の言うことには一理ある。出発前、祖母がいきたいと言う場所があれば、日程を変更してもそこにいってやってくれと頭を下げた父と、今日子おばの姿を良嗣は思い出す。

「そんなら、もう帰りたくない、ずーっとここにいるって言いだしたらどうすんのさ」

「そんときはそんときよ」母は笑う。早苗の声がし、赤ん坊の泣き声が遠ざかる。

そんときはそんとき。これってうちの基本だよな、と良嗣は思う。明日困ることがわかっていても、今困っていなければそれでよしとする。そういう考えを、たしかに父も母も太二郎もするし、基樹も早苗も自分自身もするのである。

「おやじの意見も聞こうよ、今、電話かわれない？」どうせ父親も母と同じことを言うのだろうと思いつつも、良嗣は訊いた。

「今はいないよ、出てるから」

「パチンコ？」

「そう毎日毎日パチンコもしてらんないよ。浜《はま》さんとさっき出てったんだよ」

浜さんは父と同年代の、近所で赤提灯を営む店主である。浜さんと出ていったのなら囲碁クラブか居酒屋だろうと良嗣は考える。

「店は」

「ああ、陽ちゃんがやってくれてる」

陽ちゃん。早苗の夫は、この数日のあいだに藤代家の人間にずいぶん溶けこんだらしいと、母の呼び名で良嗣は理解する。基樹はどうしてるのかと訊こうとすると、

「あっ、ちょっと電話、もういい？　陽ちゃんが呼んでるから」母は電話を切ろうとする。

「おやじに訊いといて、ばあさんのこと、延期してもいいかどうかって」叫ぶように言ったが、途中ですでに不通音が耳に届いた。

ま、いいか。受話器を元に戻し、ベッドに寝ころんで良嗣は天井を見上げる。ま、いいか、って藤代家独特のマルチ解決法だな、と自虐的に思いつつ、良嗣は寝ころんだままガイドブックをぱらぱらとめくる。大連に着いてから、祖母のことばかり気にして、自分のいきたい場所もさがさなかったことに気づく。祖母がひとりで町を歩けるというのなら、延期する日数、祖母のことは放っておいて、自分も興味の赴くまま、ひとり旅のつもりで

町を歩いてみようか。そんなふうに思うと、大連の町をひとり歩いたときのような興奮が、良嗣の胸に淡く湧き上がってきた。

泰造が、リヤカーではあるがそれでも自分の店を持ったのは一九四八年だった。米は滅多に手に入らないものの、アメリカから援助されているらしい小麦粉はマーケットでも米よりはかんたんに手に入った。城内で働いていた泰造にとって、小麦粉は米と同等に貴重な食材である。泰造がまず考えたのは、餃子やワンタン、饅頭を売る屋台を開くことだった。小麦粉を扱う闇屋に、小麦粉をそこでしか買わないかわり屋台の都合をつけてくれないかと軒並み声をかけてみた。ほとんど断られたが、大陸にいたことがあるという闇屋がリヤカーを都合してくれた。泰造は有り金をはたいて小麦粉と屑野菜、もっとも安い内臓肉を買い求め、新宿のマーケットを取り仕切る組に会費を納め、バラックで調理してリヤカーで売り歩きはじめた。泰造自身が驚くほどよく売れた。身重のヤエも仕込みを手伝わなければならないほどだった。角筈から新宿、花園町から荒木町、ときには戸山までリヤカーを引くこともあった。

そうしてリヤカーを引いて町を歩き、人々の顔を見ている泰造は、ときおり不思議な気持ちに襲われることがあった。まったく知らない町に紛れこんでしまったような、そんな違和感である。もちろん泰造は、これまで東京にきたことはない。けれど泰造が感じるのは、そういう意味合いでの違和感ではなかった。

泰造は自分の生まれ育ったちいさな村しか知らなかった。けれど泰造の記憶のなかで、人々は快進撃を続ける日本に熱狂していた。満州への移民も万歳で送り出された。それは何もあの村ばかりでなく、この国の至るところで見られた光景であり、至るところで見られた顔つきであったろう。けれど今、町を歩く人々の顔からは、そうしたものはいっさい失われている。戦争に負けたことに消沈した顔つきというのとも違う。戦争なんてはじめからなかった、そんなものに自分は関わらなかった、貧しさと空腹は最初から自分のものだったとでもいうような表情に、泰造には見えた。

翌年の春、ヤエは子どもを産んだ。今度も男の子だった。太二郎と泰造が名づけた。本当ならば光一郎、洋二郎、慎之輔の次の四男である。けれど泰造は、あえて二の字を名に入れたのだった。光一郎と洋二郎のことを忘れたいわけではなかった。保田の子である光一郎、一度しか抱かなかった洋二郎、その二人が新たな二番目のいのちとしてあらわれたように、泰造には思えたのだった。

この年、町の至るところで咲き誇る桜を、泰造ははじめて見るもののように眺めた。東京にはポプラもアカシアもなかったが、こんなふうに桜が咲くのだと惚《ほう》けたように満開の桜を見上げた。リヤカーでの商売はまずまずうまくいっていたが、ともかくなんでもかんでも値段が跳ね上がり、衣類一枚、石鹸ひとつ買うのにも難儀する有様だった。食べものを売っているのに、自分自身はいつだって空腹だった。将来の展望は何ひとつなく、暮らし向きがよくなる気配もまるでなかった。けれどこの土地が、まったく縁のないこの場所が、かつてヤエの言っていたような新しい居場所になりつつあるように泰造には思えた。太二郎がここで生まれた、それだけで、ここに居残ることを、新たに自分たちの場所を作ることを許されたように感じるのだった。

世間を騒がせた下山事件も三鷹事件も知らず、その年、泰造はただリヤカーを引いて過ごした。ヤエもヤエで、泰造の売り歩く食べものの仕込みを早朝からはじめ、夕方には慎之輔と太二郎を近所の家に預けて十二社《じゅうにそう》のカフェに働きにいき、戻ってくるのは夜中だった。自分たちの暮らしの外で何が起きているのかほとんど知らず生活に追われているのは、新京での日々と同じだった。

その年の秋に、ヤエはまたしても身ごもった。ヤエのその強靱《きょうじん》な生命力に泰造はただ驚くばかりだった。そしてはたと思い出すのだった。新京の城内にはじめてヤエを案内したとき、占い師が言ったことを。子どもは六人生まれるが、半分になる。泰造はリヤカーを引きながら勘定してみる。光一郎、洋二郎、慎之輔、太二郎、そして生まれてくる子ども。あのときはいかさま占い師だと思ったが、もしかして当たっていたのか。とするとヤエはまだこの先も身ごもるのか。けれど光一郎、洋二郎のほかに、あとはだれがいなくなるのだろう。そんなふうに考えては、頭をふった。もう戦争は終わった、自分たちは日本に帰ってきた、なんとか生活できている。子どもが死ぬなんてことはもうあり得ない。いや、やっぱりあの占い師は偽だったのだろう。

泰造とヤエが、屋台ではない自分たちの店を持ったのは、翌年の初春だった。

リヤカーを引いているとき、泰造たちは新京の長屋で隣に住んでいた菊池さん夫婦に偶然再会した。出征した夫は無事に帰り、泰造たちより数カ月早く引き揚げた奥さんと、島根にある奥さんの実家でようやく会えたらしかった。彼らは職を求めて東京に出、以前新京の日本料理屋で働いていた夫は今、十二社でちいさいながら店を持っているという。

その菊池さん夫婦が、色町に売り物件があると教えてくれたのである。カフェの女主が、至急買い手をさがしていて、現金なら多少は勉強すると言っている、という。値段を聞くと破格値である。べつのカフェの厨房で働くヤエは、その女主が売り急ぐ理由がわかると泰造に語った。ヤエの勤めるカフェではそこまではやっていないが、けっこうな数のカフェが女給たちに置屋まがいのことをさせているということは、暗黙の了解になっていた。が、その年の四月に行われる博覧会のため、このところ警察や公安が角筈や十二社の見まわりを強化しはじめている。その女主はとりあえず安価で処分し、即刻逃げる腹づもりだろうと、泰造はヤエの話から推測した。

もともとこのあたりは所有者不明土地ばかりなんだと、菊池さん夫婦は泰造に耳打ちした。敗戦直後のどさくさに紛れて一文も払わず住み着いている人たちが、けっこういる。自分たちもそうだと、菊池さんの夫は悪びれもせず語った。

「おれたちはお国のために出ていって、それで無一文になって帰る場所もないのに帰ってきたんだ。だからいいのさ、空いている場所があれば住んでいっこうにかまわないのさ。

このあたり、引き揚げのやつがいっぱいいるぞ」と言う。

カフェの女主も、引き揚げかどうかはべつにして、そんなふうに元手のかかっていない土地に違いないのだから、破格値といったって金をだまし取ることにはなる、なるが、それでも買っちまえと菊池さんは泰造に言った。「おれが思うに、こんな機会はもう二度とこないぞ」

破格値といったって、一般的にはそうであるという話であって、泰造たちがぽんと出せるような金額ではない。そのことを打ち明けると、菊池さんは自分が貸すという。期限は切らない、出世払いでいい、だから買え。

新京で、菊池さん夫婦ととくべつ親しかったわけではない。何か、恩を売るようなことをした記憶もない。だからなぜそこまでしてくれるのか、泰造にはわからなかった。わからないながら、その勧めに従って、泰造はカフェを居抜きで買うことにした。

もちろんその強い勧めの故《ゆえ》もあったが、菊池さんの、このあたりには引き揚げのやつが大勢いる、という言葉が、自分の背を押したように泰造は思った。見知っただれというのではない、それでもあの町に住んでいて帰ってきただれそれが近くにいると思えば、心強かった。

「何をするか、ここで」十坪もない、がらんとした店で、泰造はヤエに訊いた。訊くまでもない、自分にはリヤカー商売とおなじことしかできないとわかってはいたが、店が持てると思うと、なんでもできそうな気がした。喫茶店でも金物屋でも古本屋でも。やっぱり今のまま支那料理を出す店がいいというのが、ヤエの意見だった。またいつ、食うや食わずの時代がくるかわからない、食べものを扱う商売をしていれば、少なくとも食べるものには困らないだろう、と言うのだった。

カフェで使われていた用具は一式、女主人が売り払ってしまったから、リヤカー屋台とほとんど変わらない状態で、泰造とヤエは飲食店をはじめた。店を開いてしばらくしてから、泰造は店にまだ名がついていないことに思い至った。翡翠飯店。そういう名のホテルが新京にあった。新京にやってきた泰造は、最初、漢字だけ見て食堂だと思っていた。ずいぶん立派な食堂があるものだと。飯店、という言葉がホテルを指すとそのあとで知った。翡翠飯店はどうだろうとヤエに言うと、豪華そうでいいね、とヤエは笑った。不老不死にしてくれる力を持つと信じられているその緑色の石は、城内の宝飾店でよく売られていた。リヤカーと変わらない質素な店に、翡翠飯店と板きれに墨で書いた看板を出し、店と名の不釣り合いさがおかしくて泰造とヤエは笑い合った。笑うのはずいぶん久しぶりのことに思えた。

そうして店をはじめてみれば、たしかに、周囲には引き揚げ者が多かった。立ち飲み屋の主人は大連にいたと言い、泰造たちが店をかまえたあとに古本屋をはじめた一家はそれこそ新京の、日本橋通りの近くに住んでいたと言った。バタ屋をしていた夫婦者がやっぱり大陸から引き揚げてきたと聞いた泰造は、翡翠飯店の隣にある空き地に住んだらどうかと勧めていた。店自体は十坪にも満たなかったが、店を囲んで区画もはっきりしないまま雑草が生い茂る土地があった。そうしてバタ屋の田山夫婦は、その空き地をならして廃材でバラックを建てた。どうやら家のかたちをしたものができあがっていくのを窓の外に眺め、泰造は、菊池さんの親切の理由を理解したような気になるのだった。

なぜだろう。集まってみても、自分の目指した新天地ができあがるはずもなく、実際には何ひとつ手にすることなどできないのに。なのに、生きていく場所がないと聞けば作ってやりたくなり、あいつは新京のどこそこにいたと聞けば、顔を見にいってしまう。いつしか引き揚げ者たちは月に幾度か集まって、酒を酌み交わすようになった。だれも昔の話などしない。新京の、馬糞のにおいも通りのにぎやかさも話さない。話すのは天気のこと、景気のこと、賭けごとのこと、食べもののこと。したたかに酔っぱらって、帰る。泰造や菊池さんの夫だけでなく、ヤエや、ほかの妻もときどきおなじくらい酔っぱらっては、馬鹿笑いをした。

その年のあたまに年齢の数えかたが変わっていた。今までよりひとつ差し引いた年が、正確な年齢になった。たったひとつだけだが、泰造は自分が何歳なのかよくわからなくなった。ようやくひとつ下の年齢に慣れはじめたらしいヤエは、翡翠飯店の開店の年に生まれ変わったみたいだと冗談交じりに言っていたが、移民団を抜け出したとき、とうに年齢も捨ててきてしまったような気も泰造はするのだった。

朝鮮戦争のはじまった年の八月、ヤエは子どもを産んだ。女の子だった。今日子、と泰造が名づけた。今日のことしか考えていない泰造は、今日一日を生き延びる力だけ持ってくれればいいと願ったのだった。

　今日子が生まれてから、翡翠飯店にもじょじょに客が増え、茶器や備品を少しずつ買えるようになり、広くはないが食堂としての体裁は調った。泰造は今さらながら食品衛生責任者の資格を得、保健所の許可を正式に得た。定休日もなく泰造は働いた。客足の悪い日は、ヤエは今日子をおぶって泰造の作った餃子や饅頭をかつぎ屋のように売りにいった。四歳になった慎之輔は、一歳の太二郎と店の隅で遊び、紙芝居がやってくると弟の手を引いて一目散に走り出していった。

　店にやってくる客たちの顔も、町を歩く人々の顔も、ますます泰造の知らないものになった。戦争なんて本当はなかったんじゃないかと思ってしまいそうだった。敗戦をまたぐ数年、自分がこの国にいなかったせいだろうかと泰造は漠然と考えた。満州で、広島と長崎が爆撃で町ごと消えたらしいとヤエから聞いたが、町ごと消えたのは東京も同じで、その後、町も人もどこかから自然に湧いてきたように泰造には思えた。そのくらい、今は泰造の知っている過去から切り離されて見えた。

　翌昭和二十六年の冬、ヤエはもうひとり子どもを産んだ。六人だ、と泰造はまたしてもあの占いを思い出す。基三郎《もとさぶろう》と、泰造が名づけた。今四人いる子どものうち、半分ということはもうひとり死ぬことがあるのだろうかと、光一郎を思い出させる顔で泣く赤ん坊を見下ろして泰造は思った。

「私ねえ、泰造さん」赤ん坊を連れて産院から帰ってきたヤエは言った。「この子をいつか、あの店の若夫婦に預けてもいいと思うんだよ。もしまたあの町にいけることがあったら」そんなことを、真顔で言うのだった。

ああ、そういうことか。それで泰造は納得するのだった。死ぬのではない、あの夫婦に預けられるのだ。それで半分になるわけか。死ぬのでなければいい、どこにいるのでもいい、死にさえしなければ。「そうだな」泰造はちいさくつぶやいた。またあの町にいける日がくるとは、到底思えなかったけれど。

3

ずいぶんちがうもんだ、と、ヤエは自分の産んだ子どもたちを見ていて思う。自分の子どものころとはずいぶんちがうもんだ。

慎之輔は小学校に入学した。帰ってくるなりランドセルを放って出かけていく。貸し漫画とやらに夢中になっているらしい。妹や弟の面倒を見てくれと言っても聞かない。太二郎と今日子は近所の保育園に通っている。

太二郎は親の贔屓目《ひいきめ》を差し引いても頭のいい子どもだった。まだ四歳なのに絵本も読めるし字も書ける。翡翠飯店、と漢字で書いてヤエを驚かせたのはついこのあいだのことだ。今日子は妙に色気づいているように、ヤエには見える。このあいだはリボンを髪に結んでいた。客にもらったと今日子は言い張るが、この子は早くも嘘をつくから、本当のところはわからないとヤエは内々で思っている。もうすぐ二歳の基三郎は女の子のようにかわいらしく、店で遊ばせておくと客は必ず基三郎を抱っこした。基三郎はちっとも人見知りせず、だれに抱かれてもきゃっきゃっと澄んだ笑い声をあげる。子どもたちに夕食を食べさせるのはいつも九時近くになってしまう。店とつなげて建て増したプレハブで一家は暮らしているが、夕食後に寝るように言っても子どもたちは眠らない。ときどき慎之輔は三人を引き連れて街頭テレビを見にいっている。最初は叱ったが、あんまりちょくちょく抜け出すので、最近は叱るのも面倒になって好きにさせている。帰ってくるとプレハブに敷いた布団の上でプロレスごっこをして遊んでいる。

体じゅうにおできができて、腹だけぽこりと出てあとは皮が骨にはりついたように痩せ細り、羽虫が飛ぶような頼りない声で泣いていたことを、慎之輔はもう覚えていないのだろうかとヤエは不思議に思う。あるいは、ときどき夜中に眠りながら大声を上げ、その大声で目覚めてはヤエにしがみついてくるのは、あのころのことを覚えているからなのだろうかとも思う。

それにしても自分が子どもだったころとは、ずいぶん違う。小学校に上がる前から家の手伝いをさせられていたことをヤエは思い出す。このあたりの商店も飲み屋も、子どもを働かせている親などめったにおらず、だから子どもたちは犬の子のように往来でじゃれ合っている。

四人の子どもを見ていると、光一郎と洋二郎のことが自然に思い浮かぶ。頭のいい太二郎は、もしかしたら光一郎の生まれ変わりなのではないかとヤエは真剣に思うことがある。学のない自分と泰造から、翡翠飯店と漢字を書けるような子どもが生まれるはずはないのである。

ゆたかな暮らしとはとても言えない。午前十時には店を開け、一日じゅうきりきりと働いて、店じまいは十二時近く、客が残っていればもっと遅くなる。休みもない。それでも収容所で暮らしていたころを思えば、罰が当たるのではないかと思うほど恵まれた暮らしだとヤエは思う。家を捨て、世話になった家族を捨て、逃げるように帰ってきて、住まいばかりか店が持てるとは思わなかった。その幸運のせいなのか、それとも縁のない土地に暮らしているからか、他人の人生を乗っ取って生きているようなきまり悪さはつねについてまわった。

午後十一時をまわると、十二社のカフェや料理屋で一仕事終えた女たちが夜食をとりにきて、いったん落ち着いた店内はまた忙しくなる。

「あんた、もしかしてヤエちゃんじゃない？」と、そんな女のひとりからヤエはあるとき声をかけられた。空《あ》いた丼を手に、カウンターに座る女をヤエはまじまじと見る。「私よ、和子。バロンでいっしょだったでしょう」

そう言われてもすぐには思い出せなかった。ちょっとお冷やくんない？　とべつの客に声をかけられ、ヤエはあわてて丼を置き、客のコップに水を入れ、そのときふいに思い出した。姉からの手紙を読み上げ、帰りたいとくり返していた年上の女を。

「いやだ、どうしたの、こんなところで」ふり返ってヤエは言う。

「ほんと、すごい偶然ねえ！　あの人、見覚えあるんだけど、だれだっけ」厨房でせわしなく動きまわる泰造を指して和子は言う。泰造さんだよ、ほら、保田さんときてた、とヤエが説明すると、

「ああ、そうだったのか、あの人、あんたに惚《ほ》れていたもんね」と、ヤエを小突いて笑う。あんなに帰りたいと言っていたのに、なぜ故郷の新潟ではなく東京なんかにいるのか、ヤエは訊きたかったが、お勘定、と背後で声をかけられ、勘定をすませるとまた新たな客が入ってきて、ゆっくり話す暇もなかった。

「忙しくてけっこうじゃないの、またくるからね」そう言って和子は店を出ていった。カウンターに、汁の一滴まで飲み干された空《から》の丼があった。バロン。果てしなく昔のような気がした。この狭苦しい店で空想した日々のような気がした。

またくる、と言っていた和子は、本当にその二日後にやってきた。十二時近くにあらわれた和子は、ワンタン一杯を頼み、食べ終えても席を立たず、ほかの客がいなくなるやいなや、「ねえ、私をここに置いてくんない」と、煙草を吹かす泰造に言った。「夕方はあっちにいかなきゃなんないけど、それ以外のときは手伝うから。ただ働きでいいから、ねえ、お願い」と両手を合わせる。

店じまいをした店内で、和子は自分がどうしてここにいるのかを語りはじめた。ヤエは洗いものをしながら、泰造は店の掃除をしながらその話を聞いた。引き揚げも、その後も、

自分たちと似たり寄ったりだった。姉は嫁ぎ、兄は戦死し、老いた母は帰還した娘を迎え入れてくれたものの食べる手だてがなく、和子は東京に働きにきたのだった。今は近くの料理屋で働いているという。和子はそうとは言わなかったが、この近辺で料理屋といえば置屋と変わらないことをヤエは知っている。たぶん泰造が断ることはないだろうとヤエは思った。実際泰造は「狭くてもいいんなら」とぼそりと答えた。もちろんヤエにも異論はなかった。ヤエにとってはほんのいっときともに働いただけで、和子の素性など本当には知らないのだが、けれど空想のように思える日々をいっしょに過ごし、同じような惨めさを抱いて引き揚げてきたというだけで、他人とは思えないのだった。

その日から、店の奥の一間で、子ども四人、大人三人がひっついて眠る暮らしがはじまった。窮屈だったが和子がきてくれてヤエは助かった。ひとりで接客するよりはるかに楽だったし、子どもたちも和子にすぐなついた。客の少ないときは、和子は率先して子どもたちと遊んでくれた。そんな暮らしも一年ほど続くと、ヤエ自身にも、和子がだれであるのかよくわからなくなりかけていた。血を分けたきょうだいや親戚のように思えてくるのだった。自分の、というよりも、自分が人生を乗っ取っただれかの。

けれどある日突然、和子は姿を消した。別れの挨拶も置き手紙もないまま、いなくなった。数日すれば戻ってくるだろうとヤエと泰造は話し合ったが、和子は翡翠飯店には戻ってこなかった。夜食を食べにくる女たちの噂で、和子は客のひとりと駆け落ちをしたと耳に挟んだ。ただの噂かもしれず、真偽のほどはヤエにはわかりようもなかった。でも、そんなものかもしれない、とヤエは思うのだった。自分がそうであるように、和子もきっと、他人の人生を乗っ取って生きているように、下ろす根を失ったように感じているのではないか。引き揚げてきてから、ずっと。もしそうであるならば、ふらりとどこかへいっても不思議はないと思うのだった。

昭和三十年に入ると、何やら浮かれた空気が町を覆いはじめた。新聞を読まないヤエも、世間は好景気らしいと知っていたし、これからどんどんいい時代がやってくるように思えた。何より翡翠飯店の売り上げも倍に跳ね上がった。当然かつてよりさらに忙しく、泰造とヤエだけでは人手が足りず、近所の娘をお運びさんとして雇っていた。慎之輔も太二郎も今日子も、叱らなければ家のことを手伝わなかったが、幼い基三郎は店のことをやりたがった。大人たちのあいだをちょこまかと走りまわっては注文を聞き、ビールを運んだ。五歳になった基三郎は相変わらず女の子のような愛くるしい顔をしていて、客の人気者だった。そんなふうに働く幼い末っ子を見ていると、ヤエは城内の若夫婦を思い出すのだった。あの食堂を満たしていた笑い声が、そっくりそのまま持ちこまれてきたように、ヤエには感じられるのだった。

慎之輔と今日子が家にいないのはいつものことだった。中学に上がったというのに慎之輔は相変わらず貸し漫画屋に入り浸っていたし、今日子はしょっちゅう同級生の家に上がりこんではちゃっかりと夕食までご馳走になってくることが多い。けれど太二郎はたいてい、店の裏の、今では二間に建て増した家のちゃぶ台で、学校の教科書を広げており、基三郎は店でちょこまかしているか、店にいなければ奥でおとなしく遊んでいる。それが、暮れも押し迫ったその日、九時も過ぎたというのに、太二郎も基三郎も姿が見えない。夕飯どきのせわしなさが一段落ついて、ヤエはようやくそのことに気づく。

「ちょっと、いくらなんでも子どもたち、遅すぎるよね」泰造に言うが、

「そうか？　それよりその皿、洗っちまえよ」と、泰造は気に留めることもなく、流しに積まれた皿を顎でしゃくる。ヤエは言われるまま皿を洗いはじめながら、今年になって耳にした、中学生や高校生による幼児誘拐事件を思い出してはざわついた気分になる。

「次に混むまで間があるから、ちょっとさがしてきたほうがいいんじゃないの」

「慎之輔はもうでかいんだから問題ないだろう」

「いっしょにいるとは限らないよ」

「私、さがしてきましょうか」手伝いにきている文子《あやこ》があいだに入って言い、

「悪いね、東口のほうをふらついてるかもしれない」ヤエは胸騒ぎを感じながら言った。

三十分後に帰ってきた文子は、けれど見つけられなかったと言う。泰造はまったく心配していないようで、煙草を吹かしながら客用に置いてある漫画雑誌を広げていて、そんな様子はヤエを苛立たせる。十時が近づくと、飲んできた客でまた店は混みはじめる。時計を見上げながら働いていたヤエは、十時過ぎ、ざわつくような気分になって「ちょっと交

番いってくる」と中華鍋をふる泰造に言い残し、店を走り出た。走り出たところで、今日子をおぶった慎之輔と鉢合わせた。慎之輔の後ろには太二郎も基三郎もいる。

「ちょっとあんた、何してたのっ、こんな遅くまで」安堵のあまり大声が出た。

「東京タワー見にいってたんだよ」悪びれることもなく慎之輔が答える。

「あのねすごーくでっかかったんだよ」と、基三郎。「てっぺんまでいけるのかと思ったけど、そんなことはなかったな」

「あんな高いところにのぼれるわけがないだろう」太二郎が馬鹿にしたように笑う。

「のぼれなかったら、だって、あれはどうやって作ったの？」おぶわれた今日子が言い、

「馬鹿、職人はべつだよ」太二郎が答える。

「どこかにいくのならいくってちゃんと断っていけばいいじゃないの。ほら、早く入んな。ごはんまだなんでしょ」ヤエは四人を店に招き入れ、空いている席に座らせた。泰造は客の注文の合間に、手早く炒めものをごはんにのせたぶっかけ飯を作り、子どもたちのテーブルに運んだ。ぺしゃりと慎之輔の頭をはたき、「馬鹿野郎」と一言言って厨房に戻った。

「かあちゃんあのね、かあちゃんも見にいったらいいよ、本当にでっかくてびっくりしちゃうから」

基三郎は無邪気に言う。この子たちは、自分たちだけで電車を乗り継いで、いきたいところにいってきたのかと、別種の生きものを見るように、ヤエはごはんを掻きこむ我が子たちを見る。自分が慎之輔と同い年だったころ、とてもそんな真似はできなかった。いや、

そもそもそんなことは思いつかなかったのだ。自分の足で、自分の力で、いきたいところにいこうなどと。いったいこの子たちは、どんな大人になるのだろうとヤエは思う。この先の東京も、子どもたちの成長した姿も、彼らが見てきたという馬鹿でかい塔と同様、まったく想像がつかなかった。

4

泰造が、テレビ購入に踏み切ったのは、昭和三十四年のことだった。冷蔵庫も洗濯機もまだ買えそうもないというのに、テレビなんて贅沢品だとヤエは言ったが、店にテレビを置けばそのぶんひっきりなしに客がくるはずだと泰造は言い張り、結局、月賦でテレビを買った。泰造の言葉通り、テレビ見たさにくる客も多かったけれど、しかし誤算だったのは、客の回転が悪くなったことだった。一度入ってきた客は、ラーメン一杯、ワンタン一杯でねばり、ぱかりと口を開けてテレビに見入っている。ご成婚のパレードの日に至っては、店は満席、それればかりかテレビを見たい通りがかりの人が店に押し寄せ、注文もせず立ったまま画面を見上げる有様だった。それでも泰造は彼らを追い払うこともなく、中華鍋を握る手を休めて、得意げな顔で自分もテレビを見上げていた。

今までずっと休業日なく店を開けていたが、翌年から、週に一度、日曜日に店を閉めることにした。休みの日、泰造は昼近くに起き、食事をすませるとぶらりと出かけていった。

町内会で親しくなった商店主たちの家に上がりこんだり、連れだってパチンコをしたりしているらしかった。ヤエは月に幾度かはまだ幼い子どもたちを連れて動物園やデパートにいった。家族とはそういうことをするものらしいと、子どもたちや客の話から知ったのである。以前に幾度も感じたことだったけれど、そうして日曜、子どもを連れて人混みのなかを歩いていると、自分が今どこにいるのかわからなくなるような感覚がヤエを襲った。それはかすかながら恐怖に似ていた。

景気がよくなって、ますます浮かれていく世のなかは、ヤエにしてみれば新京の町を思い出させた。でもあのとき、快進撃だ、勝利は目前だと庶民は聞かされていたが、そんなのは嘘っぱちだった。嘘っぱちと知らずみんな浮かれていたのだった。浮かれたまま、自分たちにはどうしようもない力に押し流されていったのだ。今もそうなんじゃないかと、ヤエはふとしたときに思う。闇市を徘徊《はいかい》していた人々は、今やそんな記憶をすっかり失ってしまったように、子どもたちを引き連れて動物園で象を見、デパートの食堂でライスカレーを食べ、にこにこと笑顔で記念写真を撮っているけれど、もしかして、今もまた私たちは押し流されているだけなのかもしれない。私たちのあずかり知らぬところで、何かが決定されていて、明日には、次の月には、次の年には、またすっかりかんに何もかもを失って、顔に墨を塗りたくって物乞いをして歩くのかもしれない。いや、おそろしいのは、物乞いをすることではない、どこに押し流されているのか自分たちではわからないことだ。そして、子を持っても住処《すみか》を得ても、ここに根を下ろした気がしない、何ものからも切り離されて漂っているような不安もそれに混じっていた。生まれ育った村と親を失ったばかりでなく、過去をも失ったような心許なさと、自分たちがどこに向かうのかわからない焦燥は、ヤエのなかで入り交じってかすかな恐怖となるのだった。

その日曜、子どもたちとともにデパートから戻ると、閉めた店に明かりをつけて、泰造が見知らぬ男と談笑しながらビールを飲んでいた。その男は町でよく見かける傷痍《しょうい》軍人の白い着物を着ていて、ヤエをぎょっとさせた。

「やあ、ヤエちゃん久しぶり」男は陽気に笑いかけるが、ヤエには見覚えがない。

「深津《ふかつ》さんだよ、バロンによくきてた」泰造に言われるが、何人もの客を相手にしていたヤエには見当もつかない。子どもたちは男の格好を薄気味悪がって、ふだんは人なつこくだれにでも近づく基三郎さえ、店の奥の間に引っ込んでしまった。「ほら、満銀の。おれ、よくおごってもらったなあ」何本ビールを飲んだのか、鼻を赤くして泰造は笑っている。

深津という男は左手の指がほとんどなかった。彼が言うには、終戦後シベリアに抑留されて、ひどい凍傷にかかったらしかった。泰造と歌舞伎町の一杯飲み屋で偶然会ったのだという。

その夜、酔っぱらった深津は翡翠飯店に泊まり、翌日になっても帰らず、そのまま居着いてしまった。昼はアコーディオンを持って町へ出ていき、夕方には戻ってきて夕食どきのせわしない時間、注文を取ったり出前にいったりして店を手伝った。夜は翡翠飯店の椅子を並べて店で眠る。高校を出たとき、満銀と日銀と、就職の選択肢はふたつあったんだ、あのとき日銀を選んでいればねえ、というのが、酔ったときの深津の口癖だった。外地ではお手伝いもいる豪邸暮らしだったのに、無一文で帰ってきたらしかった。

店じまい後、飲みながら語る泰造と深津の会話を聞いていると、もしかして泰造もこの男のことなど覚えていないのではないかとヤエは思うことがあった。ただ満州でいっしょだったと言われれば、寝るところに困っていると言われれば、連れてきてしまうのだ。情けではなく、連帯感の故《ゆえ》でもなく、おそらく、ヤエの感じているのと同じ、自分の過去をすべて失ったような心許なさのために。


その学生たちは、前年の暮れから週に一、二度店を訪れていた。四、五人のグループで、酒は飲んでもビールを一本程度、あとはそれぞれラーメンやレバ炒めの定食を頼み、食べ終えると静かに話しこんでいる。学生のなかに女の子が混じっていることもあり、店をちょこまかと動きまわる基三郎に笑いかけたり、話しかけられて答えたりしている。

「あいつら、活動家だよ。気をつけたほうがいいよ、巻きこまれると面倒だから」と深津に言われ、ヤエは彼らをよくよく注意して見たが、まじめでおとなしそうな学生にしか見えない彼らがデモに参加したり警察と小競り合いをするようにはとても見えない。せいぜい何かを研究するグループとしか、ヤエには思えなかった。

「気をつけろったって、深津さん、食堂やってる私たちがどう巻きこまれるってのさ」ヤエは笑い飛ばした。文子も笑う。このところデモ隊と警官の衝突が頻発していることを、テレビのニュースで見てヤエも知っていたが、彼らが何を訴えているのか今ひとつヤエにはわかっていなかった。

「ヤエちゃんじゃないよ、シンちゃんやタイちゃんだよ。仲間に誘われるかもしれないだろう」

「慎之輔は漫画にしか興味がないし、太二郎はまだ小六だよ」

　このところ慎之輔は急に洒落っ気が出たのか、サングラスをして、春先まで白いマフラーをしていた。家に居着かないのは幼いころからだが、今もって帰ってくるのは九時、十時である。カミナリ族になったらどうしようという不安はあるが、活動家になる心配などヤエにはちっともなかった。勉強のできる太二郎と違い、なんにも考えていないようなところが慎之輔にはある。注文の品を運びにいくとき、ときおり彼らの席から聞こえてくる、支配層だの資本家階級だのといったむずかしい言葉を、自分と同様理解できるとはとても思えない。

　朝から雨の降っていたその夜も、学生たちはおとなしく食事をし、空いた皿の上に額を寄せてちいさく話し合っていた。気がつくと、その席に、八歳になる基三郎が混じっている。女子学生の隣にちょこんと座り、だれかの使った割り箸で遊んでいる。

「ちょっとモッちゃん、お客さんの邪魔したらだめだよ」ヤエはほかの客の料理を運びながら声をかける。

　邪魔してないよ、と基三郎が答えるのと、いいんですよ、と女子学生が笑顔で言うのと同時だった。乳幼児のころから店が遊び場だった基三郎は、その見かけの愛くるしさもあって、客たちの人気者だった。客から飴玉やガムをもらうこともしばしばだった。基三郎はそれを決して独り占めせず、今日子や太二郎に分けていることもヤエは知っている。

「でもね、人は、利潤のためだけじゃなく、自分たちのために働かなきゃいけないわ。私たちがやっていることだってそうでしょう」と言う女子学生の声が耳に届く。りじゅんって何？　基三郎が話に割って入っている。無視すればいいものを、女子学生は背をまるめて基三郎をのぞきこみ、「儲けのこと。お金のことよ。お金のためじゃなくて、人は人のために働かなきゃいけないってことよ。みんながそういうことを考えれば、時代は変えられるの」と説明している。ふうん。そっか。基三郎は訳知り顔でうなずいている。

大学生たちに混じって座っている基三郎を、洗いものをしながらヤエは見る。大人のふりをしているちいさな息子の姿に、思わず笑みがこぼれるが、けれど一瞬、まだ八歳の基三郎が、静かに言葉を交わす彼らと同じくらい大人びて見えてどきりとする。

食器を洗いかごにおさめると、ヤエは今年の頭に買ったばかりの冷蔵庫からビールを出し、学生たちのテーブルに持っていった。

「悪いね、子守をさせちゃって。これ、サービス」

ヤエの言葉に学生たちは顔を上げ、ありがとうございますと礼儀正しく頭を下げる。サービスされたビールを一瓶きれいに飲み干してから、彼らは店を出ていった。基三郎はテーブルの上の皿を重ねて流しに運んでくる。

「手伝いはもういいから、今日子か太二郎に風呂に連れていってもらいな」

「まじめな顔して何話してたんだよ、モト坊」厨房の床をブラシで洗いながら、冷やかすように深津が訊く。

「いい世のなかにするにはどうすればいいのかって話だよ」基三郎は答える。

「どうすればいいんだよ」注文がとぎれ、ちょうど手の空いた泰造も、煙草に火をつけおもしろそうに訊いた。

「岸がやめればいいんだよ」基三郎が言い、泰造も深津も、ヤエも文子も顔を見合わせて笑った。「だってこのままだとまた戦争になっちゃうかもしれないんだよ」

「タイちゃんでもシンちゃんでもなく、モト坊が誘われちゃったか」

「誘われてなんかないよ、ぼくは」からかわれたと思ったのか、口をとがらせて言うと、「タイちゃーん、お風呂にいこうよう」店の奥に駆けこんでいった。

デモ隊と警官隊の衝突で、女子学生が死んだことをヤエがニュースで見るのは、その一週間後のことになる。白黒の画面に映る死んだ女子学生の顔を、布巾を持つ手を止めてヤエは見上げる。背を丸め基三郎に話しかけていた女の子のような気もするが、ヤエにはこのごろ若い女の子がみんな同じ顔をしているように見える。ただいまー、と声をはりあげて基三郎が学校から帰ってきて、ヤエはおかえりと声をかけながら、椅子に乗ってテレビのチャンネルをそっとまわした。

そうして本格的な夏がやってくるより前に、店に寝泊まりしていた深津がいなくなった。

木箱に入れていた数日ぶんの売り上げもそっくりなくなっていた。

「あんた、やられたね」ヤエは言ったが、

「金を持っていったのは深津じゃないかもしれない。深津は明日あたりにぶらりと帰ってくるかもしれない」と泰造は譲らない。深津を信じているというよりも、深津を連れてきたことを後悔したくないのだろうとヤエは思う。

「シベリアなんて嘘なんじゃないかしら」朝やってきて事情を知った文子は、憤慨して言った。「工場や現場で怪我して、これ幸いとあんな格好で町に立つ人も多いって、私聞いたことあるわ」

同じことをヤエも思っていた。満銀というのも嘘だったのかもしれない。

「ま、帰ってくるさ。文ちゃん、店の前掃除してくれよ」油染みのついた前掛けをかけながら、泰造は言った。

けれど深津が帰ってくることはなかった。泰造が、これに懲りて見知らぬ人を家に連れ帰ってくるのをやめることもなかった。それ以降も、引き揚げ組だとどこかで聞かされれば、連れ帰ってきて店でともに酒を飲み、泊めてくれと言われれば店で眠ることを許すのだった。まるで、急激に遠ざかる幻のような過去を、離すまいと後生大事に抱えこんでいるように、ヤエには思えた。

第六章

1

慎之輔は自分の家が嫌いだった。思い返しても好きだったためしがなかったように思えた。家族六人で雑魚寝する狭い家も嫌いだったが、昨年また勝手に増築して二間増やした、つぎはぎのバラックみたいな今の家も嫌いである。しょっちゅう家に居座る見知らぬ大人も、好きになれそうにはなかった。

それにしても来客の多い家である。客というのは父母の営む中華料理店の客ではない。ふらりと訪れてきて、そのまま数日、長ければ数カ月居着く、父や母の昔の知り合いとやらである。だれも彼も得体が知れず、そのわりになれなれしく、閉店後は必ず父母とともに酔っぱらう。話しかけられればへらへらと愛想笑いで返事をし、居候のくせになどと生意気を口にしないのは、単純に彼らと関わりたくないからだった。

一度、店の売り上げを持ち逃げした男もいた。ほら見ろ、と慎之輔は呆れ果てた。それで見知らぬ人を家に上げるのにもう懲りたかと思ったが、そんなこともない。日曜のたびに酔っぱらって帰ってくる父親は、まるで犬や猫を拾ってくるように見知らぬ人を未だに連れ帰ってくることがある。だれ？　と訊いても、父も母もはっきりとは答えず、昔世話になった人だ、と言うだけで、いったい昔にあんたたちはどれほど人に世話をかけたのかと言いたくなる。中華料理店を営む前に父母が何をしていたのか、慎之輔は知らない。父親がリヤカーを引いていたこと、母親が土間しかないような掘っ建て小屋で仕込みをしていたこと、また、母が勤めていたのだろうカフェのにおいや、住処が定まらずあちこち移動していたことをうっすら覚えているが、その記憶を持ち出して、あれはどこだったのか、何をしていたのかと訊いても、二人ともむっつりと口をつぐんで答えない。そもそも父母の生まれ故郷がどこなのかも慎之輔は知らないのだった。

そんな父母も、やっぱり慎之輔は嫌いだった。彼らは慎之輔がものごころついたときから死にものぐるいで働いている。十七歳の慎之輔から見ても世のなかはどんどん豊かになってきているというのに、それに背を向けてせこせこ働いているような貧乏くささが、たまらなく嫌だった。貧乏くさいといえば「翡翠飯店」も気に入らない。豪華な名前と裏腹に、まるで一角だけ残った闇市のようなみすぼらしい佇まいが、慎之輔には恥ずかしかった。

がり勉の太二郎も、理屈っぽい上、兄を小馬鹿にしているような節があって好きではなかった。今日子はまだましだが、それでも最近は今日子のほうが自分を避けているようなふしもあり、急に女らしい体つきになった妹が何を考えているのか、さっぱりわからなくなった。慎之輔が自分の家で唯一好きだと言えるのは、いちばん下の弟、基三郎だけである。まもなく中学生になろうという基三郎は、慎之輔から見れば子どもっぽすぎるし、調子のいいところがあるが、太二郎とは異なる聡明さがある。今のところ、慎之輔が熱心に語る漫画論を理解してくれるのは基三郎だけだ。いや、耳を傾けてくれるのも彼だけなのだが。

夏休みに入ってから、慎之輔はあまり家に寄りつかなくなった。もともと帰りは九時、十時だった。早く帰ると必ず父と母に手伝いを命じられるからだ。梅雨ごろ突然訪ねてきて、そのまま居着いた繁子《しげこ》という女が気に入らないせいもある。繁子は戦時中、父母が「世話になった」らしいが、どう見たって繁子は父母より若い。戦争中だったらまだ子どもだったろう。けれどそのあたりの理由もまた、語られない。もちろん、語られたとしても、繁子が家にいるという状況に変わりはないのだろうけれども。

今までの居候たちとの会話から、二人は戦時中大陸にいたらしいと慎之輔は理解しているが、なぜ大陸に渡ったのか、そこで何をしていたのか、訊いても二人とも頑として答えない。子どもに言えないのだから、ろくなものじゃないだろうと慎之輔は思っている。父は日雇い労働でもしていたのだろうし、母は水商売でもしていたのだろう。父親に徴兵経験がないことを、慎之輔は薄々気づいている。

繁子が嫌いだというわけではない。気に入らないというのはつまり、距離の取り方がわからないのだった。近所の料亭で働く繁子は、慎之輔が学校に向かう朝は寝ていて、深夜帰ってくる。顔を合わす時間はだから少ないのだが、台所に四間の狭い家である。酒のにおいをぷんぷんさせて帰ってくる繁子は、動きがいちいち乱暴で騒々しい。酒を飲みながら帳面つけや片付けをしている父母と、台所で飲みながら語り出すときもあるのだが、笑い声がいちいちうるさい。それればかりか繁子にはやけに開けっぴろげなところがある。深夜、慎之輔が起きていると決まってろれつのまわらない口調で卑猥《ひわい》な冗談を言うのは、酔っぱらっているからだとしても、ときどき便所の戸を半分開けたまま用を足していたりするし、休みの日、シュミーズ一枚で平気でうろついていたりする。父も母も、とくにそれをとがめ立てしない。

だらしないというのではない、みっともないと思うのではない、困るのだ。まだ女を知らない慎之輔は、目のやり場に困るし、八歳も年上の年増女に欲情するのも、困るのだ。そういうことを、父母も、繁子も、いっさい考えないらしい。その無神経さが気に入らないのである。

家に帰らず慎之輔がどこにいるかといえば、貸し漫画屋で知り合った二歳年上の横内《よこうち》の下宿に入り浸っていた。横内は、曙橋の古びた民家の四畳半を間借りしている。群馬出身の横内は高校を中退して上京し、漫画を描きながらアルバイトをしているが、実家から仕送りをもらっているらしいから、金持ちの家の息子なのだろうと慎之輔は羨ましく思う。

ガガーリンが宇宙を飛んだのは二年前の四月だった。ふだんは新聞など開きもしない慎之輔だが、その記事は幾度も読み、切り抜いて手帳に挟みこんだ。そのとき十五歳になったばかりの慎之輔は、自分がいるところのほかに世界が広がっているとあまり考えたことはなかった。もちろん地図を開けば世界が広いことはわかるのだが、ここではない場所がどんなふうであるのか現実味を持って思い描けなかった。その広い世界よりさらに世界は広がっている。地球の果てにも世界があり、そこを人間が飛んだのである。「地球は薄青色だった」というガガーリンの言葉に、慎之輔は自分でもわけがわからないほどの興奮を覚えた。

もしかして三十年後、四十年後には、自分たちも宇宙旅行ができるようになるのではないかと慎之輔はひそかに考えた。外国旅行は夢のまた夢で、外国にいける日が自分にやってくるとは到底思えないのに、なぜか宇宙旅行は可能に思えるのだった。

横内がアルバイトにいっている日中、慎之輔は四畳半に寝転がり、風鈴の音を聞きながら漫画の構想を練る。今まで幾度も描きはじめたことはあるが、描き終えたことがなかった。二年前から慎之輔の思いつく漫画は、すべて宇宙が舞台である。宇宙からやってきたロボット、宇宙に生きる特殊な生命体、宇宙探検にいかざるを得なくなった少年……。横内や、幾人かいる漫画仲間は、途中まで描いた慎之輔の漫画を読んでは「どこかで読んだ話だ」とすぐ決めてかかる。そう言われると、とたんに続きを描く気がしなくなり、放り出してしまうのだった。

今、慎之輔はまたしても新たな宇宙の物語を考える。舞台は未来、そうだな、二〇一二年。一般人の宇宙旅行が当たり前になった時代、ある家族が地球を旅立つ。ところが大気圏を抜けたところで事故があり、中学生の息子だけ、宇宙空間に投げ出されてしまう。宇宙遭難した息子がたどり着いたのは、地球ではまだ発見されていない星。そこで彼は、その星の生命体たちの秘密文書を手にしてしまい、地球外生命体に命を狙われる羽目になる……。慎之輔はがばりと起きあがり、ちゃぶ台に広げた雑記帳に今思いついた物語を書き殴っていく。今度こそ最後まで描ききれるのではないか。描き終えたら投稿する雑誌も決めている。「冒険王」。四年前に発刊された「少年マガジン」か「少年サンデー」もいいが、やっぱり昔から読んでいた雑誌のほうが無難であるように思う。

首に巻いた手ぬぐいで流れる汗を拭い、慎之輔は物語を書き殴るが、宇宙戦争のあたりで煮詰まり、ページをめくって絵を描きはじめる。物語の構想を練るよりも絵を描くほうが慎之輔は得意だった。主人公の少年を描き、彼の家族を描き、主人公がたどり着く未知の星に住む異星人を描く。教科書は五分も開いていると眠くなるが、絵ならばいくら描いても集中がとぎれることはない。

「何やってんだ、電気もつけないで」

声をかけられ、慎之輔は飛び上がって驚く。顔を上げると夕陽で染まった部屋に横内が立っている。

「ああ、びっくりした。お帰り」

「いい身分だなあ、おまえ」横内は笑いながら明かりをつける。部屋の四隅を濃く照らしていた橙色がすっと消える。「そろそろ帰ったら。親、心配してるぞ」

「しないしない、そういうんじゃないから。それより、すごい話考えたんだ、おれ」

ちゃぶ台の前にあぐらを描いた横内に、慎之輔は雑記帳を渡す。道路工事のアルバイトをしている横内からは汗のにおいが強く漂う。

「これじゃ『ロストワールド』じゃないかよ」雑記帳に目を通した横内は、笑ってそれを突き返してくる。

「どこがさ。ぜんぜん違うだろ」

「秘密文書が隕石だったら、そのまんまじゃないか。それより飯、どうする」

「ああ、そういえば腹減ったな」

部屋の隅には新聞紙にくるまれたキャベツがある。慎之輔が翡翠飯店から勝手に持ってきたキャベツである。昨日は横内の買ってきたコロッケとキャベツ、キャベツの味噌汁という食事だった。今日もキャベツというのも味気ないが、慎之輔は横内に夕食をおごれるほど金を持っていない。かといって、毎日のように横内に甘えているわけにもいかない。

「うち、いくか。ラーメンかなんかでいいなら」

「この前いったばかりじゃない。さすがに悪いよ」

「いいんだよ、飯屋なんだし。なあ、いこうぜ。歩いてだっていける」

「じゃ、その前に一風呂浴びるか。いくらなんでもこんな汗まみれでいったら失礼だもんな」横内は四つん這いで風呂道具を掻き集める。

翡翠飯店を恥ずかしいと思っているくせに、金がなくなれば慎之輔はちゃっかりごはんを食べに帰った。横内のように友人を連れていっても、外面《そとづら》のいい父も母も嫌な顔もせず料理を出してくれる。友人が帰ったあとで慎之輔は必ず嫌みを言われるのだが。近所の酒屋で配達の手伝いをしたり、顔見知りの本屋で棚卸しの手伝いをして小銭は稼いでいるが、横内のようにちゃんとしたアルバイトはやっていない。自分も高校をやめようかと慎之輔は最近考えるようになった。勉強を好きになれそうもなく、大学進学なんて海外旅行くらい自分とは関わりのない話だと慎之輔は思っている。だったらいっそやめてしまって、どこかの工場にでも就職して、横内のように夜漫画を描く生活をしたい。投稿作品が雑誌に掲載されたら、すぐ漫画一本に切り替えられる。一度も最後まで描ききったことがないのに、投稿すれば採用され、雑誌に掲載されれば連載がすぐはじまるものだと慎之輔は信じていた。

銭湯から出ると、「やっぱりおれ、今日は帰る。漫画描きたいからな」横内は言い、まだ着替え終えない慎之輔を置いて、出ていってしまう。あわてて服を着、おもてに出てみたが、横内の背中はずいぶん遠くにあった。

「何やってるんだよ、ふらふらしてばっかりで」

文句を言いながらも、母はラーメンの丼を慎之輔の前に置く。慎之輔はいきおいよくそれをすすりあげる。店の手伝いをしていた基三郎が慎之輔の隣に立ち、先だっての日曜、家を空けていた慎之輔が見逃したであろうテレビ番組の筋を説明する。「おれがこんなに強いのも、」慎之輔がおどけて言うと、「あたり前田のクラッカー！」満面笑みにして基三郎が受け、背をのけぞらせて笑う。背後の客からも笑いが漏れる。

「モト、おれ、すごい漫画考えたぞ。あとで描いてやるからな」

「えっ、ほんと。寝るまでに読める？　どんな話？」

「どんな話か言っちゃったら読む楽しみがないだろ」

「そっか、そうだよね。また続きものにしてくれる？」

「ああ、するさ。なあ、繁子は？　まだいんの？」声を落として耳打ちする。

「うん、いつも十二時ごろ帰ってくるよ」

慎之輔は舌打ちをしてラーメンの続きを食べはじめる。父と母が「世話になった」らしい繁子は、昼過ぎに厚化粧で出かけ、深夜、甘ったるいにおいをまき散らして帰ってくる。その時間慎之輔が起きていると、卑猥な軽口を叩いてくる。それに気安くのれるほど、慎之輔は男女のことに明るくはなく、そのことを馬鹿にされている気がして繁子は苦手だった。

「モト、空《あ》いた席、片づけて！」母の声が飛び、基三郎は慎之輔にわざと白目をむいて見せ、テーブルを片づけに飛んでいく。

2

高校を卒業してすぐに、慎之輔は家を出た。スーパーマーケットの倉庫係のアルバイトをはじめ、漫画仲間のひとりである和田《わだ》と四畳半の部屋を借りたのである。横内を通じて知り合った和田は、慎之輔より三歳年上で、早稲田の学生である。横内とは違って実家からの仕送りはほとんどなく、親戚の家に居候していたが、この親戚が口やかましいらしく、そこを出たいと以前から言っていた。家賃の折半は、だから和田にも慎之輔にも都合がよかったのである。

しかし実際暮らしはじめてみると、四畳半に男二人というのはいかにも窮屈だった。家族とともに暮らしているときは何もかもが貧乏くさく狭苦しく感じられ、いや実際に貧しくも狭くもあったのだが、そのときよりもさらに圧迫感があった。平日はアルバイトにいっているからまだいいが、休日は次第に耐え難くなった。いや、本当のところ、慎之輔が辟易したのは圧迫感ではなく、和田との立場の違いかもしれなかった。

苦学生の和田はアルバイトをしているが、掛け持ちしてやっている家庭教師は倉庫係よりはだいぶ身入りがいいようで、拘束時間も短く、漫画を描く時間だって断然多い。学内の漫画研究会に属している和田は、芸術論をとうとうとしゃべり出す癖があり、漫画は娯楽ではなくて芸術であるべきだというところまでは慎之輔にもわかるのだが、彼が何をもって芸術というのか話し出すとちんぷんかんぷんだった。和田の描く漫画は彼の話の如く難解で、それはそれでかまわないのだが、慎之輔が好んで描く宇宙漫画を、幼稚だと小馬鹿にするのは許せなかった。それでも和田は、卒業後には就職するのだろうと慎之輔は思っていた。難解な漫画が世のなかに受け入れられなくたって彼はちっとも困らないのだ。

けれど自分は、漫画しか道はないと思っている。はじめて作品を描き上げた二年前から、幾度か投稿は続けているが、佳作に引っかかったこともない。持ち込みもしてみたが相手にもされなかった。もしこのまま漫画を描き続けても芽が出なかったらと思うとにわかにこわくなり、漫画以外にも未来のある和田が、ねたましくもうっとうしくも思えるのだった。

アパートに移り住んで半年もたたないうちに、慎之輔は泊まり歩くようになった。横内の下宿にも相変わらず泊まるが、繁子の住まいに泊まりにいくこともあった。

二年前、翡翠飯店に転がりこんできて、近所の料亭で働きながらしばらくのあいだ同居していた繁子は、昨年から銀座のスナックで働くようになり、同時に月島の長屋でひとり暮らしをはじめていた。自分の家にいるときは苦手だった繁子が、慎之輔の初体験の相手だった。

昨年の秋、繁子の引っ越しを手伝わされたのだった。引っ越しといったって荷物らしい荷物は何もない、家から運び出すものは身のまわりのものの詰まった段ボール箱ひとつとボストンバッグだけだった。それでも、手伝ってくれれば三百円払うと言われて引き受けたのだ。路地の奥まったところにある古びた長屋が繁子の新居で、荷物を置いてから、慎之輔は荷物持ちとして繁子とともに近所に買い出しに出かけた。布団を買った店でリヤカーを借り、鍋や釜、茶器やほうきを買うたびそれに乗せていく。挙げ句新居の掃除まで命じられ、作業が終わったときにはもう日が暮れていた。お礼に奢《おご》ると言う繁子に連れられ、赤提灯に飲みにいった。

父や母とどういう知り合いなのかと、あらためて慎之輔は訊いた。母のようにはぐらかすかと思ったが、「知り合いってわけじゃない」と、繁子はあっけらかんとして答えた。

「私の田舎、新潟なんだけど、子どものころよくしてくれたねえちゃんがいて。親戚じゃないんだけど、田舎なんてみんな親戚みたいなもんだから。そのねえちゃんがあの店で働いてたの。ずっと昔、私がまだ中学だったころ、手紙もらったことあんの。それで私、中学出て働いて、二十歳で嫁いだんだけどさ、相手がひどい男でね。子どももできなかったから、姑にもずいぶんいじめられて、それでねえちゃんを頼って東京に逃げてきたんだよ。それが二年とちょっと前」

昔翡翠飯店で働いていた「ねえちゃん」の名を繁子から教えられても、顔が思い浮かばなかった。

「じゃ、何、その人訪ねてうちきて、いないのにそのまま居着いたってわけ？」慎之輔は呆れて言った。

「こういうわけで逃げてきて、行き場がない、和子ねえちゃんの居場所を知らないかって訊いたら、おばちゃんがさ、そんならしばらくうちにいろって言ってくれたんだよ。ただ翡翠飯店では雇えないから、働き口は自分でさがしてくれって」

「なんで見ず知らずの人をぽんぽん家に上げるのか、おれにはちょっとわかんねえな」つぶやくように言うと、慎之輔の猪口《ちょこ》に慣れた仕草で酒を注ぎ足しながら、

「おじちゃんたちは戦争で苦労してるから、困ってる人を見ると放っておけないんだよ。大陸で向こうの人にすごく世話になったって、おばちゃんよく話してたもん」と、しんみりと言うのだったが、その様子が慎之輔にはやけに芝居じみて見え、だから、母がそんな道徳的なことを言う姿も想像できなかった。

その夜、そんなに飲んだつもりはないのに店を出ると足がふらつき、そのまま繁子の長屋に連れこまれた。連れこまれたのだと、少なくとも慎之輔は思っている。あっ、と声を出す間もなく繁子に乗っかられていた。はじめてだった。

それで終わればよかったものを、その後も慎之輔はついふらふらと繁子の長屋に通い続けた。繁子が留守ならばおとなしく帰ったし、来客の気配があれば横内の下宿に向かうか、不承不承和田と暮らすアパートに帰った。

来客がだれであるのか、慎之輔はさほど気にならなかった。スナック勤めというのは、客を連れ帰ることも仕事のひとつなんだろうと了解していた。八歳年上で、離婚歴のある繁子と恋愛するつもりは、慎之輔には毛頭なかった。客にもらったという指輪を見せびらかしたり、結婚してほしいと言われたと得意げに話す繁子も、そうなんだろうと思っていた。無職で、しょっちゅうじり貧の自分なんかを、恋愛の相手と見なすわけがなかった。ならばなぜ、月に一度か二度の自分の訪問を、繁子は迎え入れるのか、たまに食事や酒をおごってくれるのか。たぶん、居候したことへの礼みたいなものなんだろうと、勝手に慎之輔は想像していた。

ではなぜ自分は、恋愛するつもりもない繁子の元にいってしまうのか。単純に、女に触れる機会が、それ以外なかったからだった。それに、銀座で働きはじめてからの繁子は羽振りがよく、ビアホールもビフテキを出すレストランも、慎之輔は繁子に連れられてはじめて体験した。

この一年、繁子が思い出したようにぽつりぽつりと語る言葉で、慎之輔は父泰造と母ヤエのことを少しずつ知りはじめていた。彼らに生まれ故郷がないのは、二人それぞれ家も親も捨てて大陸に渡ったからだった。父は戦争が激化すると女装をしたり中国人になりすましたりして徴兵を逃れ、母は一貫して水商売をしていたらしい。引き揚げ列車のなかで産気づき、そのせいで帰国が遅れた。そのとき生まれたのが自分だということも、慎之輔は繁子から聞いて知った。繁子の語る父と母の過去は、はじめて聞くものばかりだったけれど慎之輔は驚かなかった。かつて想像したものとさほど相違はなかったから。

その日も、新橋の焼鳥屋で、慎之輔は繁子からそんな話を聞かされていた。

「私んちの近所にいた和子ねえちゃんも、そうやって大陸に渡ったひとりだよ。向こうにいけば、お金も自由も手に入るって信じてたんだよ」

と、繁子は前にも言っていたことを、うっとりとくり返す。

「でもその和子ねえちゃんとやらも、うちの親も、故郷には戻れなかったんだろ」

腹はぱつぱつなのに、おごられるときには飲めるだけ飲んでおこうと思う慎之輔は、手を挙げ、カウンターの向こうの料理人に、もつ煮込みと酒を注文する。そしてふと考える。

もし今、そこにいけばお金も自由も手に入るという場所があれば、自分はいくだろうか。きっといくだろう、と思う。いくのを拒むべき大切なものは、今、手元にないのだから。そう思うと、父母にたいする気持ちが、ほんの少し違ったものになった。見下していた彼らの気分が、わかるような気がしたのである。

「そうだね。どこかにいくってことはそのくらいの覚悟が必要なんだろうね。もう帰れないかもしれない、それでもかまわないって思わなきゃ、どこかにはいけないのかもね」

目の前に置かれたもつ煮込みに、唐辛子をめいっぱい振りかけながら繁子は言う。そういえば、繁子も故郷を出てきたのだと慎之輔は気づく。

「あんたも帰らないって決めて出てきたわけ？」

訊くと、繁子は顔を上げ、正面から慎之輔をじっと見つめる。目の縁が赤いのは、涙ぐんでいるのではなく酔いのせいだ。繁子は酔うと目の縁がすうっと赤くなるのを慎之輔は知っている。

「私の場合は、あれだァ、帰らないんじゃなくて、帰れないに近いなァ」

わざとなまって言うと、繁子は笑った。

「勝手に離婚して逃げてきちまったから、うちの家族は向こうに頭あがんないだろうしねえ。田舎はみーんな、なんでも筒抜けだから。そこで暮らしにくいっつったって、おいそれと引っ越せもしないんだし」

「なんで引っ越せないの」もつ煮込みを掻きこむように食べながら、慎之輔は訊いた。

繁子は答えず、にやにやと口元だけで笑いながら慎之輔を眺めていたが、

「あんたんとこはいいなあ」

ため息をつくように、言った。「あんたんとこにいると、私、昔みたいでしあわせだったなあ」

「なんだそれ」

「昔、子どものころだよ。両親もじいちゃんばあちゃんも、きょうだいもいて、わいわいけんかしながら取り合うようにごはん食べて、明日のことなんも心配せんでよくて、あのころは、そういうのがしあわせだなんてちっとも思いもせんかったけど、あれはあれで、うん、しあわせだったと今思うなあ」

け、と慎之輔は笑った。おセンチなこと言いやがって、と口には出さず、思った。そう思ったのは繁子の言っていることが理解できなかったからだ。狭い場所に詰めこまれて、わいわいけんかしながらとにもかくにも自分の食べるぶんだけがっついて食べる、そういう暮らしがいやだった、家を出たときの気分は未だ生々しく残っていたから。

勘定を払って店の外に出ると、繁子は、銀座を歩いて帰りたいと言った。新橋から銀座に向かって歩く。十二時をまわり、車の数は少ないが、まだ歩いている人は幾人かいる。酔っぱらった会社員、ダンスホールの帰りらしい若い男女。有楽町の交差点を過ぎると、服部時計店の時計が見えてくる。繁子は慎之輔の腕に腕を絡めて、空を見上げて意味もなく笑いだす。

「都会だなあ、都会にいるなあ」

たしかに、銀座を歩くと、東京で育った慎之輔も、自分までハイカラになったような錯覚を抱く。街灯に、石造りのビルや閉店した店、石畳の歩道が浮かび上がる。

「あのまま、あそこに住み着きたかったくらいだよ、私は」銀座通りを歩きながら、繁子は思い出したように言った。さっきの話の続きらしかった。

「住み着いてたってよかっただろうに」実際住み着いていたんだから、あのままあそこにいても両親は何も言わなかったろうと慎之輔は思う。

「だけど他人だし。和子ねえちゃん、どこにいったかわかんないんだし。そうだ、ねえあんた、私と結婚しなよ。そんで、あそこに戻ろうよ。私もっともっと稼ぐから、おっきな家に建て替えてさ」

繁子は目の縁を赤くしたまま、さもいいことを思いついたかのように言った。

「何言ってんだ、馬鹿か」

慎之輔はあきれて笑った。冗談を言っているのだと思ったし、それにしてはあまりにもつまらない冗談だった。

「やっぱし、だめか」

「おれみたいに前途洋々な若者が、なんで出戻りをもらって自分まで出戻らなきゃなんないの」

慎之輔は繁子の冗談に冗談で返した。ははは、と繁子は背をのけぞらせるようにして笑った。ははは、慎之輔も笑った。

晴海通りで曲がってまっすぐいけば、勝ちどきに出る。そこまでいけば、繁子の長屋まではすぐだ。自分の腕に当たる繁子の乳のやわらかさを味わいながら、慎之輔は気づかれないよう、少しだけ足を速める。


慎之輔が、繁子ではない、同世代の異性とはじめてデートをしたのは、アパート暮らしをはじめた年の夏だった。

金田美津江《かねだみつえ》は、慎之輔が横内たち漫画仲間と集まり、コーヒー一杯で何時間もねばる新宿の純喫茶で、その年の夏から働きはじめていた。昼間はどこかの工場で働き、定時で終えてから純喫茶にアルバイトにきているのだと、どうやって聞き出したのか和田がもっともらしくみんなに言っていた。美人ではないが愛嬌があり、笑うと片頬にえくぼができるのがかわいかった。漫画仲間たちは彼女が離れると、額を寄せ、おまえが誘え、誘いにのったら百円払う、などと小声で賭けをするのが常だった。もちろんだれも、実際に声をかけることはできなかったのだが。

その日、決めごとのように交わされる賭け話に慎之輔がのったのは、ずいぶんと年上の、恋愛関係ではない相手とではなく、デートというものをしてみたかったからだった。単純に、それだけだった。

今度、いっしょに食事にいかない？　と、みんなのぶんの会計をしながら慎之輔はさりげなく言った。耳が熱かったが、それを聞いた美津江はもっとわかりやすく顔を赤らめた。返事をせず釣りをよこすので、ああ賭けに負けたと慎之輔は思った。席に戻り、テーブルに釣りを置き、その上に黙って百円札をのせると、どっと笑いが起きた。

ぞろぞろ連れだって店を出た。いちばん最後になった慎之輔に、

「私、食事よりも、ゴーゴー喫茶にいきたい」とささやくように美津江が言った。慎之輔はあわてて約束を取りつけた。

新宿のゴーゴー喫茶なら、慎之輔は数回いったことがあったが、美津江を連れて知った顔に会うのは気が引けた。それで、純喫茶のアルバイトが入っていない日、慎之輔は有楽町で美津江と待ち合わせをした。七時の待ち合わせに少しばかり遅れていくと、美津江は今にも泣き出しそうな顔で周囲を見ていた。慎之輔を見つけるとぱっと顔を輝かせた。

二人並んで人混みを歩く。しばらく歩いたところで美津江は勢いよくふりかえり、そのまま立ちつくしている。どうしたのかと訊くと、

「今、新幹線が走っていった」と、呆然とした顔で言う。

「え、何、もしかしてはじめて見たの?」慎之輔は驚いて訊いた。新幹線が開通したのはもう半年以上も前のことだ。

「ええ速がった」つぶやくように言い、思い出したように慎之輔を見て笑い出す。立ち止まった二人に行き交う人が迷惑げな視線を向け、慎之輔は美津江の背を押すようにして歩き出す。

「弟たちに見せてやりてえなあ」ひとしきり笑ったあとで美津江はぽつりと言った。

ゴーゴー喫茶でも、美津江は新幹線を見たときとそっくり同じ顔つきで踊る男女を見つめていた。ビールもウイスキーも飲まず、慎之輔が誘っても決して踊らず、壁にはりつくように立ち、ぽかんと口を開けている。

岩手で生まれ、中学を出て集団就職で上京したのが四年前だと、美津江はゴーゴー喫茶を出てから話しはじめた。上京し、今も勤めている繊維工場で働きはじめ、最近は仕事も覚えて余裕もできたので、少しでも自由になるお金がほしくて喫茶店でアルバイトをはじめたのだと、慎之輔が連れていったガード下の焼鳥屋で美津江はとうとうと話した。

「工場と寮の往復。最近は新宿もいくけど、アルバイトにいくだけだもの。私、四年も東京にいるのに東京タワーもいったことないし、銀座も歩いたことないんだよ」周囲にはじけるネオンサインにめまぐるしく視線を這わせながら美津江は言った。話しかたになまりが残っていた。

「じゃ、食べ終えたら銀座を歩こうか。ここからならすぐだよ」慎之輔は言った。年齢は変わらないのに、生まれた場所が違うだけでこんなに境遇が違うのかと慎之輔は思う。今年の春まで、友人の家や純喫茶に入り浸り、親に平気で小遣い銭をせがんでいたなどと、美津江にはとても言えない。

「こんな格好じゃ恥ずかしい。また改めて連れていって」美津江はうつむいて言う。

「わかった。そんな高級店には連れていけないけどさ」駅で自分を見つけた美津江の、花が開いたような顔つきを思い出しながら慎之輔は言った。

それから慎之輔と美津江は二人でよく出かけるようになった。美津江がいきたいという銀座も東京タワーもいった。日曜はそんなふうにほとんど東京見物に費やした。子どものころ、きょうだいをつれて東京タワーにいった話をすると、美津江は目を丸くして聞き入り、「東京の人なんだね」と妙な感想を言った。寮にテレビがないと言う美津江を、翡翠飯店に連れていきもした。美津江は箸を持ったままラーメンを食べることも忘れ、画面に見入っていた。

「もっと早く藤代さんと知り合ってたら、去年、ここでオリンピックを見られたのにな」と、駅まで送っていく帰り道、美津江はしみじみと真顔で言うのだった。

「藤代さんは夢があっていいね」と、慎之輔が漫画を描いていることを知った美津江は、ことあるごとに言った。けれどそのころには、慎之輔は以前ほど漫画描きに熱中していなかった。美津江に「夢がある」と言われるたび、気楽な身分だと指摘されたようなばつの悪さがあり、慎之輔は「いつかテレビ放映されるような漫画を描くんだ」と言ってみたり「もうじきものすごい傑作が描き上がる」と嘯《うそぶ》いてみたりした。

美津江と日曜ごとに会うようになってから、繁子の長屋には足が遠のいていたが、それでも完全にいかなくなってはいなかった。三週間、一カ月と間を置きながらも、慎之輔は繁子の部屋に通い続けた。美津江のことは言わなかった。いつのころからか、気づくと繁子は寝る段に睡眠薬を飲むようになっていた。眠れないのだと繁子は言うが、慎之輔には、ラリるために飲んでいるように見えなくもなかった。睡眠薬をウイスキーで流しこむ繁子は、必ず陽気になったからだ。けれど、美津江のことと同様、そうせざるを得ない何があったのか、繁子は話さなかったし、慎之輔も訊かなかった。そういう関係ではないと、慎之輔はかたくなに思いこんでいた。いや、自身に言い聞かせていた。

3

自分の家族がどうやら一般的というわけではないらしいと慎之輔が自覚するのは、美津江と親しくなったせいだった。美津江は定期的に家族に仕送りをし、手紙を書き送っていた。喫茶店や食堂や、たまに慎之輔が連れていくビアホールで延々と家族の話をすることもあった。美津江の母は岩手の農村で生まれ、顔も知らぬまま隣村の父へと嫁いだのだそうだ。その父は、先の戦争で亡くなっている。美津江をいちばん上に、弟が三人、妹が二人いて、父方の祖母とともに一家は暮らしていると言う。「東京育ちの藤代さんが見たら、びっくりするような田舎」なのだと美津江は言う。

美津江の話は、繁子の家の話とどこか似ていた。「何でも筒抜け」の、「引っ越せない」人たちだ。そうしてそれらの家族は、自分たちとは根本的に違うと慎之輔は思った。彼女たちの話すそれは、幹の太い大木だった。枝の先からたどっていけばきちんと幹があり、幹を下っていけば土に行き着き、その下に根がはっている。そうした幹や根が、自分たちの家にはまったくないように思えるのは、父と母が、それぞれの故郷を捨てたからだろうか。今まで、世間には自分たちとよく似た家族がごまんといるのだろうと無意識に思っていたが、けれどどうやら、美津江や繁子の家のほうが一般的で、自分たちはどうやら変わっているのだ。

「おればじいさんもばあさんも知らないんだよ」その不思議さを説明したくて美津江に言うと、

「私だって父親のこと、よく覚えてない」と美津江は言う。「みんなそうなんじゃないの。父親が戦死してる人はたくさんいるでしょう。じいちゃんもばあちゃんも、とうちゃんもかあちゃんもみんな揃ってる人なんていないよ」と言うが、慎之輔の言いたいのはそういうことではない。「この国には父親がいないんだよ。父親を知らない国なんだよ」美津江はしたり顔でそんなことを言いもする。自分には徴兵から逃げ続けた父親がいるが、しかし自分だって父親を知っているとは言い難い、と慎之輔は思う。思うが言わないのは、逃げ続けた父親というものが恥ずかしいからだ。

両親らしき二人組を見かけたのは、美津江と歌舞伎町で映画を見終えて、てきとうな飲み屋をさがして歩いているときだった。行き交う人の群れに父と母がいるとすぐ慎之輔はわかった。はっきり顔が見えたのではなく、背格好と雰囲気で、あ、と思ったのだった。しかしそう思ったのは一瞬で、すぐに人違いだとわかった。父と母は母親のほうが背が高いが、向こうからやってくる二人連れは男のほうが背が高かった。人違いかと目を逸らすが、でも何か気になる。視線を戻すが彼らはふいと角を曲がってしまう。その角を通り過ぎるとき、慎之輔は足を止め目を凝らして二人連れをさがした。人波のなか、背中は遠ざかっていく。背後から見てもやはり父と母によく似ているが、二人で出かけるところなど見たことがないし、そもそもあれが父と母ならば二人はそれぞれ、女装と男装をしていることになる。そんな酔狂を、あの二人がするはずがない。

「どうしたの？」美津江に訊かれ、

「なんでもない」慎之輔はまた歩き出した。

その日、美津江を駅まで送ってから、慎之輔は根津のアパートではなく実家に戻った。父と母が家にいるか知りたかったのである。しかし家にいるのは太二郎と基三郎だけだった。太二郎はちゃぶ台で勉強していて、基三郎はシャッターの閉まった店でテレビを見ている。漫画かと思ったら基三郎が見ているのはニュースだ。

「おやじとおふくろは？」店の冷蔵庫から勝手に瓶ビールを取りだし、基三郎に訊く。

「とうさんはパチンコ。かあさんはノリちゃんちにいくって」ノリちゃんというのは近くの小間物屋の女房である。

「べつべつに出ていった？」慎之輔が訊くと、何を訊かれているのかわからないという顔をして、

「どうだったかな？」基三郎は首を傾げた。

「ニュースなんかつまんないだろう」椅子に乗ってテレビのチャンネルをかえていると、

奥の部屋から太二郎が厨房に顔を出し、「にいさん、話がある」と言う。

ビール瓶とコップを手に、慎之輔は部屋に上がった。ちゃぶ台の向かいに座り、ビールをつぎ足して、飲む。太二郎は広げていた参考書とノートと辞書を閉じ、重ねてちゃぶ台の隅に置く。ごくふつうにそうしているのだろうが、慎之輔から見るといちいち気取っているように見える。昔からガリ勉のこの弟は苦手だったが、日比谷高校に入ってからますます天狗になったように慎之輔には思える。

「にいさん、繁子さんと交際してるんだろう」部屋には二人しかいないのに太二郎は小声で言う。

「そんなことあるはずないだろうが」どきりとしたが、慎之輔は鼻で笑ってみせた。

「繁子さんちによく泊まりにいってるそうじゃないか。そうしながら、幾度かここに連れてきた女性とも交際している。そういうの、どうかと思うよ」

「そういうんじゃないよ」

「繁子さん、相談してるんだよ」

「相談ってだれに」

「かあさんにさ。もてあそばれているみたいだって」

頭に血がのぼった。慎之輔が感じたのは恥ずかしさというよりも怒りだった。自分だって適当にたのしんでいるくせに、そんな悲劇的な言葉を持ち出している繁子にたいしての怒りでもあり、したり顔で兄に説教している弟にたいしての怒りでもあった。

「あんな女の言うことをいちいち信じるなよ」

「よくそんなことが言えるな、恥ずかしくないのか。汚らわしいよ」

慎之輔は考えるより先に中腰になり、ちゃぶ台をはさんで対面に座る弟の襟首をつかみ、拳《こぶし》を振り上げていた。振り下ろさなかったのは、ちゃぶ台から派手な音を立ててコップとビール瓶が転がり落ちたからだった。

「やめなよ、シンちゃん」背後で基三郎の弱々しい声がする。慎之輔は襟首をつかんでいた手を離し、こぼれたビールも転がったコップもそのままにして、立ち上がった。

「おまえ、繁子に気があるなら口説けばいいじゃないか。あんな年増でいいなら、きっと相手してくれるぞ」表情ひとつかえず自分を見上げている太二郎に、吐き捨てるように言う。表情は変わらないが、太二郎の耳の縁が赤くなっていることに慎之輔は気づく。なんだ、本気なのかよ。驚くのと同時に急に鼻白んだ気分になり、慎之輔は大股で玄関に向かった。

駅に続く浄水場は移転したが、今もそのあたりは巨大な穴蔵のように暗い。近く、このあたり一帯にビルが建つと聞いているが、そんなことが本当に実現するのか疑わしいと慎之輔は思っている。けれどオリンピックだって実現したのだし、新幹線も本当に走りはじめたのだから、このあたり一帯もがらりと変わるのだろうか。むしゃくしゃした気分を紛らわせるように、そんなことを考えながら歩いていると、シンちゃん、と背後から呼ばれた。ふりかえると基三郎が笑っている。急いで追いかけてきたのか、母親のつっかけをはいている。

「なんだ、それじゃ寒いだろう」四月も半ばを過ぎたけれど、夜にシャツ一枚ではさすがに寒いはずだが、基三郎はそれには答えず、慎之輔と並んで歩き出す。

「シンちゃん、上野に象がきたの、知ってる？」

「象なんか前からいるよ」

「そうだけど、タイの王さまから贈られた象なんだよ。ついこないだ、飛行機に乗ってきたんだ」

「象なんか乗って、飛行機が飛ぶのか」中学生になったというのに象に興味を持っているとは、ずいぶん幼いんだなと内心で思いながら、慎之輔は末弟の話に合わせる。

「ねえ、今から見にいこうよ、象」

「閉まってるよ、動物園は」

「だから、忍びこむんだよ」基三郎は兄を見上げてにっと笑う。

「そんなことできるわけないよ」

「できるよ、だいじょうぶだよ。ねえ、いこう」まだほんの子どものときにそうしたように、基三郎は慎之輔の腕をとって走り出した。


基三郎を肩車して、不忍通りに面した門をよじのぼらせる。続けて慎之輔もよじのぼり、転げ落ちるようにして侵入した。着地に失敗して尻をしたたかに打ったが、さっきのビールが残っているのか、痛みはさほど感じなかった。基三郎と二人、顔を見合わせて声を出さずに笑う。

園内は暗く、獣臭が漂っているが、どこに何がいるのかまったくわからない。檻に近寄って目を凝らしても、動物は獣舎で眠っているのか、何かが動く気配もない。まるですべての動物が逃げ出したあとのようだった。

「シンちゃん、漫画描いてる？」隣を歩く基三郎がささやくように訊く。

「描いてるさ」慎之輔は言ったが、けれどこのところはアイディアを考えることすらしていない。

「女の子の読む漫画を描いてみたら？『マーガレット』とか『なかよし』とか、そういうの。赤塚不二夫もちばてつやも描いてるよ」

「そんなの読んでるのか、モトは」

「今日ちゃんが借りてくるから」

「だれが好きなのさ」

「樹村みのりはおもしろかったな。ねえ、シンちゃん、時代は少女漫画かもよ」

「生意気言いやがって」慎之輔は基三郎を小突いて笑う。少女漫画なら、以前描こうと思ったことがあった。いや、半分ほどは描いたのだ。横内に見せると「これじゃ『リボンの騎士』だ」と言われ、描き終えることなく放り出してしまった。少し前ならそういう横内の言葉に慎之輔は反発した。けれど、どうやら自分の内にはかつて興奮して読んだ漫画の断片がぎっしり詰まっていて、自分の想像力というのはつまり、その記憶庫でしかないらしいと、最近の慎之輔は思うようになった。

「ねえシンちゃん、また漫画描いて持ってきてよ。ぼくはシンちゃんの漫画、すごく好きだよ。今日ちゃんの漫画本より断然おもしろいよ」慎之輔の考えを読んだように基三郎が言う。

「どんなところが好きなんだよ」

どこか遠くで、女の悲鳴に似た声で鳥が鳴いている。月が木々の淡い影を作っている。

「シンちゃんの漫画には未来が描いてあるだろ。その未来にはさ、戦争もあるし悪者も出てくるけど、でも昔みたいっていうか、どっかのんきそうなところが、いいなと思うんだよ」

「褒めてないぞ」慎之輔は笑った。

「ううん、本当にそう思うんだよ。未来って、昔みたいだったらいいなって思うことあるんだ。前に前に、知らないところに進むんじゃなくて、知っているほうに進むんだったらいいなって」

よくわからない幼い弟の言葉で慎之輔が思い出したのは、繁子だった。昔みたいでしあわせだったと、たしか繁子は言っていた。まだこんなに幼い弟でも、そんなふうに昔を懐かしんでいるのだろうか。それとも、未来がただ不安なのか。いや、違う、太二郎にやりこめられたらしい兄を元気づけようとしているのだと気づいた慎之輔は、ありがとよ、とまだちいさな背を叩いてつぶやいた。
「どの檻も空《から》っぽだね」困ったような顔で基三郎は兄を見上げた。さっきとは異なる声のべつの鳥が鳴き、獣臭は闇のなかで強く漂い続けていた。

4

慎之輔はスーパーマーケットでのアルバイトを昨年夏にやめた。横内は漫画を描くのをやめ、群馬に戻って親の営むセメント工場で働いている。出版社に就職した和田は、卒業とともに根津のアパートを出ていった。毎月の賃料を払えるか心許なかった慎之輔は、美津江に同棲を持ちかけ、美津江はそれまでいた工場の寮を出て引っ越してきた。

昨年慎之輔がアルバイトをやめたのは、週刊漫画雑誌に慎之輔の短編漫画が掲載されたことがきっかけだった。以前出版社に持ちこんだものの、保留扱いになっていた作品が、突然掲載されたのである。大物漫画家が連載をひとつ落とし、その穴埋めだったのだが、掲載は掲載である。狂喜した慎之輔は、これで自分も漫画家であると勢いこんでアルバイトをやめてしまった。しかしそれ以降編集部から声がかかることはなく、こちらから訪ねてみても担当者はいつも不在で、ごくまれにつかまえても、「こっちから連絡する」とだけ言い残してあわただしく去ってしまう。

次の仕事が決まらないことは慎之輔を失望させたが、けれど掲載は今までにない励みになった。次のアルバイトを決めることをせず、昼に起き出すと慎之輔はまずアイディアを練り、ネームを描いた。当然のごとく収入はなくなり、慎之輔は和田に頼みこみ、雑誌にカットを描く仕事を不定期にもらっていた。それだけで生活費が足りるはずがなく、美津江は前年の秋から、純喫茶をやめスナック勤めをはじめていた。週に三回、工場の仕事を終えて浅草のスナックに通うのである。ほとんど美津江に養ってもらっている生活だった。

美津江と暮らすようになって、ようやく慎之輔は繁子を訪ねなくなっていた。美津江の引っ越しだの雑誌掲載だの、その後の出版社訪問だのとあわただしく過ごしているうち、現金にも繁子の存在自体を忘れることもあった。アルバイトをやめ、日がな一日家にいて、ときおりどうしているかと思い出すこともあったが、それだけで、とくに自分から繁子の様子を知ろうとは、慎之輔は思わなかった。

だから繁子が訪ねてきたときは、それがだれなのか一瞬わからなかったほどだ。弱々しいノックの音に、押し売りだろうかとドアを開けると、瘦せこけた女が立っている。あ、繁子、と思ったとき、この住所を教えたことがあったかどうかととっさに慎之輔は考えた。引っ越した当初に伝えたかもしれないが、記憶は定かではない。もしかしたら父や母に訊いたのかもしれない、とも思いながら、やあ、と慎之輔は言った。顔が引きつっているのが、自分でもわかった。

「どうしたんだよ、突然だからびっくりするじゃないない」

「翡翠飯店、新装開店するんだってね」繁子は足元に目を落としながら言った。

美津江と暮らしはじめてからめったに家に戻らない慎之輔には、はじめて聞くことだった。

「え、そうなの」思わず言うと、繁子は顔を上げて笑った。最後に会ってから、まるで十数年経過してしまったような錯覚を抱く。そのくらい、繁子は老けこんで見えた。着ているオーバーコートは毛玉がついて、全体的にみすぼらしくも見えた。「それで、それを言いにきたわけ？」耳に届く声に、迷惑そうな響きが含まれているのを慎之輔は感じるが、とくに隠すこともしなかった。実際、迷惑だった。繁子は慎之輔を見たまましばらく無言だったが、

「頼まれたんだよ、様子を見にいってくれって」と、言った。

「だれに」

「だれにって、おじちゃんとおばちゃんだよ」

慎之輔が黙ると、繁子も困ったように口を閉ざす。部屋のなかをのぞくように首を傾けるが、慎之輔は上がったらどうかとは言わなかった。

「飲みにでも、いく？」話すべきことをようやく思いついたように、繁子は言った。また繁子はおごってくれるのだろうし、飲みたい気持ちもあるにはあったが、「いや、やることあるんで」慎之輔は断った。

「そっか」繁子は言い、また足元に視線を落とすと、

「ほんじゃあ、また。おじちゃんたち心配しているんだから、たまには顔見せてやんな

よ」

繁子は威勢よく言って、戸の向こうに消えた。数秒前の、繁子の視線を追うように下を見やると、仕事用の美津江のハイヒールが転がっていた。

新装開店など、繁子のでまかせかと思ったが、本当だった。昭和四十三年の梅雨時期、翡翠飯店は継ぎ足しのバラックではなく、ちゃんとした飲食店として新装開店したのである。そのお祝いをするからこいと、わざわざ基三郎がアパートにやってきて言う。基三郎に連れ出されるかたちで、慎之輔は不承不承アパートを出た。その日は細く雨が降っていた。

家に向かうあいだ、基三郎はどんなにすごい建物が建ったのか、得意げに話した。二階建てで、二階には部屋が四つあり、風呂も便所もついている。玄関は部屋みたいに広くて、階段の下にもの入れまである。慎之輔は基三郎の話を遮り、繁子が自分の住所を訊きにきたのかどうかたしかめた。建てなおしをしているあいだ、翡翠飯店は清水橋のほうの掘っ立て小屋で仮営業をしていたのだと説明をした上で、

「そっちの店では見てないけどな。でもぼくの留守にきたかもわかんないけど。どうして?」

基三郎は慎之輔をのぞきこむ。

「いや、べつに」

慎之輔はごまかした。基三郎はそれ以上訊くことはなく、新しい店がどんなに立派であるかを、また夢中になって話しはじめる。

そうして道々聞かされていても、新しくなった翡翠飯店を見て慎之輔はひどく驚いた。それまでの継ぎ足しバラックからは想像できない至極立派な二階建ての建物が目の前にある。一階の半分が店で、もう半分は藤代家の食堂と台所に一間、便所と風呂まであり、二階には四つ部屋があるのだと、基三郎が得意げに話した。まだ真新しい玄関から入り、ぽかんと口を開けて家を見まわしながら、基三郎に連れられて店に向かう。以前と同じように食堂と店は暖簾一枚で続いている。

シャッターの閉められた店内も立派なものだった。赤いカウンターがあり、テーブル席が六つもあり、空調設備まで調っている。厨房の設備は何もかもが真新しく、中華鍋や釜といった使い古されたものだけが、やけに貧乏くさく感じられた。

店内では、太二郎と今日子がすでに席に着いていた。どちらもばつが悪そうにしている。昨年学芸大に入学した太二郎は学生服姿で、今日子は脚の太さが気にならないのかミニスカートをはいてすましている。父と母は、まるで営業中であるかのように無言のまま厨房で料理をしている。

テーブルに料理が並ぶ。ご馳走というわけでもない。炒飯に水餃子、レバニラ炒めに茄子と豚の炒めもの。小皿にはたくあんとザーサイ。六人でテーブルに着く。慎之輔は落ち着かず、もぞもぞと尻を動かしビールをあおるように飲んだ。そういえば、家族全員で食卓を囲んだことなど、記憶するかぎり一度もないのだと気づく。いつだって手の空いた者から勝手に食べていた。

「今日ちゃん、あとでシンちゃんにレコード聴かせてあげなよ。シンちゃん、ビートルズだって聴いたことないんだから」基三郎が気まずさをなんとか中和させようと、明るく話し続ける。

「しかし、すごいな。こんなに立派な店だとはね」そんな弟が気の毒にもなり、慎之輔も口を開く。

「借金だ」短く父が答え、

「ほら、浄水場あったところ、新しくするでしょう。あそこで働いてる人がきてくれるから、前よりは繁盛してるよ」

「モトなんかかわいそうに、学校から帰ったらすぐ手伝わされてるの」

「そんなこと言うなら、あんたが手伝えばいいじゃないの。出歩いてばっかりいて」

それぞれが食事をしながら口を開き、ぎこちなさがそろそろ消えようとしていたとき、

「にいさん、今どうやって食べてるの」ねめつけるように慎之輔を見据えて太二郎が訊いた。

「ああ、雑誌に絵を描いてるよ。このあいだは文芸誌のカットを描いた。持ってこようか、今度」

「女の人と暮らしてるんだろう？　何回かここにも連れてきた人」

太二郎が家族の前で自分を責めようとしているのが薄々わかったので、慎之輔は曖昧に返事をした。

「今日は連れてこなかったの、いっしょに暮らしてるのに」

「仕事があるから」面倒になって慎之輔は言う。

「仕事っていったって、もう終わってるだろう」

「夜も仕事してるんだよ、浅草のスナックで働いてる。弟が進学するから、実家に仕送りしないといけないんだとさ」

母が顔を上げ自分をじっと見ているのがわかったが、慎之輔は気づかないふりをして食事を続けた。ビールを注ぎ足そうと瓶を持ち上げると、空だった。立ち上がり、厨房の冷蔵庫から勝手に新たな一本を持ち出す。

「繁子さんは亡くなったらしいよ」

慎之輔が席に着くのを待ちかまえていたように、太二郎が言った。そんなはずがあるわけない、だってこのあいだ会ったばかりだと言いそうになり、慎之輔は口を閉ざす。繁子が訪ねてきたのは、あれはいつだったか。毛玉だらけのオーバーコートが浮かぶ。冬か。二月か、三月か。

「へえ。まだ若かったろうに。いつ？　なんでおまえが知ってんの？」

慎之輔は声がうわずらないように注意して訊いた。

「うち宛てに葉書がきたんだよ。繁子さんの実家から。繁子さんの手帳にここの住所が書いてあったらしい。お世話になりました、って」

ウイスキーにハイミナールを入れて飲んでいた繁子の姿を、慎之輔は思い出す。その手帳に、根津のアパートは書いてなかったろうかととっさに思い、そう思った自分に淡い恐怖を感じる。その恐怖をのみこむためにビールをあおり、

「残念だったな、おまえ、惚れていたのにな」

太二郎をからかうように言った。父と母が、じっと自分を見ているのがわかったが、慎之輔は目を合わせることはしなかった。

すべての皿が空になると、今日子は逃げるように家に戻り、太二郎はまだ何か言いたそうにしていたが、基三郎にうながされてやはり暖簾をくぐって家に戻った。一刻も早く帰りたかったが、立ち上がるきっかけがつかめず、慎之輔は油や米粒の飛び散ったテーブルに肘をついて、ビールを飲み続けていた。

「あんた、自分がやった馬鹿はね、ぜんぶ自分に跳ね返ってくるんだよ」テーブルを拭きながら母が言う。「しかも何倍にもなって跳ね返ってくる。今さらもう遅いだろうけど、まともになんなよ」

「まともって何さ。かあさんたちはまともなわけ」思えば、母からこんな親らしい説教をされるのもはじめてである。恥ずかしいような、苛立たしいような気持ちだった。

「私たちはまともにできなかったから知ってるんだ。いやなことだの面倒だのから逃げたって、ちゃんとつかまるよ。帳尻が合うようにできてるんだ」

「でも、つかまってもこんな店が持てるなら、いいじゃないかべつに」

ぱちん、と目の裏が暗くなった。母親に拳固《げんこ》で殴られたのだと気づくまで、少しかかった。何すんだよ、と言おうとすると、

「馬鹿はほっとけ。そんときにならないと何言ったってわかんねえよ」厨房で盛大に水を流して洗いものをしながら、父が怒鳴るように言った。

「繁子が何言ったか知らないけど、おれたちのあいだにはなんにもなかったんだ。そんなこと、わかるだろう。あんなに年の離れた女をどうこうするはずがないし、向こうだっておれのこと、大人扱いなんかしてなかったぞ」慎之輔は言った。父も母も何も聞かなかったように立ち働いており、よけいに責められている気がした。決まり悪さと腹立ちでむしゃくしゃしながら慎之輔は暖簾をくぐり、新築の家のなかもよく見ずに玄関を出た。いつもこの家に帰ってくるとおもしろくない気持ちにさせられる。慎之輔は舌打ちをし、それだけでは足りず、濡れた歩道に唾を吐いた。死んだも何も関係あるか。


駅に着き、地下に向かうため階段を下りはじめると、下りきらないうちから異様な熱気が渦巻いているのが感じ取れた。歓声と歌声がわんわんと反響し、分厚い布地のように慎之輔を覆う。数え切れないほどの人が集まっているのが遠目にもわかった。人垣は地下広場を中心に広がっているらしい。西口広場での反戦集会のことは、耳にしたことはあったが実際に見るのははじめてだった。地下広場を埋め尽くし、通路をふさぐように膨れ上が

った人々を見まわしてみると、そのほとんどが、慎之輔と変わらない若い男女だった。みな浮かれたような顔つきで体を揺らして歌っている。これだけ多くの、自分と似通った年齢の人々が、遠い国の戦争にこれほど真剣にかかわろうとしているのが、慎之輔には不思議に感じられた。自分は、かつて交わりを持った女の死すら関係ないと断じているのに。

その遠い国の戦争について通り一遍の知識すら持っていなかったが、途方もない大勢が歌い踊る、そのことだけに興味を持って慎之輔は人垣を掻き分けて前に進んだ。途中で、隣にいたヒッピーふうの女が慎之輔の手を握った。驚いて慎之輔は立ち止まる。すると左隣の長髪の男が慎之輔の肩に腕をまわす。知らない男女に肩を抱かれ、手を握られたまま、慎之輔は彼らに押されるようにして体を揺らした。彼らが叫ぶように口ずさんでいる歌は知らなかったが、それでも彼らとともに体を動かしていると気分が高鳴った。太二郎のあの人を見下したような視線も、父と母に言われたおもしろくないせりふも、漫画のことも繁子のことも、周囲に渦巻く熱気に溶解し蒸発していくように感じられた。

どのくらいそうしていたのか、気がつくとまるで地震のように人垣が大きく揺れ、動き出した。歌声にかわって地響きのような騒音が耳をふさぐ。強く押されてつんのめった慎之輔の手を、さっきの女が引っ張る。そこに集まっていた人々がちりぢりに駆けだしたのだと、見知らぬ女に手を引かれて自分も走りながら慎之輔は気づく。ポリ公という言葉が聞こえ、冗談じゃないと慎之輔は思う。自分はただ、ものめずらしさに輪に加わってみただけだ、つかまるなんて冗談じゃない。慎之輔は前を走る人の背を押しのけて走った。関係ない、関係ない、と胸の内でくり返していた。そのうち自分が何から逃げているのかわからなくなった。それでも走った。そうしながら、何か見慣れたものが視界に入った気がして、慎之輔は目を凝らす。基三郎。まさか。さっき太二郎を連れて家に入っていったじゃないか。でもあのあとひとりでここにきたのかもしれない。でも高校生がこんなことに興味なんか持つだろうか。どちらにしても関係ない。自分に言い聞かせるように口に出して言い、慎之輔は基三郎によく似ただれかから視線を外し、走り続けた。逃げるために走り続けた。

第七章

1

ひいたばかりの黒電話に、今日子から電話がかかってきたのは二月の雨の午後だった。

「電話取りつけたっていつもいないじゃないの」と苛立たしげに言ったあと、「相談があるの、モトのことで」と言う。今日子の声の背後は騒々しい。低音のやけに強調される音楽、男女の笑う声。

「電話してきたんだから、電話で言えよ」慎之輔はわざと面倒そうに言った。

「電話で言えるような話じゃないもの。おにいちゃん、長男でしょ」

「長男だからなんだって言うんだよ」

「腐っても鯛だわよ」

なんだそれ、と言いかけたのを遮って、「とにかく会ってもらわないと困るの。時間作って」今日子はせっぱ詰まった声を出す。今日の夜でもいいけど。その真剣さにたじろいで慎之輔が応えると、今日子は新宿のジャズ喫茶の名を言い、電話を切った。

受話器を元に戻して慎之輔はため息をつく。面倒なことは重なるものだ。

子どもができたと美津江から聞かされたのは二日前だった。結婚のことを考えていなかったわけではない。この二年、漫画は全滅だったわけではなくて、忘れたころに幾度かは掲載された。けれど連載がもらえるわけでもなし、原稿料だけで食べていけるはずもなく、和田からの細々したカットの依頼を受けつつ、結局以前と同じように美津江の収入に生活費を頼った日々だった。ずっといっしょに暮らしているのだから、いつかは結婚するのだろうと慎之輔は漠然と思っていたが、具体的には何も考えていなかった。収入が安定したらいずれ考えればいいと慎之輔は思っているものの、いつ収入が安定するのかまったく判断がつかない。美津江もそんなことは口にしないから、気にしていないのだろうと思いこんでいた。

ところが二日前、深夜にスナックから帰ってきた美津江は、いつもより濃い酒のにおいを漂わせ、「産むから、私」と決然と言うのだった。「産むったって……」うろたえつつ慎之輔が言うと、美津江は手で顔を覆って泣き出した。布団を敷いてともに横になっても、隣から洟《はな》をすする音が聞こえてきた。スナック勤めのない昨日は、一昨日とうってかわって美津江は上機嫌で、鼻歌をうたいながら夕食の準備をし、子どもの件はいっさい口にしなかった。けれど今朝は一言も口もきかず工場に出勤していった。今日はどんな様子で帰ってくるのか、だれに依頼されてもいない漫画の構想を練りながら、慎之輔は不安な気持ちでいたのだった。

それにしても基三郎のことで相談ってなんだ。服を着替えながら慎之輔は考える。あの基三郎が厄介ごとに首をつっこむとは思えないが、今日子の声は妙にせっぱ詰まっていた。この部屋で美津江の帰りを待つのもいやだが、今日子から何か聞かされるのもいやだった。

昨年高校を卒業した今日子は、日本橋のデパートでエレベーターガールをしている。どんな澄まし顔でエレベーターに乗っているのか見にいってやると、今日子が勤めはじめたころはからかったものだが、日本橋まで出向いたことはまだない。

地下にあるジャズ喫茶の重たい扉を開けると、むんとした熱気とともに低音の強調された音楽が慎之輔を包む。薄闇が煙草の煙で染まっている。慎之輔は目を凝らして今日子をさがす。見つからず、カウンターに腰掛けようとすると、「おにいちゃん」背後から声をかけられた。ふりかえると今日子が立っている。でろでろと長いスカートをはき、長い髪を真ん中分けにした今日子はまるでフーテンである。今日子に促されるまま入り口にほど近いテーブル席に移る。注文をとりにきたサングラスの男にウイスキーを頼み、

「なんだその格好。デパートで叱られるだろう」慎之輔は音楽に負けないよう声を張り上げる。

「デパートは制服だもの。私服は何を着ようと自由」今日子は横を向いて煙草を吹かす。

「なんだ、モトの話って」

「モト、学生運動やってる」ちらりと慎之輔を見て、今日子は言った。

なんだそんなことか、と慎之輔は安堵する。

「あいつ大学いってないだろうが」

「学生運動やってるのは学生だけとはかぎらないよ。浪人生だって労働者だってやってる」さして短くもなっていない煙草を灰皿で揉み消し、今日子は新しい一本をくわえる。

そんなことは慎之輔がとうに知っていた。

だれにも、美津江にも打ち明けてはいなかったが、二年前、たまたま新宿の地下広場で大規模な集会を見てから、じつは慎之輔も首をつっこんでいたのだった。

あのとき、慎之輔の手を引いて逃げてくれたのは、その年に高校を卒業したばかりの女の子だった。西口広場から逃げおおせた慎之輔と彼女は、さめやらない興奮に導かれるように、そのまま大久保の安居酒屋に飲みにいった。福島出身だという彼女は、今年大学受験に失敗し、親戚の家に身を寄せながら予備校に通っているのだと話した。大学を卒業したら新聞社に入って、男女同権のために闘う記者になるのだと言う十八歳の女の子は、慎之輔の知っている女性のだれとも違った。美津江とも、今日子とも。その日、ずいぶん飲んだのにいっこうに酔っぱらわず、予備校の友だちに誘われて、ある私大の学生運動に協力しているが、革命と言いながらそこでも女は差別されて、炊事当番をやれと言われるのだと、彼女は勢いこんで話し続けた。

その子に誘われ、慎之輔は幾度か、集会やデモや学内での下働きに参加した。大学という、自分とまったく縁のない場所に足を踏み入れるのは新鮮だったし、大学生ではない自分をだれも馬鹿にしないのがうれしかった。漫画と、アルバイトと、美津江との生活しか知らない慎之輔には、同世代の男女と和気藹々とビラを折ったり炊き出しをしたりするのがたのしくて、これがつまりは青春というものなのかなどと思ったりもしたのだが、その年が終わるころには飽きていた。慎之輔を誘ってくれた女の子が、受験勉強に本腰を入れ、あまり熱心に活動しなくなったのがいちばん大きな理由だが、じつのところ、そこで何が行われているのか、ほとんど理解できなかったせいもある。体制だの革命だの総括だの、慎之輔には何がなんだかわからなかったし、大学の民主化だの、腐敗を止めるなどといっても、そもそも慎之輔はそこの学生ではなかった。戦争にしても、悪いものだという認識はあれど、自身に身近な問題とは思えなかった。ベトナムがどこに位置するのかも慎之輔は知らなかったのである。

結局、深入りすることもなく、半年足らずでそこから抜け出てしまったのだが、基三郎が学生運動にかかわっているとするなら、その気持ちもわからないではなかった。大学にいっておらず、就職したのでもない基三郎は、自分と同じように、同世代とピクニック気分でわいわいと楽しくやっているのではないかと思ったのだった。

「もてたいから学生運動やるやつだって、ごまんといるんだから、そんなに目くじらたてなくてもいいんじゃないの」

「それどころじゃないんだってば」今日子は鼻から煙を出して、身を乗り出す。

「何かまずいことになってるわけ」今日子が灰皿におしつけた煙草を拾い、慎之輔はマッチで火をつけた。

「まずいから呼んだんじゃない」

今日子の話では、基三郎は高校生のときからすでに学生運動にかかわっていたらしい。集会やデモにも参加し、一泊で釈放されたものの逮捕されたこともあるという。父は「人さまに迷惑だけはかけるな」と言うだけで放任している。二年前、地下広場で見かけた基三郎似の男を慎之輔は思い出した。あれは、弟だったのかもしれない。

「どこもまずくないじゃない。おれはそっちに詳しくないけど、やってるやつはいっぱいいるだろ」

「それだけならまだいいけど、タイにいちゃんが大反対で、学生運動やってるやつとなんかおんなじ家に住めない、出ていけって言って、それでモト、北朝鮮にいくって言いだして」今日子はそこで言葉を切って新しい煙草に火をつけた。

「はあ？　なんだ、それ」

今日子のぶんとともにウイスキーのおかわりを頼み、騒音から今日子の声を抜き取るために慎之輔もテーブルに身を乗り出す。慎之輔の耳元で、煙草の煙を吹きかけながら、今日子も怒鳴るように話す。

「モト、タイにいちゃんにそんなこと言われて、今、庭にあるおんぼろ車で生活してるの。それでね、私も詳しいことわかんないけど、あの子のやってる運動は、朝鮮や中国の人の支援も関係してて、そこで会った朝鮮の子と交際してるらしいんだよね。それでその子といっしょに、北朝鮮にいきたいって言うんだよ。それはさすがにとうさんもかあさんも大反対してる」

「なんなんだ、太二郎は」何がなんだかよくわからないながら、慎之輔はきまじめな弟に腹をたてた。そもそも大学生の太二郎が、学生運動にもっとも詳しいはずで、基三郎の話を論理的に聞いて、間違いがあればただしてやるのは太二郎の役目ではないか。それを頑固親父みたいに「出ていけ」とはなんだ、自分で建てた家でもないのに。

「あいつ、ひがんでるんだろう」慎之輔は言った。「東大にいけなくて、ひがんでるんだよ。それでモトがいっぱしの学生みたいにふるまってるから頭にくるんじゃないか。八つ当たりだよ」

「タイにいちゃんの大学でもロックアウトだバリケードだってろくに授業も受けられないみたい。だから目の敵にしてるんじゃない、運動やってる人たちのこと」

太二郎は何がたのしくて生きているんだろう、と慎之輔は純粋に不思議に思う。こういう場所にはもちろんきたことがないだろう。子どものころから友だちを家に連れてきたこともなく、友だちの家にいて帰りが遅くなることもなかった。漫画も読まず、小説も読んでいるのを見たことがない。もちろんまだ童貞だろう。クラブ活動にも学生運動にも参加していないのでは、大学ではさぞや浮いた存在だろうと慎之輔は想像する。いや、浮いているどころか、存在さえ気づかれていないかもしれない。

「このままだと家族がバラバラになる。シンにいちゃんがなんとかしてよ」煙草くさい息を吐き出して、自分を正面から見つめる妹を慎之輔は見る。太二郎を叱ってくれと言うのならわかる。北朝鮮にいくと言う基三郎を止めろと言うのもわかる。けれど、目の前の妹は、このままだと家族がバラバラになると言う。なぜそんなことを、この娘は真顔で訴えているのだろう。

「もとからバラバラじゃんか」今日子の捨てた長い吸い殻を灰皿からふたたびより抜き、まっすぐに伸ばしながら慎之輔は笑った。「バラバラじゃなかったことなんて、ないだろう。高校生のときからこういう店に入り浸ってたやつが、なんの心配してるんだ」

今日子は笑わず、シケモクを吸う慎之輔をじっと見つめていたが、ウイスキーを一口すって、何か話しはじめる。聞こえない、と慎之輔が怒鳴ると、またぐっと顔を近づけて、耳元で大声を出す。

「もともとバラバラだよ、うちは。おじいちゃんもおばあちゃんもいない。両親はいつも忙しくて、みんなでごはん食べたことだって数えるくらいしかない。シンにいちゃんは家に寄りつかなかったし、私だって家になんかいたくなかった。でも、そのまんまでいいの？モトとタイにいちゃんが仲違いしたまんまで、モトが北朝鮮にいっちゃってもいいの？」

叫ぶように言うと、今日子はグラスのウイスキーをあおるように飲んだ。このフーテン崩れのような格好の妹は、いったいいつ、家族というものを学んだのだろうと慎之輔は思う。家族はバラバラではいけないなどと、どこでどんなふうに学んだのだろう。今はひっきりなしに煙草を吸い、ウイスキーをがぶ飲みしているが、案外早くまともな結婚をして、子どもを産み、自分の育った家庭とはまた違う家庭を、今日子は築くのではないか。そう願っているのではないか。ソファにもたれ、じっと自分をにらみつけている妹をちらりと見、慎之輔はそんなことを思う。

「わかったよ。近く、帰って話してみる。モトとも、太二郎とも」

それを聞くと今日子はくちびるを引き結んだまま、ひとつうなずいた。

ジャズ喫茶を出て今日子と別れ、歩いて三十分もかからないのだから、今帰ろうかと慎之輔は思ったが、そう思いつつゴールデン街の方へ足は向かう。一杯だけ、一杯だけ飲んで帰ろう。帰ったら美津江とちゃんと話し合おう。自分に言い聞かせながら、数度いったことのある店を狭い路地にさがす。

結局三杯飲み、ふらつく足でアパートに帰り着いた。美津江はまだ帰ってきていなかった。スナックの日だろうかと酔った頭で考えながら布団を敷き、横になる。美津江が帰ってくるまで起きていようと思うものの、まぶたが重くなり、目を閉じる。はっと目を開けると、部屋のなかはもう明るくなっていた。時計を見ると七時近い。美津江は帰ってこなかったらしいと、陽のあたる畳を見て思う。

美津江はそれきり帰ってこなかった。帰らなくなった日から三日後、電話があった。田舎に帰ることにした、と電話の向こうの声は言う。アパートに帰ってこないのだから別れたいということなのだろうと慎之輔は思ってはいたが、田舎へ帰るとは思わなかった。え、そうなの？　と情けない声が出る。

「東京にいてもなんにもないから」美津江の声の背後は人の声で騒がしい。

「帰っても仕事なんかないだろう」せいいっぱい引き留めているつもりだった。

「結婚でもするわ」がちゃん、と電話が硬貨をのみこむ音がする。

なんだそれ。なんだ、それ。馬鹿か、おまえ。さっさと戻ってこい。言葉が喉まで出かかるが、けれど慎之輔はそれをのみこむ。戻ってこいと言っても、今すぐ所帯が持てるわけでもなく、子どもを産ませることもできるかわからない。美津江を連れて家に帰ろうか。そうすれば家賃もかからず、食べるものには困らない、子どももなんとかなるかもしれない。でも帰って、おれ、こんなに若いのに父親になって、それでいいんだろうか……そんなことをぐずぐずと考えていると、

「安心して。赤ん坊はいないから。あれ、嘘だから」

「え、嘘？」自分でもみっともないと感じるくらい、へなへなした声が出る。

「そう言えばあんた、焦ってくれるかと思った。でも、変わんなかったね」そう言ったあとで、美津江はやけに陽気な声で笑った。「もう待てないし、待たないよ」

受話器の向こうからやけに陽気な声が聞こえ、そしていきなり電話は切られた。

「だって荷物……」不通音に向かって言い、慎之輔は受話器を叩きつけるように置き、部屋をうろうろと歩きまわり勢いよく押し入れを開ける。そこに収まっていた美津江の持ち

物はほとんどなくなっていた。部屋の隅に置いてあるビニールロッカーを開けると、美津江の服だけない。

慎之輔は部屋の真ん中に立ち、窓の下に置かれた文机を見遣る。ネタを書いたノートが広げて置いてある。ひとりぶんの筏《いかだ》に乗って、川を流されているみたいだと唐突に思う。このままおれ、ただ流されていくのかな。自分の手では何もつかまず、自分の足で方向も決めず。電話を切って歩き出す美津江の後ろ姿が自然に思い浮かぶ。遠ざかるその背中に、ほとんど顔も忘れかけた繁子が重なる。

2

基三郎は「庭にあるおんぼろ車で生活してる」と今日子は言っていて、なんのことだかまったく想像ができなかったのだが、たしかに翡翠飯店の裏、庭とも呼べない狭い空間に埃だらけのバンが停まっている。一本しかないワイパーは折れ曲がっている。曇った窓ガラスからなかをのぞくが、基三郎はいない。スナック菓子の袋やコーラの瓶、まるめられたどてらやタオルが座席に散乱している。

「太二郎か基三郎いる？」店から入り、慎之輔は立ち働く母に訊いた。店は、午後四時過ぎという中途半端な時間なのに、数人の客がいた。天井に取りつけられたテレビはカラーに変わっている。

「太二郎は大学。モトは夜中にならないと帰らないよ」テーブルを拭きながら母が答える。

「じゃ、悪いけど、待たして」慎之輔は暖簾をくぐってなじみのない家に上がる。新築してから数度しかきていないから、未だに何がどこにあるのかわからない。冷蔵庫から勝手に瓶ビールを出し、食卓に着く。食卓から見えるように、ここにもテレビがある。ずいぶん羽振りがいいんだな。感心しながらテレビのスイッチを入れた。

太二郎が帰ってきたのは五時過ぎだった。食卓にいる慎之輔をちらりと見、水道水をコップに受けて飲むとそのまま立ち去ろうとする。

「おい、モトを追い出したんだって？　おまえの建てた家でもあるまいし」

太二郎はふりかえらずに鼻で笑い、「追い出したんじゃない。あいつが勝手に車持ってきて、そんなかにいるんだ。あそこがアジトなんだよ」と言う。

「アジトォ？　そんなわけないだろう、いい加減なことを言うなよ。今日子はおまえが出ていけって言ったって言ってたぞ」

「うちをアジトにするなと言っただけだ。得体の知れないやつに出入りされるのはまっぴらだからな」

「だからといって弟にあんなところで寝泊まりさせるのか」

「あいつが好きでやってるんだ。思想性を疑うけどね」太二郎は言い捨てて、そのまま乱暴な足音をたて二階に上がってしまう。

「おい、あいつ、話になんないぞ。馬鹿にしやがって、こっちの話を聞こうともしない」

八時過ぎに帰ってきた今日子と食卓で向き合い、母親の運んできた炒飯を食べながら慎之輔は言った。

「シンにいちゃんが本当にくるとは思わなかったな」今日子はテレビから目を離さずに言う。

「なんだよ、それ。自分が頼んだんだろ」

「だってシンにいちゃん、なんでも逃げるからさ。今回も聞き捨てて逃げるんだとばっかり」

受話器から聞こえた美津江の声が蘇る。慎之輔は何も言わず、皿の縁に口をつけて残りを掻きこむ。

「あの車がアジトだって太二郎が言ってたけど、そんな人の出入りがあるのか」

食べ終え、食器を重ねている今日子に訊く。

「さあねえ、私も帰りが遅いし。モトに訊いてよ。かあさーん、ごちそうさま」店に向かって怒鳴ると、「モトが帰ってきたらよろしくね。逃げんなよ」慎之輔に言い、さっさと二階に上がっていく。

基三郎の帰りを待つあいだ、慎之輔は家のなかをうろついた。二年前にはどこもかしこもまっさらだった家が、少しずつ汚れてきている。壁の隅は黄ばみ、風呂場のタイルの継ぎ目はところどころ黒ずんでいる。階段や廊下に段ボール箱や酒瓶が雑然と置かれ、便所には二月六日のままの日めくりカレンダーがかかっている。自分が生活していない家から、生活のにおいが強く漂うことが不思議に思えた。まるで家みたいだと、自分でも奇妙に思える感想を慎之輔は抱く。今日子の部屋からちいさく流れるロック音楽が、雨音のように家じゅうを包んでいる。


基三郎は夜中にならないと帰らないと母は言ったが、十時過ぎには帰ってきた。店を通って暖簾をくぐり、テレビを見る慎之輔に、「あっ、シンちゃんお帰り」と、子どものころのような笑顔で言うと、冷蔵庫から何かを取りだし、玄関から出ていこうとする。

「おい、話があるんだ、おまえに」慎之輔はあわてて追いかけた。

「話？　そんならついでにシンちゃんに『うち』、見せてあげるよ」ジュース二本とバナナの房を胸に抱えるように持ち、肘で器用にドアを開けると基三郎はおもてへ出ていく。


バンのなかに男がひとりいて、慎之輔をぎょっとさせる。これ、いちばん上の兄、と基三郎が言うと、「こんばんは」と頭を下げる。「こっち、イッちゃん」これは慎之輔に言う。慎之輔もぎこちなく会釈した。線が細く小柄で、髪を伸ばしているので一瞬女かと思ったが、「イッちゃん」はたしかに、基三郎とそう年の変わらない男だった。彼はいちばん後ろの座席に座っていて、基三郎はうしろから二列目に座り、彼にジュースやバナナを渡している。慎之輔は少し迷って、運転席の後ろに座った。基三郎が勢いよくドアを閉める。それでもまだ車のなかは寒かった。

「免許持ってるの、おまえ」足元に転がっているヘルメットを手にとる。横にデラシネと馬鹿でかい文字で書いてある。

「持ってないよ。これは知り合いが運んできてくれたの。もう動かないと思うけど」

「なんでこんなところに寝泊まりしてんの。部屋、あるんだろ。太二郎に何か言われたのか」

「こんなところって言うけど、なかなか快適だよ。風呂もトイレもうちのですませてるし」バナナの皮を剝きながら基三郎はのんきに答える。

「ここで二人で暮らしてるのか？」咄嗟《とっさ》に、根津のアパートが思い浮かぶ。美津江がもう戻らないのならば、だれかいっしょに住んでくれるやつをさがさないと家賃が払えない。こんなところにいるくらいなら、基三郎が引っ越してこないだろうか。けれど次の瞬間、そんなことを考えた自分を慎之輔は嫌悪する。

「まさか。今日はちょっと決めておくことがあったからイッちゃんに寄ってもらっただけ」

イッちゃんはにこにこ笑ってバナナを食べている。

「モト、大学もいってないのに学生運動やってるって本当か」吐く息が白い。

「学生運動じゃないよ。ぼくはただ戦争に反対してるだけ。党派に入るなんて馬鹿げてる。みんな思想もなくて、オルグなんて言って女の子を連れてきてたのしんで、暇さえあれば酒飲んで麻雀やってるようなやつばかりだもの」

二年前の自分のことを言われているようで、慎之輔はどきりとする。

「戦争なんか、おまえに関係ないだろう」

「シンちゃん、ベトナム戦争だから関係ないなんてことないんだよ。日本だって荷担してるんだ。漫画もいいけどさ、少しは世のなかのこと知ろうとしなよ。あ、このヒト、漫画描いてるんだよ。漫画雑誌にも載ったんだよ。今度見せるよ」基三郎は得意げにイッちゃんに言っている。

「逮捕までされたっていうじゃないかよ。あんまり派手にやるのはやめろよな」

「逮捕っていうか、野次馬も含めてぜんぶしょっぴかれたんだよ。ぼくはセクトに属してないから翌日には帰してもらったよ」

「北朝鮮にいくって、本当か」

「それはとうさんたちが大反対。ここじゃないどこかにいけば、何もかもうまくいくなんて嘘っぱちだって。いくなら縁を切っていけって。ほかのことには口出ししないのに、それだけはずいぶんうるさいんだよな」

「で、縁を切っていくのか、おまえ」

基三郎はちらりとイッちゃんを見、首をすくめ、「そこまで考えてないよ」と言う。

「おまえ、女の子にもてたいから活動家のまねごとしてるんじゃないのか」

基三郎はイッちゃんと顔を見合わせて、あきれたように笑う。

「ま、そういう馬鹿はたくさんいるけどね。ぼくがやっているのは戦争反対のための活動と、それから最近は、アジア史の研究会にも入ってるよ」

「なんだ、アジア史って」

「戦争のときに日本が侵略先でどんなひどいことをしたかとか、そういうことさ。とうさんたちは話してくれないからね、そういうこと」基三郎はバナナの皮を足元の紙袋に入れ、ジュース瓶に口をつけて飲む。イッちゃんは薄くほほえんだまま慎之輔と基三郎を交互に見ている。「そういうことを学校でも教わらないからいつまでたっても終わらないし、変わらないんだ。出入国管理法案って知ってるよね？」

慎之輔が首をふると、「はーあ」基三郎はイッちゃんを見、芝居じみたため息をついてみせる。「少しは社会勉強をしなよ。問題意識を持ってさ、自分の意見を言わなきゃだめだよ。そうしないと世のなかはかわらないよ」

上の弟にも下の弟にも馬鹿にされ、それればかりか、美津江とのことを見透かされたような気すらして、「はーあ、はこっちだよ。おまえひとりに世のなかが変えられると思ってんのか。いつまでも青臭いこと言ってんなよ」わざと呆れたように言った。

「変えられるよ。世界は変えられる」基三郎は座席から身を乗り出し、慎之輔をまっすぐ見据えて言う。

「変えられるわけがない。おまえが何をやってるのかわからないが、現に戦争は終わってないだろ」

「変えられるはずがないと思えば、たしかに変えられないだろうね」今まで黙っていたイッちゃんが急に声を出した。彼を見ると、さっきと変わらない笑みのまま、慎之輔を見ている。バンの薄暗闇のなか、白目がやけに光って見えた。

「そういうことダモンネ」基三郎はお茶らけて言い、にっと歯を見せて笑う。「それでさ、シンちゃん、悪いんだけどぼくら今日じゅうに決めなきゃならないことがあるんだ。あんまり遅くなると徹夜しなきゃなんないから、もういいかな」

「なんでもいいけど、ちゃんと自分の部屋で寝ろよ。今日子やかあさんに心配かけんな。太二郎のことは無視していいから」口先ばっかり兄貴ぶっていると自覚しつつ慎之輔は言い、立ち上がろうとして車の天井に頭をぶつけた。アイタ、としゃがみこむと、基三郎とイッちゃんが声を揃えて笑った。デラシネってなんだ、と、ふと思い出し訊こうとしたが、また「何も知らない」と言われるのが関の山だと思い、慎之輔は頭をさすりながらバンを降りた。

あれはいつのことだったろう。数歩歩いてふりむき、暗闇のなかに沈みこむようなバンを見て慎之輔は考える。未来が昔みたいだったらいい、と基三郎が言ったのは。

そうだ、夜の動物園だと思い出す。暗くて象どころかほかの動物も見えなかった夜。前に前に、知らないところに進むんじゃなくて、知っているほうに進むんだったらいいな。基三郎はそんなことを言っていた。素直で、いつも笑っていて、いやな顔ひとつせず店の手伝いをし、客に好かれていたちいさな弟が、何を考えているのか慎之輔にはさっぱりわからなかった。今わからないのではなくて、もうずいぶん前からわからなかったのだと思い当たった。

羽田空港を出発した飛行機が、赤軍派に乗っ取られたのは、それから一カ月後だった。

たまたま飲んでいた居酒屋のテレビで愼之輔はそのニュースを見た。

基三郎がついにやっちまったか。まずそんなふうに思った。解放された人質ではなく、犯人グループを映してほしいと願いながら、愼之輔は画面を食い入るように眺めた。犯人のなかに基三郎がいるような気がし、そんな気がしはじめると、ぜったいにいるという確信に変わっていった。犯人の情報をなかなか流さない番組に焦れて、「すぐ戻ります」愼之輔はカウンターの内側に声をかけ、赤電話をさがして駆けまわった。

「はい、翡翠飯店」威勢よく電話に出たアルバイトの女の子に、

「モトはいる？」食いつくように訊く。「かあさんを出してくれる？」

「なんだよ、忙しいのに」電話を受け取った母親は迷惑げな声を出した。

「なあ、モトはちゃんといる？　昨日は帰ってきたか？」

「まだ車だよ。強情なんだから。用は何？　モトなら今日はまだだよ」

安堵のあまりその場に頽れそうになりながら愼之輔は電話を切った。

3

狭いというわけではないし、見るべきものが何ひとつないというわけでもない。長春はどちらかといえば大きくにぎやかな町である。

けれど二日も歩きまわれば、良嗣にはもう充分だった。デパートも市場も、ロシア風の

建物も和風の建物も、博物館も公園も、見たいものは何もなかった。

巨大なスーパーマーケットの近くに、これまた広大なフードコートがあり、五元、六元で腹いっぱい食べられるので、このところ良嗣はそこでばかり食事をしていた。その日もその地下のフードコートで土鍋に入った麺を食べ、高級ホテルのバーに向かった。

高級ホテルの地下にあるそのバーが、今のところ、良嗣はこの町でもっとも好きだと思える場所だった。たまたま立ち寄ったのが帰国予定日の夜で、それから三日間、ずっと夜はここで過ごしている。

店は暗く、Oのかたちのカウンターが中央にあり、バーテンダーたちがそこで酒を作っている。奥にはＤＪブースがあり、男女二人のＤＪが大音量で音楽をかけている。七時過ぎはまだ空いているが、時間がたつに従って店は混み合ってくる。きているのはみな若い男女だ。どうやらこのバーは、この町で流行最先端の場所で、お洒落な若者が夜な夜なこぞって集ってくるらしいと良嗣はすぐに理解したのだが、しかし不思議なのは、値段である。フードコートの一回ぶんの食事は日本円にして百円もしない。しかしこのバーのビールなりカクテルなりは、一杯五百円前後する。外資系サラリーマンや観光客ならいざ知らず、バーにいるのは今ふうの格好をした若者ばかりで、そんな彼らがざばざばと杯を空けておかわりをくり返している。良嗣はたった一杯のジントニックで三時間でも四時間でもねばっているというのに、だ。どう見ても二十代にしか見えない彼らは、よほど金持ちなのだろうかと良嗣は不思議に思った。

そんな話を、三日前、ホテルに帰ってから太二郎に話すと、「高度成長期だな」太二郎は得意げな顔つきになって言った。「あのころとおんなじだよ。今のこの国の平均年収はだいたい五万円程度。酒が一杯五百円。明らかにおかしい。でもそんなの、どうってことないんだ。明日のことを憂うなんてこと、ないんだ。あのころだっておれたち、月賦で給料より高い車買ったりスーツ買ったりして、でも来月も給料が入るんだから、なんて安心してたもんだよ。それより、今。今にしがみついてるほうがよほど大事なんだ」最後は例の、先生口調だった。思わず「タイちゃんって給料もらったことあんの？」と訊いてしまった良嗣は、その返答を聞いて驚いた。「うん、ぼく、教師だったから」と、このおじは、言ったのである。良嗣が子どものころに家を出て、帰ってきてからは魂を抜かれたようにテレビを見ていた、このおじが。

八時近くなると、次第に客が増えてくる。暗闇のなか、ジントニックを舐めるように飲み、良嗣は店内を見まわす。新しく入ってきた女の子たちが、テーブル席に知り合いを見つけ、手をふって近づいていく。

この町では最先端の店かもしれないけれど、そのお洒落さが良嗣の気に入ったわけではなかった。このバーには、良嗣がかつて身を浸したことのない種類の活気があった。洒落こんであらわれる男も女も、まさに太二郎の言うとおり「今」におり、その今から先、世界はいかようにも変えられる、だから未来がすばらしくないはずがない、という、ネガティブさのかけらもないような高揚と希望に満ちているように、良嗣には思えるのだった。

だからここに座っていれば、知り合いがひとりもいないにしても、彼らの交わす言葉が一言もわからないとしても、良嗣も浮ついた気分になった。帰国予定がうやむやなままであることも、何ひとつ決まっていない将来のことも、なんだかだいじょうぶだと太鼓判を押されたような気分になるのだった。

「やっぱここにいた、ヨッシー」

背中を叩かれふりむくと、太二郎が満面の笑みで立っている。

「ええ、何しにきたの。もしかしてさがしにきたわけ？」

隣のスツールに座り、太二郎はバーテンダーにビールを頼んでいる。

「このホテルのバーの話をしてたから、一度ぼくも見てみたいと思ってさ。本当に繁盛してるね、若い人ばっかりだ。はいありがと、え、何？　あ、先払い」尻ポケットからしわくちゃの紙幣を出し、太二郎はバーテンダーに渡している。

「今日は何してたの」太二郎が訊く。

「別に。このあたりのショッピングビル見て、ネットカフェいって、そんでここにきた。ばあさん、だいじょうぶかな」

「ぼくとすれ違いに帰ってきてた。めしも済ませたって。ぼくはね、ストリップ見てきちゃったよ。今度いく？」

「こんな遠くまできて、そんなもの見てんなよ」良嗣は肩を落として言った。中国にストリップがあるとは意外だったが、その驚きに上まわって、言葉もできないのにそれを見つけるおじが恥ずかしかった。「ねえ、本当にタイちゃん、教師だったの？　小学校の？」

「高校だよ。高校で国語教えてた」

「高校でえ？　国語お？」良嗣の出した素っ頓狂な声に、斜め向かいの女の子がふりむく。目が合うとにっこり笑いかけてきて、良嗣はどぎまぎとする。「まじかわいい」ついつぶやくと、「うん、かわいいね、男連れだけど」太二郎が賛同する。

「それで、なんでやめたの、先生」

「まあね、向いてなかったんだよ。デモシカ教師だったしね」

なんだかわからない言葉は無視し、「ってことは、タイちゃん、大学出てるわけ」良嗣は思い浮かんだ疑問を口にする。

「出てるさ、そりゃ。東大」

「うっそ」また大声が出てしまう。

「うそうそ。東大は落ちたんだ。第一志望だったんだけどね。学芸大。でもあのころは学生運動が盛んで、東大なんていかなくてよかったんだよ。授業なんてやってないもの。こういうこと言うと、おまえのとうちゃんなんかはすぐ負け惜しみだなんだって言うけどさ、今でもそう思うよ」

ビールグラスをのぞきこみ、独り言のように太二郎はつぶやく。このおじが東大を目指していたこと自体、にわかには信じがたい。嘘かもしれない、と良嗣は思う。見栄をはっているだけかもしれない。

「まさかとうさんも大卒？」そんな話は聞いたことがないが、ふと気になって良嗣は訊いた。

「ううん、あんたのとうちゃんは漫画一筋だったから」

「漫画って」

「漫画家よ、あの人は。漫画家になりたかったの」

これもまた、初耳である。父の漫画好きは知っていたし、翡翠飯店にずらりと並ぶ漫画は父のお下がりだということも知っているが、まさか描いてもいたとは。「想像つかねえ」つぶやいて良嗣はジントニックを飲み干す。

「きみたちがちいさいころ、よくお絵かきしてくれたろう」のんびりと太二郎は言う。そう言われてみれば、翡翠飯店の油じみたテーブルで、アニメのキャラクターを描いてくれたことがあったなと、良嗣は思い出す。

また新しい客が入ってきて、背後で歓声がわく。音楽がひときわ大きくなり、ＤＪブースのそばにあるステージにマイクを持った若い男が立つ。英語のロックを歌い出す。店をぐるり見まわしてみると、すでにほとんどの席が埋まっている。

「ねえタイちゃん。タイちゃんたちにはもっとたくさんきょうだいがいたろ？」ずっと気になっていたことを、良嗣は口にした。

「ああ、そうだねえ。会ってないきょうだいもいるけど」

「会ってないって」

「ぼくが生まれる前に死んだんだよね、ものごころもつかないころね」

「弟もいたんじゃない？」

「うん、いた」

「その人はどうしたの？」

歌が終わり、まばらな拍手が起こる。太二郎はひときわ大きく手を叩いている。今度は店の真ん中あたりにスポットライトがあたり、ミニスカート姿の若い女がマイクを持ってあらわれる。どうやら歌謡ショーの時間らしかった。

「ばあさん、帰りたくないって言いだすかな」

ミニスカートから伸びる女の子の脚をじっと見据え、太二郎は良嗣の耳に口を近づけて言う。

「えっ、そんなこと言うかな。そしたらどうするよ」

「そしたら置いて帰るしかないだろうね。それともくっついてこっちにいるか。ま、それもいいな」

太二郎はそう言うと、さもおもしろい冗談を言ったように天井を向いて笑った。

十一時過ぎ、良嗣は太二郎とともにバーを出た。バーはさらに活気づき、座れない客は立ったまま、酒を片手に怒鳴るようにして会話していた。おもては静かで、ショッピングビルのネオンは消え、数少ない街灯が白々とした光を投げているきりだ。バーが異次元に感じられるほど、町にはひとけがなく、静まり返っている。

「ばあさん、毎日どこにいってるんだと思う？」太二郎と並んで歩きながら良嗣は訊いた。

「知り合いをさがしてるんじゃないの。こっちに住んでたときの知り合いを」

「見つかるかな、狭い町でもないのに」

「まあ、無理だろうね。そもそも生きてるかどうかもわかんないよ。諦めることになるだろうけど、さがすなとは言えないもんね」

車の通らない車道に、アーチのように垂れ幕がかかっている。「偽《ぎ》満《まん》皇宮博物院」と書かれている。こちらの方角にいけば博物院があると知らせる垂れ幕である。

この町はガイドブックにも標識にも案内にも、偽という文字が氾濫している。偽満州国務院、偽満州軍事部旧址。その文字を見て良嗣が思うのは、おぼろげにしか覚えていない歴史ではなく、「私らだってぜんぶ嘘っぱちだったように思えてくる」という祖母の声だった。思い出すことぜんぶが嘘っぱちだったような気がするんだよ。祖母はそう言っていた。

祖母の言う言葉を、もちろん良嗣は正確には理解できない。自分の過去が嘘っぱちだったように思えたことはただの一度もない。小学生のときのことは今すぐに思い出せるし、記憶より正確な写真もビデオも残っている。けれど想像してみると、それはずいぶん心許ないことだろうと良嗣は思う。自分の記憶のある部分が、まったくの嘘っぱちに思えるのだとしたら、それはずいぶん心細く、頼りないことだろうと。

太二郎の言うとおり、祖母はだれかや何かをさがしているのだろうか。それとも、嘘っぱちではなかったと思えるような証拠がほしいのだろうか。偽という文字のあふれるこの町で、さがしているものがなんにせよ、見ようとしているものがなんにせよ、祖母はそれを見つけることができるのだろうか。

「ちょっと待って」

太二郎はふいに立ち止まり、塀に向かって立ち小便をはじめる。

「ちょっと、もうやめてよ、タイちゃんは日本の恥だよ」

夜に響く自分の声が意外に大きく、ああ、ずいぶん酔っているんだなと良嗣は気づく。

「モトはね」小便をしながらささやくように太二郎が言う。「モト、あんたのにいちゃんじゃない、基三郎ってぼくの弟はね、さっき訊いたでしょ、弟はどうしたのかって。モトは死んじゃったんだよね」

4

慎之輔が翡翠飯店に戻ったのは、七一年の暮れだった。美津江が出ていってほぼ二年、いっしょに住んでくれる新しい恋人も、家賃を折半する同居人もあらわれなかった。美津江が出ていってから一念発起し、幾度か漫画を掲載してくれた担当者に頼んで漫画家を紹介してもらい、アシスタントに入った。今まで慎之輔の漫画家仲間は、アシスタントなんかやったら最後だ、アシスタントの将来はアシスタントのプロになるだけだと言っていて、だれもアシスタントになろうなどとはしていなかったのだが、そんなことを言っていただれも彼も、もう漫画を描いている仲間自体いなくなっていた。

アシスタントはまるで階級制で、新入りの慎之輔は下の下、漫画家先生に会うこともめったになかった。数人で和室に向かい合い、中の身分のアシスタントから下される指示通り、背景を描いたり墨を塗ったりする。週に二日は必ず泊まり込みの徹夜で、時間拘束が長いわりには給料は安かった。食事が出るのだけがありがたかった。

交通整理や清掃のアルバイトをするよりは、他人の作品だって絵を描いていたほうがよほど勉強になるし、運が良ければ多数の出版社の編集者と知り合いになれるだろうと、当初慎之輔はかんたんに考えていたが、二年近くたってもまだ慎之輔は下の下で、当の漫画家先生と口をきいたのは数えるほどだった。給料はほとんど家賃に消えていった。週に五日しか帰らないアパートの家賃に。そんな生活がふいに馬鹿らしくなって、衝動的に慎之輔はアシスタントを辞めてしまった。引き留められることも、残念がられることもなかった。希望者はごまんといるのだろうと思った。

帰ってきてもいいだろうかと、おずおずと父親に相談すると、「モトの部屋を使え」と父は一言言った。店の裏にはまだバンが放置されているが、基三郎は友人の家を泊まり歩いてほとんど帰ってきていないらしかった。家族の揃う正月も、基三郎は帰ってこなかった。

慎之輔は店を手伝うでもなく、手持ちの金が心許なくなれば友人のツテをたどってアルバイトに出かけて暮らしていた。漫画は、描こうと思ってもアイディアがまったく出ず、昔描いた漫画の細部を変えて描きなおしてみたりするものの、出版社に売りこみにいく気力はすでになかった。去年大学を卒業した太二郎は教職に就き、目黒区の高校で国語を教えており、今日子は今もデパート勤務を続けている。「二人とも生活費を入れてるよ」と母親に嫌みを言われながらも、慎之輔はただ飯を食らい続けていた。

基三郎がふらりと帰ってきたのは正月気分もすっかり消えた二月で、どうやらテレビが見たくて帰ってきたらしく、食堂に置いてあるテレビの前に一日かじりついている。テレビでは、連合赤軍が人質を取って立てこもった山荘が映っている。一日することもない慎之輔も、食卓について基三郎といっしょにテレビを眺めていた。

「こいつら、馬鹿だよなあ」慎之輔が話しかけても基三郎はふりむきもせず画面に見入っている。「なあ、おまえがやってる活動ってのはこういうのとは違うんだろ？　おまえ、まだやってるの？」

「ぼくはセクトに属してないって前に言ったじゃん。赤軍系とは関係もないよ」後ろ姿が答える。

太二郎も今日子も、このニュースにだけはなぜか興味を持ち、帰ってくると必ずテレビの前にはりついて、続報が流れるのを待った。店を終えた父と母も、ビールを飲みながら夜のニュースにチャンネルを合わせる。店を閉めてからニュース番組が終わるまで、だから藤代家の食卓には家族全員が集まっていた。何を話すでもない、ただそれぞれテレビに見入る。二月二十八日は、父親は昼の混雑が一段落つくと店を閉め、朝からはじまった特別番組を見ていた基三郎と慎之輔を驚かせた。今日子も太二郎もいつもより早く帰ってきて、テレビの前に座った。

この数日のことを、慎之輔はのちのちまで思い出すことになる。藤代家の全員があんなにも長い時間ともにいたのは、このときが最初で最後ではなかったかと思うのだった。しかも、父も母も今日子も、自分だって、連合赤軍が何かちっとも知らないのだ。しかもそれぞれ考えていたことはまったく違うだろう。母は、犯人の母親が説得を試みる場面で洟をすすり、基三郎は鉄球が山荘の壁をうち砕くとき「ああっ」とちいさく叫んだ。

何が起きているのかわからないテレビを見るためだけに、無言で肩を寄せ合っていた家族の姿を、その後、まるでよそ行きを着て写真館で撮った家族写真のように慎之輔は思い出すのだった。

犯人たちが逮捕されたその日の夜、自身では意識していないのによほど気持ちが昂ぶっているのか、まったく眠ることができず、慎之輔は起きて階下に向かった。カップラーメンか何かで腹を満たせば眠れるだろうと思ったのだった。階下に下りると、明かりの消えた暗い部屋に、冷蔵庫の橙色の明かりだけが漏れていて、慎之輔はぎょっとする。戸を開けた冷蔵庫の前には基三郎が立っている。どうやらおなじことを考えたらしい。慎之輔は冷気を浴びている弟の隣に立つ。

「何かあるか」

「シンちゃん、おでん食べにいかない」その場に立ったまま、基三郎は眠っているようなぼんやりした声を出した。

「こんな時間、もうどこも閉まってるよ」すぐ食べられそうなものは、ハムと六Pチーズ、豆腐くらいしかない。慎之輔は冷蔵庫を閉め、流しの下の戸を開ける。カップラーメンや乾麵、缶詰が入っている。

「駅のほうに屋台が出てるよ、おでんの」基三郎は冷蔵庫の前から動かない。

「カップラーメンあるぞ」着替えるのも、寒いなかに出ていくのも面倒な慎之輔は、やかんに水を入れてガスをつける。

「それか、動物園いこうか」基三郎はまだ寝ぼけたような声で言う。実際、寝ぼけているのだろうと思った慎之輔は、笑った。

「そういや、昔、いったな」

カップラーメンに湯を注ぎ、それぞれに割り箸を置いて、食卓に座る。

「三分たったぞ」声をかけると、基三郎はおとなしく席につき、カップラーメンを食べはじめた。麵をすする音だけが、暗い食堂に響く。

「ああやって終わるのが関の山なんだから、おまえももう、いい加減卒業しろよ、革命だとかなんだとか。やっぱ、仕事見つけないとな」

「うん、そうだね」基三郎はうつむいて麵をすすりながら、ちいさな声で言う。

「おれが言うのもなんだけどな。おれは店でもつぐかな」

「シンちゃんは漫画があるよ、だいじょうぶだよ」基三郎は言って、カップを持ち上げ汁を飲み干す。

「部屋で寝ろよ、おれがいるのがいやなら、おれ、ここで寝るし」

基三郎は慎之輔ににっこり笑いかけると、席を立ち、カップを流しに置いて玄関から出ていった。バンで眠るのか、それとも、友だちの家にいくのだろうかと思いながら、慎之輔はあとを追うことをしなかった。食べ終えて流しにいくと、汁の一滴まで飲み干した空のカップがひっそりとそこにあった。


基三郎が死んだのは、その年の夏だった。

暑さで何もする気がせず、慎之輔は畳に寝ころび、蟬の声を聞くともなく聞いていた。階段を上がってくる足音がし、続いて襖がそろそろと開かれる。母親がぽかんとした顔つきで立っている。

「何、出前?」手伝いを頼まれるのだろうと思った慎之輔は面倒そうに訊いた。

「今、へんな電話があって」

「いたずら電話?」

「かもしれない。警察だって言うけど嘘かもしれないよね」

「警察がなんだっての」

「モトが死んだって言うんだけど、嘘かもしれないよね」母は笑おうとしたらしいが、顔が引きつっただけだった。

「はあ？」

「きっと嘘だよ。いたずら電話だよ。ただ、板橋の病院にね、確認にきてくれって言ってるから、嘘に決まってるんだけど、あんた、いってきてよ」

意味がわからず、寝転がったまま慎之輔は母を見上げる。慎之輔を見下ろす母の顔には表情がなく、深い空洞のように感じられ、慎之輔はあわてて起きあがる。

「どこの病院よ」

「ほら、ここ。嘘に決まってるんだけど、こいって言うからね。まったく悪質ないたずらがあったもんだよ」母は出前のメモを取る紙を慎之輔に押しつけた。のたくった字で病院の名と住所が書いてある。財布をジーパンの尻ポケットに入れ、慎之輔は部屋を飛び出した。

板橋の病院までどのようにしていったのか、またそこからどのようにして帰ってきたのか、慎之輔はまったく覚えていない。ただ覚えているのは損傷が激しいためほとんどシーツでくるまれて、全身を見せてもらえなかったその亡骸《なきがら》が、たしかに基三郎であったことだけだった。近くの団地から飛び降りたと聞かされた。団地の屋上には靴が揃えてあり、靴の下には封書が置いてあったので、一応事件性も考慮して司法解剖の必要があるけれど、自殺と見て間違いないと聞かされた。渡された封書はすでに開封してあった。手が震えてなかなか便箋を取り出せなかった。「ごめんね」と一言、書いてあった。見覚えのある、基三郎の字だった。

翡翠飯店の前に立ち、両親になんと告げたものかと慎之輔は考える。死に顔を見たばかりだというのに基三郎の死はまったく現実味がなく、悪質ないたずらをされた気分だった。そもそも理由がわからない。基三郎は二月以降も、たまに家に帰ってきていた。今どんな漫画を描いてるの、と慎之輔に訊くのは基三郎だけだった。定職がないのは基三郎と慎之輔だけだったので、基三郎がいると気が楽だった。働き口をちゃんとさがそうかな、と慎之輔が漏らすと、シンちゃんには漫画があるじゃない、と言った。そうだ、最後まで、そう言っていたのだ。

ガラス戸を通して店内の様子が見える。客が数人いる。アルバイトの女の子が料理ののった皿を運んでいる。ガラス戸を開け、爪楊枝をくわえた男が出てくる。ありがとうございましたァ、と言う母と女の子の声が聞こえる。盆を持った母がテーブル席の皿を片づけにきて、そして店の外に立つ慎之輔と目を合わせる。母は動きを止め、ガラス戸越しにじっと慎之輔を見つめる。慎之輔も母を見つめた。なんと言えばいいのか。いっそいたずらだったと言ってしまおうか。基三郎は今までだって家を空けがちだったのだから、帰ってこなくても両親は不思議に思わないだろう。どこかで勝手に生きていると思わせておいたほうがいいのではないか。母はその場から動かない。じっと慎之輔を見つめ、表情のない顔のままでゆっくりとひとつうなずいた。

店に入り、慎之輔はうなだれてカウンターに座る。父も母も何も言わなかった。客が食べ終えて出ていくと、女の子と母は声を合わせてありがとうございましたァと言った。慎之輔がカウンターでうなだれているあいだに、じょじょに店は混みはじめ、やがて落ち着き、「お先に失礼しまーす」と言う女の子の声が聞こえた。顔を上げ外を見遣ると、すっかり暗くなっている。父が三人ぶんの料理をカウンターに並べ、母が看板の明かりを消す。カウンターに並んで三人で掻きこむように食事をする。皿を空にして立ち上がった父は、厨房に入りかけ、そのままその場にしゃがみこんだ。倒れたのかと思った慎之輔は、あわてて立ち上がりカウンターからのぞきこむ。父は濡れた床に突っ伏して泣きはじめた。吠えるような声が店に響く。暖簾から太二郎が顔を出す。母が立ち上がり、父のわきにしゃがみこんで、子どもをあやすように父の背をさする。そんな父を、そんな母を、慎之輔ははじめて見た。

折り重なるような二人の姿を見つめる慎之輔の目に、空のカップラーメンの容器がくっきりと浮かび上がる。その瞬間、慎之輔は理解する。弟が死んだことを、この世のどこにももう基三郎がいないことを、いきなり現実味を持って理解する。あわてて両手を口に押し当てる。そうしないと、叫び出しそうだった。父のように声を上げて泣き出しそうだった。

人、人、人で、肝心のパンダなどちっとも見えやしない。その人の塊に向かって、立ち止まらないでくださいと係員がひっきりなしに呼びかける。のそのそと動く塊のなか、慎

之輔は背伸びをして、檻までどのくらいか確認し、

「もうちょっとだよ」隣にいる母に言った。

十月にやってきたパンダを見たいと言いだしたのは母だった。基三郎の葬式以来、急に老けこんだ母が何かをしたいなどと言うのははじめてで、なぜパンダなのかと奇妙に思わないでもなかったが、十一月の第二日曜、慎之輔は母と連れだって動物園にやってきたのだった。

ようやく檻の前まできたが、ガラスばりの檻まで人がぎっしりいる上、後ろから押されるようにして歩かねばならず、パンダをゆっくり眺めるのは無理そうだった。人と人の隙間にちらりと白と黒の毛が見え、「あっ、見えた見えた！」慎之輔は思わず叫び、「ほら、かあさん、こっから見てみ」指をさす。母は人の波に押されながら首の角度を変えている。

「見た？」ようやく列から解放され、慎之輔は母に訊いた。

「見た、見た」本当に見えたのかはわからないが、母は幾度もうなずいている。

「もう一回並ぼうか」

「いいよ、もう見たからいい」空いているベンチをさがして母は座りこみ、「ああ、疲れた」空を見上げて言う。子どものころ、母ときょうだいとでここにきたことを慎之輔は思い出す。基三郎と、夜に忍びこんだことも。美津江ともきた。月日は流れている。

「あの子を北朝鮮にいかせるべきだったかね」ふと母が言う。「いきたいって言うんだから、いかせるべきだったかね」

「そんなことないよ」慎之輔は強く否定する。

そうじゃない、あのとき、基三郎に誘われるままおでんを食べにいっていたら。深夜の動物園にいっていたら。幾度も思ったことを、慎之輔はまた、思う。北朝鮮なんて関係ない、自分があのとき話を聞かなかったから。結局、なぜ基三郎が自殺なんかしたのか、だれにもわからないままだった。ごめんねと書かれた遺書を、慎之輔は父にも母にも見せていない。

「ねえ」ふいに母が正面から見据える。「国交が正常化したら、いつでも中国にいけるの？」

「ああ、うん、そういうことだね」母が何を訊きたいのかわからないまま答える。「いきたいの？」

「私じゃなくて、モトを連れていってやりたかった」

「中国に？　なんで？」

「北朝鮮だって中国だっておんなじようなもんだろ。あの子は遠くにいきたかったんだから」母はパンダ舎前の人だかりをまぶしそうに見つめて言った。

母も自分も、もしかして父も、一生後悔していくのかもしれないと慎之輔は思う。あのときこうしていれば。こうしていなければ。生きていくということは、人とかかわるということは、この苦い後悔を増やしていくことなのかもしれない、と。

第八章

1

日中国交正常化の記念として、二頭のパンダが中国からやってくるほぼ二カ月前に基三郎は死んだ。基三郎の死はいろんなことを変えたと慎之輔はのちになってから幾度も思ったが、もっとも変わったのは自分自身だった。

まず慎之輔は、漫画の道具をすべて処分した。漫画への未練はあった。なまじ幾度か漫画雑誌に掲載されたものだから、諦めきれない思いは胸の内にくすぶり続けてはいた。けれどいっさいやめる、と慎之輔は決意した。

基三郎の死後、父や母は惚《ほう》けたような顔つきでいることが多くなった。店は相変わらず繁盛していたし、二人は今までどおりきりきり働いているが、ふとした瞬間、口を開けて宙を見つめている。心というよりは体のどこかにぽっかりと穴が開き、すうすうと風がつねに通り抜けているような感じなのだろうと慎之輔は想像した。自分がそうであったから。

その穴が開いてから、能動的に何かをやろうという気が起こらなくなった。それまでも、意欲的だったとはとても言えないが、それでもいつか漫画だけで食べていくのだという志が、慎之輔にはあるにはあった。電球がぱちんと切れるように、それが消えた。

同時に、もう逃げることは許されないのだという思いも生まれた。繁子からのサインも、美津江からのサインも、わざと聞き逃したのだと、認めざるを得なかった。そればかりではない、もっとも好いていた弟からのサインだって気づきもしなかったのだ。何からも逃げる、と今日子は言ったが、そのとおりだと今、慎之輔は苦く痛い後悔のなかで思うのである。そういうことはもう許されるはずがない、と慎之輔は心底思った。

志が消えた、ということと、逃げないと決めた、ということは、慎之輔のうちで何も矛盾していなかった。長く持ち続けていた夢ではなく、そこからつねに逃げだそうとしていた現実に向き合わねばならないらしいと、実感として気づきはじめていた。

大晦日はせわしなかった。大掃除や歳末セールでてんてこ舞いの近隣商店や中小企業から、ひっきりなしに出前の電話がかかり、年越し蕎麦のかわりにラーメンを食べに立ち寄る客も多かった。店の手伝いを嫌う今日子も母親のエプロンをかけ、アルバイトの女の子とともに店を走りまわり、どういう風の吹きまわしか、理屈を並べ立てて一度も手伝いをしたことのない太二郎まで、自転車にまたがり出前を届けにいった。実家に戻ってきて一年になる慎之輔も、厨房に入り肘まで泡だらけにして食器を洗い続けた。

テレビの騒々しい音声、新年を待つ浮き足だった客たちの声、食器のぶつかる音、父と母が料理の順番で短く罵り合う声、疲れただるいとひっきりなしの今日子のつぶやき声、注文を叫ぶアルバイトの女の子の甲高い声、それらの合間に沈んでいくように慎之輔は黙々と食器を洗い、そして、この店を継ぐか、と考えた。ここでずっとこうして背を丸め、食器を洗い、親父のようにフライパンを振るい、店じまいをしてビールを飲んで、そうして暮らしていくか。それは今まで思い描いていた暮らしと気が遠くなるほど異なって、地味で貧乏くさくてよろこびやたのしみの一片すら見つけられそうになかった。ここでの生活に、かつても今もほしいと思うものなどひとつもないように、慎之輔には思えた。

慎之輔は顔を上げ、客でにぎわうフロアを眺める。かろうじてまだ新しいといえる店内に、かつての薄汚れた店が重なる。そのなかを、ちょこまかと動きまわっていた基三郎の姿がゆっくりと浮かび上がる。かかとを持ち上げて客に酌をし、飴玉をもらい、その飴玉を兄や姉に分け、ときには客の隣にちょこんと座って大人のように話に混ざっていた、ちいさな弟。

逃げちゃいけないのだと、慎之輔はあらためて思う。よろこびもたのしみも一片もないとしても、ほしいものなど何ひとつないとしても、地味で貧乏くさいここから逃げちゃいけない。

その日は出前が十一時を過ぎても続き、店を閉めたのは十二時近くだった。アルバイトの女の子は十時には上がってもらっていた。だれも夕食をとっておらず、一様にへとへとだった。まだ片づけきらない店内で、それぞれ思い思いの場所に座り、新年を迎えた境内の様子を映すテレビを見上げ、父親が手早く作った中華丼をむさぼるように食べた。今年は喪中で、門松も注連縄《しめなわ》も飾られていない。

「おれ、決めたんだけど。この店、おれ、手伝うから。それでゆくゆくは継ぐから」

中華丼の器をさげ、冷蔵庫からビールを一本取りだしてカウンターの席につき、慎之輔は言った。声がうわずるほどの一大決心を口にしたつもりだったのに、

「料理ひとつできねえで、何が継ぐ、だ」テーブル席でやはりビールを飲みはじめている父に一笑に付され、

「シンにいちゃん、今日お皿何枚割ったのよ」今日子には呆れられた。さらに、

「逃げ場があってよかったな。ここならぶらぶらしてても食うに困らないからな」太二郎が馬鹿にしたように言い、さすがに慎之輔はこれにはかちんときた。自分は逃げないと決意したからこのおもしろみもない場所を選んだのだ。なのに、逃げてきた先がここだと決めつけてやがる。

「おい、おまえ」コップのビールを飲み干し、慎之輔は立ち上がる。「おまえ、いつも偉そうだけど、なんなんだよ。大学出がそんなに偉いか。教師がそんなに偉いかよ。おまえ、庭に放置してある車見て胸が痛まないか」背後のテーブル席に座り、まだぐずぐずと食事を続けている弟を見下ろし、慎之輔は言った。

「やめてよ」今日子がうんざりした声を出す。

「モトに出ていけといったのはおまえだろう。そんなこと言わなけりゃ、あいつは死ななかったかもしれないって、おまえ考えたことないのかよ」

八つ当たりだとわかっていた。わかっていたが、腹が立った。母も自分も、もしあのときこうしていればと、苦しみもがくように自分を苛んでいるというのに、どうしてこの男はそういう感情と無縁なのか。家を出ていけなどと言わなければと、ひとかけらでも思うことはないのか。

「出ていけなんておれは言っていない。アジトにするなと言ったんだ」

「だからそんなことを言わなければ」

「シンにいちゃんだって！」今日子が割って入る。「何度モトと話したの。私頼んだよね、話を聞いてあげてって」

「いつも部屋にこもって馬鹿でかい音でエレキ聞いてるんだったら、おまえだって話す時間くらいあっただろうが。腫れものにさわるように避けてたじゃないか、モトのこと」

ああ違う、こんなことを言ったってモトは帰ってこない、わかっているのに慎之輔はやめられなかった。だれかの、何かのせいにしたかった。あのときおでんを食べにいっていれば、動物園にいっていれば。寒いし面倒だなんて理由で、断っていなければ。切れ目なく浮かび上がる後悔を、だれかと分かち合いたいのだった。のしかかる重荷をともに持ってもらいたいのだった。

「私はモトがわかんなくてこわかったの！　あんな天使みたいだった子が活動なんかはじ

めてこわかったの！　シンにいちゃんなら男なんだし長男なんだから、あの子の話を私よりはわかると思って、それで」

ほとんど泣き叫ぶような声で今日子が言ったとき、厨房で幾枚もの皿が割れるような派手な音が響いた。慎之輔は驚いて振り向き、カウンター越しに厨房をのぞきこむと、母が背を丸めて割れた食器を拾い集めているところだった。

「おい、平気かよ」慎之輔も急いで厨房にまわりこみ、しゃがんでいっしょにかけらを拾う。ちらりと母を見ると、耳の縁まで真っ赤にして口を引き結んでいる。手をすべらせたのではない、ぶちまけて割ったのだとわかった。

「悪かった」ちいさな声で慎之輔は母に告げる。黙々とかけらを集める母は何も答えない。店は営業時間の喧噪の余韻を吸いこむように静まりかえり、除夜の鐘が遠く聞こえた。

どこかいきたいところはあるかと訊くと、中山《なかやま》文江は上野動物園と答えた。パンダを見たいのだと言う。それで慎之輔は新宿から山手線に乗り、上野を目指した。山手線に乗りこむやいなや、「あー、肩凝った」と文江はもらし、あわてて窺うようにこちらを見るので、慎之輔は噴き出した。「だって、滅多にいかないところだから」文江は肩をすくめて言う。

「ホテルなんかにするんじゃなかったかな。おれも疲れた」吊革につかまって慎之輔は言う。

「でも、新宿生まれなんだから、いき慣れてるんでしょ」

生まれたのは大陸だと思いつつ、面倒なので訂正せず、「まさか。生まれてはじめて入った」とだけ、答える。「ホテルいくっつったら、おふくろ、便所からトイレットペーパー盗んでこい、だって」そう言うと、文江は声をあげて笑った。巨大な穴ぼこのようだった浄水場跡に、数年前建ったばかりのホテルに、たしかに今日はじめて慎之輔は足を踏み入れた。デートのために。

店を継ぐと宣言した今年のはじめ、そのときはだれもが本気にせず、食い扶持《ぶち》に困ったから言い出したのだろうとしか思っていなかったようだが、翌月から早速、慎之輔は高田馬場にある中華料理屋で働きはじめた。調理師専門学校にいけば試験を受けずとも調理師免許は取得できるらしかったが、その費用をまかなえるはずもなく、両親に頼むのも気がひけて、結局、試験のための勉強をしながら、二年間他店で働くことにしたのだった。この汚い店だが翡翠飯店の倍ほどの大きさがあり、客に学生が多いせいか、揚げものばかりのせたスタミナ定食だの、辛さの調節ができる麻婆丼だの、目新しいメニュウが多かった。上下関係がやけに厳しく、新米の慎之輔は大学生アルバイトにもこき使われ、最初は屈辱的な気分を味わっていたのだが、しかし次第にその屈辱が、年末の決意と分かちがたく結びついてきた。屈辱を覚えれば覚えるほど、決意が現実化していくような、あまやかな錯覚があった。

ある日、女の子ばかりのグループに、注文の品を運んでいくと、そのなかのひとりが

「これ」と手紙を差し出した。テーブルの全員が含み笑いで目配せをし合っている。店にくる若い女性客は、近くの短大か私立大の女子学生が多く、インテリでいけ好かないと慎之輔はつねづね思いこんでいたから、彼女たちがそんなふうに自分をからかっているのだと信じて疑わなかった。「もしよければ今度お茶等ごいっしょしてください　中山文江拝」と書かれた短い手紙を読んですら、馬鹿にしてると憤慨した。当然、無視した。

ところが数日後、今度は彼女がひとりであらわれた。注文を訊きにいった慎之輔をじっと見据え、

「覚えてない？」と訊く。

「このあいだの」手紙の、と言おうとすると、彼女は上目遣いに慎之輔を見、

「いざ、たたかわん、いざ、ふるいたて」とちいさく歌い、鼻のあたまにしわを寄せて笑った。

「あ！」慎之輔は大きな声を出した。パーマヘアで薄く化粧をした若い女は、短髪の高校生みたいな女の子に重なった。新宿西口広場の集会で出会った、浪人生の彼女だった。

無駄口を叩いていると叱られるので、慎之輔は注文を聞いて厨房に戻り、その品を運ぶついでに、次の日曜日の約束をとりつけたのだった。

そのとき慎之輔が指定した待ち合わせ場所は、足を踏み入れたこともないホテルの喫茶室だった。五年ぶりに再会した彼女は、なんだかやけに大人びて見えたし、おそらく近所の私立大生なのだろうと推測した。それで慎之輔は、見栄をはってホテルの名を口にした

のだった。

喫茶室で、慎之輔もぎこちなかったが、文江も落ち着かない様子だった。慎之輔はテーブルに盛大に砂糖をぶちまけたが、文江はミルク入れを倒した。「あの、ここを出て、どこかいこうか」と慎之輔が言うと、文江ははじめて会った、十代のときのままの顔つきになり、動物園にいきたいと言ったのだった。

二年浪人したあと、私立大の文学部に入学したのだと電車のなかで文江は話した。一年目は学生運動を再開したものの、ばかばかしくなって二年の途中でやめ、けれど一年時に夢中になりすぎたせいで単位が足りず、一年の留年がすでに決まっているのだと文江は話した。

「女のくせに、二浪一留なんて冗談じゃないって、親にさんざん叱られた。女のくせに、ってうちのおや、すぐに言うの。古いんだよね、頭が」

文江は窓の外を見て笑う。

「なんでばかばかしくなったの」慎之輔は訊いた。その質問は言い換えれば、なんで基三郎ははばかばかしくならなかったのだろうかということだった。

「呆れない？」と確認したあとで、文江はうつむき、「リーダー役みたいな人にあこがれていたんだけど、その人、女性リーダー格の人とずうっと交際していたの」と早口で言い、「そういうのってなんか馬鹿みたいでしょ」と、つけ加えた。

夏に戻ったような気候だった。ちょうど前年の今ごろ、母親をここに連れてきたことを思い出しながら、慎之輔は入場門をくぐる。パンダの檻の前にはまだ人だかりができている。パンダはあそこにいると告げると、え、ほんと、とつぶやくやいなや、慎之輔がいることなど瞬時に忘れたかのように、文江は人混みに向かってターッと駆けだしていった。シャツの背が風にふくれ、幅の広いジーンズがぱたぱたと波打つ。木々の葉は黄色く変色し、ゆるやかな風に細かく揺れて、無数の光を発散させているようだった。屋台の焼きもろこし屋から甘い醤油の香りが流れてくる。文江は果敢に人混みのなかに入ってゆき、それを見送って慎之輔は、ふと、だいじょうぶだと思う。思った次の瞬間、何がだ？　と自問自答する。基三郎は帰ってこない。自分は漫画家になれなかった。二年ののち、調理師免許が取れるかわからない。文江だって、なつかしくて声をかけてきたが、恋人になってくれるはずもないだろう。なんたって、有名私大に通っている女子学生なのだ。繁子とも美津江ともまともにつきあえなかった自分に、恋人なんて今後できないかもしれない。まして結婚なんて遠すぎる話だ。地味で貧乏くさい、退屈な毎日がひたすら続いていくんだろう。

でも、だいじょうぶだ。なんとかなる。その気分は、不思議と消えることなく、体の奥深くから炭酸水みたいにあふれ出してくる。その勢いとやわらかな強さに、慎之輔自身がたじろぐ。目を凝らすが、文江の後ろ姿はもう見えない。

2

四年制大学に通う文江とは、月に一、二度、店が休みの日に出かけていたが、自分たちが恋愛関係にあるのか否か、慎之輔にはよくわからなかった。そもそも新聞社に就職を希望している文江が、高卒で就職経験もなく、二十代も半ばを過ぎて未だ修業中の自分を、真剣な交際相手と考えているはずがない。めずらしい男友だちのひとりとしか、見ていないのだろう。

文江は美津江や繁子とは違い、女らしい魅力に乏しかった。親しくなるにつれて、遠慮や恥がなくなって、大口を開けて笑い、慎之輔の背を思いきり叩き、用を足しにいくときわざわざ「おしっこしてくる」と断る。どれだけ飲んでも酔っぱらわず、ときに慎之輔には理解しがたい難解な話をしはじめる。最近話題になっているスプーン曲げの真偽について夢中で話しはじめたり、田中角栄批判をはじめたりする。幾度か翡翠飯店に連れてきたこともあって、女子学生をからかうつもりだったのか、ウーマンリブについて太二郎が議論をふっかけると、堂々とそれを買い、買ったものの言い負かされそうになって「童貞野郎がいっぱしのこと言うな」と、子どもじみたことを臆面《おくめん》もなく言っていた。それで太二郎がたじたじとなったのは慎之輔には小気味よかったが、そんな文江は恋愛という言葉から、かけ離れているように思えるのだった。

けれどやっぱり文江と会い続けたり、自宅に連れてきたりするのは、彼女に惹かれてもいたからだった。言葉にして考えることはなかったが、文江の堂に入ったおおらかさ、何か芯の太さといったようなものが、そこに在るというだけで慎之輔は妙な安堵を覚えるのだった。

文江と体の関係をはじめて持ったのは、上野動物園のデートから四カ月後、新しい年になってからだった。帰省から戻ったという文江と、アルバイトの終わる時間に待ち合わせて飲みにいき、二軒目でどぶろくを飲み、三軒目でウイスキーを飲み、しこたま酔った慎之輔は、それでも帰れないこともないくらいには醒めていたのだが、文江を大久保の連れ込み旅館に誘ったのである。連れ込みなんかいやだ、下宿ならすぐそこだと、文江は自分の住まいに慎之輔を連れ帰った。男子禁制の女子寮で、慎之輔は一階の文江の部屋に、窓から忍びこまなければならなかった。文江にははじめての経験ではないらしいと、その日、慎之輔は知った。

それから幾度か、関係を持った。好きだ、愛していると言い合ったことは当然ないが、断らないのだからそういうことなのだろうと慎之輔は思っていた。毎回ほかの女子学生たちが静まりかえった夜更けに、こそ泥みたいに忍びこまなければならないのが難儀ではあったが、そんなことももときには興奮的に楽しかった。眠りこんでしまった朝方、文江のスカーフを頭に巻き、ウエストがゴムのスカートを借りて脱出したこともある。

文江が翡翠飯店に遊びにきて、今日子や両親と談笑しながらビールを飲んでいるとき、この女と結婚したらうまくいくのではないかと慎之輔は夢想したが、けれどあり得ないことだった。ウーマンリブを気取る文江は、自分がはじめての男というわけではなかったし、きっと大学卒業まで遊びでつきあおうとしているのだろうと、慎之輔はいじけて考えた。希望通り新聞社に入社したら、無学な自分なんかさっさと捨てられ、文江は高給取りのインテリと交際をはじめるのだろう、と。

文江が翡翠飯店を訪ねてきたのは、夏の盛りの土曜だった。母親に呼ばれ、慎之輔が店に下りていくと、昼も過ぎて客もまばらな店のカウンターに、めずらしくワンピース姿の文江がいた。カウンターには手みやげらしき包みが置いてある。慎之輔を見ると文江は鼻の頭にしわを寄せてにっと笑った。そして鼻の頭の汗を拭くこともなく、「赤ん坊ができたよ」と、慎之輔に向かっていきなり言った。カウンター越しに水を渡そうとしていた母は動きを止め、厨房にいた父は勢いよく慎之輔を振り返った。店はしんと静まり返る。テーブル席でラーメンをすすっていた会社員ふうの二人連れが、興味を隠せずにちらちらこちらを窺うのを慎之輔は頰で感じる。

「申し訳ない！」店内の静けさを破ったのは父親の怒鳴るような声だった。カウンターに手をつき、深々と頭を下げて父はもう一度「申し訳ない」とくり返し、立ち尽くす慎之輔に近づいてきて、拳固で頭を思いきり殴った。イテッ、と背を丸め頭をおさえた慎之輔に、父の言葉が降ってくる。

「こんな未来のあるお嬢さんに、テメエ何したかわかってんのか！　学もねえ、職もねえくせに、いっぱしのことだけはしやがって！　テメエ、いつになったらこういう馬鹿をやめるんだ！　他人の人生、いくつめちゃくちゃにすりゃ気が済むよ、おい！」

あの、と声を出そうとすると、もう一度拳固が飛んできて、かたくつぶった目に火花が見えた。

「やめてください。私、人生をめちゃくちゃになんてされていませんから」やけに堂々とした声で、文江は言った。「赤ん坊は二月に生まれます。それまでに結婚すればいいんです」

頭を抱えた腕のあいだから、慎之輔は文江を見た。まさか。どうしたんだ、この女。卒業は来年の三月だろう。新聞社に入って、男性優先社会をうち砕《くだ》くんだ、女性の地位向上を促すんだと息巻いていたじゃないか。しかもその二月、おれが調理師免許の試験に受かるかどうかもわからない。受かったとしても未来なんてわかりきってる、今目の前にある油っぽい厨房と、広いともいえない店、これだけだぞ、人生これだけ。二浪して、一留して、それでもいい学校で勉強して、こんなところに行き着くことなんかないんだ。慎之輔は文江の肩をつかんで揺さぶり、そう言ってやりたい気分だった。

そして自身の肩も揺さぶって言いたかった。父親になんか、なれるのか、おまえが。繁子も美津江も、基三郎さえも見捨てたおまえが、いっぱしの父親になんてなれるのか。大学出の嫁さんなんてもらえるのか。


その日の夜、家の食堂で、今日子と文江、太二郎と慎之輔、四人で夕食をとった。

「こんな男で本当にいいの、文江さん」慎之輔の訊きたいことを今日子が無遠慮に訊く。

「まあ、私だって高望みできる容姿じゃないし」大口を開けて朗らかに文江は笑う。

「このご時世に私立大いかせてもらって、中退するんですか。学歴、高卒になりますよ」と、太二郎。

「中退しないよ。お産のころはちょうど春休みだもの。それまでは通う」何を言われても動じない文江を、慎之輔は不気味なものを見るようにおそるおそる見る。赤ん坊を宿してこんなに堂に入ったのか。いや違う、この女は最初からやけに堂々としていた。芯が太かった。

「でも、釣り合わないんじゃないかな、この人高卒ですよ。しかもろくに学校いかなかったから、落第すれすれの及第」太二郎のそんなせりふも頭にこなかった。慎之輔も同じことを思っていた。

「もうそういう時代は古いんじゃないの。四大出たって頭の悪いつまらない人間もいるって、きみが証明してくれてるじゃないの」またもや太二郎に厳しいことを言い、咀嚼《そしやく》中だというのに文江は口を開けて笑った。

「私も結婚しようかなー」今日子が言う。

「いい人いるの？」

「私だっていい人くらいいるわ、いつだって。結婚して、早くこの家を出たい」

「じゃ、出てよ。かわりに私、引っ越してくるから」

「こんなところで本当にいいの、文江さん」

「今日子さんも結婚してここを出れば、わかるんじゃない」

文江はこうして話しているといちばん上の姉のようである。慎之輔は、それもまた不気味に思うのだった。

夕食後、慎之輔は文江を送るため、ともにおもてに出た。粘《ねば》つくように蒸し暑く、石油危機の影響でまだネオンを灯していないビルも多く、夜空は色濃く、いくつか星が見えた。

「赤ん坊ができたから就職を諦めて結婚しようと思ったわけ？」歩きながら慎之輔は訊いた。

「就職は、べつに諦めてない。でも、そうね、赤ん坊ができなかったら結婚は考えなかったかもしれない」文江にそう言われると、慎之輔はとたんに不安になるが、文江は意外な言葉を続けた。「でも、あなたとだったら結婚してもいいかとは、前から思ってた」

「どうしてさ」

「学校にはいないタイプだから。言葉や理論だけ並べて得意になるような人じゃないでしょ、まず動く」夜空を見上げて文江は言う。

それはたいへんな誤解だ。どれだけ自分が逃げてきたか知ったら、あんた真っ青になるだろう。理論を並べないのはそれだけの頭がないからだ。慎之輔は説明したいが、繁子や美津江の話を持ち出すのははばかられた。

「それにあのお店の、わさわさした感じ、好きだな、私」

「家族揃っていただきますなんてしたこと、ないんだよ、うちは」

「そういうのがいいなと思ったの。みんなばらばらで、でも、何かがつながっている感じ」

「つながってないよ」だからモトは死んだんだ、と慎之輔は思う。つながっていたら、だれかが止められたはずだった。

「でも、ま、できたものはできたんだから、がんばりましょうよ」

「後悔、しないわけ？」

「後悔って何を？」心底不思議だという顔で、文江は慎之輔をのぞきこんだ。

新宿行きのバス停にたどり着く。だれもいないバス停で、並んでバスを待つ。慎之輔は煙草を取りだしマッチを擦った。すべてに現実味がなかった。赤ん坊も、結婚も。今ここに、文江と立っていることも。でも、逃げない、逃げないと決めたのだ、と、それだけを慎之輔は胸の内でくり返す。何ひとつ現実味がないまま、何ひとつ選んだ気がしないまま、妻《めと》を娶り子どもが生まれ父親になったとしても、逃げない。

「そっちの親御さんにも挨拶にいかなきゃいけないよな」ふと思いついて慎之輔は言った。たしか文江の実家は福島ではなかったか。そこでもまた、殴られるのだろうか。

「どうだろうなあ」文江は意味のよくわからない返答をし、慎之輔さん、と言って正面から慎之輔を見る。「私、赤ん坊ができてすごくうれしいんだよ。卒業も就職も諦めてない。だれにも人生をめちゃくちゃになんてされてないから、心配しないで。私たちにしか作れない家族を作ろう」

大学に通う女はこんなことを言うのかと、面食らって慎之輔は文江を見た。そして唐突に、はじめてデートをした日のことを思い出した。晴れた秋の動物園で感じた、何があってもだいじょうぶだという、やわらかくて強い不思議な安堵を。晴れていて、変色した葉が陽を浴びて、とうもろこしの焼けるにおいがしていた。

「あ、バス、きた」

文江の声に道路の先を見ると、行き先表示を光らせたバスが見えた。自分より頭がよく、自分よりたのもしく、自分より強く、自分よりはるかにうまく気持ちを言葉にできるこの女に、慎之輔は訊いてみたくなる。なぜ基三郎は死んだのだろう。なあ、なぜだと思う？

バスが止まる。おやすみなさい、と文江は言って、タラップを上がる。

「なあ」慎之輔は声をかけた。タラップを一段上がったところで文江は振り返る。「なあ」慎之輔は文江を見上げて、訊いた。

「デラシネって、どういう意味だ」

文江は意味がわからないというふうに首を傾げ、それから答えた。

「根無し草」

もう閉めるよ、いいの、運転手の苛立った声が聞こえ、バスのドアが閉まる。そのまま走り出し、遠ざかっていく。夜のバス停にひとり立ち尽くし、うっすら残る排気ガスのにおいを嗅ぎながら、慎之輔は思い出す。車のなかに転がっていたヘルメット。デラシネという文字。世界は変えられると言った基三郎。ごめんね、というたよりない文字。

基三郎の死も、結婚も出産も、調理師免許も、何もかも自分の人生に起きたことには思えなかった。でも、逃げるわけにはいかないのだと、すり切れるほど幾度も思ったそのことを、自身に言い聞かせるように、今一度、思った。

慎之輔と文江が、近所の熊野神社で結婚式を挙げたのは、昭和四十九年の九月の祝日だった。新郎側には父と母、太二郎と今日子が座り、新婦側の席には、文江の同級生らしき若い男女が数人座った。文江の家族はだれひとりきていなかった。学生という分際で妊娠したことで両親が激怒し、勘当された、だからうちからはだれもこないと慎之輔は文江に聞いていた。文江はそうは言わなかったが、その相手が親の望んだような男ではないことも、勘当のひとつの理由なのだろうと、慎之輔は思った。

3

昭和五十年二月の終わり、慎之輔の実感のなさとはまるで関係なく、文江は赤ん坊を産んだ。男の子だった。基樹、という名前を考えたのは慎之輔だった。しわだらけの赤ら顔で泣く、どこか妖怪めいたちいさな子どもの父であるという実感はないにしても、いや、ないからこそ、基三郎の一字を使いたかった。ヤエは反対した。だれかから名前をもらうと、そのだれかと似たような運命をたどると迷信的なことを言うのである。たしかに縁起はよくないかもしれないと、太二郎までが口を出した。反対されて、慎之輔はしかしますます頑なに基樹だと言い張った。

「あんたたち、ずいぶん言い合いしてるけど、何が問題なの」と、もうすでに手慣れた仕草で赤ん坊を胸に抱き、病院のベッドに横たわる文江は訊いた。

慎之輔は妻となった文江に、かつていた弟についてはじめて打ち明けた。学生運動に参加していると思ったら、ふいに死んでしまったこと。だれにも理由はわからないこと。自分に何もできなかったこと。遺骨は埋葬されず、両親の部屋にある仏壇の棚に入っていること。気味悪がるかと思ったが、話を聞き終えた文江は、

「私はそんな迷信は信じないから、その名前でいいと思うよ。ただ、その子の一字をつけることで、あんたは一生苦しむかもしれないよ」と言った。

そう言われてはじめて、基樹と名を口にするたび、その名前をどこかに書くたび、逃げ出すことばかり考えて、弟を見殺しにしたも同然である自身のことを思い出すだろうと慎之輔は気づいた。なら、なおのこと、基樹だ。心のなかでうなるようにつぶやき、慎之輔は看護婦詰め所にいって藁半紙をもらい、病室の床にしゃがみこみマジックペンで基樹と書き殴った。基樹と、今名づけられたばかりの赤ん坊は、母親の胸で口を開けて眠っていた。

そして三月、慎之輔は調理師免許を手に入れ、高田馬場の店を辞め、正式に翡翠飯店で働くことになった。文江は大学を卒業し、とりあえずは育児に専念すると言い、翡翠飯店が忙しいときだけ、手伝うようになった。基三郎が使っていた六畳間が、藤代慎之輔、文江、基樹の新居になった。厨房に父と慎之輔が立ち、できあがった料理を、アルバイトの女の子と母が運び、赤ん坊を背負った文江が汚れた皿を洗っていく。高田馬場の店を真似て慎

之輔が提案した、唐揚げ定食やスタミナ定食といった昼のセット料理はすぐに人気が出た。

慎之輔が厨房に立つようになって間もないある日、父から手渡された定食の盆を手にしたまま、母は動きを止めた。フロアの真ん中に立ち尽くして、口を開け、テレビを見上げている。「それ、三番テーブル！」厨房から慎之輔は母親に向かって怒鳴った。一時を過ぎていたが、店は昼食をとりにくる客でまだ混んでいる。けれど母親は慎之輔の声など聞こえないかのようにテレビに見入って動かない。「それ、こっち」客にまで催促され、あわてて文江が母の手から盆をとり、客の元へと運んでいく。テレビに何が映っているのかと、慎之輔はカウンターに身を乗り出してのぞきこんでみる。流れているのはニュースである。どこかで事故でもあったのか、数人の白黒写真が映し出されている。ちらりと見ても、母が何に見入っているのかわからず、

「おふくろ、そこ突っ立ってると邪魔だぞ」一言残して作業に戻った。母はそれでもテレビの前から動かなかった。

「さっき、何見てたの」昼食の客が減り、順番に賄《まかな》い飯をとる時間になって、カウンターで焼きそばを食べている母に、慎之輔は訊いた。母は顔を上げ、じっと慎之輔を見、

「中国に置いていかれた子で、身元のわかったのが七十人もいるんだってよ」しかし慎之輔にではなく、ビールケースに腰掛けて煙草を吸う父に向かって言った。

「へえ。それでその人たちは、帰ってこられるのか」

「どうだろうね。今は自由に旅行できるから帰ってくることはできるけど、言葉もわかん

ないだろうし、仕事さがすのだってたいへんだろうに」

「でもまあ、帰りたいと思うだろうな、本人は」

　慎之輔は父と母を交互に見ながらその会話を聞いた。もしかして、大陸にいたという彼らも、子どもを置いてきたのではないか。ちらりと慎之輔は思う。この二人がそういうことをしていてもちっとも不思議はない。が、そんなふうに直接訊くことはできなかった。暖簾の奥から基樹の泣く声がする。急にそれが途絶えたのは、きっと文江が乳をやっているのだろうと思いながら、慎之輔は葱を刻む。母は焼きそばを箸に挟んだまま、はるか遠くを見るように、暖簾を見ている。まるでだれかが帰ってきたかのように。


　基樹が生まれたその年はあわただしかった。今日子がひとりの男を連れてきて、この人と結婚すると言ったのは、梅雨時期だった。その日は定休日で、父はいつものように出かけていて不在、太二郎もめずらしく留守、家には母と慎之輔、文江と基樹しかいなかった。今日子の連れてきた男はひょろりと背の高い、髪をポマードでなでつけた優男で、ずいぶん高級そうなスーツを着ているのが、慎之輔にはかえって胡散臭く見えた。

「山川肇《やまかわはじめ》です。よろしくお願いします」と、にやつきながら頭を下げた男に、慎之輔はあまりいい印象は持たなかった。

　食堂にみな座り、どことなく気まずく茶を飲んだ。文江の背中におぶわれた基樹は、顔を真っ赤にして背をのけぞらせて泣き続け、山川肇はそれをまったく気に留めることなく、とうとうと話し続けた。ぼく、健康食品や健康器具を扱う会社で働いているんです、紅茶きのこもスタイリーもうちが火付け役なんですよ、おかあさん、おにいさん、おねえさん、これからますます健康ブームは高まりますよ、これが今度うちから発売する新製品なんですがね、秘境チベットに研究にいった学者がヨガの老師に老化防止作用のある果実のことを教わって、それを五年かけてさがしだし、このほど株分けに成功してこちらでも採集できるようになったんですよ、それを乾燥させて粉末にしたものなんですわ、と、自己紹介なのだか売り込みなのだかわからないような話を延々続け、母も文江も慎之輔も、押し売りをどう帰したらいいのかわからないといった表情で、山川肇の広げるパンフレットやチラシに目を落としていたが、ただひとり今日子だけが、そんな恋人の話にほほえみながら頷いていた。

夕食にはまだ早い時間だったが、間が持たないらしく、「お寿司でもとりましょうか」と母が立ち上がると、山川肇は遠慮するでもなく、「いやあ、すみませんおかあさん」と朗らかに言い、午後五時過ぎ、五人で黙々と出前の寿司を食べた。さっきまで泣き通しだった基樹は、文江の背で眠りこんでいる。

「今後ともどうぞよろしくお願いいたします」寿司を食べ終えると、父の帰りも待たず、きたときと同じようなにやけた顔でお辞儀をし、山川肇は帰っていった。

「あんなやつのどこがいいわけ」煙草を吸いながら慎之輔は今日子に訊いた。

「あんなやつってシンにいちゃんに言われたくない」寿司桶を片づけながら今日子が言う。

「でも、娘さんをくださいも、結婚させてくださいも言わなかったね」それを洗う文江が言うと、

「文江さん、女性の権利がどうたら言うわりには古いこと言うのね。結婚って許可がいること？　娘さんってくれてやるもの？」今日子は妙にけんけんした調子で言い返し、「ねえ、かあさん、私あの人と結婚するから」宣言するように言う。

「いいさ、あんたがそうしたいって言うならすれば。明るくていい人じゃないの」母はのんびりした声で言う。

「本当にそう思うのかよ？　なんだか調子のいい詐欺師みたいな男に見えたけど」

「私ねえ」流しと食卓のあいだに仁王立ちして、今日子はひときわ大きな声をあげる。「うちみたいな商売やってる人じゃなきゃ、だれだっていいって思ってたの。私はね、ふつうのおうちを作りたいの。みんなでいっしょに食事をして、休日には家族で出かけて、学校行事にちゃんと親がくるような、そういうおうちを作りたいのよね」

「作ればいいじゃないか」母が苛ついた声で言い、けっ、と聞こえるため息をもらす。

「作るわよ。作りますとも」

急に険悪になった空気に、意味がわからないという顔で文江がふりむき、慎之輔は眉間を持ち上げて見せる。

「お義父さんも太二郎さんも揃ってるときにもう一度きてもらわないとね。それか食事会をするとか」とりなすような口調で文江が言うと、

「うち、そういうことできないのよ、文江さん。前はそういうことを一生懸命やってくれた弟がいたんだけど、その子がいなくなって、もうだれもそういうことできないの」何に苛立って、何に憤怒して、何に傷ついているのか、慎之輔には理解不能だったが、今日子は半べそをかいたような顔でそう言うと、乱暴に階段を上がっていった。

「そういえば太二郎のやつ、日曜に留守で、この時間にも帰ってないなんてめずらしいな」ふとそう言ってから、このところしばらく、太二郎の姿を見ていないことに慎之輔は気づく。店が終わると掻きこむように食事をし、風呂に入ってビールを手に部屋にこもり、いつかの間基樹の相手をしている毎日だから、太二郎のことなど忘れていたが、ずいぶん顔を合わせていない。

「恋人でもできたんじゃない」寿司桶を洗い終えた文江が言い、

「まさか」母と慎之輔が同時に言った。

気味が悪いほど四角四面の小生意気な弟は、恋愛とは一生無縁だろうとこのとき慎之輔は信じていた。恋人などと何気なく口にした文江にしたって、本心ではそんなことは思っていないはずだとすら、慎之輔は思っていた。

4

いつものフードコートで食事を終えた良嗣は、地図も持たず、通りの名を確認することもなく、腹ごなしのつもりで歩きはじめた。人民大街から東に向かって歩く。繁華街を離れるにつれて古びた建物が増え、どのくらい昔の建物なのかと考えながら歩を進めるうち、自分が今どこのあたりを歩いているのか完璧にわからなくなっていた。それでも良嗣はあわてても焦りもしなかった。帰国予定日がのび、かといってとくべつすることもなく、観光といっても主だったところは見てしまい、ネットカフェでメールをチェックする以外、一日することもないのだ。長春は大きな町だが治安が悪い地区もなさそうだし、いくら迷ったって、西を目指して歩けばまたあの馬鹿でかい人民大街に出るのだろう。と、思いながら、どんよりした曇り空の下、良嗣は歩いていた。街の中心でも滅多に目にしない観光客は、このあたりまでくるとまったくおらず、わさわさと歩きまわっているのはみな地元の人で、通り沿いにこまごまと並ぶ飲食店も靴屋も雑貨屋も、ショーウインドウも入り口のガラスも埃まみれで、商売気がまるで感じられなかった。

ぽつぽつとある飲食店の、埃で曇ったガラス戸から店内をのぞき、こういう店も案外うまいのかもしれない、などと考えて歩いていると、にぎやかな歓声が聞こえてきて、良嗣が周囲を見まわすと、通りを挟んだ斜め向かいの建物から大勢の子どもたちが走り出てきた。壁の向こうは小学校らしい。車道にせり出して立つ老若男女は、迎えにきた彼らの父母か祖父母だろう。子どもたちがそれぞれの親や祖父母を見つけ、満面の笑みで走り寄る。それぞれの肉親を見つけ、手をつないで帰っていく子どもたちを眺めていた良嗣は、見知ったものが目に飛びこんできた気がして、あわてて視線に意識を集中した。

子どもと大人でにぎやかな一角を、祖母が歩いているのだった。祖母は騒々しさの合間をすり抜けるように歩き、まるでそこだけスローモーションのように良嗣には見えた。突然あらわれた祖母は、小学校の並びにある飲食店の前で足を止め、看板を眺め、ついとなかに入っていく。良嗣はあわててその場を離れ、外から祖母の入った店を見る。漢字が並ぶ赤い看板の、粥という字だけが理解できる。やっぱりここも埃で汚れたガラス戸からなかを窺うと、祖母はテーブルにつき、ほかに客のいない雑然とした店内を眺めまわしていた。三角巾で髪をまとめた女が奥からあらわれ、祖母の前にコーラの瓶を置く。コーラ飲みたかったのか？　と、不思議な気持ちで良嗣は祖母を見つめた。

けれど祖母はコーラにはまったく手をつけず、数分後、席を立った。三角巾の女に紙幣を渡しながら、身振り手振りで何か言っている。通じたのか否か、祖母は彼女に頭を下げ、背を向ける。隠れなきゃ、と咄嗟に思うが、良嗣が隠れ場所を見つけるより先にガラス戸が開き、祖母が出てきた。正面に立つ良嗣と目が合う。ぼんやりとした祖母の目が、ゆっくりと焦点を結び、前にも見た表情だと良嗣は思う。

「あら、ま」祖母は低くつぶやいた。

「奇遇だね」そんなふうに感じる理由は何ひとつないのに、どこか気まずく思いながら良嗣は笑みを作った。

もうすぐ砂嵐がくるんだよ、と、並んで歩きながら祖母は言った。そりゃものすごいんだ、ほんの少し先が見えないくらいけぶっちゃって。洗濯物なんて干せやしない。建物がぐらぐら揺れるくらいの風だもの。

「それが終わるとようやく春。あちこちで花が咲いて、緑がさあっと濃くなって、そりゃあきれいだよ、この町の春は」

祖母の言葉を聞いていると、良嗣の目にも見たことのないこの町の春が見えた。赤や黄色や紫の、名も知らぬ大小の花が咲き乱れ、川に青空と首を垂れた柳がくっきりと映る。その光景を前に立ち尽くし、うっとりとため息をつく若い女の姿すら、見えるようだった。

「もしかして春がくるまでここにいるつもり？」

そうだと言われたらどうしようと思いつつ、でもそれもいいかもしれないと良嗣は思う。

「でも春を待つには、砂嵐を我慢しなくちゃいけないよ」祖母は言って、笑った。「もうぜんぜん変わっちまって、正しいか自信がないけどね、このあたりには満人のお店がずらーっと出てたんだよ。肉まんだの餃子だの、鶏の焼いたのやさんざしや、この人たちは一日のうち食べない時間がどのくらいあるんだろうかって思うくらい、四六時中なんか食べてるんだ、みんな。馬糞の強烈なにおいなんかものともせず、ね」

今だって決してさびれているわけではなく、行き交う人も車も多いが、けれど祖母の言うにぎやかさとはまったく異なるんだろうと、良嗣は想像しながら相づちを打つ。

「占いが出ていてね。泰造さんにここに連れてきてもらったとき、お遊びでみてもらったんだ。私は言葉はわかんないけど、あの人が訳してくれたのが正しければ、子どもは六人、でも半分に減る、賭けごとに手を出さなければ生涯安泰、って」

祖母が祖父を、泰造さん、と呼ぶのを良嗣ははじめて聞いた。

「泰造さんはパチンコは好きだったけど、それ以外のことはやらなかったろ。もしかしたら、だれかいなくなるたんび、あの占いのこと思い出してたのかもしれないね。私もそうだった。ああ、当たっちまったよって、あんな占いみてもらうんじゃなかったって、忌々しい気持ちでね。でも、モトが四角い箱になって帰ってきたときさ、ああ、もうこれでだれもいなくならないって思ったんだ。ひどい母親かもしれないね。いや、ひどい両親だったよね。たいした苦労もせず人んちでメシ食って、戦争が終われば恩返しもせず帰ってきて、だれか知らないけど戦争で帰ってこられなかった他人の土地ぶんどって、家まで建てて。そんなことがよく許されたもんだ。いや、許されなかったからあの子たちは死んだのかもしれない。罰なのかもしれない」

通りに並ぶ建物は、みな五階建てほどで四角く、一階に店舗が入っている。赤や緑や紫といった原色が曇り空に寒々しく映えている。下半分だけ白くペンキで塗られた街路樹が、葉のない枝を曇り空にのばしている。良嗣は隣を歩く祖母の顔を盗み見る。言葉とは裏腹に、祖母は薄い笑みを浮かべていて、良嗣はそのことに意外なほど深く安堵する。

「不思議なもんだよね、もしこの町にこなかったら今とはぜんぜん違ったんだろうって考えると。でも、おんなじようなものだったかな。東京にいたって、ろくなことはしていなかったんだしね」

祖母のつぶやきを聞いて、この町で祖父と祖母が会わなければ翡翠飯店もなく、父も母も、自分もいなかったのだと良嗣はあらためて気づき、良嗣は良嗣で不思議な心持ちになる。

「なんでじいさんと結婚しようと思ったの」

「結婚しようなんて思わないさ。今の人と違うもの、愛しただの恋しただの、そんなのはないさ。でもね、私は無理だと思ってたよ。妻だの母だのになるのは、そういうふつうのことをするのは自分には無理だって思ってた。だから子どもはどうしようかって……」祖母はふと立ち止まり、歩道から垂直に続く路地の奥にぴたりと目を据える。「でもあのとき……」だれかに手招きされているかのように、ふらふらと歩き出す。「そうさ、あのとき、春で、花が咲いていて、そりゃきれいで、だいじょうぶって思ったんだ、私でもだいじょうぶだって、できるって」

祖母を追いかけるかたちで路地を曲がった良嗣は、息をのみ、目を凝らした。表通りはいたってふつうの町並みなのに、数十メートル路地を入っただけで、光景は一変する。くねくねと曲がる細い路地の左右には、いったいいつの時代の建物かと思われるような古い集合住宅が並んでいて、タイムスリップしたような錯覚を味わう。枯れた蔦《つた》の這う土壁や煉瓦、外壁のところどころ剝がれた煙突。いくつかの窓はサッシに変えられているが、いくつかの窓は長方形を六つに仕切った磨りガラスで、おそらく建物が建てられた当時のままなのだろう。ところどころの窓ガラスは割れていて、「福」「盛世」などと黄の字で書かれた赤い派手な紙が、割れをふさぐように貼ってある。

今、自分がいつを歩いているのか、良嗣は次第にわからなくなる。どこを歩いているのかわからないより、よほど心許ない気分で、祖母のあとを追う。


基樹が生まれた年の夏、今日子は宣言通り、山川肇と籍を入れ、家を出ていった。式も披露宴もなかった。その直前に一度、山川肇と、長野からやってきたその母親を交え、翡翠飯店を休みにした藤代家の面々は、新宿の洋食屋で食事をした。だいぶ老けて見える山川肇の母親は、背を丸めたまま顔をあげず、料理にもほとんど手をつけなかった。山川肇は以前と同じように、食事中のテーブルにパンフレットやチラシを広げ、チベットの果実とはべつの健康食品を紹介したり、それに乗って転がっているだけで痩身効果があるという馬鹿でかいボールを紹介したりし続けていた。最初、文江も母も気を遣ってか、熱心に相づちを打ち、感心してみせていたが、だんだん飽きてきたのか、無言で料理を食べはじめた。

「今日はデパートが休みだったから、おかあさんを東京タワーにお連れしたの」山川肇の売り込み口調に自身も辟易したのか、今日子は広げられたパンフレットを畳み、言った。

「そうでしたか、東京ははじめてですか」母が訊くと、

「ええ、もう、申し訳ないやら何やらで」と、山川肇の母は背を丸めたままぼそぼそ言う。

「パンダは見にいったの、今日子さん」

「明日もお休みもらってあるから、動物園は明日いくつもり。それからアメ横いって、浅草寺いって。今日は東京タワーのあとは、東京駅のデパートでお買い物」

「にぎやかでお疲れでしたでしょう」文江が声をかけても、やっぱり彼女はうつむいて、「もう、こんな田舎者を、ありがたいことです」と、緊張しているのか、それとも何か別に思うところがあるのか、ほとんど会話の成立しない自分の母親を、しかし山川肇は気にかけることも声をかけることもなく、彼女が手をつけないハンバーグを食べはじめた。


新居は北区の新築団地だという。ベッドもソファもドレッサーも、みんな白で揃えたの、そりゃモダンなのよ、こんな古くさいもの持っていけないわ、と言って、実家にある自分の机や洋服簞笥は置いていった。ベッドもソファもドレッサーも新品を買い揃えてくれるのだから、山川肇という男は口だけ達者なわけではなくて、たしかに仕事もできて稼ぎもいいのだろうと慎之輔は思い、「いけ好かない」という印象はまるで変わっていなかったが、経済面に対してだけは安心した。仕事を続けると今日子は言っているが、子どもができればやめるのだろうし、それでも暮らしには困らないのに違いない。

今日子が嫁いでから、文江は基樹を慎之輔に預けて職さがしに出かけるようになり、そして秋には仕事を見つけてきた。出版社で文字校正をするらしい。半年間は見習いという意味も含めてパート契約だが、その後正社員になることもできるという。文字校正ってなんだ、と慎之輔が訊くと、間違った漢字や言葉をチェックする仕事、と文江は短く答え、それでもよくわからなかったのだが、自分にはできないような七面倒な仕事だろうと慎之輔は想像した。

いつだったか文江は、慎之輔を「まず、動く」と称したが、いったいどんな色眼鏡をかけたらそう見えたのかと慎之輔は心底不思議だった。赤ん坊も就職も諦めないと言ったとおり、文江こそまず動いて生きている。住食が保証されている実家に戻ったに過ぎない男を、どんなふうに見ればそんな行動的な人間に映るのか。いつか自分の大誤解に気づいて、赤ん坊ともども出ていってしまうのではないか。出ていったってこの女は何ひとつ困ることなく基樹を育て上げるだろう。文江が自分の元に嫁いできたことがあまりにも理解不能なために、慎之輔はそんなことまで考えては不安を覚えるのだった。

文江が勤めるようになってから、慎之輔は基樹をおぶって店に出た。ときに母が、ときにアルバイトの女の子が代わってくれた。基樹をおぶって店内を走りまわる母の顔に、基三郎の死後はじめて笑顔が戻りつつあることに慎之輔は気がついていた。

第九章

1

太二郎の帰りは相変わらず遅く、休みの日も出かけていることが多かったが、慎之輔はまったく気に留めていなかった。今日子がいなくなった家は、太二郎もいないと急激にがらんとして感じられたが、風呂や便所の順番を待つことも争うこともなく、慎之輔は人口密度が低くて楽だと思っていた。今日子が使っていた部屋は学習机もステレオセットもそのまま残されていて、慎之輔も文江も好きに使っていた。慎之輔は仕事を終えてから眠るまでのつかの間、今日子の部屋で歌謡曲のレコードを聴くようになり、文江はときおり基樹を慎之輔に預け、今日子の部屋で持ち帰った仕事をしていた。

だから、その日、仕事を終え、基樹を寝かしつけながら文江も眠ってしまったあとで、いつも通り勢いよく開けた襖の向こうに見ず知らずの女の子が座っているのを見たときは、慎之輔はあまりの驚きに声が出ず、口を開けたままその場で硬直した。

「お邪魔しています」と、女の子は言った。まっすぐな黒髪を耳の下で二つに結って、白いセーターにジーパン姿である。あんた、だれ、と言おうとするものの、声が出ない。

「松栄高等学校二年の酒田奈津子《さかたなつこ》と申します。藤代先生にはいつもお世話になっています」

女の子は横座りを正座になおし、礼儀正しく言って頭を下げた。

「太二郎の……」声がかすれる。

「藤代先生は副担任です」

「生徒……」

「突然お邪魔して、申し訳ありません」

「太二郎の……」彼女が太二郎の教え子らしいことは理解できても、未だ動揺がおさまらず、慎之輔は阿呆のようにくり返す。

「にいさん、悪い。ちょっと」背後から声をかけられ、ふりむくと、盆を持った太二郎が立っていた。盆にはごはんと中華スープ、野菜炒めが湯気を上げている。「あとで、あとで事情は話すから。ちょっといろいろあって。やましいことじゃないんだ、やましいようなことでは」言ううち太二郎の顔は赤くなり、口を開けたままの慎之輔を肘でよけるようにして、部屋に入ると盆を床に置き、襖を閉めた。「遠慮せずおあがんなさい、酒田さん。ご両親には連絡しておいたから」襖の向こうから、やけにはきはきした声が聞こえ、その場から慎之輔が動けずにいると、またしても襖が開き、太二郎がぬっと顔を出した。

「ぼくから説明するから、おやじたちにはこの子のことを言わないでくれ。文江さんにも」

慎之輔は小刻みに首を縦にふる。

「あとでモトの車にきてくれ。話があるから」

慎之輔はまた首を動かし、そうしている自分を馬鹿みたいだと自覚するが、驚きと動揺でまだ声は出そうになかった。

基三郎が一時期寝起きをしていたバンは、今も庭に放置されている。タイヤはつぶれ、窓は土埃で黒ずみ、車というより巨大なゴミと化しているが、だれもそれをどうにかしようとはしない。今ではそこにあることが当たり前すぎて、目にも入らないほどだ。

慎之輔はどてらを着て庭に出、バンの取っ手に手をかける。ざらりとした感触があり、思いきり引くと、ごろごろと重たい音を立てながらドアは開いた。かつて散らばっていた基三郎の持ち物は何ひとつない。父か母のどちらかが処分したらしい。埃くさい暗い空間に体を押しこみ、頭上のスイッチを入れてみるが、車内灯は切れているらしく、灯らない。

慎之輔は白い息を吐きながら、煙草をくわえ、マッチで火をつける。

このバンで基三郎と話したときのことがいやでも思い出される。あれもやっぱりこんなふうな寒い日だった。基三郎の吐いた白い息まで思い浮かぶ。おまえが反対していた戦争は、もう終わってるぞ。心のなかで思う。弟がなぜ遠くの国の戦争に、そこまでかかわろうとしていたのか、未だに慎之輔はわからない。おそらく一生わからないだろうと、ほとんど諦めたような気持ちで思う。

ドアがいきなり開き、慎之輔は驚きのあまり煙草を落としてしまう。あわてて拾い、外に投げ捨て、新しい一本に火をつける。後ろの席にいくかと思っていた太二郎は、慎之輔を押すようにして隣に座る。

「寒いからそこ、閉めろよ」慎之輔が言うと、

「閉めたらヤニくささが充満するだろう」太二郎が答え、

「ここにこいって言ったのはおまえだぞ。煙草のにおいがいやなら換気扇のある食堂で話そうぜ」苛ついた慎之輔が腰を浮かしかけると、

「わかったわかった、悪かった」太二郎はおとなしくバンのドアを閉めた。

「酒田さんはおうちでちょっとごたごたがあってね、それでご親戚も遠くで、泊まらせてくれるような友だちも彼女にはいないんで、それでやむなく、今晩だけという約束で、今日子の部屋を貸したんだ」前屈みになって手を組み、その手に顎をのせて太二郎は早口で言った。家のごたごたってなんだ、と慎之輔が訊くより先に、

「って、とうさんたちには説明するつもりだ」と、つけ加える。

「って、ってことは、嘘か」

「にいさん」太二郎は組んだ手に顎をのせたまま、首をひねって慎之輔を見た。暗闇に白目が不気味に光る。「にいさん、ぼくたち、恋愛関係にあるんだ」

が、とも、だ、ともとれぬ音が、慎之輔の喉から漏れた。

「遊びでも酔狂でもない。本当なんだ。ぼくたちは真実の愛で結ばれている」

「ちょ、ちょ」ちょっと待て、という言葉が出てこない。言葉は出ないが、めまぐるしく頭をめぐる。あちゃあ、と慎之輔は思った。こういう、なんの趣味も興味もない、おもしろみのまったくない、勉強一辺倒の人生を送ってきたやつがなまじ恋愛すると、たいへんなことになるんだ、免疫がまるでないから流感みたいになっちまうんだ。あちゃあ。

「真実の愛ってぼくは知らなかった。年齢も環境もまるで関係ない、魂のつながりのことだって、今ならわかる。あらかじめ決められた運命のことだって、今ならわかるんだよ」

「おいおいちょっと待て」慎之輔はあわてて遮った。遮られ、太二郎はおとなしく黙ったが、しかし慎之輔はなんと言葉を継げばいいのかわからない。「お、落ち着いたほうがいい」かろうじてそう言った。

「落ち着いているよ、ぼくも酒田さんも」

「でもおまえ、教師だろう。あの女の子は生徒だろう」

「教師だって恋愛することもある。生徒と恋愛したんじゃない、運命の相手がまだ学生だってだけだ」

「そんなの学校側が知ったらたいへんなことになるぞ。父兄だって黙っちゃいないだろうし」

「だからぼくらはぼくらの恋愛をおもて沙汰にするつもりはないよ。少なくとも酒田さんが卒業するまでは」

「だけどおまえ、あの子を今日子の部屋に泊めてどうするんだ、それだってばれたら一大事だろう」

「だからとうさんたちには言わないでくれって言ってるんだ。彼女があそこに泊まるのは今夜一晩だけ。明日の朝、みんなが起き出すより先にぼくが彼女を送っていく。だから今日はなんにも見なかったことにしてくれ。文江さんはもう寝てるだろ？」

慎之輔は神妙に頷く。キュルルルル、と場の話には似つかわしくないふざけた音で、太二郎の腹が鳴った。夕食にと作ってもらった料理を教え子に食べさせ、自分は何も食べていないらしい。慎之輔は窓を開けてちびた煙草を捨て、また新しい一本に火をつける。太二郎がわざとらしく咳《せ》きこんでみせるが、気にせず煙を吐き出した。バンのなかは、部屋とは違う静けさがある。やけに重々しい静けさだ。

「運命とか、真実の愛とか、おまえ、いつからそんなこと信じてるんだ」

慎之輔は言った。思想性を疑うね、と真顔で言っていた糞真面目な弟は、いったいどこでそんな言葉を覚えてきたのか。もしかしてあの教え子に少女漫画でも借りて読んだのだろうか。

「信じるとか信じないじゃないんだ、にいさん、それはもう歴然と在るものなんだから」

慎之輔は淡い闇に目を凝らして弟の顔を見る。太二郎の表情はよく見えないが、熱に浮かされたような顔つきなのだろうと、やけに光る白目を見て想像する。何を話しても無駄だと慎之輔は悟る。

「わかった。おまえたちは愛し合っていて、でも今どうこうするつもりはなくて、今日、あの子はなんらかの理由で家に帰れず、明日の朝になったらあの子はいなくなってる。もうここに泊まりにくることはない。それでいいんだな」

そうだ、と太二郎はつぶやくように言った。まったく理解しがたいとしても話は終わったと了解し、慎之輔は中腰になるが、ドアわきに座った太二郎は立ち上がる気配がない。組んだ手に顎を乗せた姿勢のまま、じっと前を見ている。埃まみれのダッシュボードのあたりを。

「基三郎のことを思い出すな」

静けさの重さを量るように、そっと太二郎が言った。出ていけとおまえが言ったとつい言いそうになり、慎之輔は言葉をのみこむ。太二郎だけが悪いわけではないと、もう知っている。

「にいさん、おれ、あのとき、汚らわしいと思ったんだ、あいつのこと。あいつ、髪の長い朝鮮の男を連れていたろう。ぼくはどっちも許せなかった。朝鮮人と恋愛していることも、男と恋愛していることも」

「はあ？　ちょっと待てよ」さっきよりよほど大きな声が出る。

「だから家に入るなと言った。にいさん、ぼく、なんにもわかっていなかった。あのときもし、本当の愛が何か知っていたらあいつに出ていけなんて、ぼくは言わなかった」

太二郎は泣いていた。慎之輔はただぱっくりと口を開けて、背を折り曲げ膝に顔を埋めて泣く、糞真面目で糞生意気な弟を眺める。太二郎は、喧嘩に負けた幼い日のように洟をすすりしゃくりあげて泣いている。イッちゃん、だったか。「変えられるはずがないと思えば、たしかに変えられないだろうね」と、静かな声で言った男だ。

「あの男、モトの恋人だったのか？　まさか」声を出すと、口のなかがぱさぱさに乾いていることに気づいた。

「モトがそう言ったわけじゃない。でもきっとそうなんだ。そうとしか考えられない。ぼく、ずっと考えてた。あいつがなんで死んだのか、ずっと考えてた。それしか思いつかない。あいつ、世間に顔向けできないような恋愛をしていたに違いないんだ。真剣に人を愛してみて、気づいたんだ」

「推測だろう、ただの」言いながら、こいつもまた、自分や母と同じようにもがくように苦しみ、後悔していたことに驚きながら、慎之輔はふと、思う。そうであってくれれば、どれほどいいだろうと。同性を好きになることについて、太二郎のように汚らわしいとは思わないが、やはり基三郎が男色だったとはにわかに信じがたい。それでも、そういうはっきりした理由があってほしかった。世間に認めてもらえない恋愛に絶望して死んだのだと、わかりやすく納得したかった。

慎之輔はふと、家族六人でテレビの前にかじりついていたことを思い出す。あさま山荘事件のときだ。丸くてでかい鉄球が大きく振られ、山荘の壁に打ちこまれるとき、基三郎は痛みを堪《こら》えるような声を漏らした。そのせいで、今思い起こすと、鉄球を打ちこまれゆっくり崩壊していくのは山荘ではなく、基三郎自身のように慎之輔には思えるのだった。

2

慎之輔が、今日子の部屋で酒田奈津子をはじめて見たのは二月だった。太二郎の言葉通り、翌朝には何ごともなかったように彼女の姿はなかったが、二月の終わりころになって、よく見かけるようになった。七時過ぎにふらりと店にやってきてラーメンや炒飯を注文する。あるいは夕方ごろあらわれて「藤代先生はいますか」と声をかける。それが太二郎の「本当の恋」の相手だとは知らない両親は、幾度目かで奈津子の顔を覚え、ガラス戸の向こうに彼女の姿が見えると暖簾の奥に向かって太二郎の名を呼ぶ。女子生徒が頻繁に訪ねてくるということは、まったくおもしろみのない太二郎でも、それなりに人気のある教師なのかと父親は勘違いしているらしく、餃子や春巻きをサービスにつけてやったりしている。春休みに入ってから、職務のない日は家にいる太二郎は、そうして名を呼ばれると文字通り転がるように店に出てきて奈津子と言葉を交わす。今までしたこともないのに、厨房に入って洗いものをしながら、食事をする奈津子と会話することもあれば、夕方やってきた奈津子を連れて「ちょっと亜歩路《アポロ》で勉強見てくる」と、近場の喫茶店の名を告げて出ていくこともあった。唯一慎之輔が安堵しているのは、以前のように奈津子が今日子の部屋に泊まることはなく、奈津子と喫茶店に赴いても太二郎が必ず九時前には帰ってくることだった。本当の恋、と太二郎は真顔で言ったが、肉体関係はないと慎之輔は踏んでいた。その点は、弟の不器用な奥手さを拝みたい気分だった。

名を呼ばれると階段を駆け下りてきたり、奈津子を前にすると今まで見せたこともないような笑顔を見せたり、率先して洗いものをしたりと、太二郎の態度はあきらかにおかしいのだが、父も母もまるで気に留めていない。よもや可憐な女子高生と恋愛関係にあるなどと思わないのだろうが、「太二郎もずいぶんやわらかくなった」などと言い合う始末である。アルバイトのエッちゃんは、さすがに若い女性らしく何か直感するのか、「道ならぬ恋だったりして」と冗談めかして慎之輔にささやき、そのたび慎之輔は気が気ではない。

ついに黙っていられず、慎之輔は奈津子について文江に打ち明けた。小玉電球だけつけた部屋で、並べて敷いた布団の真ん中では、一歳になったばかりの基樹が眠っている。

「えーっ、まさか！」文江は仰向けになって笑い出し、

「しーっ」眠る基樹を気遣って、慎之輔は口に指をあてる。

「本当にそんなこと言ったのォ？　真実の恋、だなんて」仰向けになったまま顔だけ慎之輔に向け、笑いをかみ殺しながら文江は訊く。平日は帰りが遅く、ときに土曜も出勤する文江は、まだ奈津子本人を見ていない。

「言ったんだ。ああいう、勉強しかしてこなかったやつは危ないんだ、免疫がないから」

「片思いなんでしょ？　思いこんじゃってるってわけ？」

「それがどうもわからん。片思いだとは思うけど、相手の娘さん、よく太二郎を訪ねてくるし」

「最初の、おうちのごたごたってどういうこと？」

「そこまで聞いてない。とにかくよくわからないんだ」

「よくわからないなら、訊いてみればいいじゃない」

「訊いてもあいつ、おんなじことしか言わないんだよ、真実の愛で結ばれてるって」

「あの太二郎さんが、真実の愛」文江は今度は口を押さえ、声を殺して笑う。幼い基樹が何かさがすように手を伸ばし、たまたま触れた慎之輔の親指をぎゅっと握りしめる。慎之輔は幼い息子の、精巧な作り物めいた手のひらを広げ、しげしげと見る。未だに不思議な気分になる。作り物のようなのに、そのちいさな手が自分の指をしっかりと握る、そのことに。

「今度、その奈津子って子に何がどうなってんのか、訊いてみてくれよ。おまえから」

「うんうん、ぜひ聞きたいよね、何がどうなってんのか」文江は言って、また噴き出す。

基三郎が死んだのは、同性を愛したからだと太二郎は言ったが、本当にそうだと思うかと慎之輔は文江に訊きたかったが、それは口には出さなかった。あまりにも自然にこの家に馴染んでしまったので、ずいぶん前からいるように思えるが、そもそも文江は基三郎と会ったこともない。

「ねえ、見て、こんなにちいさいのに、なんか夢を見てるんだね」小声で文江が言い、眠る基樹に目を落とすと、基樹は何か必死に訴えるように口を動かしている。言葉にならない音が口からこぼれるようにもれる。

「なんの夢を見てるんでちゅかー」文江は基樹の耳元でささやき、ふくらんだ頰にくちびるを押し当てている。


入居時には新築だった団地はまだ充分新しく、家を出る今日子が自慢たらしく言っていたように、たしかに部屋じゅうモダンだった。慎之輔にはモダンすぎて、ままごとめいて見えるくらいだった。テーブルも茶簞笥も白で統一され、台所と居間の仕切りにはビーズの暖簾が掛かっている。桜の開花も早まりそうなほどあたたかい日曜の午後、慎之輔は今日子の家のソファに腰掛けて部屋じゅうを眺めまわした。白いソファにはレースのカバーが掛かっている。つけ放してあるテレビでは山口百恵がうたっていた。去年の秋に今日子はエレベーターガールを辞めていた。

盆に紅茶カップをのせてきた今日子は、それをテーブルに置くとテレビを消した。受け皿には薄く切ったレモンが、スプーンには角砂糖が置いてある。喫茶店みたいなことをしている妹を笑いたくなるが、それは自分が照れているせいだと慎之輔は自覚する。ままごとみたいな部屋と、奥さんみたいにエプロンをしてフレアスカートをはいている妹に、たしかに慎之輔は照れていた。フーテンみたいな格好をして煙草を吸っていたのは、ついこのあいだのことだったのに。

「それで、モトがどうしたって」テレビを消した今日子は、向かいの席に座って慎之輔の前に紅茶カップを置く。

「いや、モトっていうか太二郎の話なんだけど。いや、モトのことでも訊きたいことはあるんだけど」

「だから、何よ」今日子は紅茶カップを膝にのせ、小指を立てた右手でスプーンを持ちかきまわしている。

「モトって男色家だったのか？　だから死んだのか？」

今日子は顔を上げ、じっと慎之輔を見つめた。その顔に驚きの表情はないから、本当だったのかと慎之輔は思う。自分が知らないだけで、今日子も太二郎も知っていたのか。

「あの、イッちゃんって男がそうだったのか。ほら、髪の長い。あの男、何ものなんだ？居場所を知ってたりしないか？　会うことはできないだろうか」

「ねえシンにいちゃん」今日子は立ち上がり、茶簞笥の引き出しから煙草を持ってくる。一本くわえて火をつける。つられて慎之輔もポケットから煙草を出した。「うちってさあ、なんというの、そういう、偏見っていうのかなあ、そういうのなかったよね」

「偏見？」

「昨日か今日か、新聞の投書欄読んでたらね、バキュームカーの運転してる人からの投書で、子ども連れのおかあさんがその子どもに、ちゃんと勉強しないとああいうお仕事することになるのよって言ってるの聞いて、すごくかなしく、くやしかったっていうのがあったの。そういうこと言う親っているじゃない。でもそういうのが、うちにはなかったなって思うの」

「バキュームカーを馬鹿にすることか？」

「それだけじゃなくて、そういう決めつけるようなことぜんぶよ。朝鮮の子と遊ぶなとか、あそこんちは中国人だからとか、そういうこともいっさいない。私たちだって勉強しろとも言われなかったし、シンにいちゃんだって漫画描いてふらふらしててもとくになんにも言われなかったでしょ」

「いつまでも馬鹿やってるなとは言われたぞ」

「けどよそのだれかを引き合いに出して、ああいう馬鹿になるという言いかたはしなかった。もしモトが同性愛だとしても、あの人たち、べつになんにも言わなかったんじゃないかなと思うわけ」

「やっぱりそうだったのか」

「せかさないで。たとえだよ、たとえ。モトがもし、恋人ですって言って男を紹介しても、ひとまわり年上の女を紹介しても、それだけではうちの親はへんな目で見なかったと思うの。だから、私はモトが死んだのはそういうことじゃないと思う。世間は親とはちがってへんな目で見ただろうけど、あの子は世間体なんか気にするような子じゃなかったでしょ」

ああ、そう言うために前置きしていたのかと慎之輔はようやく理解する。が、謎は消えない。

「で、本当のところはどうだったんだ」

「わかんないよ、本当に私は知らない。もしそうだったとしても私はそれが自殺の原因だとは思わないってこと」

「じゃあ、おまえはなんであいつが死んだと思う」もう四年も前のことを、今さら蒸し返したって仕方ないと思いつつ、慎之輔は訊かずにはいられなかった。今日子は新しい煙草に火をつけ、翻るレースのカーテンを眺めて煙を吹き出し、

「あの子さ、なんだかよくわかんないけど馬鹿でっかいものと闘っていたような気がしない？　それで、負け戦なんだけど逃げられなかったのかなって思う」

「馬鹿でっかいものってなんだ？　世間体か？」慎之輔は身を乗り出して訊いた。今日子は慎之輔をじっと見て、それから天井を見上げる。

「私たちは学校もちゃんといってないし、馬鹿だから、あの子がなんの運動をやっていたのか、わかんないよね。戦争のことだって、べつにあんたの問題じゃないいって私はずっと思ってた。でもさ、あさま山荘の犯人が捕まったら、もうみんななんにもなかったようになってるじゃない？　モトはそうできなかったのかなと思うんだよね」

慎之輔は今日子のまねをして天井を見つめ、今日子の言葉を反芻する。彼女の言っていることの意味はなんとなくだが、わかった。

「前にね、あの子が、『とうさんはえらい』って言ってたことがあるの。『逃げたのはえら

い』って。戦争のときのことらしいけど。シンにいちゃんも知ってるでしょ？　とうさんが徴兵から女装までして逃げおおせたとかなんとかって話。嘘かほんとかわかんないけど、でも、ほんとだとしたらえらいってあの子は言うわけよ。だからね、私、あの子は逃げられなかったのかなって思うだけ。みんなみたいにさ、逃げて、なんにもなかったふうにはできなかったのかなって」

今日子はそこまで言うと口を閉ざし、ひっきりなしに煙草に口をつけては煙を吐き出した。今日子は天井から窓に目線を移し、何かをじっと見つめている。慎之輔もそちらに目をやった。半分開いた窓から風が入りこみ、レースのカーテンを膨らませている。青い空がカーテン越しに広がっていた。ちり紙交換のアナウンスが遠くで聞こえる。それ以外は静かだった。基三郎のこと以外に、太二郎のことも話そうと思っていたが、なんとなくそんな気分ではなくなり、慎之輔は手持ちぶさたに冷め切った紅茶をすする。

「山川さんは日曜もなしか」

「忙しいのよ」

「忙しいのはいいことだ」

意味もなく慎之輔は言った。結婚前に会いにきたとき以来、山川肇には慎之輔も両親も会っていなかった。去年の暮れ、仕事を辞めた今日子は翡翠飯店を手伝いがてら家に戻ってきていたが、新年三日に帰るまで、山川肇は顔を見せなかった。うまくいっているのかと母が訊くと、なんにも問題ないわと今日子は答えていた。

「シンにいちゃん、私ね、子どもができないの」

ふいに今日子が言う。レースのカーテンから妹に視線を移す。

「子作りに専念しようと思ったから仕事辞めたの。でも、できないのよねえ」

今日子はまだ、ぼんやりと窓のあたりを眺めている。その横顔にはなんの表情も読みとれない。

「煙草なんかいつまでも吸ってるからだ」慎之輔が言うと、やっと目を合わせて笑顔を見せ、

「そうね。願掛けかねて、やめてみようかな」と今日子は言った。

髪に結んだピンク色のリボンをどこから持ってきたのかと母親に詰問されて、客にもらったと言い張った幼い今日子が、急に思い出された。そんなはずはない、どこから持ってきた、どこで拾ったときびしく詰め寄る母に、今日子は負けずにもらったの一点張りだった。目には涙が盛り上がっているのに、それがこぼれることはなかった。今、白い家具に囲まれて笑っているのに、慎之輔の目には今日子があのときとそっくりに思え、あわてて煙草に火をつける。

3

観葉植物の陰から奥のテーブル席を窺う。とくになんということはない。太二郎と奈津

子は向き合い、コーヒーを飲んでいる。ときおり奈津子が何か言い、そうすると太二郎が答え、奈津子が笑う。奈津子が笑うと太二郎も照れたように笑う。奈津子は紺色のカーディガンにチェックのスカート、太二郎はねずみ色のセーターに黒いズボン。私服の奈津子が大人びているからか、太二郎が万年浪人生みたいだからか、ごくふつうの年若いアベックに見える。こちらを向いて座っている奈津子が目線を動かした気がして、あわてて慎之輔は背をまるめ新聞に顔を埋める。

あの子、ちょっと食わせ者かもしれないわ、と文江が言ったのは、昨日の夜だった。

このところ文江はできるだけ残業を早く切り上げて帰宅し、奈津子がやってくるのを待っていた。文江が家にいると今度は奈津子がなかなかあらわれず、慎之輔はやきもきしていたが、つい三日前、ようやく奈津子が翡翠飯店にあらわれた。今日はなんか食べていくのかと、すっかり顔見知りになった父親が訊くと、「いえ」と首をふり、「太二郎センセーイ」と母に呼ばれた太二郎が下りてくるのをにこにこして待っている。

亜歩路で勉強を見てくると、いつも通りのせりふを言って店を出ようとする二人に、「私もいっしょにいく」と文江は無理矢理同行したのだった。店を出る間際の太二郎はいかにも迷惑げな顔をしていたが、逆らえないらしくおとなしく文江を連れて出ていった。

喫茶店で過ごした一時間強、それにくわえバス停まで奈津子を送った十分程度のあいだで、かろうじて隙を見つけ文江は奈津子と二人だけで会う約束をとりつけた。パフェのおいしい店があるからと誘い、昨日、文江は銀座で会ってきたのだった。

奈津子は文江に対し気負うことも緊張することもなく、ごく自然に会話したそうだ。訊けばなんでも素直に答えたと文江は言った。

もうすぐ三年生に進級する酒田奈津子は、祖母と父、母、兄と妹二人の七人家族で川崎に住んでいるらしい。慎之輔と文江の推測通り、「真実の愛」と鼻息荒く言っているのは太二郎だけで、奈津子は「真実の」だの「運命の」だのとは決して口にしなかったが、それでも、太二郎と恋愛関係にあるのは認めたそうだ。

「といっても、何があるってわけでもないんだろう」

「そうは思うけど」またしても眠る基樹を真ん中に挟んで、小声で文江は言った。「でもあの子は何かにおわせるの。何かあったようなことを。でも女の勘だけど、なんにもないと思う」

恋愛関係と言うけれど、どういう交際をしているのかと文江が訊くと、教師と生徒という関係上、ふつうの恋人のように町を歩いたり映画を観にいったりすることはできないから、だから先生の家に食事をしにいったり、勉強を習いにいったりしているのだと、これも奈津子ははきはきと答えたという。それで、この先どうするつもりなのかと文江はさらに踏みこんで訊いた。

「藤代先生は卒業したら結婚しようと言ってくれていて、それはとてもありがたく思っています。ただ新学期がはじまったらまた教師と生徒に戻るので、卒業までは勉強をがんばろうと思います」と、奈津子は答えたそうだ。

話を聞けば聞くほど、奈津子は年齢のわりにはしっかりしたお嬢さんに思え、どこが食わせ者なのか慎之輔にはまるでわからなかった。思ったままを口にすると、「慣れすぎてるのよ」と、基樹の腹を撫でながら文江は言った。何か訊くとぜんぶ模範解答じみた答えが、まったく間をおかず返ってくる。そこがあやしい、と言うのである。

「しかも、太二郎さんに比べて客観的すぎるし、舞い上がっている太二郎さんを傍観しているふしもある。どういう交際をしているのか訊いたとき、『町を歩いたり映画を観たりできない』と言ったあとで、『藤代先生もそういうことは得意ではなさそうだし』ってつけ加えて、ふっ、って笑ったりするんだもの。しかもね、結婚のことをありがたいって言うから、大学にはいかないのか、太二郎さんと結婚したいのかって訊いたら、『家を出たいんだ』って言うわけ。おとうさんの酒癖が悪くて、おばあさんとおかあさんの折り合いが悪いから、家に居づらいんだって。そんな状況だから、太二郎さんと結婚したいのか、結婚に逃げたいのかよくわからないから、あと一年でしっかり考えるとずいぶん殊勝なことを言うんだけど、話が微細に変わっていくの。帰るころには酒癖が悪いのはおにいさんになってたし」と文江は、かつて田中内閣を批判したようにとうとうと話しだし、途中基樹は目覚めてぐずりはじめた。「父親も兄貴も二人とも酒癖が悪いんじゃないか」と、基樹をあやす文江に慎之輔が言うと、

「妹もひとり増えてた。あれ、七人家族じゃなかったっけって訊いたら、いちばん下の妹、

双子だって言ってませんでしたっけってしゃらんと言うの。なんかあの子はにおう。食わせ者のにおいがする」と文江は言うのだった。

それで今日も翡翠飯店にやってきた奈津子と、年ごろの女の子のように顔を上気させた太二郎が店を出ていったあと、頃合いを見計らって慎之輔は店を出て、喫茶店亜歩路に向かったのである。「パチンコいくんじゃねえだろうな」と父はいい顔をしなかったが、店が忙しくなる六時過ぎには戻るとだけ言って、あわただしくコックコートを脱ぎ捨て、店を走り出た。亜歩路は口実で、いないのではないかと思ったが、ちゃんと奥の席で二人は向き合っていた。テーブルにはコーヒーカップと参考書と筆記用具、文庫本が数冊のっている。カウベルの音にひやひやしながら慎之輔は席についたが、二人は話に夢中でこちらをちらりとも見なかった。

そうして盗み見るかぎり、奈津子はごくふつうのお嬢さんである。食わせ者という文江の言葉から慎之輔が想像するのはスカートの長いスケバンだが、私服の今だってまじめそうな格好だし、前に見た制服だってごくふつうだった。文江の、若い女への嫉妬も混じった先入観だろうかと疑いそうになる。

二人が席を立ったのは六時過ぎだった。慎之輔はレジに向かう彼らから身を隠すように新聞を広げ、二人が出ていくのを待った。扉が閉まると勘定書をつかんでレジにいく。もう店に戻らねばならない時間だが、二人がどこにいくのか見届けなくてはならなかった。

しかしなんのことはない、二人が向かったのはバス停である。かつて慎之輔が文江を送ったように、太二郎も奈津子と並んでバスを待っている。五分ほどのちに新宿駅行きのバスがくると、ほかの乗客とともに奈津子は乗りこみ、太二郎は日の暮れたバス停に立ってバスが見えなくなるまで手をふっていた。

果たして何がいけないんだろうと、帰り道、慎之輔は考えた。もし太二郎が奈津子を妊娠させたり、奈津子が今日子の部屋に居着いたりしたら問題になるだろうが、でも今のように交際しているだけだったら、問題は何もないのではないか。しかも文江の話によると、奈津子は「卒業までは勉強に力を入れる」と言っているらしい。勉強しか知らない太二郎が「真実の愛」「運命」などと口走るのは不気味だが、しかしやっと人並みになれたと思えば小憎らしい弟ではあるが兄として安堵もする。あと一年、亜歩路で参考書を広げるような清らかな交際を続けて、太二郎にとっては初恋の女性と来年春に結婚するというのは、きまじめな弟らしいといえばらしいではないか。

店に戻ると、夕食時を迎えた店内はてんやわんやだった。どこで油売ってやがった、と父親に怒鳴られながら慎之輔はコックコートに袖を通し、手を洗う。

「おい、おまえもたまには手伝えよーっ」

二階の自室にこもってにやついているのだろう太二郎に向けて声をあげ、慎之輔はコック帽をかぶる。

何も問題はないじゃないかと納得していた自分は、なんとのんきだったのかと慎之輔が自身に呆れるのは、それから二カ月もたたないころだった。文江が自分より頭もいいし勘だって働くことはわかりきっているのだから、もっとちゃんと妻の話を聞くべきだったと慎之輔は思うことになるのだが、しかし仮に文江の話を真に受けていたとしても、自分に何ができたろうかとも、同時に思うのだったが。

今日もまた、良嗣はホテルの地下のバーで酒を飲んでいる。バーは相変わらず年若い客でにぎわっている。案内係の従業員に連れられて、入り口から新しい客が入ってくるたび良嗣はそちらを見遣るが、待ち合わせている太二郎はなかなかあらわれない。こなくていいときにはふらりとあらわれるくせに、こうして待ち合わせると約束の時間を過ぎてもあらわれないのがおじである。

そのおじが、かつて教師だったとは未だに信じ難かった。

いや、信じ難いことはほかにもあった。父親が漫画家を目指していたことも、母親が世間では一流と認知されている大学を卒業していることも、その父と母が見合いでなく「恋愛」結婚したことも、良嗣にはすべて初耳だった。祖母の付き添い旅行でみな偶然に知ったことである。「そんなのぜんっぜん知らなかったよ、なんで教えてくれなかったの」と思わず太二郎に言うと、「ふつう知らないだろう」と太二郎は笑って言った。「自分のとうさんかあさんのこと、じいさんばあさんのこと、知ってるようでみんな知らないんじゃないか」と。

良嗣は小学生のとき、両親のなれそめブームがあったことを思い出す。たしか、名前の由来を親に訊いて作文を書くという宿題があったのだ。良嗣はそんなことを両親に訊くことにすら恥ずかしさを覚えるような子どもだった。父も母もまた、微に入り細をうがちそうしたことを語り出す人種ではなかった。「二人目の男の子って意味だよ」と母は言ったくらいだったか。「良い」という字が入っているから、「二人目の男の子が良い子に育つようにと願ってつけた」とかなんとか、良嗣はてきとうに書いた。けれどクラスには、その宿題に熱中した子が数人いた。名前にまつわる壮大なストーリーが作文帳に展開され、教師がそれらをいくつか読み上げた。未だに良嗣は覚えているのは、両親はサンフランシスコの空港で知り合って恋に落ち、だから自分はサン、太陽とシスコのコで陽子と名づけられたというエピソードである。駄洒落なのかと良嗣は思ったのだが、その作文はさらに幾人かの子どもをヒートアップさせ、みんな家に帰って出会ったなれそめを親に訊き、披露しあうことが一時期はやった。うちはお見合いだって、と言う子もいたし、うちは中学の同級生、と言う子もいた。そんなこと訊けやしない、と良嗣は思っていた。どんなふうにしたら子どもができるのか、そのとき良嗣はまだ知らなかったが、男である父と、女である母が、どこでどんなふうに会ったのかなんて、想像するだに恥ずかしかった。だから良嗣はそのブームの外にいたのだが、今、不思議に思う。どっちがふつうなんだろう。親のことを知りたいと思い、機会があればそんなふうに知ることのほうがふつうなのか。それとも、太二郎が言うように、興味が持てず、あるいは想像するのも恥ずかしく、何も知らないほうがふつうなのか。しかしながら、興味が持てないのはなぜだろう。恥ずかしいという気分の源はなんだろう。毎日いっしょにいるからだろうか。毎日顔を合わせることが当たり前の人間のことを、たしかに自分は知りたいと思わなかったし、知ろうとするのは恥ずかしいと思っていた。

「なんで教えてくれなかったの」と思わず良嗣は言ったが、そもそも自分が訊かなかったのだから、知らなくて当然なのだった。それにしても……と、薄いジントニックをすすって考え出したとき、ようやく太二郎があらわれた。眼鏡をかけたスーツ姿の男を連れている。バーにいるお洒落な若者たちに比べるとずいぶん垢抜けないが、けれど学生のように若く見える男だった。

「この人、陳《ちん》さん。麻婆豆腐の人とおんなじ漢字で、陳さん」

「はじめまして、陳です」と、陳さんはていねいに頭を下げた。

日本語学校を見つけたから通訳をしてくれそうな人をさがしてくると、突然太二郎が言いだしたのだった。まったく信用していなかった良嗣は、今日も太二郎はひとりであらわれるとばかり思っていた。陳さんと太二郎は良嗣を真ん中にしてカウンターに座る。

「じゃあまあ、知り合えたことを祝って乾杯でも」と、太二郎は身を乗り出し「シィエンライリャンピン、ピジュウ」とバーテンダーに告げている。聞き慣れない言葉を急に流暢《りゅうちょう》に操る無職のおじを、良嗣は珍獣を見るように眺める。

4

五月の連休初日から、酒田奈津子は翡翠飯店に居着いてしまった。

最初、連休前の平日の夕方、奈津子はセーラー服姿であらわれ、お手伝いしますと言ってエッちゃんと競うように料理を運びはじめた。ちょうど混雑時だったから人手はあればあるだけありがたく、「ナッちゃん、制服じゃアレだから、今日子の置いてった服に着替えといで！」と母は気安く言い、エプロンまで貸していた。

その日奈津子は帰宅した太二郎とカウンターで賄い飯を食べ、九時過ぎには帰っていったが、翌日もまたきた。その翌日も。さすがに不思議に思った父が、

「くればただ働きさせられちゃうよ」と言うと、

「いいんです、ここにくるとなんか元気が出るんです。それにごはんをいただいているし」と邪気のない笑顔で答える。

そこへきて、奈津子がくるからいいと思ったのか、エッちゃんが連休に休みをもらいたいと言いだした。地方とは違い、都心の店は連休には逆に客足が減るが、それでもアルバイトがひとりいるのといないのとではずいぶん違う。「私、手伝います」と奈津子が名乗りを上げ、両親はこれ幸いとずいぶん格安のバイト料で手伝ってもらうことにしてしまった。太二郎の教え子を雇うなんてよくないと慎之輔は反対したのだが、何も知らない両親

は相手にしなかった。

　そして連休初日、慎之輔の記憶にあるかぎり平日よりは空いているのがつねなのに、なぜか店は混んだ。夕飯時の混雑を過ぎても、飲み会帰りの学生のような客がとぎれず、もう帰っていいよと慎之輔は奈津子に幾度も声をかけたのだが、結局十一時近くに店を閉めるまで奈津子は働き続けた。しかも午後の数時間は、自分で言いだして慎之輔から基樹を受け取り、おぶうことまでしていた。

「泊まっていったら」洗い物のほかはろくに手伝いもできない太二郎は、九時過ぎからずっと店をうろついていた。

「そうだよ、泊まっていったらいいよ、今日子の部屋が空いてるんだから」母も言う。

「そんな、よくないよ、こんな若い娘さんが外泊なんて」慎之輔はすかさず反対した。

「こんな若い娘さんを今から帰すほうが危ないだろう。太二郎が親御さんに連絡すればいいじゃないか」

　冗談じゃない、と言いかけた慎之輔を遮り、

「平気です。自分であとから連絡します。お言葉に甘えて、泊まらせていただきます」と、奈津子は静かに頭を下げた。とうに帰ってきて食事を終え、眠る基樹を抱いた文江は、眉を上げて慎之輔を見遣った。

　そのまま、奈津子はずっと藤代家にいた。替えの下着や洋服を最初の日から持ってきていたらしく、きちんと着替えている。朝、藤代家の面々はそれぞれ自分の朝食を用意して

勝手に食べるのだが、目覚めて階下へいくと、太二郎と奈津子が向かい合って菓子パンを仲睦まじく食べていたりし、そのたびに慎之輔はどぎまぎとする。時間こそ変えるが奈津子は翡翠飯店から登校するので、居着いてから三日目に慎之輔は父親に、いくらなんでも今のままではまずいと訴えた。学校に知られたら太二郎だって奈津子だってたいへんな目に遭うと。が、「おやじは暴力で、ばあさんは寝たきりで、かあちゃんは酒浸りらしいじゃないか。少しくらいなら泊めてやったっていいだろう、悪いことしているわけじゃなし」と、言うのである。どうやら奈津子は母に訊かれ、文江にしたのとはまた異なる話を披露したらしい。そういえば、昔からこんなふうに他人が居着く家だったと慎之輔は思い出す。初体験の相手である繁子だって、身元もよくわからないのに母が家に上げたのだ。

それにしても。

夜、慎之輔は小玉電球の下でじっと耳をひそめている。文江もそうしていることが気配でわかる。隣の部屋を太二郎が訪れたりしないか、そうして見張っているのだった。もし気配がしたら飛び出ていって、立場をわきまえろと双方に言って聞かせるつもりだった。

太二郎が奈津子の部屋を訪れる気配はなかったが、しかし奈津子がそっと部屋を出ていく物音を聞いたのは、連休最後の日だった。慎之輔は橙色の光の下、文江を見る。文江も目を見開いてこちらを向いた。出ていったな、とささやくと、うん、とひとつうなずく。奈津子から太二郎の部屋に向かうのか。そんなに積極的な女なのか。痛むほど耳をすましていると、しかし忍ばせた足音は太二郎の部屋ではなく、階下へと向かっている。その音は近づいてくる救急車の音にかき消され、店にいったのか外に出たのか、それとも台所にいるのか、わかりかねた。

「見てくるか」慎之輔がささやくと、

「いいよ。食わせ者くさいけど、悪いことできるような子じゃないもの。おなか空いたかなんかしたんでしょ。見にいったら悪いよ」文江は言い、基樹の額を撫でてから目を閉じた。

翌朝、慎之輔が食堂にいくと、太二郎と制服姿の奈津子がいつも通り朝食を食べていて、昨日はどこにいったのかと結局訊きはしなかった。基樹を連れて下りてきた文江が朝食の準備をはじめるころ、「いってきます」と声を揃えて二人は家を出ていった。

連休が終わっても奈津子は翡翠飯店に居続けた。正確にいえば完璧に住み着いたわけではない。三日泊まって顔を見せなくなり、かと思うと制服姿であらわれて店を手伝い、そのまま四日、五日と泊まり、週末にまた帰ったりする。連休後は無給でいいと父には言ったそうだ。店にやってきた日はだれも何も言わないのにさっと着替えてエプロン姿で店を手伝い、最近動きが活発になり目が離せなくなった基樹の相手もする。注文聞きも配膳も連休のあいだにすっかり慣れ、自転車に乗っての配達も厭わず、基樹もなついているので、奈津子がくればたしかに慎之輔も助かり、知らぬうちに制服の奈津子が店の戸を開けるのを待っている。よく知らない人を幾度も家にあげてきたせいか、奈津子の不定期な滞在と不在に両親はすぐに慣れ、いなければ最初からいないように過ごし、奈津子がやってくれば平気で用事を言いつけている。

　梅雨に入ったころ、慎之輔は意を決して太二郎の部屋の襖を思いきり開けた。父は風呂に入っていて、母はビールを飲みながら帳簿をつけている。文江は基樹と添い寝し、奈津子は昨日から姿を見せていない。文机によりかかって太二郎は文庫本を読んでいた。襖を開けても本から顔を上げない。

「あの子の家、どうなってんだ」慎之輔は後ろ手に襖を閉め、あぐらをかいた。「何日もうちに泊まってるのになんにも言ってこないなんて、ずいぶんな親じゃないか。ふつう心配するだろう」

「にいさんも文江さんから聞いてると思うけど、ちょっと問題の多い家庭でね。彼女、進学を希望しているのに勉強どころじゃないんだ。それで彼女からもぼくからも、ご両親には説明してある。向こうは教師の家だからっていうんで安心しているよ」

「会ったのか」

「電話で話した」

「そんなにたいへんな家庭なのか。でも聞くたび話が違うぞ」

「違うって？」

「父親が酒乱だったり兄貴が酒乱だったり、ばあさんが寝たきりだったり母親がアル中だったり、妹が二人だったり三人だったり」

「具体的なことはともかく、受験生が平穏に過ごすのに向いている家ではないってことだ」

「それに、進学じゃなくて結婚するんじゃなかったのか」

太二郎の顔が瞬時にして赤くなる。「それはまだ……でもまあ、大学生だって結婚はできるんだし……それに文江さんだって籍を入れたのはまだ在学中だったろう」最後はなぜか勝ち誇ったように言う。

「もしかして赤ん坊ができたのか」文江の名を耳にして、慎之輔はつい声を上げた。太二郎の顔は赤を通り越してどす黒い色に変わる。

「ま、まさか。そんなことあるはずがないじゃないか！」怒鳴るように言う。

「そうだよな。そういうアレじゃないよな」自分に言い聞かせるように慎之輔はつぶやいた。

「だから親御さんは安心してこちらに任せているんだし、彼女だって安心してここに帰ってこられるんだ、清らかな人を清らかなまま守るのが教師の、教師の役目だろう」赤黒い顔の太二郎は咳きこむような口調で言う。

文机の向こうの窓が開いていた。風は入らず、むしむししている。雨は降っていないが、便所から臭気がたっているから夜には降り出すのだろうと慎之輔は考える。本当の愛ってのはいったいどういうものなんだと、慎之輔は弟に訊いてみたかった。が、愛などという言葉は口にするのも恥ずかしかった。事態を何ひとつ変えることができないまま、また、本当に訊きたいことも訊けないまま、慎之輔は弟の部屋をあとにした。そしてその年の夏の終わり、事件は起きた。

第十章

1

最初に気づいたのは文江だった。

夏休みに入って、また一日泊まっては三日帰り、二日泊まっては四日帰る、と変則的に翡翠飯店に出入りしはじめた奈津子が、「妊娠しているんじゃないか」と、文江は言うのである。

「妊娠ってだれの子だよ」思わず声を上げた慎之輔を、

「しっ」と制し、「だれって、そんなのひとりしかいないじゃない。あなたが妊娠させる？　お義父さんがさせる？」

「馬鹿なことを言うな」またしても声を荒らげ、ふと天井を見上げてすばやく勘定し、

「でも六月には何もないって太二郎は言ってたぞ」眠る基樹越しに慎之輔は言った。

「たしかに太二郎さん、なんかあったようには見えないけど、なんにもなくて妊娠するはずはないし……私の勘違いかなあ」

「なんでそう思ったんだ」

「朝方、戻してるのを何回か見たし、体調悪そうだもの」

「暑気あたりだろ」

「……そうかもしれないけど」文江はつぶやき、上半身を起こし電灯の紐を引っ張って明かりを落とすと、「きっとそうね。私の思い違いね」自身に言い聞かせるようにそう言って、夏布団をかぶった。開けたままの窓からぬるい風が入り、先月文江が吊した風鈴を静かに鳴らす。

それでも夏休みは何ごともなく過ぎた。奈津子は変則的に店を手伝い、太二郎は業務のある日は学校へいき、ない日は家で過ごし、奈津子の両親や祖母から藤代家に連絡が入ることもなかった。妊娠というのが文江の思い過ごしであるならば、このままずっと奈津子が居着いてしまってもだれも不思議に思わないくらい、平穏で代わり映えのしない日々が続いていた。

そうしてなんの前触れもなく、明日から高校は新学期だという日、奈津子と太二郎はいなくなった。

書き置きがなければだれも気づかなかっただろう。奈津子はそれまでもいたりいなかったりで、とうに成人した太二郎が一日二日いなくても、だれも気に留めなかったはずだ。

書き置きは母が見つけた。八月三十一日の朝、いつものように朝食の準備をするために台所に向かい、食卓に紙切れがのっているのを見つけたのだ。ちょっと、文江さん、慎之輔、ちょっと、という襖の向こうからの呼び声で、文江も慎之輔も目を覚ました。基樹が泣き出し、文江は寝ぼけ眼《まなこ》のまま抱き上げ背をさする。慎之輔は四つん這いで襖を開けた。

「ねえ、こんなものが」

あわてる様子もなく、まるで回覧板を見せるように母は紙切れを差し出した。ぼんやりとそれを受け取って文字を目で追い、「おい！」思わず慎之輔は大声を上げた。

みなさま、と手紙にはあった。太二郎の文字である。ぼくと奈津子と、授かったいのちとで、これから新しい家族として暮らしていこうと思います。落ち着いたら連絡いたしますので、どうぞさがさないでください。そして太二郎と奈津子の連名。

「何がみなさまだ！」慎之輔が布団の上に投げ出した紙切れを文江が拾い、んまあ、とうめくような声を漏らす。

「どこいっちゃったんだろう、よそさまの娘さん連れて……しかも赤ん坊まで……」襖の前に立ったままそうつぶやく母を見て、この人は、あわてるべきときにふつうにあわてることができないらしいと慎之輔は思う。基三郎が死んだときも、一見なんにもなかったように店に出て働いていた。

「とりあえず知り合いにそれとなく連絡をとってみましょう、二人がいきそうなところはないか」文江はやけにしっかりした声で言い、寝間着をまくり上げ泣く基樹の口に乳房を

押し当てている。「やっぱりそうだった。妊娠してたのね、ナッちゃん」つぶやくと、

「いやだ文江さん、あんたもそう思ってた？　私もなんだかそんな気がしたんだけど……」母が間延びして聞こえる声で言う。

「赤ちゃんがおなかにいるなら、へんな真似はしないと思うけど……」

「へんなって……それはだいじょうぶだ、太二郎はモトみたいなことはしないから。でも居場所の見当もつかないんじゃ……」

「明日は学校ですもんね。学校にはなんて連絡しましょうか。でも今日、手がかりがつかめるかもしれないし」

やけに落ち着いた女たちの話し声を上の空で聞きながら、

「何やってんだ、あの馬鹿！」布団の上に仁王立ちして慎之輔は吠えるように叫んだ。

その日、父と母と慎之輔は、手が空くたびに厨房に集まっては額を合わせ、今まで太二郎の口から出てきた友人の名を思い出そうとしたが、友人がいないのかそういうことを話さなかったのか、慎之輔は前者だと思うが、ともかくまったく、何ひとつ、だれひとり思い浮かばない。しかし話に出ないだけで学校の同僚で親しい人がいるかもしれないと父が言い、教師と生徒の全員が記載されている名簿があると母が言うが、しかし、詳細を知られずにどのような方便で同僚教師に連絡したものかと慎之輔が言うと、みな額にしわを寄せて押し黙った。歩行器に座る基樹の相手をしながら接客しているエッちゃんが、不思議そうに厨房をのぞきこむが、何があったか慎之輔も両親もひた隠しにして小声で話した。

教え子を身ごもらせた上に駆け落ちしたなどと、学校にばれたらたいへんなことになるが、近所に知られることだって避けたかった。

文江はその日早引けしたとかで、夕方前には帰ってきた。店は開けたまま、手が空くと厨房に集まってこそこそと対策を話し合う。名簿に載っている酒田奈津子の家に電話をすべきだと父が言い、それは危険すぎると文江が止め、太二郎と同世代とおぼしき教師を名簿からさがそうと慎之輔が言い、しかし名簿を見てもだれが同世代でだれが先輩教師なのかさっぱりわからず、太二郎の部屋を家さがししようと文江が言い、それにはみんなが賛成して、厨房を父母にまかせ基樹を抱いた文江と慎之輔は太二郎の部屋へいって、机から簞笥から天袋から、手がかりがないかくまなくさがした。

押し入れにも天袋にも本が詰まっていて、手帳や日記や、そうしたものはいっさいなかった。数少ない服の入った簞笥にまで、文庫本がぴしっと揃えて入っていた。机の引き出しからノートが出てきたが、高校時代の数学や英語のノートだった。エロ本の一冊でもあってくれと、次第に慎之輔は祈るように思っていたが、そうしたものも見あたらないのだった。

「まじめ一徹の人なのねえ」呆れたように文江が言う。「ここまでくると、優秀というより変わり者の域だわね」

「たがはずれると人間おそろしいよなあ」

畳に座った基樹が、言葉にならないちいさな声で、だれかと話すようにずっと何か言っていた。

翌日は早朝から、申し合わせたわけでもないのにみな食卓に集まり、学校へ連絡すべきかどうか話し合いはじめた。「しないほうがいい」というのが、父と母、慎之輔の意見だった。もしかして太二郎も奈津子も、どこからか学校に向かっているかもしれないのだ。そこにいるのに気をきかせて欠席の理由など述べて、やぶ蛇になったら困る、というのがその理由である。けれど文江は「したほうがいい」と言い張った。始業ぎりぎりに電話をかけ、不在を確かめてから欠席すると伝えればいい。二人とも学校にいっていればいいが、いっていなければ無断欠席になる。それはぜったいに避けたほうがいい、と言うのである。

「でも、いるかいないかどうやって訊くわけ」と母が訊き、

「今朝、すごく顔色が悪かった。無事そっちに着いただろうかと思った、とか」文江が答える。

「そんな、小学生じゃあるまいし」と慎之輔が言い、

「でもしないというのは危険すぎる」と文江は言う。

文江と母が話しながら買い置きの菓子パンやゆで卵を用意し、いつもばらばらにとっている朝食を、なんとなく全員いっしょにとる。基樹までがベビー椅子で文江の用意した離乳食を食べている。ふと慎之輔は、家族で揃ってテレビを見ていたときのことを思い出す。家族が全員集合した、最初で最後の時間。そのあとに続いたあれこれを思うと、今こうしてみんなで朝食をとっているのも、不吉なことの前触れのように感じるのだった。

いつもならこんなふうに意見が食い違った場合、たいてい文江の主張が通る。慎之輔も

父も母も、四大卒の文江はだれより頭がいいと内々で思いこんでいる節があった。文江の言うことに従っておけば間違いはないと。けれどこのとき、慎之輔は意見を変えなかった。「いや、ぜったいに連絡しないほうがいい。子どもじゃあるまいし、具合が悪そうだったから無事に着いたかどうかなんて訊いたら、何かあるって勘ぐられるに決まってる。あいつだって分別はあるんだ、相手の将来だって考えるだろうし、きっと登校してるに違いない」と、じわじわわき上がる不吉さに蓋をするように勢いよく言った。口の端から唾が飛んだほどだった。

「そこまで言うなら」基樹の口元にスプーンでつぶした南瓜を運びながら、文江は言った。父と母は困ったように顔を見合わせ、何も言わない。

基樹の食事が終わると、文江は手早く着替えて化粧をし、仕事に出かけていった。父と母と基樹をおぶった慎之輔は店に下りて黙々と仕込みをはじめ、十時半を過ぎたころ、いつも通り店を開けた。

太二郎の勤める高校から連絡があったのは、新学期がはじまって三日目で、その三日間、太二郎は学校にきていないということだった。最初の日と次の日、学校側から連絡がなかったので、慎之輔も両親も文江も、太二郎は奈津子とともに無事どこかから学校に通っているのだろうと推測していたのだった。電話に出たのは母だった。一昨日も昨日も、太二郎から連絡がくるかと思っていたが、こないので、生徒でもないのに申し訳ないが自宅に無事を確認したくて電話した、と学校側は告げたらしい。そうしてそのあとで、酒田奈津子という女生徒も無断欠席しているのだが、その生徒について何か知らないだろうかと訊かれたと言う。なんて答えたの、と慎之輔が訊くと、

「知らないって言ったよ。だって知っているなんて言えないだろう」母は動揺しているときに必ずそうなる、低くちいさな声で言い、「なんかなってたらどうしよう」と、慎之輔のコックコートの裾をつかんで言う。

「なんか、って何さ」

「死ぬことはないと思うんだよ、あの子が死ぬことはもうない。でもよそさまに、よそさまに手をかけたりしていたら」

「まさか」慎之輔は大声で答えたが、しかしにわかに不安になった。学校だってこのまま放っておくわけにはいかない。

その日定時で仕事を切り上げてきた文江を厨房に招いてとりかこみ、慎之輔も父も母も、まるで指導者の言葉を仰ぐかのように「どうしたらいいだろう」と詰め寄った。サッカー地のワンピースを着た文江は眉間にしわを寄せて考え、「捜索願いを出しましょう」と言った。

2

もし新学期の一日目、文江の言葉に従って学校に嘘の連絡をしていたら、果たしてこん

なことにはならなかったのではないかと、慎之輔はその後ずいぶん考えることになる。しかしそのほかのいっさいと同じく、「もし」の先はこの世に絶対的に存在しないのである。

母の言うとおり、太二郎は生きていた。本人にそうするつもりはなかったようだが、しかし、生きていた。

熱海の海で、太二郎と奈津子は自殺を図ったのである。明け方、服を着たまま海に入っていくところを犬の散歩途中の近所の老人が見かけ、あわてて公衆電話から通報した。老人は電話を終えると浜辺にとって返して彼らを呼び止めた。二人は胸のあたりまで水に浸かったまま、長いこと老人を見ていたそうである。

奇妙なのは、奈津子と太二郎の逗留していた宿がちがうことだった。奈津子は駅から急な坂を上がったところにある民宿に、山田真理子と偽名で宿泊しており、太二郎は海沿いの宿屋に泊まっていた。宿帳には、太二郎は本名を書いていたらしい。

奈津子はやはり妊娠していた。奈津子の家族も太二郎の家族も、また学校側も結婚や出産に反対すると思って二人で駆け落ちをした、二人で話しているうち、絶望的な気分になって死を決意した、あの世で家族で暮らすつもりだったと、太二郎は呼び出された学校の会議室で、校長はじめ数人の教師を前に説明をした。慎之輔は付き添いとして太二郎の隣に座っていた。奈津子はいなかった。馬鹿なことを、と吐き捨てるように禿頭の教頭が言い、あとはだれもが呆れたように口を閉ざしている。

「でも、なんで二人はちがうところに泊まっていたの」と、太二郎と同世代に見える教師が沈黙を破った。美術教師だろうか、カッターシャツとジーパンという、ほかの教師たちとは異なるラフな格好である。

「いや、あの、ぼくは教師ですから、いっしょに泊まるわけには」顔を上げずに太二郎は答える。

「だって子どもはきみの子どもなんだろう？」彼はさとすように訊く。

続けて、

「警察では違う説明をしたのではないの」温厚そうな年輩の教師が言い、

「いや、それは、いや、それは」太二郎は耳の縁まで真っ赤にしてうつむき、こわれたレコードみたいにくり返している。

教師たちはそれぞれ顔を見合わせ、慎之輔は妙な違和感を覚える。みんな、呆れているのではなく、この糞真面目な一教師に同情しているのではないか。

「ま、どっちが誘ったんであれ、心中までつきあわれちゃうと、こっちもこっちでアレなんだよなあ。あなたに非があるとされるのはしょうがないね」校長であろう、恰幅のいい初老の男が言うと、

「本当に申し訳ございません」太二郎は頽れるように椅子から降り、床に額をすりつけた。

「新聞なんかは、こっちも困っちゃうから、できるものはもみ消すけどね、まあ、どうなるかはわかんないよね」校長が言い、数人がまた、顔を見合わせている。

ここではだれも触れないが、どうやら「妊娠、駆け落ち、心中」の裏に何かあるようだ

と慎之輔は思いながら教師の面々を見ていた。そのとき急に、今日子の言葉を思い出した。うちの親は、もし基三郎が男色家でも何も言わなかったろう、というような意味の言葉だ。そうだ、あの両親は、太二郎が教え子と結婚すると言っても、もうじき子が生まれると言っても、反対はしなかったろう。しないどころか、これ幸いと奈津子を店で働かせ、アルバイトのエッちゃんにはやめてもらっただろう。太二郎だってそんなことはわかっているはずだ。なぜ絶望する必要がある？　死ななければならないと思い詰めるほどに？

学校から翡翠飯店に帰るまでの道すがら、何があったのか慎之輔は執拗に問いただしたのだが、太二郎は頑としてしゃべらない。「何があったのか、あの女子高生をさがし出して訊くぞ。見つからなかったら、あの高校の校門に立って全生徒に何か知らないか訊くぞ。おれは本気だ」脅すように言うと太二郎は、そろそろと兄を見上げ、口をへの字にした。笑おうとしているらしかった。

「だれの子でもいいと思ったんだ」

と、太二郎が絞り出すように言ったのは、喫茶店亜歩路の座席に座って三十分ほどもたったころだった。窓の外はもうとっぷりと暗い。

「だれの子でも、ナッちゃんの子なんだから、いっしょに育てようと思っていたんだよ。そんなの、言わなければだれにもわかんないさ」

「じゃ、おまえ」言いかけて、あわてて慎之輔は煙草をくわえる。今口を出したら、また太二郎は黙りこんでしまうかもしれない。

「にいさんたちだってそうだったろ。うちなら暮らせる。うちで産んで、うちで引き取って、うちで暮らせばいい。ぼくはクビになるだろうが、学習塾や家庭教師の職ならあるだろうし、彼女は夏休みのときみたいにうちで働けばいい。家族三人、食べるのには困らないさ、だって食べもの屋なんだから」ははは、と太二郎はうつむいて笑う。「籍だって、入れたくないというのだったら、ぼくはかまわなかった。真実の愛の前には、戸籍も書類も勝てっこないんだから。彼女が産みたいというならそうしてやりたかったし、彼女が面倒をみろというのならよろこんで見た。そういうのが真実の愛だろう。見返りを求めない、その人の真の幸福を願う愛だろう」

　太二郎はそう言って両手で顔を覆った。あちゃあ、と慎之輔は心のなかでつぶやく。

「で、だれなんだ、父親は」

「知らないよ、そんなのどうだってよかったって言ったろう、ただそいつは産むなんてぜったいに許さないと言っているらしいから、それでも彼女は産みたかったらしいから」

「だったらおまえの思うようにすればよかったじゃないか。うちで引き取って、おまえの言うとおり、うちならなんとかなっただろうさ。熱海くんだりまでいく必要も、入水する必要もなかったろうが」

「産むなって再三、脅されたんだ、彼女。それで産めないなら死ぬって。だから逃げようってぼく、言ったんだ。そいつの知らないところまで逃げて、そこで子どもを産んで、ぼくはがむしゃらに働くし、養うって。それでまず熱海にいって、そこからまだ遠くへいくつもりだったんだけど、そんなのうまくいくわけないって彼女が言い出して……。両親や親戚にばれたら、もう彼女はいくところがない、うちの親だって許してくれるはずがない、どっちも勘当されて、二人きりで知らない町にいって子どもを産むなんてこわいって。だいじょうぶだって言ったんだけど説得できなくて……それでぼく、あの世というものがあるならそこで家族になるのもいいなと思って……なんだかどうでもよくなっちゃったんだ」

「阿呆」慎之輔はうつむいた太二郎のつむじを、指で思いきり弾いた。「本当に死んでたらどうするんだよ。モトのことで苦しんだし、みんな苦しんでるの見てんだから、わかるだろ」

顔を覆ったまま背を丸め、ううう、と低くうなるように言っていた太二郎は、いきなり顔を上げ慎之輔に顔を近づける。泣いているのかと思っていたが、頬はぬれていない。白目がぎらぎらと光っている。その光った目で慎之輔を見据え、「たのみがある、にいさん」とまるで脅しつけるように言った。

「なんだ」ゆっくりと身を引きながら慎之輔は訊く。どうかやっかいなことを頼まないでくれと願いながら。

「トルコ風呂に連れていってくれ」

真顔だった。慎之輔は太ももを思いきりつねって笑い出すのをこらえた。お、おう。精一杯の真顔を作り、慎之輔は小刻みにうなずいてみせる。

一カ月もしないうちに、太二郎は懲戒免職になった。慎之輔は新聞沙汰になるようなことをおそれていたが、少なくとも藤代家でとっている新聞には教師と教え子が心中未遂という記事は載らなかったし、翡翠飯店を記者が訪ねてくるようなこともなかった。あれ以来奈津子はぱったりと姿を見せず、おなかにいたらしい子どもがどうなったのか、慎之輔には知りようがない。もし奈津子を子どもごと引き受けていたら、「クビになるだろうが、学習塾や家庭教師の職ならあるだろう」と本人が言っていたのだから、懲戒免職になったとしても、すぐまた太二郎は働きはじめるのだろうと慎之輔は思っていた。心中未遂で目が覚めたはずだし、トルコ風呂にいった時点で立ちなおっていると、慎之輔は信じていたのだった。が、職を失った太二郎は、仕事をはじめるでもないばかりか、職さがしをはじめる様子さえ見せず、家にいる。昼ごろ起きて、店も手伝わず、自室に閉じこもっているか、食堂でテレビを見ている。数センチ空いた襖の隙間から慎之輔が様子をうかがうと、太二郎はたたんだ布団に寄りかかって文庫本を読んでいた。午前三時過ぎに用足しに起きても、隙間から漏れる明かりはのびていた。

慎之輔が奈津子の居場所をさがしはじめたのは、太二郎がそんな状況なのを見かねてのことだった。もちろん二人を会わせるつもりは毛頭なかったが、ただ、知りたかった。太二郎をただもてあそんだのか、それとも万が一にでも好きだと思ったことがあったのか。おなかの子どもの父親はいったいだれで、そんな相手がいながらなぜ太二郎に近づいたのか。それから、太二郎が頭を下げたときの会議室の奇妙な空気も、奈津子に会えば理解できるのではないかと思ったのだった。そして理解できれば、太二郎をやる気にさせられると慎之輔は思っていた。まったく脈絡がないのに、そう思っていた。

太二郎に奈津子の連絡先を訊いても答えない。「連絡先は捨てた。もう覚えていない」と、聞き取れないほどの小声でつぶやき、その名を聞くたび部屋に閉じこもって食事もとらず一日出てこなくなるので、太二郎から訊き出すことはあきらめた。太二郎の留守にまた家さがしをしてみたが、今まではなかったエロ本が数冊、布団のあいだに隠されていたことに慎之輔はほっとしただけで、住所録も雑記帳のたぐいも見あたらなかった。そのかわり、教員名簿があった。

慎之輔は文江にそれを渡し、藤代の身内とばれないように、奈津子の連絡先を訊き出してほしいと頼んだ。そんなことができるかどうか慎之輔自身疑心暗鬼だったが、文江はそれを職場に持っていって、数日後、奈津子の実家の電話番号を入手した。

「まず私が、太二郎さんの以前の知り合いのふりをして電話をかけて、もちろん辞めたって言われて、それじゃ太二郎さんの同僚の先生と話したいと言って、それで電話に出てきたのが篠原《しのはら》先生という美術の先生」文江はその日の夜、食卓で眠る基樹を抱き、夕食の中華丼を食べながら得意げに話した。美術の先生と言われて、あのカッターシャツの男を慎之輔はすぐに思い出した。

「先生によると、あのあとすぐ、奈津子さんも自主退学というかたちで退学になったそうよ。彼女、高校一年生のときに他校の生徒と駆け落ち騒動起こして、千葉の木更津にある実家から、大田区にある親戚の家に預けられてたんですって。問題児だったのねえ。そんなわけだから、先生がたはみんな、太二郎さんに同情的らしいわね。まあ、奈津子さんはおなかの父親は藤代先生だって言い張っていたらしいし、太二郎さんもそれを否定しなかったから、学校としてああいう処分にするのは、しかたないっていえば、ないんだけどね」

「で、どこにいるんだ、大田区か、木更津か」

「たぶん木更津でしょう、って篠原先生は言ってた」

鞄から、藁半紙のメモを出して文江はテーブルに置く。十桁の数字を慎之輔は見据える。ごくりと唾を飲む音がやけに近くで聞こえた。それが自分のものだと気づくのに、少しかかった。

「私、電話して、約束とりつけようか」文江が言う。「女ならおうちの人も安心するでしょうし、それに私たち、前に一度銀座で会ったことあるから、彼女もまた出てきてくれるかもしれない」

慎之輔は藁半紙に鉛筆書きされた数字を指でなぞる。会ったって何ひとつ変わらない。太二郎が学校に戻れるわけではないし、以前の、糞生意気だったがそれでもまだ生気のあったころに戻るわけでもない。でも、会わないことは逃げることなんじゃないか。繁子や美津江や基三郎から逃げたのと、同様のことなんじゃないのか。

「頼む」慎之輔は言った。「日にちはいつでも合わせる。場所もどこへでもいく」

指定されたのは、だだっ広いロータリーの一角にある古めかしい喫茶店だった。

千葉で乗り換えた国鉄内房線の車窓からは、ときおり海が見え、そのたび慎之輔と文江は窓に額をくっつけるようにして海を見た。曇っていて、海は青というより灰色に近かったが、それでもずいぶん遠くにきたような気分になった。乗り換えの千葉駅で買ったビールを開け、文江の握ったおにぎりを食べはじめると、何をしにいくのかもすっかり忘れ、慎之輔ははしゃぎそうにもなった。自分たちは新婚旅行もいっていないことをふいに思い出した。

喫茶店は座席の半分くらいが埋まっていた。家族連れもアベックもいた。新聞を広げている老人も、漫画雑誌を手に白黒テレビを見上げている若い男もいた。慎之輔は反射的に雑誌名を確認してしまう。男が読んでいるのは少年サンデーだった。

待ち合わせの十三時を過ぎても奈津子はなかなかあらわれなかった。ちら、と文江を見ると、文江もちら、と慎之輔を見る。文江も同様にすっぽかされたと思っているらしいことが、その目つきでわかる。あと十分待ってこなかったら、海でも見て帰ろう、と慎之輔が言おうとしたとき、ドアにつけられたカウベルの音が鳴り響いた。

グレイのダッフルコートを着て、三つ編みに結った奈津子が二人のテーブルに近づいてきて、立ち止まる。

「ご無沙汰しています」頭を下げて、コートを脱ぐと二人の向かいにするりと座った。

奈津子がコートを脱ぐとき、慎之輔はすばやくセーターの腹のあたりに目を走らせたのだが、妊婦のようには見えない。まるで腹が出っ張っていないのだ。もしや狂言だったのではないかと思ったその直後、

「大きめのセーターだからあれですけど、もうおっきいんですよ」

と、腹に手をあてて見せた。なるほど、セーターを密着させるとほんの少し、腹は出ている。

「まだ目立たないのね」文江が中腰になって手をのばし、奈津子の腹をさするので慎之輔はどぎまぎする。女はどうしてこういうことに図太いんだろう、と思う。「太二郎さんの子じゃないんでしょ？」そうして文江は腹から手を離し、笑顔のまま言った。「どうして太二郎さんを誘ったの？　おとうさんでもないのに」

注文をとりにきた愛想のないウエイトレスに「ミルクティ」と告げてから、奈津子は文江を見て、まねするようにほほえんだ。

「おとうさんになってくれるって先生が言ってくれたし、私もそのつもりだったんです」

「それならどうして死のうとなんてしたの？」文江はおだやかな声で訊く。

「子どもの本当の父親が、もし子どもを産んだりしたら殺すって、脅しにきたから」

「それ、だれなんだ」慎之輔は思わず身を乗り出して早口で訊いた。もちろん知りたかったからでもあるが、何もかも文江にゆだねているようなばつの悪さもあった。が、奈津子は一瞬本気で脅えた顔を慎之輔に向けた。文江が目で慎之輔を制して、口を開いた。

「ただ私たち、本当のことを知りたいだけなの。太二郎さんがどうして学校をやめなきゃいけなかったのか、知りたいの。本当のおとうさんの素性が知りたいんじゃないわ。おとうさんにはなってくれない事情のある人だったのよね？」

奈津子はうつむく。奥の席から赤ん坊がむずかる声がし、父親の舌打ちが聞こえる。アベックのおさえた笑い声が聞こえる。テレビの音声はしぼってあって聞こえない。慎之輔はうつむく奈津子の髪の、定規で引いた線のような分け目を見る。清楚で気立てのいい女の子に見えていたが、今は彼女がどんな顔をしても演技をしているようにしか見えない。

「熱海まで脅しにきたってこと？　じゃああなたは、その人には連絡していたのね。熱海にいるって」

「私はこの子を産んで、藤代先生と家庭を作ろうと本当に思ったので、それを伝えたんです。心配しないでいいからってことを。お別れだとも思ったし。そしたらその人、ずっとんできて、堕ろせって。そんなことするくらいなら、死のうと思った。私はひとりでそうするつもりだったんです、本当に。そうしたら先生が、いっしょにいてやるって。いっしょに死ねば、来世で家族としていっしょになれるって」

「なあーにが来世だ！」思わず声を荒らげ、慎之輔は文江に脛《すね》をつねられた。

ずいぶん前に運ばれてきた紅茶に、思い出したようにミルクを入れて、かきまわすことなく奈津子はそれに口をつける。家族連れが去って急に店は静かになる。うつむいていた奈津子がふと顔を上げて窓の外を見る。慎之輔もつられてそちらに視線を送る。泣く赤ん坊をあやす母親と、ふりむかずに先をいく父親が窓の外に見えた。空はさっきより低く垂れ下がって見える。

「それで、結局、産むことにしたのね」

「もう堕ろせない時期になったんで」

家族連れのもう見えない窓の外を見つめたまま奈津子が言い、慎之輔は唐突に彼女を責める気力を失う。彼女を責め、太二郎をののしる気力を失う。

「なあ、あんた」気づいたら、話しかけていた。「そんなら、本当にうちにきたらどうだ。一度はそうしようと思ったんだろう、太二郎と所帯をかまえて子どもを育てたらいいじゃないか」言いながら、何を言っているんだと笑いたくもなったが、しかしそうなればそうなったでいい、とどこか本気で思っているのもたしかだった。「あいつ、今は仕事をしてないけど、養う家族ができればすぐに働くだろうし、頭いいんだから職なんかすぐに見つかる。うちは食べもの屋だから、食うには困らないし、あんたなら、慣れているだろう、手伝ってくれていたんだから」

奈津子はぽかんとした顔で慎之輔を見ていた。しばらくそうしていたあとで、横に座る文江を同じ表情で見、

「無理です」

と言って、ちいさく笑った。

奈津子とは、駅のホームで別れた。奈津子は木更津でなく、二つ先の駅に住んでいるの

だと言って、ホームでそれぞれ、のぼりとくだりの列車を待った。

「いいな、って思ったこと、ありました」曇り空の下、のびる線路を見つめて奈津子がふと、言う。文江と慎之輔は奈津子を見た。「お店で働かせてもらっているとき。こんなふうに暮らして、ここで子どもを産んで、その子はみーんなに相手してもらって、にぎやかななかでおっきくなっていけたらいいなって、思ったことがありました」

「そんなら」慎之輔が思わず言うと、

「そういうこと、私はきっとできないから、だからいいなって思ったんです」奈津子は言った。

くだりの電車が先にやってくる。文江があわてて口を開いた。

「前言ってたけど、暴力はだいじょうぶなの」

列車が止まり、扉が開く。数人が降りる。

「なんのことですか？」

奈津子はにっこりと笑ってそう言うと、列車に乗りこみ、頭を下げた。扉が閉まり、列車が走りはじめても、頭を下げたままだった。

「なんだか、わけがわからなかったな」

千葉に向かう列車に乗り、慎之輔は腕組みをして隣に座る文江に言った。

「わからなかった」文江も同意し、窓の外を見つめていたが、「食わせ者だったのかどうだったのか、わからなかった」と、つけ加えた。

「暴力の話は嘘だったのかな」

「でも、あなたが身を乗り出したとき、びくっとしたじゃない。もしかして本当かもしれないって私、あのとき思ったのよ。だからさっき訊いたの」

「子どもの父親は、どこのどいつだったんだろうな」

「そうね、それはわからないね。でもまあ、家庭のある人だろうね。おとうさんになってくれない人、っていうんだから」文江はそこで言葉を切って慎之輔を見、「もしあの子が、それじゃ、って本当にうちにきたら、どうしてた？」と、真顔で訊いた。

「どうもこうもない。今と同じだよ」

そう答えてから、慎之輔は、その様子が先ほどよりよほど現実味をともなって想像できることに驚く。大人六人、子ども二人、風呂場や便所がいつも手狭で、自分と太二郎はしょっちゅうけんかするだろう。子どもたちは子犬のようにじゃれあって店先で遊ぶだろう。手狭さに嫌気がさした奈津子にせっつかれ、太二郎は近くにアパートを借りて引っ越すかもしれない。けれど夜は、毎日翡翠飯店によってちゃっかり夕飯を食べていくだろう。あんまりありありと想像できたものだから、慎之輔は深い喪失感まで味わう。そして、ふと、理解できたような気になる。両親が繁子や、今では記憶にないだれかれを家に招き入れた、その気持ちを。

「無理だ、ってのは、そんなに太二郎がいやだってことなのかね」

ぼやくように言いながら、慎之輔は繁子や美津江のことを思い出す。自分だって、彼女たちと家庭を作ろうなんて思いつきもしなかったのだ。

「いやだ、というのとはちがうと思う」

だからその、文江の答えはよくわかる。いやだ、というのではないのだ。反対に、文江を、彼女たちよりよほど熱烈に愛していた、ということでもない。

「なんなのかね」

慎之輔はつぶやく。いったい何が他人と他人を結びつけるたり、結びつけなかったりするのだろう。

「なんなのかねえ」隣でぼんやりと、文江がおなじ台詞をくり返す。

3

雪が降りそうに冷えこんだ十二月のある日、今日子が水色のトランクをひとつ提げて、ふらりと翡翠飯店にあらわれた。どうした、と父が訊くと、「お正月の里帰りだよ」と、正月までまだ半月以上あるというのに、言う。

「なんでも手伝うからさ、人手が必要なときは声かけて」そう言って暖簾をくぐり、家に上がっていく。そうしてすぐまた店に戻ってきて、「タイにいちゃんがいたんだけど、学校ってもう休みなの」と、見てはいけないものを見たような口ぶりで言う。今日子は何も知らないのだと慎之輔は思い出す。今年、今日子の住まいを訪ねたとき、基三郎の話はしたが太二郎のことは結局言い出せなかったのだ。

太二郎は、あれからもずっと同じような生活をしている。昼ごろ起きて、自室にいるか、台所にいる。店が忙しい時間、基樹の世話を頼むとおとなしく相手をしている。奈津子に会ったことは、文江と相談した結果、太二郎には話していなかった。

「あとで説明する」慎之輔は短く言って、流しにたまった汚れものを一気に洗いはじめた。

七時過ぎに帰ってきた文江が、食卓でともに夕食をとりながら事情を今日子に説明したらしい。店じまいのあと、ビールを片手に食卓に着いた慎之輔に、

「あの子も馬鹿だよねえ」声をひそめて今日子は言った。「どうするつもりなんだろう、これから」

いっしょに家に戻ってきた父と母は、聞こえないふりをしている。父も冷蔵庫からビールを出してテレビをつけ、母はやかんを火にかけてお茶の用意をしている。基樹を寝かせるのでお先に、と文江が自分たちの部屋に向かった。

「でもさあ、犯罪じゃなくてよかったよね」まだやめていないらしく、テーブルに置いた慎之輔の煙草に手をのばして今日子は言う。

「犯罪じゃなくたって、警察沙汰だよ」母が忌々しそうに言う。

「でも刑事事件にならなかったんだし、とりあえずだれも死ななかった。私ね、タイにいちゃん、このままいったらなんかしでかすんじゃないかと思ってたんだよ」

「何かって、何」お茶を入れた母は食卓に帳簿を広げて訊く。

「下着泥棒とか痴漢とか」

「馬鹿言うんじゃないよ」呆れたように母は苦笑した。「あんたは何、お正月までいるつもりなの」

「だってお正月なんてもうすぐじゃない。手伝うわよ、店でも家のことでも」

「山川さんとなんかあったの」母は帳簿に目を落とし、さりげなさを装っているような口調で訊いた。

「なんにもないよ。親孝行しようかなと思っただけ。山川もお正月には挨拶にくると思うよ。でもいいときに帰ってきた。タイにいちゃん、部屋にこもってるきりなら、私なんとか外に連れ出すよ」

「出ないと思うけど。ときどき出てくのだって、近所の喫茶店だよ」慎之輔は言った。

「だからって放っておくのもねえ」ちらりと自分を見る妹は、どうせまた、シンにいちゃんはすぐそうやって面倒から逃げると言いたいのだろうと、慎之輔はかすかに苛立つ。

「そうじゃなくて、あいつ、本気でしおれてるからあんまりいじくんなってことだ」慎之輔は言い、飲みさしのビールをあおって立ち上がる。


その日から今日子は実家に居着いた。慎之輔と文江が使っていた元自分の部屋で寝起きしている。ここは今日子の家でもあるのだが、しかしそれにしても人の出入りの多い家だと慎之輔は呆れるように思う。文江は、太二郎に頼むかわりに今日子に基樹の世話を頼み、今日子がそれを快諾したので、動きの活発になった基樹をみんなで働きながら見張っていなくともよくなった。今日子は思いのほか面倒見がよく、朝は早く起きて文江から基樹を受け取り、仕込みがはじまると基樹を連れて散歩に出かけていった。同時に、太二郎をどこかに連れ出そうとしているみたいだったが、太二郎が今日子と出かけるようなことはまったくなかった。

家に閉じこもっていた太二郎が外に出たのは、クリスマスも過ぎ、町のあちこちに門松や門飾りを売る屋台が出て、町じゅうが急激に師走のせわしなさを漂わせはじめたころだった。

午前中に今日子と出かけていったはずの基樹が、よちよち歩きで暖簾を分け入って店にきて、「タイやん、おにわ」と慎之輔の脚にまとわりついてくり返す。このところようやく基樹は二つの言葉を続けて話せるようになっていた。慎之輔は適当にあしらって中華鍋をふるっていたが、

「おにわで何してる?」母は真顔で基樹に聞いている。「おにわ、タイやん、おんも」基樹はきゃっきゃっと笑う。

「あんた、見てきてよ」慎之輔が炒めた具材を皿に移し替えるのを見届けて、母は言った。

慎之輔が店を出たところで今日子と出くわした。

「今、呼びにいこうと思ってたの」

「太二郎、庭で何やってるんだ」

「車壊してる」

「はあ？」慎之輔は訊き返し、「すまん、モトたのむ」今日子に言い置いて庭へとまわりこんだ。

このあたりは明確な区画がない。昔から隣に住んでいる田山一家と藤代家は、どこからどこまでがどちらの土地とそもそも決めているのかいないのか、ただなんとなく、そびえるように立つブナの木が暗黙の境となっていて、基三郎がバンを持ちこんでからは、そのバン自体が両家のボーダーラインとなっていた。単なる粗大ゴミと化したそのバンを、今日子の言うとおり太二郎は壊していた。曇りに曇った窓ガラスはすべて割られ、とうにつぶれたタイヤは外され、そうして今、太二郎は開け放ったドアをもぎ取るためか、つるはしを振り上げては振り下ろすことをくり返している。弟をしげしげと見つめ、いったいどこからつるはしなんて持ってきたんだと、のんきな感想を慎之輔は抱く。

「それじゃあいくらなんでも壊れないだろう」

あきれたように言うと、太二郎は慎之輔に気づいて手を止め、つるはしを放り置くとセーターを脱いでランニング姿になり、にこりと慎之輔に向かって笑いかけた。今まで見せたこともないような爽快な笑顔である。そんな顔をされると思っていなかった慎之輔はたじろぐ。「ど、どうすんだ、車壊して」声がうわずる。

「いや、邪魔だろうと思って。田山さんも、これがなくなればずいぶんすっきりすると思うし」

「それでぜんぶ壊すのは、でも無理がある」

「廃車処分の手続きとったから。もうじき、業者が引き取りにくる」

「じゃあそんな、おまえが壊さなくたって」

「そうなんだけど、少しでもちいさくしたほうが持っていきやすいだろうと思って」

笑顔で言い、つるはしをもう一度手にして再度振り上げ、思いきり振り下ろしている。耳障りな音が響き渡る。灰色の曇り空の下、丸く白い太二郎の肩は、汗で濡れている。ちいさくしたほうが持っていきやすい？　三カ月も部屋に閉じこもっていたこの弟は、頭のねじがいかれてしまったんだろうかと慎之輔はざわざわと不安を覚え、その場に突っ立って太二郎を見つめる。バンのドアはへこみ、銃弾のような穴がいくつも開いているが、しかし本体からはずれそうもない。

「いろいろ、すまなかったなあ、にいさん」つるはしを上下させながら太二郎が怒鳴るように言う。「学校にもきてもらったし、心配もかけて」い、いや、と、慎之輔は答えるが声にならない。「そういや、モト、モトってちっこいモトな、しばらく見ないうちに、話せるようになってるな」

「まだちゃんとは話せない」

「タイやん、ってぼくのこと呼ぶんだ。タイやん、あげるって、駄菓子持ってきた」

「業者におまえが連絡したのか」

「そうだ、この車は動かない鉄屑で、ほかの何かじゃないんだ」

「ほかの何かって」

「モトや、モトの悩みや、ぼくたちの罪悪感や、かわんない過去や、もう戻らないもの、そういうもんじゃないんだ、ただのゴミなんだ、ゴミは捨てたほうがいいんだ」

　文江もそうだが大学出というのはずいぶんまどろっこしいもの言いをする、と慎之輔は内々でこっそり思う。太二郎はしばらく無言でつるはしを振り下ろしていたが、それを足下に置くと倒れるように仰向けになった。思わず走り寄り、顔をのぞきこむ慎之輔に、また爽快な笑みを見せる。「だいじょうぶだ、ずっと動いてなかったから軟弱になってるだけだ。ああ、疲れた」

　太二郎の言うとおり、業者はそれから一時間もしないうちにあらわれた。小型とはいえクレーンでバンを持ち上げ、トラックの荷台にのせるという大仕事だった。慎之輔は太二郎と庭先に座りこんでそれを眺めた。途中、慎之輔は缶コーヒーを買ってきて業者に振る舞った。

　ずいぶん長いあいだそこにあったものがなくなると、不在がやけに存在感を持ってそこに居着いたように感じられた。そこに「ない」ということが、寒々しく居座っている。その奇妙な空白を眺めながら、慎之輔と太二郎は缶コーヒーを飲む。

「なあ、にいさん、うちの親、愛し合ったと思うか」唐突に太二郎に訊かれ、慎之輔はコーヒーを噴き出しそうになる。真実の愛だとか運命だとか、弟の言いだす素っ頓狂な言葉にまだ慣れることができない。

「なんだ、それ」

「ぼくはそうは思わないんだな。あの二人が愛し合ったとは信じ難い。見ていればわかるだろう。戦中の新天地で心細い男女がただつがった、そんなようなもんだろう」

「つがったとか、気味の悪いこと言うな」

「でもあんな二人でも家族を作った。不思議だと思わないか。愛し合ってもいないのに、家族は作れる。ぼくたちは本当に愛し合ったのに家族にはなれなかった。ぼくは彼女の子どもがだれの子だって引き受けるつもりだったし、彼女もそれを泣いて喜んでくれた」

しかし、弟が耳慣れない素っ頓狂な言葉で語っていることは、海沿いを走る列車のなかで自分が考えていたこととおなじだと慎之輔は気づく。

「縁がなかったってことなんじゃないのか」

結局は、縁などという曖昧な言葉で理解するしかないような気がする。それだって、真実の愛と変わらないくらい胡散臭い言葉だと慎之輔は思っているのだが、ほかに思いつかないのだ。

「縁なんて、ぼくらが作れると思ってた。真実の愛は縁より強いって、本気で思っていたんだよな。そう話したら、彼女もそう言ったよ。それなら私も縁を作る。作るよう努力するって」

「作れるもんなのかねえ」

「作れると、ぼくは思ってたんだよ。神なんて信じてないからさ。ぼくらがこうすると決めたら、それは本当にそうなるはずなんだ。でも、ぼくらは家族になれなかった。なんでだろうなあ、にいさん」

そう言う太二郎は笑っていた。糞生意気さや攻撃的なほどの真面目さが一気に消えうせ、卵みたいにつるりと笑っているのが気味悪くもあり、また、真実の愛を知ったと言いつつ真実愛されたことのない弟が不憫だった。

「女はいっぱいいいる」慎之輔は言った。文江ならもっとうまいことを言うだろうと思いながら。

「ああ、そうだね」慎之輔の吹き出した煙の行方を目で追い、ぼんやりした声で太二郎は答える。

「見つかるまでは、またトルコ風呂にいきゃあいい」

太二郎は、ふふ、とちいさく笑った。

あらー、すっきりしたわねえ。甲高い声がして顔を上げると、隣家の縁側に田山のおばさんが立っていた。「やーだ、なんか、恥ずかしいねえ、見え過ぎちゃって」おばさんは笑い、慎之輔も困ったように笑ってみせた。

4

新年三が日を過ぎても、松の内を過ぎても、正月の雰囲気が早くも消えてしまっても、今日子は翡翠飯店にいたし、太二郎は新しい仕事を見つけようとしなかった。今日子は一日基樹の相手をしている。太二郎は庭のバンを処分した日以来、部屋から出てくるようになったが、今後どうするつもりだということはいっさい口にしない。基樹をみてもらう手が多いのは助かるし、客がたてこめば太二郎に洗い場を任せて慎之輔が出前にもいけるのだが、しかし定職のない大の大人が二人も家にいるのは落ち着かず、また一気に人口密度が濃くなって、慎之輔も父も母もたぶん文江も、うっすらと苛ついているふうではあった。何しろひとつの便所、ひとつの風呂、ひとつの洗面所、ひとつの台所を大人六人、幼児ひとりで使うのだ。子どものころは家族六人、一間で寝ていた慎之輔だが、いったん人口密度の薄い気楽さを覚えてしまうと、窮屈でしかたがない。

最初に苛立ちを言葉にしたのは、母だった。九時過ぎに帰ってきた文江は風呂に入っており、慎之輔と父親は食卓についてイカの薫製をつまみにビールを飲み、母はお茶の入った湯飲みをかたわらに置いて帳簿をつけ、太二郎は自室にこもりカセットデッキでクラシック音楽を聴き、風呂から上がったばかりの今日子と基樹は、テレビの前にはりついてピンク・レディーとともに歌い踊っていた。

「あんたいつ帰るの」帳簿から顔を上げ母は大声で言った。にぎやかさに負けまいと出したのだろう大声が、怒りで声を荒らげたように聞こえた。

「何よ、帰れってわけ」踊りをやめずに今日子は怒鳴り返す。

「あんたはね、うちみたいな家族は作らないって捨てぜりふを残してこの家を出ていったんだよ。帰ってきたっていいさ、あんたの家だもの。けど、そんならどうなってんのか説明すんのが筋でしょうよ！」

今日子はふと踊るのをやめ、かたわらで丸い尻をふって踊る基樹の隣にしゃがみこみ、そのちいさな腕をとって操り人形のように動かす。基樹はおもしろがって澄んだ笑い声を出す。ピンク・レディーの曲がサビに向かって盛り上がると、対抗しているつもりなのか、上階から聞こえるクラシックの音量もあがった。

「子どもできないんだよ、私。うちみたいじゃない家を作りたかったのに、子どもができなきゃ作れないんだよ！」今日子は基樹を操りながら怒鳴る。

「そのことについて何か言われたのか、山川さんに」

「あの人にはほかに女がいるよ。そのうちその女に子ども産ませるんだよ」

話の内容にそぐわない大声で今日子は言い、言ってから、基樹の手を離ししゃがみこんだまま膝に顔を埋めた。父はテーブルに広げていたスポーツ新聞から顔を上げず、母はそろばんから顔を上げず、基樹はもっと相手をしてくれと言いたげに今日子にのしかかり、テレビを見ていた慎之輔は、山川肇の最初の悪印象を思い出した。たしかに女を作りそうなやつだったと、べつだん驚かずに思った。

文江が風呂から出てきて、今日子から基樹を受け取って二階へいき、帳簿をつけ終えた母は今日子には何も言わず風呂に向かい、今日子はテレビを消して流しの下から焼酎の瓶を取りだし、コップに注いで食卓に着く。泣いているかと慎之輔は今日子を盗み見るが、涙のあとは見あたらず、目も赤くない。太二郎のクラシックはいつのまにか聞こえない。先ほどまでの騒々しさが嘘のように静まり返っている。遠くで消防車のサイレンが聞こえた。

「どうすんだ、それで」慎之輔は向かいで焼酎を飲む今日子に、ぼそりと訊いた。

「私は別れない。別れませんよ。シンにいちゃん、文江さんに訊いてよ、子ども産めないからハイそれまでヨなんて、このご時世にあっていいの？　人権無視で訴えることできないの？」

この妹が蓮っ葉なもの言いをするときは、心のなかでは違うことを考えていることを、慎之輔は知っている。「離縁されそうなのか」やさしく訊けばますます蓮っ葉なことを言うだけだから、わざとぶっきらぼうに言う。

「ううん。そうは言われてない。向こうはさ、たぶん私から切り出すのを待ってると思う。だって向こうから女ができたから別れてほしいなんて言ったら、私から慰謝料請求されるかもしれないいんだもんね。まあ、慰謝料とって別れてやってもいいんだけどさ」

「でもこの家にいたままじゃ、おまえのほうが勝手に出ていったって思われるんじゃないか」

今日子はくちびるを尖らせて黙る。男と女のことはわからない、と慎之輔は思う。そもそもなぜ今日子があんな胡散臭い男に惚れたのか。金を持っているからじゃないかと慎之輔は思っていた。この家を早く出ていけるなら相手はだれでもよかったのではないかと思ったこともある。でも今、子どものようにくちびるを尖らせている今日子は、あの健康用品野郎にまだ心を残しているようにも見える。まったく、太二郎も今日子も、なんだってこう、男や女を見る目がないのだと、慎之輔はイライラと思う。

まだ新聞に目を落としたままの父が何か言い、慎之輔は父を見遣る。父の開いた新聞には上田馬之助の写真がのっていて、さっきからずっとページをめくっていないことがわかる。今日子も父を見つめている。父は新聞に顔を落としたまま、ぼそりと低い声でつぶやく。

「逃げろ、と言ったんだ」

慎之輔と今日子は意味がわからず顔を見合わせた。

「そこにいるのがしんどいと思ったら逃げろ。逃げるのは悪いことじゃない。逃げたことを自分でわかってれば、そう悪いことじゃない。闘うばっかりがえらいんじゃない」

逃げろってことは、さっさと離縁しろってことか？　ここに戻ってこいってことか？　おやじ、何言ってるんだと慎之輔が口を開きかけたとき、くふんと今日子が妙な声を出し、見遣るとへの字に閉じた口からあぶくになった唾が垂れて、そしてへの字の両側がどんどん下がり、今日子は目をぎゅっと閉じて泣き出した。閉じた口からは唾のあぶくが、閉じた目からは水滴がこぼれ続ける。

父は新聞を乱雑に畳んで席を立ち、風呂にも入らず奥へと引っこんでいった。泣く妹を不思議に思いながら、似たようなことを前に聞いたなと慎之輔は思い出す。逃げたのはえらい、と、だれが言ったのだったか。基三郎。そうだ、基三郎がそう言っていたと、今日子が言ったのだ。その意味ですら、慎之輔には未だにわからない。

それからしばらくすると、太二郎が昼間、家を出るようになった。夕方には戻ってくるから、職安にでも通っているのだろうと慎之輔は思っていた。二月も終わりになると、出かける太二郎とともに、基樹を連れて今日子も出ていくようになった。まるで家族のように出かけ、連れだって夕方帰ってきては食卓で賄い飯の夕食をとる。二人が親しげに話す光景は、以前には見られなかったものである。何やってんだ、と慎之輔が訊いても、二人は悪巧みをする子どものようににやにや笑いで答えなかったが、その年の春、今日子の離婚が決定したのち、ようやくわかった。

今日子はひとりで暮らしていくために、飲み屋をやろうと思いついたらしい。そうしてその物件を、商店街のツテをたどって太二郎がさがしていたのだった。ゴールデン街に空き物件があって、そこを借りる手はずが調ったと今日子は翡翠飯店の厨房にきて報告した。そうして桜の咲く季節、今日子は山川肇と離婚し、曙町の木造アパートを借りてふたたび家を出たのである。

ゴールデン街の物件を借りる保証金と、木造アパートの敷金礼金は、慰謝料代わりに山川肇が出したことを慎之輔は文江から聞いた。

今日子から、店をはじめるから営業開始の前日に見にこいと連絡が入ったのは、八月のなかばだった。土曜で、平日よりは客足が悪く、もう上がっていいと父から言われた慎之輔は、文江と基樹と連れだって店を出た。「おやじたちもあとでこいよ」と、出がけに声をかけたが、返ってきたのはいくでもいかないでもない生返事だった。太二郎は今日は一日今日子の店で内装や片づけを手伝っている。

「しかし、早かったな」西口から東口に抜ける地下道を歩きながら、慎之輔は思わずつぶやく。「別れるのも早かったし、店をはじめるのも早かった」

「逃げろってお義父さんに言われたって、今日子さん言ってたよ」このところずいぶん今日子の話を聞いていた文江が言う。

「それがどういうことなのか、おれにはわかんないんだな」

「闘う気でいたんだって。別れる気はなかったし、正妻だから闘って勝てると思ってたんだって。でもね、逃げろってお義父さんに言われて、すっとこわくなったんだって、今日子さん、言うの。山川さんって人がよくわからなくて、こわくなったって」

「こわい」雑踏を歩きながら慎之輔はくり返す。

「ねえ、はじめて会ったとき、あの人のこと、ちょっと変だと思わなかった?」文江は慎之輔をのぞきこむ。

「変っていうか、胡散臭いとは思ったさ」

「私はね、もっとなんていうか、得体の知れないような人に見えたの。いっしょに食事をしたとき、山川さんのおかあさん、なんだかびくびくしてあまりしゃべらなかったじゃない？　あれ、息子がこわいからよ。なんか言うと怒られたり、機嫌を損ねたりするのよ。あのとき自分の商売のことしか話していなかったしね、あの人。どうしてよそに女の人を作ったのか、自分に子どもができないからか、それとも単に浮気癖のある人なのか、それも今日子さんにはわからないのよ。わからないのがこわいんだって。そういうことを平気でして、平気で嘘つく人とかかわりあって、闘おうとするなんてなんだかおそろしいことだって、急に思ったんじゃないかな。それで、全力で逃げて、でも、逃げるが勝ちよ、お店、開くことできたんだから」文江はおかしそうに笑った。

さっきまで、夜の外出に興奮していた基樹は、地下道で慎之輔に抱かれるとうとうとし出し、地上に出るころには白目をむくようにして眠っていた。

「でも、よくある話ではあるよな、男の浮気なんて」

「ばっかねえ」文江は慎之輔の背中を思い切り叩く。「そんな時代は古いよ。これからはそんな男はどんどん見限られる時代になる。今日子さんは新しい女性だよ。堪え忍ぶことを闘うなんて勘違いしなくて、よかったと思う」学生だったころを思い出させる口調で言うと、文江は歩く速度を上げ、「そういえば」付け足しのように言った。「今日、わかったんだけど、基樹、おにいちゃんになるから」

「え、なんだって、今、なんて言った」数メール先をいく文江を追いかけて慎之輔は訊いた。

「原因が今日子さんだけにあるとは思わないけど、でも、今日子さんのぶんまでたくさん産んで、それでいっしょに育てるんだ」肩越しに振り返って早口で言うと、おなかに子どもがいるなどと思えない身軽さで文江は夜の町を走り出した。

第十一章

1

長男基樹の誕生日も、長女早苗の誕生日も、いや、自分自身の誕生日ですらろくに覚えていない慎之輔だったが、次男良嗣が生まれた日にちははっきりと覚えている。一九八〇年の八月十九日である。

その日、夕食の混雑がそろそろおさまるかというころ、文江はいきなり産気づき、慎之輔はあわてて通りに出てタクシーをつかまえた。母がつきそって文江とともにタクシーに乗った。病院は新宿駅を越え、四谷方面にある。渋滞がなければ車で十分ほどの距離だ。

文江と母を乗せたタクシーを見送り、慎之輔がテーブルの後かたづけをはじめると、おもてが次第に騒々しくなった。ヘリコプターが飛ぶ音がし、消防車が行き交う。「なんだ、事故か」カウンターで新聞を読みながら晩酌をしていた常連客が言い、「火事だろ、めずらしくもない」厨房で父が答えた。

バスが燃えてるよと、酒屋の主人が駆けこんできたのは、それから数十分後だった。西口でバスが燃えてる、たいへんなことだと叫ぶと、また店の外に走り出ていった。客たちは顔を見合わせ、あわてて食事の残りを掻きこんで次々に店を出ていく。慎之輔はぽかんと店に立ち、ガラス戸越しに外を見ていた。

「なんだ、バスが燃えてるって。おまえ、見てこい」父親が言い、慎之輔はコック帽も脱がず、店を出た。通りはすでに渋滞している。中央公園を突っ切って西口を目指す。頭上でヘリコプターがやかましく旋回している。何か不吉な予感がした。火事か、爆発か、テロルかわからないが、文江の乗ったタクシーが巻きこまれているのではないかと考え、あわてて打ち消す。去年、ようやく塾講師として働きはじめた太二郎は、今日が休みで、基樹と早苗を連れて神宮球場に野球観戦にいっている。西口からバスに乗って帰ってくることもあるから、もしかして三人の乗ったバスが爆発したのではないかと考え、また打ち消す。急げ、と思うのに足が思うように前に進まない。のろのろぐずぐずと慎之輔は歩いた。

西口バスターミナルはたいへんな騒ぎだった。火は消されているがあたり一面焦げくさく、テレビカメラと野次馬が群がり、その隙間から黒焦げのバスが見える。文江と母と太二郎と基樹と早苗の無事を確認したいが、しかしこの大混雑から彼らをさがしだす手だてもない。慎之輔は人波に押されるまま、その場に居続けた。ずっと前に、あれは地下だったが、やっぱりこうして大勢が群がっていたなと、そんなことを思い出す。若い男女は恍惚として歌をうたっていたんだった。そんなことを思い出している場合ではないのに、そこで文江と会ったのだったと、すっかり忘れていたことを慎之輔はちいさな驚きを持って思う。

放火だ、テロだと人波のどこかから声が聞こえるが、何が起きたのかはさっぱりわからない。結局、人混みに押されて数メートルゆらゆら移動しただけで、慎之輔はバスターミナルに背を向けて歩き出した。

早苗と基樹を連れて太二郎が帰ってきたのは、慎之輔が帰り着いてから三十分ほどたったあとだった。早苗は太二郎の背で眠り、基樹は太二郎の手を握っていた。あの人波に太二郎もいたらしい。

「見ちゃったんだ」太二郎は店に入ってきて、悄然《しょうぜん》と言った。「ものすごい火柱だった、モトの目を覆うのを忘れて見入っちゃったんだ、こいつには見せるべきじゃなかった。すまない」頭をさげる。火事だったんだよと、基樹は得意げに説明した。「こーんなにでっかい火が燃えて。消防車と救急車が何台もきて」その隣で端《はた》から見てもわかるほど脚をふるわせているのは、基樹でもなく早苗でもなく太二郎だった。

店を閉め、カウンターで慎之輔が炒飯を食べているとき、店の電話が鳴った。ヤエからだった。生まれたよ、男の子だ、と言う。

「道がものすごく混んでて、タクシーのなかで生まれるんじゃないかってひやひやしたよ!」と大声で言って、ほがらかに笑っている。

付近一帯の商店主が月に二度ほど集まる寄り合いは、この数年で世代交代が行われ、父の世代より慎之輔に近い世代の男たちが集まるようになった。三十代、四十代が中心で、集まる場所もチェーンの居酒屋になり、ほとんどの場合ただの飲み会で終わる。が、このところこの寄り合いで、土地買収の話題がよく出るようになった。

大手ディベロッパーの名刺を持った男が、土地を売る気はあるかと訊いてまわっていると、最初は八百屋が言い出し、そのうち数人が、うちにもきたと言うようになった。なんでも買収額がけた外れらしい。「うちの猫の額ほどの店売って、孫の代まで遊んで暮らせる」と、嘘か本当か、薬屋は言う。うちにもこないものかと慎之輔はひそかに「ディベロッパー」とやらを待っていたのだが、ついにあらわれた。まだ若いスーツ姿の男がやってきて、寄り合いで言われているそのままに、土地を売る気はないかと言う。

「ねえよ。帰んな」カウンター越しにいっしょに話を聞いていた父は即答し、奥に戻って寸胴鍋をかき混ぜている。

「坪、いくらくらいなわけ」慎之輔が小声で訊くと、たしかに、想像していた額の三倍を男は口にした。

「おら、慎之輔、二番さんの定食、とっとと用意しな！」

父が怒鳴り、男は眉毛を下げて笑いながら席を立った。くれぐれもよろしくお願いしますと慎之輔に名刺を押しつけ、店を出ていく。

売ろう、とその日、慎之輔は店じまいのあとで父親に言った。「東口があんなににぎやかになってこっちにくる客なんていやしないんだ。きたって高層ビル群が通せんぼするように並んでて、こっち側はさびれる一方だ。引っ越すなら今だ。あれだけまとまった額で買ってくれるなら、どこへだっていける。もっと繁盛する場所がある。でかい家も建てられる」

力説したが、しかしテレビと向き合いビールを飲む父は「売らん」と一言言ったきりだった。

「遠くへいこうってんじゃない、高田馬場とか目黒のほうだっていい。どこだって引っ越せる」慎之輔は帳簿をつけている母に言ってみたが、

「どこだっていいならここだっておんなじだろ」母は鼻で笑って顔すらあげない。

提示された金額がほしいのでも、今より広い家に住みたいわけでもなかった。新宿はいやだ、と慎之輔は思ったのだった。もしここが川崎だったら、千葉の房総だったら。琵琶湖のほとりだったら、富士の麓だったら。基三郎は学生運動と無縁だったかもしれない。基三郎の自殺の直接の理由がそれだとは思わないが、学生運動とまったくの無縁だったらやっぱり弟は死ななかった気がするのである。それから、今日子だってあんな胡散臭い健康食品セールスマンと知り合わなかったはずだ。農家や公務員といった、根っこのある家に嫁いで平凡な嫁になっていたはずだ。それから二年前の西口で起きた放火事件の記憶もまだ鮮やかだ。テレビの報道は、地方出身の季節労働者が、何もかもうまくいかない人生

に嫌気がさして犯行に及んだと伝えている。あるワイドショーでは、地下通路に続く階段で男が飲酒していたところ、通行人からののしりの言葉を受けてカッとし、それが引き金になったと言っていた。

あの日、新宿駅近辺にいた家族のだれも、巻き添えをくわなかった。でも、もし何かが一分でも早かったり遅かったりしたら、巻き込まれていたかもしれないのだ。現に、亡くなった人がいる。今考えても尻の穴がぞわぞわする。それに、と慎之輔は考える。それに本当に巻き込まれなかったといえるのだろうか。爆発を見たらしい基樹は、しばらく夜半に絶叫に近い大声をあげて目を覚まし続けていた。ようやく部屋を出て勤めはじめた太二郎は、「死んだ人と自分を隔てているものはなんだったんだろう」と、家族のだれもがうんざりするくらい、言い続けていた。太二郎は未だに思い出したように言うのだ、「なんでぼくが生きてて、もっと立派な人が死んだのかな」だの、「運とか縁って、なんなのかな」だのと。

ここが新宿でなかったら、房総だったら琵琶湖だったら、その季節労働者は放火なんかしなかったように慎之輔は思う。ここで暮らすということは、つまりそういうことなのだ。巻き込まれ過ぎる。何に、と問われれば、時代に、というほかない。基樹が、早苗が、良嗣が、基三郎の二の舞にならないという保証はないどころか、そのための地雷が未来にわたって至るところに仕掛けられている。

けれどこういうことを順序立てて慎之輔は説明できない。

「だってどうせ不正してぶんどった他人の土地だろう」そんな言葉しか出てこない。「他人の土地だから売れないね」と、父に言い返されては、もう次の言葉が出てこない。

基樹が小学校に上がるころには、周囲の多くは引っ越していた。八百屋も金物屋も、鰻屋もスナックも。いくつかの土地にはマンションが建ち、いくつかの土地はまだビニールで囲われている。「ディベロッパー」とやらは、しばらく翡翠飯店に通い続けていたが、父が首を縦にふらないのでそのうち姿を見せなくなった。寄り合いの人数は半分に減り、商店街は「街」などと呼べないほどさびれはじめた。そうして慎之輔は、唐突にやる気を失った。

逃げまい、として戻ってきた家だった。免許を取り、メニュウを変え、繁盛を願い、継ぐと決めて働いてきた。が、所詮、父がいるかぎりここは父の店だと思い知らされたのである。寄り合いに集まる商店主たちは、ほとんどみな店を任せられている。薬屋が去年新装開店したのは息子の意見だったし、酒屋がコンビニエンスストアに様変わりしたのも、息子夫婦がそう主張したからだと慎之輔は彼らから聞いて知っている。なのに、翡翠飯店はまだ父と母のもので、彼らが隠居する気配はない。

翡翠飯店はまだ活気づいてはいる。昼どきと夕食時は冬場でも汗だくになるほどせわしないし、出前の電話も頻繁にある。けれど慎之輔がここに戻ってきたころほどには繁盛はしていない。二時だろうが三時だろうが絶え間なく客がくるようなことはない。だから慎之輔は、客足の途絶える時間帯を正確に把握していた。それで、手が空く時間になると店を出るようになった。東口をぶらついてピンク映画を見たり、四時に開店する寄り合い仲間の居酒屋に顔を出したり、喫茶店で漫画を読みふけったりする。さぼってんじゃないと父にも母にもたしなめられるが、すべて無視した。そのうち喫茶店に画用紙を持ちこみ、漫画のあらすじを考えるようにもなった。

そうして怠けるようになって、久しぶりに少年漫画を読んだところ、あまりの変化に慎之輔は驚いたのである。かつて慎之輔たちが夢中になったような、熱や泥臭さや、正義や未来への憧憬はそこにはなくて、不条理な笑いや、くり返される戦闘や、慎之輔には理解できない設定に満ちていて、慎之輔なりに憤慨を覚え、本当の漫画ってのはこういうもんだともの申したくなったのである。どこにもの申せばいいのかわからないまま画用紙にあらすじやネームもどきを描き、灰皿を吸い殻の山にして、店が混み出す七時前にあわてて帰るのだった。

天皇が病に倒れ吐血したとニュースが流れたのは残暑の残るころで、寄り合いがあるたび、みな口々に年内はもつか、Xデーはいつかとそんな話ばかりしていたが、その年は昭和のまま一年を終え、翌一月、三が日が過ぎて数日ののち、天皇危篤とテレビの報道番組が伝えた。その翌日、土曜日の朝、慎之輔は子どもたちを起こす母の声で目覚めた。

「起きな」おさえた母の声がすぐ近くで聞こえた。目覚めると文江は部屋にはおらず、基樹と早苗が上半身を起こしているところだった。「起きな」母は眠る良嗣を揺すり、続ける。

「今日はたいへんな一日になる。何が起きるかわからない。悪い人がお店に乗りこんできて、めちゃくちゃにされるかもしれない。外でどんなことがあるかわからない。だからあんたたち、今日はぜったい外に遊びにいっちゃいけないよ」

「ばあさん、何言ってんだ。いつの時代だ」慎之輔は伸びをしながら笑った。

「時代が変わるときってのはぜったい何かあるものなんだ。暴徒が暴れるかもしれない」

「暴徒って、どっからくるんだよ」とすると、店は休むのか。いや、どうなんだろう。

「学校は」早苗が、慎之輔の質問を代弁するように訊く。

「休みに決まってるだろ」母は眉間にしわを寄せて答えた。「天皇が亡くなったんだから、学校も何もみんな休みだよ」

2

良嗣の最初の記憶は、隣家との境にある大木に基樹が作った秘密基地である。基地というほど立派なものではなく、基樹はただ、丈夫そうな枝と枝の股に古い座布団をくくりつけただけである。そこへ、ヤマトのアニメ絵がついたリュックサックを背負って基樹はよじ登っていく。リュックサックには駄菓子やジュースや漫画が入っていて、座布団に腰掛けて読んだり食べたりするのである。良嗣はまだ兄のようには木登りができず、ただ、見上げていた。木々の隙間から見える兄のぷっくりした脚や、得意げに自分を見下ろすその顔を。

太二郎おじは、最初は興味を持っていなかったようだが、次第に基樹の秘密基地を面白がるようになり、率先してそこを基地化した。幹と並べて柱を立て、幹を囲むように板を四角くはりめぐらし、古い毛布を敷き詰め、柵まで作った。子ども二人は座れるベランダのようなスペースができたのである。木の上の家など、父も母も、祖父母も、まるで関心を示さないのに、太二郎はよくそこにいた。外から見ればいかにもたよりなさそうな基地は、意外に頑丈なのだった。基樹は自分がそこにいると、良嗣が入ってくるのをいやがって拒んだが、太二郎はそんなことはしなかった。そこでおじと二人でいるのは、不思議な爽快感があった。良嗣は漫画を読んだりおもちゃの拳銃をいじったりし、太二郎は文庫本を読んだりあぐらをかいて目を閉じていたりする。そんなことが良嗣には心地よく、そこで食べる駄菓子はやけにおいしいのだった。

太二郎はいつも家にいるわけではなくて、いたりいなかったりした。船乗りなのではないかと良嗣は想像したことがある。いないときは航海しているのだ。家にいればいたで、秘密基地を強化してくれたり、いっしょに基地にいてくれるから、ただうれしかった。

「もしここをもっと増築して住めるようにしても、木の上の家は家ってことにはならないんだ」と、太二郎は幼い良嗣に言った。太二郎と良嗣は、木の上の秘密基地であぐらをかいて座っていた。「住民として認められないけど、そのかわり税金を払わなくてもいい。ここにいながら、いないように暮らせるってわけだ」良嗣は太二郎が言っていることが今ひとつわからず、透明人間みたいに暮らせるってことかなと想像しながら、フーンとわかったふりをして聞き流し、店から持ってきた漫画雑誌を読んでいた。太二郎はもしかしてここに住みたいのかなと良嗣は考え、そして顔を上げ、自分たちを覆い隠すような生い茂った緑の葉と、その隙間から見える自分たちの家を見、それ、すっごくいいかも、と思った。ここで、太二郎と二人で暮らすのだ。早くしなさいと両親にせかされることもない。じいさんのおつかいで煙草を買いに走らされることもない。基樹におもちゃを壊されることもなければ、早苗にからかわれることもない。風呂にも入らなくていい。しかも、税金とやらを払わなくてもいいらしい。

「じゃ、タイちゃん、ここに暮らそうよ、ぼくたち」良嗣は言った。

「そうだな。車のなかで暮らすより、はるかに気持ちいいよな。ここから小便だってできるしな」

太二郎は言い、良嗣は、大人の太二郎がここから立ち小便をする光景を想像して、日向くさい毛布に寝転がり、足をばたつかせて笑う。そうしても木の家はびくともしない。

昭和が平成へと変わったのは、良嗣が八歳のときで、正月がすんですぐのことだった。その日、「外に出るな」と祖母は言ったが、臨時休業の店にだれか押し入ってくることもなく、大勢が外で暴れる気配もなかった。おもてはこの数日よりいっそう静かで、走る車も歩く人も少なく、耳がぴりぴりするほど寒かった。テレビはずっと大人のニュースをやっているし、父も母もテレビゲームをやらせてくれず、昼前にやってきた今日子も相手をしてくれず、昼食は買い置きしてあった菓子パンやカップラーメンで、ともかく大人たちはみんなテレビの前に座っている。基樹は「外に出るな」の言いつけを破って、昼ごはんのあと出かけていった。友だちとゲームセンターにでもいったのだろう。

「なあ、ドライブでもいくか」子ども部屋で寝転がって漫画を読んでいると、襖を開けて太二郎が言った。部屋の隅でウォークマンを聴きながら、爪を磨いていた早苗もイヤホンを耳からとる。いく、と起きあがってから、「でも車なんかないじゃん」早苗は言った。

「ないなら借りればいいさ」

「でもばあちゃんに怒られる」良嗣が言うと、

「こっそりいけば平気だよ。ね、タイちゃん、私ホブソンズのアイスって食べてみたい」早苗が甘え声を出した。

玄関をこっそり出るときは午後六時を過ぎていた。とうに陽は落ちている。良嗣と早苗は、太二郎がレンタカーショップから借りてきたという軽自動車に乗りこんだ。すると朝は出かけるなと言った祖母が、するりとドアを開け当然のような顔つきで助手席に乗りこんでくる。

「なんだよ、ばあさんもいくの」太二郎が訊くと、

「暴動は起きなかったようだね」前を見据えて祖母は言った。

そうして太二郎の運転する車は、シャッターを下ろした翡翠飯店の前から出発した。

良嗣は窓に額をつけて窓の外に見入った。窓の外を流れていくのは、まったく知らない町だった。いつも夜までこうこうと明るい新宿は、電球のワット数を変えたかのように薄暗い。ネオンの明かりも店の明かりもなく、そのまま視線を上に持ち上げると、やけに星がくっきりと見えた。昭和が終わったと祖母も父も太二郎も言っていた。平成というのが新しい年号になるそうだ。でも、それが何を意味するのかはやっぱり良嗣にはわからなかった。もしかしたら平成と呼ばれる明日からの日々は、こんなふうにどこもかしこも真っ暗になるんだろうか、とだけ、考えた。

最初は驚いて見入った暗い町も、新宿を過ぎ千駄ヶ谷にさしかかるころには、良嗣には退屈なものに変わった。早苗も同じらしく、ちょっかいを出してきてはにやにや笑っている。後部座席で小突きあいをし、馬鹿笑いをしても、祖母も太二郎も叱らなかった。

「やあ、東京タワーも消えてるな」太二郎が素っ頓狂な声を出し、良嗣と早苗は小突きあいをやめてフロントガラスを見たが、もうどこを走っているのかわからなかった。タイちゃん、おなかすいた、と早苗が言っても、祖母も太二郎も返事をせず、よほどおもしろいものがあるかのように窓の外を眺めていた。

その日は新橋のガード下にある焼鳥屋に四人でいった。ガード下はほとんどの店がシャッターを下ろしていたが、焼鳥屋とあと数軒が営業していた。店のなかではなく、通路にテーブルが出してあるのが珍しく、またはじめて食べる焼鳥が驚くほどおいしくて、早苗のちょっかいに応じることなく良嗣は続けざまに串にかぶりついた。

気づいたら、祖母が酔っていた。酔った祖母を見るのははじめてだった。客の全員が見るような大声で笑い、太二郎の背をばんばん叩き、良嗣のほっぺたを舐め、椅子から落ち、落ちたままで笑っていた。見たことのない祖母の姿に良嗣は恐怖すら覚え、いったい何が起きたのか、テーブルに着いてから今までのことを懸命に思いだそうとするが、思いだせるのはついさっき食べたばかりの焼鳥のたれの甘じょっぱさと、皮のにちゃにちゃした食感と、手羽の食べにくさばかりだった。早苗も不気味なものを見るようにして祖母を見ていた。

祖母は太二郎に起こされて椅子に座りなおすと、笑うのをやめ、据わった目つきでだれにともなく、言った。

「遠くまでいこうなんて思わなかった、ただどうしよう、どうしようと思いながら博多まででいっちまったんだ、どうしようどうしようって言ったまま気がついたらずいぶん遠くにいたんだよ、でもね太二郎、私はどこにいったんだろうって思うんだ、未だに思うんだよ、ねえ、私はどこにいったんだろうね、どうして死んでいないんだろうね」

良嗣は早苗を見た。早苗も不安げな顔でこちらを見ているので、おんなじことを考えているのがわかった。そんなに遠くにきてしまったんだろうか。もう、帰れないのではないだろうか。助けを求めるように太二郎を見上げると、焼鳥の串をじいっと見つめた太二郎

までも、

「ぼくもね、かあさん、なんだかすごく遠くにきてしまった気がするよ。そんなつもりはないのに、不思議だね。気づくとずいぶん遠くにきていて、帰れない」

と、言うではないか。大人二人が帰れないと言っている、この煙の立ちこめた店はもしや地の果てなのかと、良嗣は真剣に考える。

「どうして死んでないんだろう」

太二郎は祖母とおなじせりふをつぶやき、

「昭和が終わっても、まだ続くんだよ」

祖母はそれに応えるようにつぶやき、それが会話になっていないことが、良嗣にはまたおそろしい。二人は暗号で何か重要な取り決めをしているのではないか。目の前の皿に手をのばし、良嗣はそこに残っている串にかぶりついた。苦手なレバーだった。もかもかするそれを、恐怖と不安といっしょに苦労して飲みこんだ。

焼鳥屋から駐車場まで、太二郎は祖母をおぶって歩いた。その後ろを、早苗と良嗣はとぼとぼと歩いた。道はやっぱり暗かった。本当に地の果てみたいに思えた。置いていかれたら帰れないと思い、良嗣は緊張して歩いた。

夜に沈みこんだような駐車場で、下ろせと祖母が怒鳴り、太二郎は祖母を背から下ろして車に鍵をさしこんだ。祖母はその場で踊りだし、良嗣は思わず早苗の手をつかんだ。早苗の手はじっとりと汗ばんでいた。

「ねえタイちゃん、帰れる？」おそるおそる訊くと、
「帰れるさ」太二郎は困ったように笑って、言った。

それが昭和だったのか、平成になってからなのか、良嗣はどうも思いだせないが、本当に住むことが可能なほど太二郎が手を入れた秘密基地が壊されたのも、そのころである。住み着いた、といっても、食品や着替えを持ち込んで下りてこなくなったわけではない。大人たちの使っている言葉では、太二郎はそこで「集会」をはじめたのだった。

最初は、太二郎の仲間は翡翠飯店に集まっていた。なんの仲間か、良嗣は知らなかった。船乗り友だちではないかと想像した。基樹が小学校を卒業するまで、学校や幼稚園が終わると、数年前まで良嗣は早苗と基樹とともに、ゴールデン街にあるおばの店にいっていたが、基樹が中学に上がってからは、良嗣も早苗も家でそれぞれテレビを見たりゲームをして時間を潰していた。良嗣はそれに飽きるとよく店に出て、手伝いのまねごとをしていたから、太二郎の仲間を幾度か見たことがある。あるときから急にやってくるようになった、男女取り混ぜた四、五人ほどだ。ときどき混じっている若い女が、良嗣を呼んでチョコレートやガムをくれるから、彼らがくると良嗣はわざと店に手伝いにいったりもした。だから、祖母が彼らを怒鳴りつけて店から追い出したのも、良嗣はその場で見ていた。

太二郎とその仲間たちはいつものようにビールを飲みながら食事をし、食事を終えても席を立たずそこで何か話していた。ねえ、何話してるの、とその日良嗣は話しかけた。そ

の日はだれも相手をしてくれなかったから、注意を引きたかったのだ。

「どうしたら真の幸福を手に入れられるかってお話ししているのよ」若い女が真顔で言う。

真の幸福って何。良嗣は訊いた。

「ものやお金で私たちはしあわせになれない。今の苦しみから抜け出すことはできない。そんな世のなかもしあわせになれない。どうやったら私たちはそういうものから逃れて、真の自由を獲得できるかってことなの」

そのときだった。出ていけ！　と、すりこぎで中華鍋を叩きながら祖母が怒鳴ったのは。店内にいた客はみな動きを止め、呆気にとられて祖母を見る。

「おまえら、出ていけ！　この店で集会をするんじゃない！　太二郎、そいつらをどっか連れ出せ！　この子にへんなことを吹きこむんじゃないっ」カウンターから身を乗り出すようにして、祖母は怒鳴る。

「奥さん、へんなことじゃないんです、私たちは真面目に幸福について」

祖母はかっと目を見開いてふたたび中華鍋をすりこぎで叩き出し、それをやめない。わかったわかった、わかりましたと太二郎が大声で言い、みな、両手で耳を押さえながら出ていった。それを見送って祖母は、ふん、と鼻を鳴らして洗いもの作業に戻ったのである。

祖母の言葉通り、太二郎とその仲間たちが店にあらわれることは二度となかったが、ひとり、二人とときどき太二郎を訪ねてきて、そのまま木の上にいき、何時間も下りてこない。太二郎は以前のように、秘密基地に良嗣を呼ばなくなった。「キトウ」をしているのだと大人たちは話していた。

「キトウって何」と良嗣は基樹に訊いた。基樹はぺたりと畳に正座し、白目をむいて祈るふりをし、「あっ、あっ、あっ、霊が、霊が私の体に～」と仰向けに倒れて見せた。

「タイちゃん、そんなことやってるの」驚いて訊くと、

「さあね。知らねえよ、見たことないし」最近では秘密基地よりゲームセンターに興味のあるらしい基樹は、そう言って子ども部屋を出ていった。

「キトウって何」知りたくてたまらない良嗣は、洗面所で太二郎をつかまえ、直接訊いた。

「ヨシ坊、いっしょに風呂に入るか」突然太二郎は言った。夕食はとうに終えていた。照れくさかったが、母が帰ってくればどうせ早く入れと言われるのだ。うん、と良嗣はうなずいた。

「苦しい、つらいって思うことはあるか」

並んで湯船に浸かりながら、太二郎が訊いた。浴槽はそうして二人で入ると窮屈だった。苦しい、つらいと反芻し、

「漢字の書き取りとか」良嗣は言った。「跳び箱できないときとか」

「まあ、そうだよな。大人になると、それがもっと多くなるし、長くなるし、増える」

「大人になったらテストなんかないじゃん」良嗣は反論した。

「テストはないが、書き取りを百時間やらされているようなたいへんなことが、増えるってことだ」

「でも、いいことだってあると思う。早くしろとか、大人は言われないんだし、つうしんぼも宿題もないしさ」

「そりゃ、たのしいこと、うれしいことはあるよ。たしかにある。子どもはしらない幸福ってもんがある。でも、そんなのすぐ終わるんだ。しあわせって、しあわせだって思うまもなく終わっちゃうんだ。それでそのあとはまた、漢字書き取り百時間」

「うげ」

「そう、うげ、だ」

太二郎は湯船から立ち上がり、風呂椅子に腰掛けて髪を洗いはじめる。暑くなった良嗣は浴槽の端に腰掛けて、シャンプーの泡があたりに飛び散るのを眺めた。どうして漢字の書き取りが増えるんだろう。大人になるってもっと愉快なことだと思っていた。

「でも、そういういっさいからのがれる方法が、ある」

「のがれるって何」

「逃げるってこと。いや、ちがうな、逃げるんじゃない、向かうんだ。漢字の書き取り百時間がいっさいない場所にいくことができる」

「どうやって」

「エゴを捨てて功徳を積むんだ。エゴってのは、わたしがおれが、って気持ちのこと。つまり自分を捨てる。そうすると欲望がなくなる。かなしみも、後悔も、嫉妬も、人を憎む気持ちも、なくなる。でも、それはすごくむずかしいことで、ひとりでおいそれとできることじゃない。だから、何人かで集まって、いっしょにがんばるんだ。だからね、ぼくがやっているのは、キトウじゃない、修行だよ」

髪を洗い終えた太二郎は、今度は体を泡立てながら、得意げに聞こえる口調で説明する。エゴも功徳も欲望も、良嗣の知らない言葉だった。けれどなんとなく意味はわかった。

「どんなふうなことをするの」

「ひたすら無我になる、なろうとする」

「だからさ、どうやって」

「お祈りの言葉をとなえる」洗面器ですくった湯船の湯をかぶり、太二郎は言う。基樹がふざけて言うように、霊が降りてきたりすることはなさそうだった。太二郎が湯船に入り、交代に良嗣は髪を洗う。良嗣は今でも目をつぶらないと髪を洗えない。かたく目を閉じながら、良嗣は訊いた。

「タイちゃんは、じゃあ、それまで苦しくてつらかったの」

「うん、苦しくて、つらかった」暗闇から太一郎の声が響いてくる。

「今は楽になった？」

「まだまだだな。まだ修行が足りないし、ザイケだしな」

「ザイ……？」

「なあ、ヨシ坊、大人になって苦しくてつらいことがあれば、ぼくに言いな。楽になる方法を教えるから」

「だって、タイちゃんはまだ楽になってないんでしょ」

それに返事はなく、「耳のうしろも洗いな」という声に続いて、熱い湯が頭からかけられた。


秘密基地が解体されたのは、太二郎といっしょに風呂に入ってから数日後のことだった。良嗣が学校から帰ってくると、父と祖父が、秘密基地を解体していたのである。もう冬も近いというのに二人ともランニング姿で、鋸《のこ》を手に、柵を外し、柱を切り、床板をはがしている。どうして壊すのォ、と下から叫んでも、二人は良嗣を見向きもせず、一心不乱に作業を続けている。店から入り、油条《ヨウティヤオ》に砂糖をからめた祖母特製のおやつを食べ、オレンジジュースを飲み、祖母に言われてテーブルに放置されたままの皿を片づけ、それから再び庭にいくと、秘密基地はもう存在せず、大木の根元に積み上げられた木材から炎が上がっていた。炎は空に向かって布地のように頼りなくはためいている。その先から真っ黒い煙が、こわくなるような勢いで上がっている。実際、良嗣はこわくなった。

「タイちゃんがあそこで修行しないように壊したの」煙草を吸いながら並んで炎を見ている父と祖父に訊くと、

「あそこに住み着かれたら、困るからな」と祖父が言った。「うちの馬鹿どもはいつも庭に住みたがる」

住みたいんじゃなくて、楽になりたいんだよと、良嗣は言いたかったが言わなかった。

太二郎が、何から楽になりたいのか知らなかったから。太二郎が船乗りではないことは、良嗣はもうずいぶん前から知っていた。

3

スーパーファミコンは太二郎が買ってくれた。喧嘩をしないこと、平等に使うこと、というのが全額出資の条件で、でも、家にいるときはほとんど太二郎が独占している。やらせてよ、かわってよ、としつこく言ってようやくコントローラーをしぶしぶ渡すのだ。

だから、太二郎が家から姿を消したとき、小学校六年に進級していた良嗣がまず思ったのは、ファミコンを使える時間が増える、ということだった。実際、増えた。高校生の基樹の帰りはいつも遅かったし、早苗はそもそもそんなにゲーム好きではない。が、そうしてひとり独占してファミコンゲームに夢中になっていると、うっすらとした罪悪感を覚えもした。まるでおじがいなくなったことをよろこんでいるようで。

その罪悪感の故に、良嗣は「タイちゃんはどこにいったの」と、父や母や祖父母に幾度かたずねた。その都度返事はちがった。友だちの家にいっている、という返事のときもあれば、就職して、そこの寮に入ったのだ、というときもあった。

基樹は高校に上がってからはじめたギターに夢中になり、放課後は友だちとどこかで練習しているらしく夜更けまで戻ってこない。戻ってくると明け方近くまでスーパーファミコンをやっている。当然朝は起きられず、良嗣はだいぶ前から眠る兄しか見ていない。小学生のころはずいぶんかわいがってくれた早苗は、中学に上がるやいなやお洒落に目覚め、白蛇のように脚に巻きつくソックスをはき、脱色剤で髪を染め、放課後は渋谷をぶらついているらしく、これまた帰ってこない。これ幸いと良嗣は学校の友だちを大勢連れ帰り、みんなでスーパーファミコンをして遊ぶのが日課になった。親がうるさく言わず、腹が減るとラーメンや焼きそばにありつける良嗣の家は同級生に人気があった。

うまく言葉にできないが、最近大人たちが何かへんであるように、良嗣には感じられた。もう少し前は同級生を連れ帰り、あんまり騒ぐと祖母か父に叱られたし、七時近くなると家に帰るよう父が注意しにきた。けれどこのところまったくの無関心で、夕食すら用意してくれないときがあるから、同級生たちにおやつは持参するように言わなければならなかった。けれどその奇妙さを良嗣はうまく指摘できなかったし、叱られないのは楽だったから、とくにその件については何も考えないようにした。

タイちゃん、へんな宗教にハマって、今その信者たちと集団生活してるんだよ、と良嗣に教えたのは基樹である。その日は日曜で、ゲームソフトを売りにいくため家を出た良嗣に、中古CDを買いにいくという基樹がついてきたのである。中央公園のわきを通ると、蟬の声に溺れているような気になった。

「なんでそんなこと知ってんの」

「見たんだよ、おれ。原宿の駅前でタイちゃんが踊ってんの」

「ええっ」良嗣は大声を出した。「踊ってるって、あの……」去年くらいから、奇妙なぬいぐるみをかぶって歌い踊る不気味な人々を良嗣もよく見かけるようになった。同級生たちとその歌を真似てふざけたこともある。宗教集団だということは良嗣も知っていた。どんな宗教なのかはまるで知らなかったが。それなら太二郎は、わたしがおれが、という気持ちを捨てて、ぬいぐるみを着て、楽になれるようにお祈りをしているんだろうか。

「参るよなー」高校に上がって急に背丈の伸びた基樹は大人びた声で言う。

「タイちゃん、帰ってこないのかな」言ってから、良嗣は大人たちの様子が変なことになんとなく合点がいく。あれはきっと相談しているのだ。太二郎をこのまま放っておくか、それとも秘密基地を壊したときのような方法がないものかどうか。でも、集団生活をすることは悪いことなのだろうか。

「帰ってきてもこなくてもいいんだけどさ、でも、踊ったりすんのはやめてほしいぜ。痛いし」

でもぬいぐるみをかぶった人たちといっしょに、あの変な歌をうたう太二郎を見てみたい気も良嗣はするのだった。とりあえずなんと言っていいのかわからずに、手足をくねらせ、幾度か見かけた彼らの歌を真似してうたってみせた。基樹は思いきり良嗣の頭をはたき、

「やめろ」真顔で低く言った。

世間では皇太子の結婚がにぎやかに報じられた年の春に良嗣は中学生になり、その翌年には日本人女性がスペースシャトルで宇宙にいき、けれど良嗣は、ご成婚にも宇宙にもまったく興味を持たず、ただテレビゲームと部活のサッカー漬けの日々で、そうして太二郎は一向に帰ってこなかった。対策を講じていたらしい大人たちも、太二郎のことはあきらめたのか以前と同じに戻り、良嗣の友だちがあまりに騒ぐと叱り、七時過ぎには家に帰るように命じ、そして食欲が旺盛になった彼らが腹が減ったと訴えると、賄い飯ではなく、客と同じようにメニュウを注文させ金をとった。

基樹は、一浪の後、世間的に名の知られた大学に入学して家族を驚かせた。大学は東京のはずれ、基樹に言わせれば「山奥」にあり、毎日朝早くギターを背負って出かけていく。飲み会で終電を逃すことがよくあり、帰らない日も多かった。早苗はコギャル道まっしぐらで、制服を何着も持っており、どれが早苗の通う高校のものなのか良嗣もわからないほどだった。帰りはいつも十時近く、帰ってくると勝手に自分の部屋にしてしまった太二郎の部屋にこもり、単調な音楽に合わせて手旗信号のように腕を振りまわす奇妙な踊りの練習をしている。勝手に襖を開けて、踊る姿を良嗣が笑ったら、思い切り頭をはたかれた。

だれも太二郎の名を口にしなくなり、良嗣もともすると太二郎のことを忘れていることもあった。ぬいぐるみをかぶって歌い踊る奇妙な集団を、駅で見かけることも少なくなった。

良嗣が、今日子といっしょに太二郎を迎えにいくことになったのは、中学二年の年末だった。

今日子の運転する車の助手席に乗って、昼過ぎに出発した。どこにいくの、と訊くと、「富士山の麓」と今日子は答えた。今日子のおんぼろ車のなかは安っぽい芳香剤のようなにおいがした。

曇っていて、空はまるで低く垂れ下がった布地のようだった。高速道路は空いていた。足元にはカセットテープが散らばっていて、「ユーミンをかけて」今日子に命じられ、そのなかからさがして良嗣はセットする。運転しながら今日子はことの次第を説明した。昨日、太二郎から翡翠飯店に電話があった。集団生活の場から逃げて、近くの民家にかくまってもらっているらしい。そこの電話を借りてかけているが、とにかく一銭も持っていないので迎えにきてくれないか、と言ったという。年末の翡翠飯店は、文江さんも手伝わなきゃいけないくらい忙しいし、反対に会社が休みに入ると私のほうは客足が減るから、それで私がいくことになったのだ、と今日子は言った。なんでおれまで連れていくのだろう、と良嗣は思ったが訊かなかった。

「タイちゃん、今までずっとそこにいたのに、なんで急に逃げたんだろうね」

「さあね。あとで本人に訊いてみたら」

「訊いていいのかな」

今日子は煙草に火をつけて、「訊ける雰囲気だったらね」とつけ足した。太二郎がどんなふうになっているのかわからなくて、不安なのだろうと良嗣は想像した。ひとりで迎えにいけないくらい不安なのだろうと。良嗣もこわかった。幼い良嗣を肩車して秘密基地に連れていってくれたおじが、楽になりたいのだと風呂場で語ったおじが、長い不在をへてどんな人になっているのか想像もつかなかった。今日子が黙り、良嗣が黙ると、ユーミンの声が二人を鼓舞するように大きく響いた。芳香剤のにおいと煙草の煙で気持ちの悪くなった良嗣は窓を開ける。鼻先がぴりぴりするほどの冷たい風が気持ちよかった。


田んぼと畑に囲まれて数軒建つ家の、やけに馬鹿でかい家に太二郎はいた。丸坊主で、ずいぶん痩せて、薄汚れたTシャツに膝の出たスウェットパンツをはいている。その家の老女とおばさんに、今日子は何度も頭を下げ、伊勢丹の包装紙にくるまれた包みを渡した。車に乗りこむとき、老女がアルミホイルを良嗣に渡した。

「おにぎり。帰りに食べなさい」と言い、それから後部座席に乗った太二郎に、「よかった、あんた、本当によかった。親御さんにきちんと謝るんだよ、心配かけたんだから」と言った。良嗣の受け取ったアルミホイルはまだあたたかかった。

丸坊主だし痩せているし全体的に汚いから、太二郎はずいぶん変わってしまった気がして、話しかけるのはためらわれた。今日子もそうなのだろう、しばらく車のなかはしずかだった。今日子はカセットもかけなかった。

「おにぎり、食べる？」なんとなく車中に広がりはじめた気まずさを払拭しようと、良嗣は言ってみたが、だれも何もこたえず、ますます気まずい雰囲気が広がる。

帰りの道路も空いていた。空はあいかわらず低く、今にも雨が降り出しそうなのに、水滴はまったく落ちてこない。

「ヨッシー、背、のびたな。声変わりもしたね」ふと背後から声をかけられ、良嗣は文字通り飛び上がって驚いた。ヨッシー、というはじめて聞く呼び名が、くすぐったい。

「タイちゃんは痩せたね」ふりむいて言うと、

「肉とか食べてないから」太二郎は笑った。笑うと、前と何も変わっていないようにも見えた。

「タイちゃん、あそこでさ、何やってたの」それで、良嗣はまだ無邪気な小学生であるかのようなふりをして、できるだけ無頓着な口ぶりで、訊いた。訊いてから、これが自分に課された役割だったのだと気づいた。今日子はただこわいから自分を同行させたのではない、なんでもずけずけ訊ける子どもを演じさせるために、家族内で最年少の末っ子を連れ出したのだ、と。

「そうだね、ずっとお祈りしながら、最初は建物を建てるのを手伝ってたよ。みんなが住んで、お祈りできるような建物。それからあそこに住む人たちが多くなって、子どもも多くなってきたから、勉強を教えてた」

「え、タイちゃん、勉強教えられるの」

「まあ、わかる程度まではね」太二郎は弱々しく笑い、「あとは印刷機をまわしてたよ」

とつけ加えた。

「いろんなことしながらお祈りしてたんだ」

「そうだね」

運転しながら今日子が耳を澄ませているのがわかる。良嗣はかすかに緊張する。

「それで、漢字書き取り百時間から、楽になった？」子どもっぽく聞こえているだろうかと気にしながら、良嗣は言ってみた。

ふりむくと、太二郎こそ子どもに戻ったように、窓ガラスに額をぺったりとくっつけている。しばらく黙っていたが「なったような気がしたときもあったんだけどね。どうかな」と、太二郎は答えた。

あとは何を訊くべきか。今日子の、まるで表情の読めない横顔を盗み見て良嗣は考える。

「どうして急に逃げ出したの。もっとあそこにいれば、楽になったんじゃないの？　それにさ、ふつうにおうちに帰ったりとか、できなかったの？」訊くうち、胸がどきどきしてくる。自分が無邪気を装った質問で、こんなにも無力に見えるおじを傷つけてしまったらどうしようと思えてくる。そんなことを思わせる大人のおじに、良嗣は同時に苛立ちも感じるのだが。

「そうだなあ」間延びした声が、背後から聞こえてくる。車は高速に入る。高いグレイの塀で、田畑や山々は見えなくなる。高速道路を走り出して、最初のドライブインを通り過ぎてようやく、太二郎は口を開いた。

「ぼくはね仮にそれをエスと呼ぶならもうそのエスをぜんぶ消してしまいたかったんだよね。死にたいってことじゃない、強烈な欲望を消してしまいたかった。そうしないと今までぼくが作り上げてきた自我も壊せないと思っていたんだ。あの集団の教えを超自我と考えたときに、それはもう激しい戒律みたいな超自我だからさ、かつてないほどうまくいくと思えたんだ、その、二年くらい前はね」太二郎は早口で言い、肩越しに振り返っている良嗣に気づくと、照れたように笑い、

「ヨッシーにもわかるように話せばさ、漢字書き取りをずっとやることがもういやでね、だってもう、まわりの人はそんなことだれもやっていないんだ。ぼくがいつまでもそんなことやっているのは、つまり、ほかの人がとうに覚えた漢字を、まだ覚えていないからだって考えたんだ。どっかでまちがえた。ぼくだけまちがえた。だからいつまでもひとりで漢字の書き取りだ。それがしんどいから、鍛えてもらいにいったんだよ、漢字をぜんぶマスターしたら、書き取りなんかしなくていいだろ？　だからちょっと厳しくてもたいへんでも、漢字をマスターさせてくれると思ったから、あそこにいったんだよね。でもあそこでは、決まり切った漢字はいくらでも覚えさせてくれるんだけど、あそこ以外の世界にはもっともっと漢字があるんだ。それでふつうの世界で通用する漢字っていうのはさ、あそこ以外にあるわけなんだよなきっと」

太二郎は切れ目なく話し出した。へんな話しかただった。ずいぶん長くだれとも話していなくて、間の取りかたも、相手が理解しているかの判断も、わからなくなっているように良嗣には思えた。だから、太二郎の比喩は良嗣には理解できたが、しかし太二郎の言わんとしていることはますますわからなくなった。が、良嗣は太二郎を遮って意味を問いただすことはしなかった。言いながら、おじが、立派な大人のおじが、涙を流しはじめたからだ。

「自我って自分ってこととはちがうはずなんだけど、ぼくは勘違いしていて、自分の気持ちをなかったことにするのが自我を捨てるってことだって思っていて、それで自分の気持ちをなかったことにするっていうのはさ、考えること、決めることをだれかにゆだねるってことで、それはヨッシー、ヨッシーが訊くように、楽なんだ、楽なんだよ考えずに従うことは。でもそれ、もしかしたらすっごくこわいことだ、って気づいたんだ。本当に、ものすっごくこわいことなんだ、それで逃げてきたんだ。監視がついているからね。みんなじゃない、みんなじゃなくて、ぼくみたいに、疑問を覚えたり規律を乱すことを言い出すと監視がつけられることもあるから。もちろん自由に出入りできる人のほうが多いんだけど、ぼくはそうじゃなかったから」

ズビーッと派手な音で洟をすする太二郎に向かって、今日子が箱に入ったティッシュを投げた。太二郎は同じように派手な音で鼻をかむ。それからしばらく、だれも何も言わなかった。東京と描かれた看板を、いくつもくぐった。やがて前方の空が藍色に染まりはじめる。東京都に入ったことを示す看板を良嗣が見送ったとき、おにぎりちょうだい、とうしろから声がした。良嗣はあわてて膝の上のアルミホイルを手渡す。

「みんな、家に入れてくれないかもなあ」アルミホイルを開くかさかさいう音とともに、しょぼくれた子どもみたいな声が聞こえた。今日子がまだなんにも言わないので、いったいいつまで子どもを演じなきゃいけないんだとうんざりしつつも、

「入れてくれなかったら、また木の基地を作ったらいいよ。税金払わなくていいんでしょ」

良嗣は無言の圧力に屈して言い、笑いまでした。

「ほんとうだなあ」

背後から、おにぎりをほおばりながら笑う声が聞こえたので、良嗣はとりあえず安心する。

「モトが昔、とうさんはえらいって言ってたんだよ」

ゆるやかな渋滞に車は巻きこまれ、今日子は煙草に火をつけて窓を開け、そしてようやく口を開いた。モト、とは基樹だろうかと思いながら良嗣は黙って聞いた。

「とうさんは逃げて、えらかったって。あんたも逃げたんでしょ。考えなくてもいい楽なところから、でも、楽じゃないかもしれないところに、逃げ帰ってきたんでしょ。家に入れないなんて、そんなこと、あるわけないよ」

今日子は煙草を吸い終わると、灰皿でそれをもみ消し、窓を閉めた。窓が閉まると背後

の咀嚼《そしゃく》音が急に大きく聞こえる。ふとそれがやみ、しゃくりあげるような声が聞こえ、良嗣がびっくりするような声を上げて太二郎が泣き出した。ぎょっとして良嗣が振り向くと、にぎりめしを片手に、まだ口のなかににぎりめしが残っているというのに、太二郎は口を開け天井を見上げるようにして泣いているのだった。両目から透明の水滴がほろほろと耳に向かって流れていく。見てはいけないものを見たような気がして、良嗣はあわてて前を向く。横目で今日子を盗み見ると、今日子は眉間にしわを寄せて動かない車の列をじっとにらみつけていた。

年が明けてすぐ、神戸で大地震があり、知り合いがいるわけでもないのに基樹はボランティア活動に参加すると言って家を出ていった。そうしてその二カ月後、カルト宗教の団体が地下鉄で毒ガスを散布する事件が起きた。

4

中学三年の一年を思い出すとき、ずいぶんへんな年だったと後々まで良嗣は思うことになる。

前の年の暮れに帰ってきた太二郎は、年明けから仕事をさがしているようだったが、三月の事件以降、食卓の隅で寝起きし、起きているあいだはずっとテレビを見ていた。良嗣が起きて階下にいくと、もう太二郎はテレビの前に座っている。寝間着代わりのスウェットの上下を着て、ずうっとテレビを見ている。学校にいって帰ってきても、まだ同じ姿勢で同じ場所にいて、テレビを見ている。テレビでは連日、事件を起こしたカルト宗教関係の報道が流れていた。それを見ているのである。

そうしてずっと外で働いていた母が、夏がはじまる前に会社を辞めた。銀座の出版社で働いていた母は、毒ガスが散布された電車に乗っていたわけではない。通勤時間はそれよりだいぶ遅かった。だからその日、電車が止まったために母はバスを乗り継いで会社にいったわけだが、何が起きたのか知ったとき、足から力が抜けてその場にへたりこんでしまったらしい。それ以降、電車に乗るのがこわくなったのだと母は言う。動悸《どうき》がして、呼吸が苦しくなる。それでバス通勤に切り替えたのだが、あるときふと、こんなにまでして働いていったい何がどうなるのかと思った、そうである。

仕事を辞めた母は、ひと夏、太二郎とともにテレビの前で過ごした。太二郎のように朝から晩まではりついているわけではない。食事の準備もするし、家事もする。けれど手が空くと、食卓についてテレビを見ている。夏休みに入ると、良嗣も食卓で受験勉強をした。宗教団体の報道はおもしろかったし、それになんとなくひとりで部屋にいるのはいやだった。食卓でノートと参考書を開きテレビに見入っている良嗣に、「自分の部屋でちゃんと勉強しろ」とは、だれも言わなかった。

そうしてテレビを見ている三人とも、だれも何も言わなかった。母ばかりでなく家族のだれも、カルト宗教について太二郎に訊くことはなかった。良嗣はときおり、また末っ子の無邪気さを装って何か訊くべきだという、だれからともない無言のプレッシャーを感じることもあったが、けれど、車のなかで子どものように泣いたおじの姿を思い出すと、何も言えなくなるのだった。

高校二年の早苗は日焼けサロンでアルバイトをはじめ、格安で自身も焼いているらしく日に日に色濃くなり、そうして家ではぜったいに言わないが、恋愛の悩みを今日子に相談しているらしかった。進路はどうするのかと母に訊かれると、「進学しないでお嫁さんになる」と、幼稚園児のようなことを黒い顔で言う。それがおかしくて良嗣が笑い出すと、追いかけてきて頭をはたいた。相手がいるなら紹介しなさいと母に言われると、これからさがすのだとうそぶいている。

そうして、冬に神戸にボランティアにいった基樹が、大学を辞めたいと言い出したのもこの年の夏だった。大学を辞めてどうするのだと父に訊かれると、

「世界を知りたいから旅に出ようと思う」と、真顔で答える。

大学を辞めることに父も母も反対していた。今まで払ってきた授業料や入学金を無駄にする気か、というのが父の弁であり、この先もう一回勉強したいと思ったときやりなおすのが本当にたいへんよ、というのが母の弁だった。それでも辞めると基樹は言い張った。

「おれ、神戸いって、なんにもできなくてびっくりしたんだ、自分が情けないくらいだっ

た。それでこのまま大学いってても、なんかできるようになると思えないんだ」と、基樹にしてはめずらしく父と母に真面目に語っているのを、やはり食卓で参考書を開いたまま良嗣は聞いていた。

「旅に出たらなんかできるようになんのか」父に言われると、

「おれが知りたいのは教科書のなかにあるんじゃない、世界にあるんだ」と、芝居のせりふのようなことを言い返す。会話が成り立っているようには、中学生の良嗣にも思えなかった。

結局夏休み中に基樹は退学手続きをとってしまった。そうして旅費を貯めるため、宅配便配達と居酒屋の二本立てのアルバイトをはじめた。

「どこかにいけば、おもしろいことが待ってると思っているんだろ」と、祖母が突然基樹に言ったときのことを、良嗣は未だに覚えている。それまで、自分たちの進路や素行について祖父母が口を出すようなことはいっさいなかったからだ。

「ここじゃない、どこか遠くにいけば、すごいことが待っているように思うんだろ」基樹が返事をしないと、祖母はもう一度くり返した。

「そういうわけじゃないけど」

「でもね、どこにいったって、すごいことなんて待ってないんだ。その先に進んでも、もっと先に進んでも、すごいことはない。そうしてね、もう二度と同じところに帰ってこられない。出ていく前のところには戻れないんだ。そのことをようく覚えておきな」

祖母は帳簿から顔を上げて言い、祖父は何も言わず新聞をめくっていた。太二郎はテレビを見、母は夕食の洗いものをしていた。父は風呂に入っていて、良嗣は受験勉強をしていた。祖母が言ったことは何かおそろしい言葉のような気がしたが、ではどこがどんなふうにおそろしいのか、良嗣にはうまく整理できなかった。世界を知るために旅に出ようとしている基樹を、止めているのか励ましているのかも、よくわからなかった。もしかして基樹も、今自分が感じたようなおそろしさを祖母の言葉から嗅ぎ取り、旅に出るのはやめるのではないかと良嗣はちらりと思ったが、しかしその年の終わり、基樹は本当に旅立つことになった。兄と使っていた部屋は広くなり、そうして良嗣は兄のギターで練習をはじめた。バンドをやっているやつらが女子にもてているから、高校生になったら自分もバンドをやろうと考えたのだが、しかしBとFをおさえるときの指の痛みにどうにも我慢できず、結局、基樹のギターはインテリアのひとつとして埃をかぶるようになる。

その年の秋には母はテレビの前から立ち上がり、翡翠飯店で祖父母と父に混じって働くようになった。アルバイトの女の子は母と入れ替わりにいなくなった。良嗣が子どものころはひっきりなしに客がいた記憶があるが、このころには翡翠飯店は昼食時と夕食時ですら、混雑するということがなくなっていた。食卓で勉強をしていても、叫ぶように注文をくり返す声や、水がない箸がないと怒鳴る客の声は、もう聞こえてこなかった。

カルト宗教団体の報道はどんどん少なくなっていったのに、太二郎だけが依然としてテレビの前に座り続けていた。

祖母が陳さんにした説明によると、祖母がさがしているのは、いっとき世話になった食堂の家族らしかった。たぶんこのあたりだと思うんだけど、見あたらないんだと、ホテルのレストランのテーブルに地図を広げて祖母は説明する。太二郎が日本語学校から連れてきた陳さんは、日本語は話せるし聞き取れるが、あんまり早いと「あん？」とまるで喧嘩を売るようなイントネーションで訊き返す。それで祖母は、早口でしゃべってはあわてて言葉を切り、ゆっくり大きく、言いなおしている。偽、偽、と続く看板や説明書きを見続けていた良嗣は、満州時代の話などされたら気分を害するのではないかとひやひやしていたが、そんな様子はまるでなく、陳さんは「あん？」「あん？」と訊き返しながら、根気よく祖母の話を聞いてくれた。そして、

「でも、お店の名前、わからない。家族の名前、わからない。写真、ない。李さん、言うけど、李さん、たくさんいる。むずかしいね」

陳さんは腕組みをして、言う。

「ずいぶんさがしまわってたけど、それらしい人は見つからなかったの」太二郎が訊く。

「何しろ言葉があれだろ。店に入って、じーっと見て、この人かな、ちがうな、ってだけだからね」

「そんなふうにしてさがしだせると思ってたわけ？」良嗣は呆れて訊いた。

「だって場所がわかればかんたんだと思ったんだよ」

「一言言ってくれれば、もっと早くなんとかしたのに」そう言いながらも、そういうことでもないのだろうとも良嗣は思う。祖母がその家族を見つけたいのは事実だろうが、それだけが目的で滞在を延期したのではきっとないのだ。どこにもかしこにも偽という文字があるこの町を、もっと歩きたかったのだろう。幻のような記憶が偽物ではないことを、知りたかったのだろう。足の裏や手のひらや、そうした感覚でもって。

「しかしそんな何十年もおんなじ場所にいるもんかね。日本だって五十年六十年と同じ場所で店出すなんて、よっぽどの老舗だろう」太二郎は首を傾げて地図を見ながら言う。

「見つかる、見つからない、ここで話しててもダメ。歩いてみるしかない」陳さんはいきなり立ち上がり、祖母はまるで貴公子を見るように目を細めて彼を見上げる。

部屋で休んでいると言う太二郎を置いて、祖母と陳さんと連れだって良嗣はホテルを出る。タクシーに乗り、五分とかからない場所で降りる。陳さんと祖母は何か確認しあって路地を入り、片っ端から飲食店に入っていく。その近辺は以前祖母とばったり会ったところだった。二人が店に入り、店主と何か言葉を交わして出てくるのを、通りに突っ立って良嗣は眺めた。二人は出てきて、向かいにある店に入る。また出てきて、数十メートル先の店に入る。

今まで聞いた大人たちの言葉、意味がわかるものもわからないものも、とにかく思い出せるもののいくつかが、今、良嗣のなかでゆっくりとひとつの輪を作りはじめる。そうしてそれは、思春期のころから感じていた自分の家の奇妙さへとつながっていく。

　酔っぱらった祖母は、遠くにいくつもりもなく遠くにいったと言っていた。逃げた祖父はえらかったと、今日子おばは太二郎に言っていた。遠くにいったってすごいものはひとつもない、そして二度と同じところへ帰ってこられないと祖母は基樹に言った。

　祖母はずっとわからないままなのだと良嗣は気づく。故郷を捨て家族を捨て、自分がどこに向かったのか、そうしてどこにたどり着いたのか、いや、たどり着いたのかどうかさえも、わからないままなのだ。今祖母がさがしているのは、世話になっただれかではなく、その答えなのかもしれない。

　簡易宿泊所のようだと、たしか良嗣は自分の家を思ったのだった。そう思っていたのは自分ばかりでなく、父も太二郎も、祖父も祖母も、みな同じなのかもしれない。自分たちがどこに属しているのかわからないまま、生活をくり返してきたのかもしれない。土台もないのに家を建てたのだ。根のない木を植えたのだ。あとさきのことなど考えず、生きて今日一日を終えるため。

「さあ、次の路地にいくよ」

　陳さんに声をかけられ、良嗣は我に返る。祖母と陳さんは突っ立ったままの良嗣を置いて、通りに出、またべつの路地へと入っていく。良嗣は彼らのあとを追い、また飲食店へ入っていく二人の姿を見つめる。空は曇っていて、空気はつめたい。

その翌日、陳さんはホテルまで祖母を迎えにきた。太二郎はまた部屋にいると言い、カッとした良嗣は、見ず知らずの陳さんがあんなに一生懸命祖母と歩いてくれているのに、こっちが寝転がって待っているのは失礼だろうと怒鳴りつけた。太二郎はしぶしぶ起きあがり、身支度を整え、

「四人でぞろぞろ歩いてもしかたないと思うけどなあ」と口のなかで言いながら、それでも陳さんには愛想よく「ほんと、すみませんねえ。今日もどうぞよろしくお願いします」と挨拶をした。

5

その日も前日と同じ、陳さんと祖母はしらみつぶしに飲食店に入っていく。一本延びる大通りが、五馬路《ウーマロ》ということを良嗣は前日に知った。

「しかし、ばあさん、元気だなあ」路地の入り口に良嗣と並んで立って、呆れたように太二郎が言う。「帰ったらぶっ倒れるんじゃないか」

「陳さんが先に音をあげるかもしれない」今しがた入った店から出てくる祖母と陳さんを見つめ、良嗣は独り言を言うようにつぶやく。おそらく太二郎も、陳さんもそう思っているのだろうが、良嗣もまた、祖母のさがす家族が見つかるはずはないと思っていた。とすると、捜索終了は祖母の気が済んだときになる。いったいいつ、どのように祖母の気が済

むのか、しかし想像がつかない。祖母の体力の限界が、この旅の終わりなんだろうかと良嗣はぼんやり考える。

昼、大きな通りに面した店で昼食をとることになった。陳さんが注文してくれた青菜の炒め物や魚の蒸し物、揚げた肉や水餃子を、四人で黙々と食べる。

「見つかりそうもないでしょう」太二郎が言うと、陳さんは眉間にしわを寄せ、

「そうね、たいへんに難しい」と首をふる。

「学校だってあるんだろうし、無理しなくていいから」

「ええ。今日は二時までです。明日は夕方ならこられます」

「すまないねえ、ほんと」

「すまないねえ、ほんと」祖母は太二郎をまねするように言い、箸をおいて深く頭を下げた。

昼食後も陳さんと祖母は根気よく飲食店巡りをはじめた。今まではおもてで待っていた良嗣も、彼らと一緒に店内に足を踏み入れた。陳さんが店主に中国語で何か訊き、店主が早口で答える。「食堂の李さん、知らないそうです」陳さんが祖母に伝え、そうして礼を言って店を出る。そのくり返しだった。陳さんと会話する人は一様に怒っているように見えたが、おそらくそれがふつうの話しかたなのだろう。長い会話もあった。そのつど陳さんは、店主たちの言葉を日本語にして祖母に伝えた。「その李さんは食堂でなく薬屋を営んでいたのではないですか」だったり、「李さんを知っている、と言っています。北京に

引っ越したそうです」だったり、した。彼らが言葉を交わしているあいだ、良嗣は入り口に立って店のなかを見まわしていた。だいたいが狭い店で、中途半端な時間なのにだれかしら客がいて何か食べていた。

陳さんの言葉にうなずいて、おとなしく頭を下げては店を出ていた祖母が急に店主にむかって話しはじめたのは、古めかしい集合住宅の並ぶ一角にある食堂だった。

「このあたり一帯、とてもにぎやかだった。食堂があって銭湯があって映画館があって、もの売りも沢山歩いてた。馬糞のにおいが食べもののにおいとまざりあってどこにもかしこにも漂っていてね。それでね、あなたは李さんではないと言う、私もあの家族ではないとわかっていてます、でも」祖母はそこで言葉を切って、店主をじっと見つめている。陳さんは困ったような顔をしながら、それでも祖母の言葉を中国語に変えて店主に伝えている。短く切った白髪頭の痩せた男は、祖母と陳さんを交互に見ている。

「このあたりです、ちょうどこのあたりにその食堂はあって、店の名前なんかはなくって、角の店とか、そんなふうな呼ばれ方をしていたんです、安くて量がたっぷりで、おいしかったからいつも繁盛してました、老夫婦と若夫婦とで働いて、若夫婦には子どもがいなくて、私の子をかわいがってよくおぶってくれました」

陳さんは祖母の言葉の途中から並行して訳しはじめ、店の主に伝えている。主は意味がわからないといった顔つきで、まだ陳さんと祖母を交互に見ている。テーブルで麺を食べている男二人が箸を持つ手を止めて祖母を見ている。店の奥から、店主の妻だろうか、髪をひとつに結った女が怪訝そうな顔を突き出し、様子を見守っている。店主は痩せているのに、女はずいぶんと太っている。なかなか出てこないので不審に思ったのか、入り口から太二郎も入ってきて良嗣の隣に立つ。

「戦争に負けてソ連がきたとき私たちはかくまってもらいました、あのときお金も何もなくなって、それでも私たちが生きていられたのはここでごはんを食べさせていただいたからです。私たちは日本に帰らずここに残るように言われました。なのに私たちは帰ったんです。恩返しもせずに帰ったんです。私はたくさん子どもを産んで子どものいない若夫婦にひとり預けようと本気で思ってました、でも日本に帰ったら自分たちが生きるのに、暮らすのにせいいっぱいで、子どもも死なせて、あなたがたに預けるどころじゃなかった」

「待って、早い、ゆっくり、ゆっくり」陳さんは祖母に言うが、祖母はそれを聞かず熱に浮かされたように話し続ける。

「日本に帰って私は恥ずかしかった。私も夫も恥ずかしかった。私も夫も逃げたんです。死ぬのがこわかった。死ぬのがこわいのはみんな同じなのに、でもみんな死んでいった。だれも逃げなかった。それなのに私たちは逃げた。そんなこと言えずに暮らしてきたんです。あなたたちのことだって忘れてた。毎日毎日のことでいっぱいで忘れてたんです。ここにくることがもう一回あるなんて思いもしなかった。きてみたってあのころとはもう何もかも違う、知っているものなんて何もない。でもねえ、広場の木、あのおっきな広場を縁取るように木が植わっていて、それ見て、私思ったんですよ、逃げてよかったんだって、あなたがたに助けてもらってよかったんだって、こんなに長く生きて、はじめて思ったんです。何をした人生でもない、人の役にもたたなかった、それでも死なないでいた、生かされたんです。それでどうしてもお礼が言いたくなった、あなたじゃないのはわかってるんです、でもどうしてもお礼が言いたかった。よかったら置いていきます、この子でも、隣にいるもうひとり、もうじいさんだけれども、置いていきますから、働かせるなりなんなりしてください」祖母はそう言ってその場に頽れるように座りこみ、深く頭を下げた。陳さんももう訳さず、助けを求めるように良嗣を見ている。突拍子もない申し出をした祖母を良嗣はぽかんと眺め、そしてとりあえず立たせようと手をのばしたとき、それより早く、太った女が奥から出てきて祖母を立たせた。陳さんに向かって何か言う。

「何か食べるかって、訊いています」

さっき昼食を食べたばかりだが、こんなに騒いで何も食べずに店を出るのもどうかと思い、良嗣は、「あ、はい、あの、食べます」と答えた。

二時までしかつきあえないと言っていた陳さんは、店主夫婦に何か言って去っていき、祖母と太二郎と良嗣はテーブルについて大盛りに盛られた水餃子をひたすら食べ続けた。

ようやく食べ終わり、支払いを済まそうとするが、店主は代金を受け取ろうとしない。「え、でも、困りますよ、払います」日本語で良嗣が言っても、何かやかましく言いながら首をふるだけだった。

謝謝《シェシェ》とそればかりくり返して、三人で店を出た。路地から大きな通りに出て、そのまま繁華街のある方向に歩きだす。太二郎がタクシーを止め、乗りこむ。ホテルの名の書かれた紙きれを太二郎が運転手に見せ、車が走り出す。ホテルに着くまで、だれも何もしゃべらなかった。

疲れた、と言って帰るなり眠りこんだ祖母は、翌日の昼過ぎまで目を覚まさなかった。

駅に隣接して牛丼屋があり、東京とそっくりの店内のカウンターで並んで座った太二郎が、

「ぼく、さっき、本気でここに残ろうかって考えたよ」と唐突に言う。

「さっきって」

「ほら、ばあさんが、ひとり置いていくって言ったときさ。ぼく、なんにも持ってないしなんにも待ってないし、なんていうか、なんにもないしくじり人生だったからさあ、最後に人の役にたつならそれもいいかなって思ってさ」

「でもあっちが迷惑だよ。そもそもばあさんの知り合いじゃなかったんだし」

「まあねえ。こんな年くった、なんにもできない男を置いていかれたって困るわなあ」太二郎はそう言って笑った。

東京で食べるのとそっくり同じ牛丼が運ばれてくる。不思議な気持ちになりながら良嗣は食べはじめる。太二郎は箸をつけず、ひとりビールを飲んでいる。

「つまりさ、ばあさんたちはさ、その食堂みたいな店を作りたかったんだな」カウンター

の反対側にいるカップルの客を眺め、太二郎はつぶやく。

良嗣はどことなく八角のにおいがする牛丼を食べながら、翡翠飯店を思い出した。祖父と父と祖母と母とアルバイトの女の子がいる、良嗣の記憶のなかでもっともにぎわっていたころの翡翠飯店である。食器のぶつかる音、テレビの音、炒めものの音、客たちの笑い声、注文を伝え合う声――やがて記憶の光景に見ず知らずの光景が重なる。飛び交う中国語、若い女の背で眠る赤ん坊、同じように漂う油のにおい。

祖父と祖母が、それぞれ何を目指しどう思ってこの町へやってきたのか、良嗣には想像する術もない。祖母が自分がどこにきたのかずっとわからなかったのではないかと昨日考えたことを思い出す。祖母は今日、気づいただろうか。すべて手放して、子どもも失って、恩人も裏切って、命からがら逃げ帰ってきて、でもその先で自分たちがきちんとたどり着いたと気づいただろうか。いや、たどり着いたのではない、作り上げたのだ。狭くて汚くてごたついていて油じみてはいるものの、それでもやっぱりあの店とあの家は、祖父母が目指してたどり着けず、だからやむなく作り上げた紛うことなき新天地だったのだと良嗣は思う。


バーは今日も若い子たちで混んでいる。だれかが入ってくるたび席に着いていただれかが手をふり、店じゅうが知り合いのようにみな口々に声を掛け合って飲んでいる。カウンター席で、良嗣と太二郎にはさまれて座り、祖母はものめずらしげに店じゅうを眺めまわしている。

明日の朝にはこの町を出る。祖母の言っていた黄砂も色とりどりの花も見ることなく帰ることになる。今日の昼過ぎ、成田行きのチケットを予約してのち、良嗣は家に電話をかけて、明日の夕方にはそちらに着くと伝えた。今日子が成田まで迎えにいくと言っていると、電話に出た母は言った。

「ばあさん、これでもう思い残すことはないの。本当に帰ってもいいんだね」良嗣は隣に座る祖母に言った。

「思い残すことはあるさ。会いたい人には会えなかった。自分たちがどこに住んでいたのかだってもう思い出せない。でもいいんだ。いくらここにいたって、昔に帰れるわけじゃないからね」

「明日の夜はもう東京かあ」太二郎が感慨深げに言う。

まだ嘘っぱちの記憶みたいな気がする？　と、良嗣は祖母に訊きたかったが、良嗣が口を開くより先にいつもの歌謡ショーの時間になり、ミニスカートの女の子がマイクを持って登場し、うたいはじめた。太二郎は体を傾けるようにして女の子の脚を眺め、祖母は口を開けてうたう女の子を見ていた。

バーを出るころには祖母は酔っぱらっていた。酔っぱらった祖母を見るのは平成になった夜以来だと良嗣は思う。でも今、あのとき感じたような恐怖を感じることはない。祖母はホテルのロビーで笑い転げ、ホテルを出て植え込みに寝転がろうとして太二郎におぶわれ、おぶわれた背で良嗣の聞いたことのない歌をうたっていた。タクシーの後部座席に押しこむと、隣に座る良嗣によりかかって薄いいびきをかいた。ホテルの前にタクシーが停まり、「ばあさん、降りるよ」良嗣が揺すって起こすと、薄目を開け、
ヤスダさんよ、帰ってきたよ、と、ねぼけたような声で言った。
「そうだよ、帰ってきたよ、ほら、降りよう」良嗣はそう言って祖母の細い腕をひっぱった。

第十二章

1

基樹が教科書にはないものをさがしに旅立った翌年、良嗣は高校に上がった。バスで二十分のところにある都立校である。中学のときはサッカー部に入っていた良嗣だが、高校では部活に所属しなかった。授業を終えると、同じ中学からきた友だちや、新しくできた友だちとともに近所のファミリーレストランで延々とくだらない話をしたり、新宿まで出てCD屋や洋服屋をぶらついたりした。家に帰るのはたいがい十時前後で、昔はそんな時間でも店は客でにぎわっていたが、今は祖父と祖母と父と母が、厨房や客席でぼんやりテレビを見上げている。翡翠飯店のドアを開けると四人は習慣のように視線を向けてくるが、それが良嗣だとわかると何も言わず目線をそらした。五回に一度くらい、「店から入らず玄関から帰れ」と、つまらなそうに祖父が言う。

六時、七時に友人とハンバーガーや牛丼を食べても腹は減っていて、食卓にラップをかけておいてある夕食を良嗣はむさぼるように食べる。太二郎おじはいつもテレビの前に座っていて、「ヨッシーは将来なんになりたいの」だの「好きな女の子はできたのか」だのと、思い出したように話しかけてくる。面倒で無視しても、太二郎はとくに気にするふうもなく、翌日にはまた、似たようなことを訊いた。

高校三年の早苗は急に太二郎と口をきかなくなった。やっぱり十時前後に帰ってくる早苗は、風呂に入って眠るまでの小一時間は食堂にいて、テレビを見ながらマニキュアを塗ったり雑誌をめくったりして太二郎としゃべっていたのだが、あるときから部屋に直行し、太二郎に話しかけられてもいっさい答えない。「なんでねえちゃんに無視されてんの」あるとき良嗣が訊くと、「あのへんな化粧を笑っちゃったんだよ」と太二郎は告白した。最近の早苗は髪を白く染め、登校時はふつうなのに、帰宅するときは、顔を茶色く塗りたくったたしかに珍妙な化粧を施している。町でよく似た女の子たちを見かけるから良嗣はとくに何も思わなかったが、なんだそれ、なんだあ、それ、と、はじめて見たとき太二郎は床に転がって笑ったそうである。

そんな早苗は勉強などまるでしていなさそうだったのに、翌年、四年制の女子大に合格した。四月になって大学に通いはじめた早苗は、それまでの茶色い化粧をやめ、白い髪を焦げ茶に染めてくるくるに巻き、ワンピースやフレアースカートといったじつにふつうの格好をするようになった。「じつにふつう」なのだが、この数年、何種類もの制服を着、パンツが見えそうなスカートにルーズソックスが定番だった早苗が着ると、コスプレをしているようにしか良嗣には見えなかった。朝は洗面所にこもって一時間近く髪をいじり化粧をしているので、良嗣もほかの家族も、みな台所の水道で顔を洗い歯を磨くようになった。

そしてこの年、まるで早苗の大学入学をきっかけのようにして、小遣いが打ちきられた。バブル経済というものがとうに終わり、時代は不景気に突入しているらしいと良嗣は頭では知っていたし、その影響があるのかないのか、翡翠飯店も収入が下降線をたどる一方らしいことは、大人たちの会話で聞いていたが、そんなことは良嗣本人には関係なく、小遣いがなくなることはただただ腹立たしかった。CDやゲームソフトを買うお金はどうしたって必要だったから、良嗣は学校近くのレンタルビデオ店でアルバイトをはじめた。ゲームソフトも扱っていたから、安く買えるかもしれないと期待したのである。

良嗣がはじめてつきあった女の子は、このバイト先で知り合った二歳年上の大学生だった。彼女、村山《むらやま》久実《くみ》は、良嗣がアルバイトとして働きはじめてから、幾度も食事に誘ってきて、そのたびおごってくれるので、良嗣は毎回断らずついていった。久実が連れていくのは近所の安居酒屋ばかりで、しかも久実自身は酒を飲まない。唐揚げや冷や奴や焼きおにぎりをテーブルに並べて、久実は自分のことをよく話した。出身が鳥取で、良嗣の高校のそばにある私立大学の文学部映像学科に在籍しているという。地方出身の若い子と話すことも良嗣にははじめてなら、映像学科なるものが大学にあることを知ったのもはじめてだった。鳥取ってどこ、と訊くと、「島根の隣」と久実は言うのだが、その島根もわからない。島根ってどこ、と訊くと、久実は気分を害したように良嗣をにらんだ。「そんな田舎は知らないって言いたいの」と、言う。しかし久実自身が「そんな田舎」は大嫌いで、早く家を出たくて出たくて仕方なかったのだと、そののちに語った。

高校二年の夏休み、久実の暮らす陽当たりの悪いワンルームマンションで、良嗣は童貞を失った。久実もはじめてであるらしく、ことがすんだときは双方ぐったりと疲れていた。久実のことは好きだが、愛しているかどうかはよくわからない。しかし久実と「つきあう」ことになったおかげで、それまでうっすらと感じていた行き詰まり感が薄らいだのはたしかだった。久実と久実のアパートは良嗣にとって新しい世界だった。その新しい世界を自分が所有していると思うと、がらんとした翡翠飯店や、帰ると反射的にこちらを見る四人の目と、いつものびきったジャージを着ている太二郎おじと、早苗のコスプレと、いつもごたついて散らかった家と、そんなものがどうでもよく思えてくるのだった。

久実は映画がとにかく好きで、将来は映画監督になりたくて、だから映像学科に進み、アルバイト先にビデオ屋を選んだそうである。久実の大学と良嗣の高校のある町には学生があふれており、だから飲み屋も食堂も喫茶店も学生向けで、二軒ある映画館もふつうより安い料金で二本立て、三本立ての映画を観せた。夏休み、アルバイトのない日や早番の日は、良嗣は久実に半ば連れていかれるようにしてそれらの映画館を訪れた。かかっているのは昔の映画ばかりだった。最初は、良嗣は映画館などより久実の狭い部屋で性交したいと思っていたのだが、だんだん映画というものがおもしろく思えてきた。難解で退屈な映画もあったが、おもしろい映画のほうがだんぜん多かった。映画を観て泣いたのもはじめてである。安居酒屋で久実と感想を語り合ううち、やりたいことも将来の希望も何ひとつ見えなかったが、なんだか映画に関わる仕事をしたいような気がしてきた。そんなふうに思うと、良嗣には、久実と過ごす時間がずいぶんと貴重なものに思えるのだった。少なくとも、同級生とファミリーレストランでしゃべったり、買えない服を眺めたりしているよりは、ずっと。

自分の家について良嗣が考えるようになったのも、このころだった。ともに過ごす時間が多くなるにつれ、久実は自分の家族の話をするようになり、同時に、良嗣が見たことのない久実の家を久実の背後に感じることも多くなった。定期的に送られてくる宅配物や、留守番電話に吹きこまれた母親の声なんかで。

鳥取にある久実の実家には、父方の祖母と両親、妹と弟が住み、その家族構成は良嗣の家と似ているのだが、しかし何か圧倒的に違った。久実の祖父は戦時中に南方で亡くなっており、祖母は男三人女ひとりのきょうだいを女手ひとつで育て、久実にはおじ、おばにあたる彼らもみな近所に住んでいるという。祖父の家も祖母の生家も近所にあり、盆暮れには親族一同が祖父の家に集うそうである。そうして久実は、そのいっさいを毛嫌いしているのだった。「そのいっさい」と言われても、しかし良嗣には何がいやなのかわからない。「ぜんぶよ、ぜんぶ」と久実は答える。「みんな近所に住んでいて全員の近況を全員が知ってることも、常識や習慣が狭い世界で決められていることも、ぜんぶいや」と言う。「私が大学に受かったとき、祖母や親戚はなんて言ったと思う？　祖母は、自分は時代のせいで学校にもいけなかった、あんたは贅沢だって。女だてらに東京の学校にいかせることない、近所の短大で充分だってこの平成のご時世に言ったおじさんだっているんだから」久実は息巻いて言い、「私卒業してもぜったいに帰らないの。それで東京出身の人と結婚するの。あそこのお墓にぜったい入りたくないから」などと言って良嗣を驚かせもした。

久実の語る「そのいっさい」がなぜいやなのかわからないというのは、つまり久実の家は良嗣のところと何もかもが違うからだった。親戚で集まって酒を飲み、それぞれの動向を知っているということの、何がいやなのか良嗣には想像もできない。死んでなお、家の近所の墓に入ることすらいやがるというのも理解を超えていた。何しろ良嗣は一度も先祖の墓を見たことがない。

居酒屋でも定食屋でも久実は料理を残さないので、それについて良嗣が指摘すると、出てくるのはまたしても祖母の話で、彼女曰く「少しでも残すとおばあちゃんにはたかれた」と言う。「戦後の、食べもののない時代に食べ盛りの年齢だった人だから」と言う。一カ月にかならず一度母親から送られてくる宅配便の中身は、米や野菜、市販の佃煮に混じってレトルトカレーや菓子まであり、いつも久実は「こっちでも買えるのに」と忌々しそうに言う。が、いやだきらいだと言いながら、きちんと言いつけを守っていることも、顔をしかめながらも送られてきた食材や菓子を食べることも、良嗣には不可解なのだった。

そうした断片をつなぎ合わせて良嗣が想像する久実の実家は、根本的に自分たちの家とは異なるように思えた。久実の話を聞いていると、翡翠飯店はまるでベニヤ板とトタンでできた簡易宿泊所に思える。勝手に出ていったり、勝手に泊まったりして、互いが互いを干渉しないことが唯一のルールになっている。良嗣が勝手に想像する久実の家は、平屋建てで馬鹿でかくて、縁側があって縁側から山が見える、テレビで見た典型的な日本家屋である。それと比べれば、自分たちの住むあのぼろ家は、かつて基樹と太二郎が庭に作り上げた、木の上の秘密基地ほどにも脆《もろ》く、頼りなく、ふらついているように思えるのだった。

高校三年に進級し、進路について真剣に考えなければならなくなったころ、良嗣は久実の通う大学を第一志望に決めた。久実につき合って映画を観るうち、自身も「映像学科」にいきたくなったのだった。彼女のように映画監督になるという明確な希望はなかったが、そこに進めば何かしら将来は決まるように思えた。

良嗣の受験も差し迫った冬休み、美白に心血を注ぎめっきり色白になった早苗が、恋人を連れてきた。家にいるようにと数日前に釘をさされていたせいで、その日は祖父母も両親も太二郎も、今日子まで、みな家にいた。食卓の椅子が足りないため、シャッターを下ろした翡翠飯店の店内にみな集まって座った。玄関から入り暖簾をくぐって早苗とともにあらわれた男は、早苗と背のさほどかわらない小柄な男で、金色に染めた髪をモヒカン刈りにしていた。

「あ、どーも。サハラです」と男はへらへら笑いながら頭を下げ、早苗と隣り合ってテーブル席に着いた。

「まあ、ビールでも」父が立ち上がり、つられて母も立ち上がり、二人はそれぞれの席に座るみんなの前にグラスを置きビールをついでまわる。乾杯もなく飲みはじめ、

「大学を卒業したら結婚しようと思っているの」と、唐突に早苗がうわずった声で宣言した。

驚いてビールを噴き出したのは良嗣ひとりで、祖父母も両親も、太二郎も今日子も、何も言わずビールを飲んでいる。

「おれ、今、仕事ないんスけど、それまでには見つけますんで」サハラが言い、

「反対されても私は結婚するから。もう決めたから」早苗が言う。

だれも何も言わなかったが、ふいに今日子おばが笑いだした。続いて母も笑いだす。

「反対なんかだれもしないよ、するがいいよ、ねえ、結婚を」今日子は笑いながら言い、

「結婚するにしてもあんた、就職はしておいたほうがいいよ、こんなご時世なんだから」

母が今日子を上目遣いで見ながら言い、

「食うのに困ったら、ここで働けばいいんだしねえ」太二郎が言い、

「馬鹿、どこに人雇う余裕がある」祖父がおもしろくなさそうに言い、反対されると思っていたらしいサハラと早苗は、眉間にしわを寄せて大人たちを眺めていた。

結局早苗はこの男とは翌年には破局するのだが、しかしもしあのときみんなが反対して

いれば、もしかして結婚していたのではないかとのちに良嗣は考える。もし、なんて仮定は人生にはあり得ないのだが。

2

一九九九年に地球は滅びると、良嗣が子どものころ、だれともなく言っていて、心の底から信じていたわけではないが、何かあるのではないかとはうっすら思っていた。阪神大震災ほどの大地震が関東圏に起きるとか、あるいは世界戦争がはじまるとか。その年、個人的に良嗣には大打撃があったが、しかし地球や世界にとってはまったくどうでもいいことには違いなかった。

十九歳になる直前、久実にふられたのである。

その年のはじめ、良嗣は久実の通う大学を受験したが、受からなかった。すべり止めを含め四校受けて、受かったのは両親も名前を知らなかった私立大学で、もちろんそこに「映像学科」はなかった。一浪することも考えたが、受験前から「学費は自分で払え」と親から言われていて、とすると、浪人するにも予備校に通う費用を自分でなんとかしなければならぬ、そう考えると良嗣は一気に浪人する気も失せ、もうどこだっていい、就職したくないから大学いきたい、という気分で、その大学の入学手続きを済ませた。

四月になって授業がはじまると、さほどたのしいわけでもなかったが、久実によってもたらされた映画熱もおもしろいように冷め、レンタルビデオ屋のアルバイトも辞めて、もっと実入りのいい深夜のビル清掃バイトをはじめた。それでも久実との関係は続いていた。久実といっしょにいるのは良嗣にとって楽であり、同時に刺激的でもあった。新しい同級生たちは、それまで通っていた高校のクラスメイトたちとよく似ており、学食や大学近辺の喫茶店に何時間でも座って、テレビドラマや俳優や、あるいはクラスの異性の話を飽きずにしている。久実は三年に上がってすぐに応募したアマチュア映画祭で優秀賞を獲得しており、都内の単館でその作品がかかることが決まっていた。そんな久実と話すのは、映画熱が冷めたとはいえ良嗣にはおもしろかったし、それに、久実が着実に活躍しているのを間近で見ると、自分も何かしている気分になれた。

ところがその夏、良嗣は久実から一方的に別れを切り出された。「向いている方向が違う」と、別れ際に久実は言った。久実は上り調子で、単館でかかっていた映画の地方上映がすでにはじまっていた。仕事の話もいくつかあるらしく、就職活動などしていないのに、毎日打ち合わせだなんだとせわしなく出かけていた。だから、久実の言っていることは良嗣にはよくわかった。自分にはやるべきことがあり、あんたにはない、だから話も時間も合わないと言われているのだった。驚いたしかなしかったし腹立たしかったし、何より女とつき合うのもふられるのも良嗣にははじめてのことだったから大きく混乱したが、しかし久実にすがるようなことはしなかった。プライドが許さなかったのではなく、だれも名前も知らない大学に通う自分と久実みたいに才能があるらしい女が、そりゃ釣り合うわけないよな、と、納得したのである。

会わなくなってみればきっと映画とおんなじように、なぜ好きだったのかも忘れてしまうだろうと良嗣は思っていたが、久実との別れは日が経っても膿んだ傷のようにいつまでもじくじくと痛んだ。さらに、久実といっしょにいることによって忘れていた、自分は何もしていない、さらに目的も希望も持っていないということが日々、実感された。そっちのほうがもしかしてつらいのかもしれなかった。

しかし世界は終わらなかった。大地震も世界戦争も起きる気配はなく、だらだらと夏は続いた。学費を稼ぐため、また久実のことを忘れるため、深夜の清掃バイトを毎日入れ、夏休みの昼夜は完全にひっくり返った。

夏休み終了を数日後に控えたある日、いつも通り夕方に目覚めた良嗣が食堂にいくと、早苗と太二郎が食卓についてテレビを見ていた。一時期口をきかなかった二人だが、早苗は結婚宣言ののちどうでもよくなったらしく、最近ではごくふつうに会話していた。良嗣は冷蔵庫を開け、だれかの食べ残しらしい唐揚げと焼きそばを取りだし、いつから保温してあるのか、黄ばんだごはんをよそってテーブルに着く。

「あんた、知ってた？　二十一世紀って来年じゃないんだって。再来年なんだって」と、出かける予定がないのか化粧気のない早苗が言う。

「えっ、そうなの、来年からだと思ってた」

「世紀末も長いよね」太二郎がテレビを見たまま言う。

三人が口を閉ざすと、テレビの音と年季の入ったクーラー音がやけに大きく響く。半分眠気を引きずったままごはんを掻きこみ、ふと聞き慣れた声がしてテレビに目をやり、うげっ、と良嗣は米粒をこぼしながら声を上げた。画面に久実が映っていた。

「やだ、きったない」早苗がちらりと見遣って言うが、良嗣は無視して画面を凝視する。

テレビは、新作映画の情報番組だった。今年賞をとり、単館上映をきっかけに話題になった作品について、新人監督が語るというコーナーらしかった。そういえば、別れる前にテレビ収録の話を聞いたような気がするが、久実はすでに見知らぬ女のようだった。芸能人とか作家とか億万長者の株屋とか、自分とはいっさい関係のない世界の女みたいだった。

「へーこの人私と同い年」と早苗が言い、今さらながら、自分は姉と同い年の女とつき合っていたのかと良嗣は驚く。「ねえタイちゃん、タイちゃんってなんで仕事しないの」急に早苗は太二郎に訊いた。

「前はしてたんだけどね」

「知ってるよ。でも帰ってきてからしないじゃん」

太二郎は画面を見たまま、しばし黙った。良嗣は、画面の久実も気になるが、太二郎の答えも気になり、どちらに意識を向けていいかわからず、箸を意味もなくなめる。

「何をして生きるかじゃなくて、どう生きるかを模索しているんだよね」太二郎は言い、良嗣と早苗は思わず顔を見合わせた。

「うちってへんだよね、そんなこと言ってるタイちゃんもへんだしさ、タイちゃんに働けって言わないみんなもへん。サハラだって言ってたよ、反対される覚悟でいったのにみんな馬鹿笑いしてて不気味だったって」くちびるを尖らせて早苗は言う。早苗の言うことはよくわかった。画面から久実の姿は消え、あ、とちいさく良嗣は声を出すが、早苗も太二郎もそれには気づかなかった。

「うちには規範がないからね」太二郎がぽつりと言った。「こうであるべきだということを、じいさんばあさんが拒否してるんだから、自分で模索するしかないんだね、うちの人たちはね。もしかして、ことごとく失敗しちゃってるのかもしれないけど、まあ、それでも反面教師の反面教師でさ、いつか立派な人がうちからも出ますよ、うん。ぼくなんか失敗例なんだから、まさに反面教師にすればいいんです」相変わらず意味のわからない太二郎の話は聞き流し、久実はもう出ないのかと良嗣は画面に目を凝らす。「そういえばサハラくんは元気なの、結婚するんだっけね」

早苗はそれには返事をしなかった。あとから考えてみれば、ふられたのかふったのか、おそらく前者だと良嗣は想像するが、早苗と金髪の恋人は別れていたのだった。もしこのとき、別れたのだと言ってくれれば、おれもなんだと自身も告白し、恋とは何か失恋とは何かを語り合い、双方気持ちも楽になったし、何よりきょうだいとしてもっと近しくなったのではないかと良嗣は思うのだが、しかしもちろん、そんなふうに姉と話せたかどうかまったく自信はない。それ以来早苗は恋人を連れて帰ることも、自分の恋愛について語ることもなくなった。そして良嗣の心の傷は癒えないまま、世界は終わらず二〇〇〇年になり、翡翠飯店の経営不振はだいぶ深刻らしく、新装開店だ、規模縮小だと、店じまいを終えると大人たちは声をおさえて話し合っていた。

　その年、どこから金を調達したのか、太二郎はスーパーファミコンを買ったときのようにパソコンを買い、自由に使うことを良嗣にも許した。高校生のころから授業でパソコンを使っていた良嗣は、太二郎よりはるかに操作に詳しかったが、以前のゲーム機のように興奮することはもうなかった。もしかしてもうずっとこのままなのではないかと、良嗣は漠然と思うようになった。

　このまま、というのは、障害物も遮蔽物もないのっぺりした道を、ただひたすら歩いている感覚である。道が曲がっていたり、下りになったり上りになったり、思わぬ景色が突如開けたり、そういうことはもうないのではないか。二十一世紀がやってきて、大学を卒業して就職して、もしかして結婚も子を持つこともあるかもしれないが、大それた希望も絶望もなく、次々とあらわれる新製品の使い方を覚えながら淡々と日を過ごしていく、もうそのことが決められた人生ではないのか。かつて久実の実家の話を聞きながら、自分たちは木の上の秘密基地に暮らす家族のようだと思ったが、その感覚を抱いたまま家庭を持ち車を買い年老いていくのではないか。戦時中を生きた祖父母たちからしてみれば、それはあり得ないほど幸福なことかもしれず、高度成長期に働き盛りだった父母からしてみれば、それはじつに不幸なことかもしれないが、そのどちらも知らない自分には、幸も不幸もないなと、投げやりなわけでもなくただ客観的に良嗣は思うのだった。祖父母は戦時中の話をいっさいしないし、両親もまた、昭和をどう生きたかなんて語ることはまったくないので、それは良嗣の想像でしかないのだが。

そうしてまるで自身の想像を具現化するように、大学三年時に友人たちとともに就職活動をはじめ、さほど興味もない会社を片っ端から受け、大学四年時にやっぱり興味もなく志望動機すらとくにない食品輸入会社の内定を得た。

大連、長春と、ずいぶん長くの滞在だったのに、こうして帰路を目指す飛行機に乗ってみると、行きの機内で太二郎がビールを頼めとしつこいことに辟易したのが、つい数日前のことのように良嗣には感じられる。窓際の祖母はもう雲しか見えないというのにずっと窓に額をあてている。通路側の太二郎は行きと同じくピーナツを囓《かじ》りながらビールを飲んでいる。良嗣は、今日の夜には翡翠飯店にいるということに、けれどまだ現実味が持てずにいる。

結局のところ、会いたいと願った食堂一家のだれにも、祖母は会うことはかなわなかった。彼らの行方はおろか生死すらわからなかった。見ず知らずの、年齢からいえばまったくとんちんかんなほど無関係な食堂の主に、祖母はただ礼を言い謝罪をしただけである。それでも気が済んだのか、祖母はそのことについてはいっさい何も言わず、着々と帰り支度をし、空港の免税店では隣近所に配るのだと言ってお茶やパンダの菓子を買い漁っていた。

太二郎と祖母に挟まれて窮屈な席に座り、今、良嗣は前よりも祖父母を近しく感じている。自分より長く生きている彼らを、なんとなく歴史の目撃者のように思っていた。とくに祖父母は戦前戦中戦後、つまり過去の話をいっさいしないから、逆にたいへんな目に遭ってきたのだろうと想像もしていた。けれど今、良嗣は、自分や兄や、仕事をさぼってばかりいる父やのんきなおじと、祖父母もそう変わらなかったのではないかと想像する。今いる場所よりもっといい場所があると信じ、深く考えずそこを目指し、けれど思い描いたようなものが手に入らず落胆をくり返しながら、でも、今日を生きるしかない。歴史に荷担しているようで、そのじつ、歴史に関わっている意識もなくただ時代が与えるものを受け入れていく。もし祖父母と自分たちと違うところがあるとするなら、彼らは帰れなかった、ということだろうと良嗣は考える。背を押されて出ていって、そして彼らは帰れなかった。必死になって帰ってきた場所では、かつて彼らがやったことは悪いことだと見なされて、しかも、生きて帰ってきたことは名誉だとは見なされない。彼らが出ていった場所は異国だったが、戻ってきた場所もまた異国だったのではないか。「うちには規範がないからね」と、かつては意味のわからなかった太二郎のせりふを、今良嗣はある説得力を持って思い出す。そもそも祖父母がもう何も信じられなかったのだ。子どもに教えるべき、伝えるべき指針など、持っていなかったのだ。簡易宿泊所、木の上の秘密基地、当たり前じゃないか。彼らは一度ぜんぶ失ったのだ。根など、持っていなかったのだ。

帰りたい。祖母のつぶやきを良嗣は思い出す。帰りたい。果たして祖母は帰れたのか。

あるいは、どこに帰りたいのか知ることができたのだろうか。そっと祖母を盗み見ると、窓の外を眺めていた祖母は窓に額を押しつけるようにして眠っていた。

3

帰国して良嗣がもっとも驚いたのは、翡翠飯店と藤代家の改築話が進んでいることだった。父と母と、早苗の夫、陽一が中心になり、もう業者も決まり、仮店舗と仮住まいもさがしはじめているらしい。週に幾度かは店の空く時間に業者がきて、設計の相談をしている。

「ばあさんになんの相談もなく、悪いけど」と、父はしおらしく祖母に言い、そんなことは認めないと祖母が言うのではないかと良嗣は想像したが、その祖母は、

「もっと早くあんたに任せるべきだったね」と、言うのみであった。

帰国後、祖母はもう店に出ることはなく、完全な隠居に徹するかのように、仮住まいへの引っ越しを見越し祖父の亡くなった部屋で荷物整理をしているか、隣家の田山さんちにいるか、日向甘味店で日向のばあちゃんと話しこんでいるかしていた。父は、今まで良嗣が見たこともないくらいはりきっていて、客が増えたわけでもないのに、手が空けば厨房を磨き、客がくれば威勢のいいかけ声をかけた。太二郎は、まるで旅行などいかなかったかのように、すとんと元の場所に収まった。まるで、ベッドにできた自分のかたちにすっ

ぽりはまるような自然さだった。旅行前は翡翠飯店を手伝うともなく手伝っていた基樹は、また旅熱が高じたのか、日中はチェーンのコーヒーショップにアルバイトにいっている。

良嗣だけが、旅行の気分を引きずったまま、職を今すぐさがしにいく気もせず、かといって太二郎のようにぶらつくこともできず、時間を持て余しており、見かねた父が、藤代家全体の荷物整理を言いつけた。天袋、押し入れ、引き出し、すべてを点検し、要・不要に分け、不要品は捨て、粗大ゴミは清掃局に連絡して引き取ってもらい、要は今すぐ使わないものから段ボール箱に詰めていくという作業である。何もしないよりははるかにましで、しかもそんな単純作業はお手のものだと引き受けたはいいが、いざはじめてみると、どの部屋の天袋も押し入れもものの入れも、逆ブラックボックスかと疑いたくなるほど果てしなくものが出てきた。

年代物の健康器具に古布、紙魚《しみ》の食った哲学全集に黄ばんだ古着と着物、アルバムにおさめられていない写真にランドセルや学生鞄、年代物の裁縫箱に小型ミシン、ガムテープが頑丈に巻かれた段ボール箱からは、父のものらしいペンやインクや変色した紙が出てきたし、早苗がいっとき収集した膨大な制服も出てきた。みな不要品だと思いながら、本人に無断で捨てるのは忍びなくて、良嗣はいちいち父や母や今日子の元に、こんなものが出てきたが要るか要らないかと訊いてまわった。みな大半は要らないと言うのだが、言ってからしばらく考え、実際に確認する。父も今日子も、母も太二郎も、そんなふうにみな不要物をじっと眺める。そしてどんな基準なのか良嗣にはさっぱりわからないが、「これはとっておいて」などと言うのだった。

祖父の荷物を片づける祖母を手伝う日もあった。しかし祖母は、天袋や押し入れから出てくる着物も古布も料理本も何もかも、迷わず不要品にして紐で括ったりはさみで細かく切ったりしているのだった。祖父のコートにも一張羅のスーツにも正月のたび着ていた和服にもはさみを入れてしまうので、

「そんなになんでもかんでも捨てちゃっていいの」さすがにおそろしくなって良嗣は言ったが、

「いいさ、あの世に持っていけるものなんか何もないさ」と、祖母は笑って言うのだった。

「ねえ、ばあさん」祖母に命じられるまま押し入れの奥から出した布団を紐で括り、良嗣は背を丸めて写真を整理している祖母に問う。「満州にいったこと、後悔したこと、ある？」あまりに直接的な問いだと思いながら、しかしそれは旅のあいだずっと訊きたいことではあった。その問いに対するイエスノーが聞きたいのではなく、戦後から今に続く長い日々を、この無口な祖母がどのように過ごしてきたのかを良嗣は知りたいのだった。失ったものと得たものについてどのように考えているのか、知りたいのだった。

「いや、ないよ」祖母は即答した。「だってあんた、もし、なんてないんだよ。後悔したってそれ以外にないんだよ、何も。私がやってきたことがどんなに馬鹿げたことでも、それ以外はなんにもない、無、だよ。だったら損だよ、後悔なんてするだけ損。それしかなかったんだから」

もし、ということを、そういえば祖母の口から聞いたことがなかったと良嗣は思い出す。それればかりでない、時代が悪かったと、たとえば久実の祖母が言ったようなことを、この祖母は、いや、祖父母は一度も口にしたことがなかった。そういう時代だったとか、時代が悪かったのだとか。

「後悔はしないけど、悪かったと思うことはある」祖母は笑いを堪《こら》えるような声で、つけ足した。

「何」布団を縛る手を止めて、良嗣は祖母の丸い背を見る。

「あの人も私もね、逃げて逃げて生き延びたろう。逃げるってことしか、時代に抗う方法を知らなかったんだよ。もちろんそんな頭はない。何か考えがあってのことじゃない、ただ馬鹿だから逃げたってだけだ。だけどさ、そんなだったから、子どもたちに、あんたの親たちにね、逃げること以外教えられなかった。あの子たちは逃げてばっかり。私たちは抗うために逃げた。生きるために逃げたんだ。でも今はそんな時代じゃない。逃げるってのはオイソレと受け入れることになった。それしかできないような大人になっちまった。だからあんたたちも、逃げるしかできない。それは申し訳ないと思うよ。それしか教えられること、なかったんだからね」

そう言って祖母は笑った。

良嗣は、祖母のその言葉に、横っ面を思い切りはられたような気がした。久実にふられたときより、第一志望の大学に落ちたときより、こたえた。父の、太二郎の、亡くなったというもうひとりのおじの、今日子の人生がどんなふうであったかなど、詳しくは知る由もない、が、良嗣は祖母が父たちに対して何を言っているのかはっきりとわかったし、ひいては良嗣自身がそこに依存し続けている甘さをも弱さをも、まざまざと見せつけられたのだった。

祖父が死んだ日の、もうひとつの事件を良嗣はうっすらと思い出す。基樹と同い年の無職男がバスジャックをしたのだった。葬儀の日に帰ってきた基樹は、その気持ちがわかると言い、そして祖母に頭をはたかれていた。気持ちがわかるんならおまえもバスジャックしてこいと祖母は怒鳴った。今すぐ駅にいって、乗っ取ってこい、と。あのとき、祖母が何に怒ったのか、今ならわかる。闘うことも逃げることもせず、やすやすと時代にのみこまれんなと祖母は言ったのではなかったか。祖母たちの生きた時代のように戦争が今あるわけではない、赤紙がくるわけではない、父たちが生きた時代のように上がり調子なわけではない、浮ついた希望が満ち満ちているわけではない、今は平和で平坦で、それこそ先が見通せると錯覚しそうなほど平和で不気味に退屈で、でもそんな時代にのみこまれるなと。

「ああ、疲れたよ、お三時に日向さんいこうよ、あんみつ食べようよ、奢るから」

傾けた肩を拳固で叩きながら、祖母が言う。そんなの考えすぎだろうかと良嗣は苦笑する。祖母の背で聞いた見知らぬ歌の切れ端が、ふと耳をかすめていく。

それが良嗣にとって、祖母とちゃんと会話した最後になった。引っ越しのための荷造りではなく、まるで旅立つための荷物整理をしたあとで、祖母は眠るように息を引き取ったのだった。

祖父が亡くなったとき家にいたのは良嗣だけだったが、その日はみな家にいた。いつも朝一番に起きる祖母がなかなかあらわれないのを不思議に思った母が祖母の部屋にいき、亡くなっているのに気づいたのだった。梅雨入り間近のじめついた日で、まだみんな寝間着姿で朝食を食べていたり、ぐずぐずと眠っていたりした。

祖母は子どもたちの写真以外、祖父と自分の持ち物はすべて処分していた。いっしょに片づけをし、不要物を捨てたり粗大ゴミを申しこんだりしていたから、荷物が少なくなっていることを良嗣は知っていたが、まさかこれほどまで、と思うくらい、何もなかった。数枚の着替えと下着、通帳やはんこの入った道具箱だけが、がらんとした押し入れに残されていた。祖父が死んだ夏には自分も逝くつもりでいたのか、冬服もなかった。

祖父が死んだときのようにはみな、あわてることはなかった。祖父と同じ病院に連絡し、祖父と同じ葬儀屋に頼み、手分けして知り合いに連絡し合った。翌日が通夜、二日後が葬儀とすぐに決まった。

その日の夜、祖母の遺体を葬儀場に送り届けたあとで、藤代家の面々は、祖父が亡くなった夜のようにシャッターを下ろした店に集まった。早苗も陽一も、早苗の赤ん坊も基樹も、太二郎も父も母も、今日子も。

「遺書があったのよ」母が暖簾をくぐって店に下りてくる。色あせた千代紙の貼られた道具箱を持っている。テーブル席に座り、蓋を開け、封筒から便箋を取り出す。いつ書かれたものなのか、紙の四隅は黄ばんでいる。

「翡翠飯店は、営業するもしないも、慎之輔に任せます」いきなり母は読みはじめる。「私ヤエと、泰造を訪ねてくる人があれば、それがだれであれどうぞもてなしてください」

カウンター席に座っていた良嗣は、中腰になって母の手にした便箋をのぞきこむ。よく判読できるなと思うほど、ちいさくのたくった字が書かれていた。「財産はほとんどないが、翡翠飯店に必要なことがあればつかってください」父が立ち上がる。厨房にいき、冷蔵庫を開けている。ビール瓶を取り出すのを見て、陽一も立ち上がり、コップを盆にのせて運んでくる。「この土地を……」母は目を細めて便箋を遠ざけたり近づけたりし、「この土地の、ほんとうの持ち主があらわれたら、どうぞ争うことなく、譲り渡してください」え、と、陽一が素っ頓狂な声を上げる。母は続ける。「翡翠飯店のそ……存続はまかせますが、でも、できうるならば、続けてほしいと母ヤエは望みます」母は便箋から顔を上げ、「以上」と、教師のような口ぶりで言った。

え、この土地、ここんちのじゃないの？　と陽一が小声で訊き、しかしそれには早苗もだれも答えずに、みんな無言でそれぞれのコップにビールを満たしていく。そうして献杯の発声もないまま、それぞれ静かに金色の液体をすすり上げる。

「働くだけの人生だったなあ」やけに芝居じみた声で、太二郎が言う。

「しかも子どもはみんな親不孝で」今日子が続ける。

「旅行ひとつ、いかなかったしね」母が言う。「あ、長春にいけたんだったね、最後にね」

「そういえばおれ、見間違いかもしれないけど、あのじいさんとばあさんが、女装と男装して歌舞伎町を歩いてるのを見たことがある」やけに重々しい口調で父が告白し、

「まさか」今日子が笑い、「見間違いだろうよ」太二郎があきれたように言う。

「ああ、見間違いだろうな。それも四十年以上も前の話だ。でもな、あれがおやじとおふくろだったらいいなって、そのときは気づかなかったけど、おれは思ったんだな。あの働くだけの、なんの楽しみもないようなおやじとおふくろがよ、そんなふうにふざけてみる余裕があったんだとしたら、だったらよかったなって、そう思いたいってわけだ、うん」

父はひとりうなずき、コップのビールをあおるように飲み干す。母が父の背に手をあてて、ビールをつぎ足している。

祖父のときはあんなにとんちんかんにあわてていたくせに、去年の今年で慣れたのか、そんなふうに家族じみた会話をしているのが、良嗣にはなんだかこそばゆく感じられた。けれどももちろん、それを笑う気にはなれなかった。木の上でも簡易宿泊所でも、それでもここが、祖父母がたどり着き、根のないところに遮二無二《しゃにむに》作った新天地なのだと、今はそう思うのである。

良嗣は油と脂《やに》で汚れたテレビ画面を見上げる。電源は落とされていて、灰色の四角にはビールを飲む藤代家の面々が薄く映っている。今日は一日あわただしかったから、どんな

ニュースが起きているのかまるでわからない。もしかしてバスジャックみたいな大事件がどこかで起きているかもしれない。それでもテレビをつける気にならず、良嗣はテレビ画面に薄く映る自分たちの姿を見つめたまま、ゆっくりと杯を空ける。

4

翡翠飯店が新装開店したのは、祖母が亡くなった翌年、二〇一〇年の春だった。三階建ての四角いビルで、一階が店、二階、三階が住まいである。

良嗣は店の前に立って、真新しいそのビルを見上げる。翡翠飯店、というネオン看板は、営業日の明日にはきっと灯るのだろう。オープン前の今日、店のシャッターは下ろされている。良嗣は裏にまわり、玄関のドアチャイムを押す。

昨年夏、旧翡翠飯店を取り壊すとき、藤代一家は中野坂上の一軒家に一時的に引っ越し、翡翠飯店は成子坂《なるこざか》で仮営業していた。元ラーメン屋だった店舗が居抜きで貸し出されていたのだった。その引っ越しを機に、良嗣は家を出て中野富士見町でひとり暮らしをはじめていた。駅から七分ほど歩いた、住宅街のなかの木造アパートである。引っ越しにかかる費用は父親に借りた。父が貸してくれたお金は、おそらく祖母の死亡保険金だろうと良嗣は想像する。洗濯をするのも米をとぐのも何もかもはじめてで、引っ越して十日目には良嗣はすでに後悔していた。もしそれが祖母の死亡保険金でなければ、実家に戻っていたかもしれなかった。

　就職が決まったのは十月である。大手とは言い難い住宅メーカーで、三週間の研修のあと、一カ月クレーム処理の電話番をさせられ、本気で退職することを考えていた矢先、営業部配属になり、今は毎日分厚いファイルを抱え、建て替えやリフォームの必要そうな、見るからに築年数の長い家やアパートを見つけては、インターホンを押している。そんなことを三カ月以上続け、契約にこぎ着けたことは一件もなく、一時期はやったリフォーム詐欺のおかげで警察を呼ぶとすごまれたりもし、果たして一軒一軒まわって歩く営業が正しいのか疑問であるが、先輩社員は「半年に一件契約がとれればたいしたもん」だと言っている。住宅にも興味がなく、ここでふんばったところで将来的展望も設計もないも同然なのだが、とりあえず五年は働くのだと良嗣は決めている。違和感しか与えない人生、と、いつか自分を怯えさせた言葉がときおり脳裏をよぎるけれど、それでも、と今の良嗣は思う。それでも五年先、十年先、違和感は別のものに変わっているかもしれないではないか。そこから逃げ出せば、違和感は違和感のまま残るだけだ、と。

「やーだ、スーツ」ドアを開けた早苗は、良嗣を見て噴き出した。

「仕事帰りだからな」言いながら、家に上がる。真新しい木材と畳のにおいが混じり合って鼻を突く。フローリングの廊下を、唯香が奇声を発しながら機械仕掛けの人形のように歩いている。早苗は唯香を抱き上げ先導するように先を歩く。短い廊下の先に古びた暖簾が掛かっており、その奥が店だった。今まで祖父母の部屋や風呂場だった部分も店にしたから、ずいぶん広くなった印象である。カウンターも換気扇も油染みておらず、どこもかしこもぴかぴかしている。油と脂《やに》で汚れたテレビは薄型テレビに変わっていて、四角いテーブル席は丸テーブルに変わっていた。父は厨房で料理をし、陽一はコップや皿を運び、今日子と母はカウンターに座って何か話しこんでいた。

「あ、こんちはース」陽一はにこやかに言い、

「ちょっとあんた、手洗って、タイちゃんを呼んできてよ」母がふりかえって言う。

他人の家としか思えない家に戻り、階段を上がり、タイちゃーん、ごはんはじまるよ、と閉ざされた複数のドアに向かって言う。ドアのひとつが開いて、太二郎が顔をのぞかせた。出てこず、良嗣に向かって手招きしている。以前の和室に比べたら、ずいぶんと立派な部屋だった。壁際には本棚があり、古びた哲学全集や作家の全集が並んでいる。窓辺にはソファベッド、床にはペルシャ絨毯が敷いてある。カーテンのまだついていない窓の向こうには隣家との境に植えられた大木が見える。かつて太二郎が立派に仕立て上げた秘密基地である。

「いい部屋じゃない」

「うん、なんかやる気になるでしょう」自慢げに太二郎は言う。

「やる気って、何やる気なのさ」

「本書こうかなと思ってさ」

「なんの本」笑いださないように気をつけながら、良嗣は訊いた。

「おやじとおふくろのね、満州からはじまる壮大な一族の物語」太二郎が真顔で言うので、良嗣は堪えきれずに笑いだした。

「壮大な貧乏食堂の物語？　だれも読まないって、そんなの」

「いや、うちのことじゃなくってさ、もっと波瀾万丈な……」

ちょっと何やってんのー、と階下から響く早苗の声が太二郎の言葉を遮り、良嗣は逃げるように太二郎の部屋を出た。

丸テーブルに大皿が並び、みなすでに席に着いている。太二郎と良嗣は空いている席に座った。それぞれビールをつぎ合い、乾杯と声を合わせる。ものごころついたときから、こんなふうに家族で食卓を囲んだことのない良嗣は恥ずかしいような気持ちである。しかし見まわしてみれば、早苗も太二郎も、今日子も両親も、みな照れたような顔つきで目を合わせず、すばやくビールを飲み干している。つまりは慣れていないのだと良嗣は了解する。陽一だけがうれしそうにみんなをみまわし、「いやー、チラシに入れた日にちにオープン間にあってよかったっスね」「あ、小皿間に合いますか？　おれ取り分けますよ」などと言っているので、きっとこの男はみんなでいただきますと手を合わせるような家で育ったのだろうなと良嗣は想像する。

たいしたご馳走ではなく、いつもの夕食の、品数が増えただけのような食卓だったが、中華用の丸テーブルだと水餃子もニラレバ炒めも豪華に見えた。陽一の声とまだ単語にならない唯香の声だけがシャッターを閉ざした店内に響き、みなテーブルをまわし、黙々と食べている。

「モトもこられればよかったのにね」太二郎が思いついたように言う。今年のあたま、発展途上国の人々の暮らしを支援する国際ＮＧＯでアルバイトとして働きはじめた基樹は、先月から三カ月の予定でネパールにいっている。陽一と早苗の三人家族は、このビルの三階に住むが、今まで仮店舗を出していた成子坂の店で、陽一はラーメン屋を続けるそうである。そのときはそんなふうには思わなかったのだが、祖父に続く祖母の死は、徒競走のピストルの音だったように、今良嗣は思う。話し合ったわけではないが、みなそれぞれのペースでようやく走り出したのだ。

「モトって言われて今、あっちのモトを思い出しちゃった。あの子が新装開店祝いをしようって言いだしたんだよね。あんたのことも呼びにいってさ、ほら、どこだかのアパート」今日子が言う。

「そうだったな。もう四十年以上も前になるのか。ちょうど帰りに新宿の地下広場で」父が言い、

「ああ、集会の日だったんだよね」今日子が陽一のコップにビールを注いでつぶやく。

「おまえに嫌み言われて、おやじとおふくろにしかられて」

「そうだったっけ」太二郎は席を立ち、自分のぶんだけごはんをよそって席に戻る。

「自分のやった馬鹿は自分に返ってくるって。本当だったなあ」

「何がどんなふうに返ってきたの」母が訊き、

「いや、そらまあ、うまく言葉にできるようなことじゃないけど」父が口ごもる。

「でもさ、こんな立派なビル建てられたんだから、よかったじゃん」思わず良嗣が口を出すと、父と今日子と太二郎が顔を見合わせた。

「ま、借金だ」父は言い、コップのビールを飲み干すと、急に笑いだした。笑いがおさまると、「おまえも早く借金返せ。ばあさんが恨んで出てくるぞ」鼻の頭を赤くして良嗣に言った。

帰るつもりだったが、泊まっていけと両親にも太二郎にも言われ、良嗣も今日子も真新しいビルに泊まることになった。基樹用とも良嗣用とも客用ともつかぬ、まだ家具のないがらんとした洋間で今日子は寝、良嗣は太二郎の部屋に布団を敷いた。布団は以前使っていたもので、新しい部屋に敷くと、やけに古びて貧乏くさく見えた。明かりを落とすと、窓の外、街頭に照らされた大木が浮き上がって見えた。

「タイちゃん、あそこに基地を作ったの、覚えてる」暗闇に良嗣は声を放った。まだ見知らぬ土地を旅しているような気分だった。

「そら、覚えてるさ」暗闇から声が返ってきた。「自分のやった馬鹿は、本当に自分に戻ってくるな」

「そんなこと、じいさんが言ったの」

「じいさんだったか、ばあさんだったか。人生はちゃんと帳尻が合うようにできてるさ。時間は流れてるのに、過去は消えないしねえ」

良嗣はこのおじが、車のなかでおにぎりを食べながら泣いたことを思い出す。「いやなこと言うなあ」それで、ついつぶやいた。過去が消えないというのは、成功が消えないのではなく失敗が消えないという意味に聞こえた。帳尻が合うなんて、不吉な予言みたいに思えた。

「そういやなことでもないよ。いや、いやなことでもないって、寒かった長春で気づいたなあ」

「どういうこと？　どうしてそう思ったわけ？」

「だって過去は消えないから、あんたやぼくや、文江さんや唯香ちゃんがいるわけでしょう」

良嗣は外の明かりで薄ぼんやりと明るい天井を見上げたまま、太二郎の言葉を反芻する。過去は消えないから自分たちは今ここにいる。だけどさあ、おれたちがここにいることにそんなに意味があるかなあ、とつぶやこうとした良嗣の耳に、まるで本人が今ささやいているかのようにはっきりと、祖母の声が蘇った。

広場の木、あのおっきな広場を縁取るように木が植わっていて、それ見て、私思ったんですよ、逃げてよかったんだって、あなたがたに助けてもらってよかったんだって、こんなに長く生きて、はじめて思ったんです。何をした人生でもない、人の役にもたたなかった、それでも死なないでいた、生かされたんです。

眠い目を窓に向け、良嗣は街灯に照らされるかつての「秘密基地」だった木を見る。生い茂る葉の裏は橙色に染められている。風があるのか、葉はそれぞれゆっくりと揺れている。半分閉じかけた目でその動きを追っていた良嗣は、まどろみのなかで色が弾けるのを見る。黄砂が終わり、緑が生き生きと濃くなり、あちこちで赤や黄や、紫や白や青の花がいっせいに開きはじめる、見たことのない町の見たことのない春を、かつて秘密基地のあった大木の葉の隙間に、たしかに見る。これはきっと祖母が見た景色だ、と良嗣は思う。出っ張りはじめたおなかをさすりながら、まだ若い祖母がその美しさにため息をついた景色を、今、自分は見ている。

根っこがないと、ずっと思っていた。自分たちの家族には、どっしり重い根がないと。そして祖母とともにいった長春で、良嗣はそれは単なる印象でなく、事実だと知った。祖母も祖父も何も持たずに出会ったのだ。愛も語らず財産も持たず、身を寄せ合って逃げ帰ってきた。けれど今、家族を作るものは根っこではないのではないかと良嗣は眠りに沈みゆく頭で考え、その考えに自分でもはっとする。根っこではなかったらなんだ？　希望だ。答えはすぐに出る。そうだ希望だ。いっせいに花の咲く異国の春、祖母はたぶん希望を見たんだ、ぼくらの最初はそこにあるんだ。寝ぼけたまま、今ものすごいことを思いついたような気がして、覚えておこうと良嗣は思う。明日太二郎に話すのだ。おう、ヨッシー、いいこと言うな、それ本に書こうと太二郎は目を見開いて言うだろう。だから覚えておかなくちゃ。良嗣は目を閉じ、おやすみと声を出す。おやすみと、やっぱり眠そうな声が返ってくる。

翌朝、いったんアパートに帰るため早くに起きた良嗣は、買い置きしてあった菓子パンを見慣れない食堂でひとり食べて家を出た。みんなまだ寝ていて、家は静まり返っていた。玄関から狭い庭を通って通りに出る。今日オープンする真新しい翡翠飯店を仰ぎ見る。それから通りを歩き出す。早朝の陽射しはさらさらと足元に落ち、通りを走る車もまだ少ない。バス停に向かって歩いていると、あの、長春の大通りを歩いているような気になった。この道のずっと先に、年齢を脱ぎ捨てて祖母が走りだした、木々に縁取られた巨大な円形広場がある、そんな気がした。

初出　産経新聞大阪本社夕刊にて２００８年10月４日から２００９年９月26日まで毎週土曜連載

ツリーハウス

二〇一〇年一〇月一五日　第一刷発行

著者　角《かく》田《た》　光《みつ》代《よ》

発行者　庄野音比古
発行所　株式会社　文藝春秋
〒一〇二―八〇〇八
東京都千代田区紀尾井町三―二三
電話　〇三―三二六五―一二一一

印刷所　凸版印刷
製本所　加藤製本

ISBN 978-4-16-328950-2